잭팟

C I N D E R E L L A   R O M A N C E   N O V E L

잭팟

초판 1쇄 발행 2009년 2월 23일 | **지은이** 이정숙

펴낸이 정 필 | **펴낸곳** 도서출판 뿔미디어

기획, 편집 김대식, 허경란, 권용범, 김재영, 권지영, 소성순 | **관리, 영업** 김기환, 김미영

출력 예컴 | **본문, 표지 인쇄** 광문인쇄소 | **제본** 대명제책사

출판등록 2002년 9월 11일 제1081-1-132호

주소 부천시 원미구 중3동 1058-2 중동프라자 402호 (우)420-023

전화 032)651-6513, 6092, 6093 | **팩스** 032)651-6094

ISBN 978-89-6359-005-9 03810

값 9,000원 | **E-mail** BBULMEDIA@paran.com

7

이정숙 글
권열희 그림

신데렐라

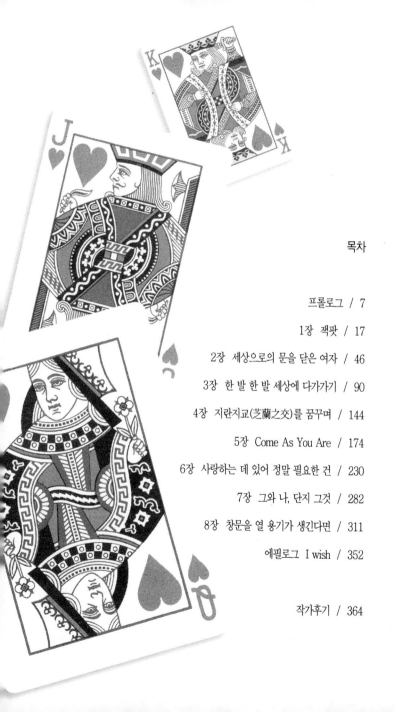

목차

프롤로그 / 7

1장 잭팟 / 17

2장 세상으로의 문을 닫은 여자 / 46

3장 한 발 한 발 세상에 다가가기 / 90

4장 지란지교(芝蘭之交)를 꿈꾸며 / 144

5장 Come As You Are / 174

6장 사랑하는 데 있어 정말 필요한 건 / 230

7장 그와 나, 단지 그것 / 282

8장 창문을 열 용기가 생긴다면 / 311

에필로그 I wish / 352

작가후기 / 364

잭팟

　: 복권이나 포커에서 계속해서 태우거나 당첨자가 없어 쌓인 거액의 돈, 또는 그런 돈을 따거나 받는 일.

프롤로그

재력 있는 사람들만 모인다는 고급 사교 클럽의 시크릿 룸에서 포커 게임이 끝나 가고 있었다. 마지막 남은 두 사람이 최종 승자와 패자의 갈림길에 서 있었다. 본격적인 겜블러들이라고는 볼 수 없었지만 취미로 한다고 해도 실력으로 따지자면 내로라하는 플레이어들이 참여한 상태라 배팅과 레이즈가 반복되어 쌓인 칩도 어마어마했다. 이제 단지 마지막 카드 한 장에 의해 그 모든 것이 누구의 수중으로 들어가는지가 결정되는 것이다.

쇼다운(show down), 결정의 시간, 초조한 인상의 사내가 자신의 마지막 핸드를 열었다. 곧 만족스러운 미소를 입가에 담으며 포카드를 보였다. 행운의 여신이 사내를 향해 미소를 짓는 것인가. 모두 그 사내의 승리를 의심치 않았다. 그러나 맞은편의 남자는 일절 동요되지 않았다. 놀라울 정도로 잘생긴 미남자였다. 그가 남성으로서의 매력이 물씬 풍기는 날카로운 눈매에

여유로운 승자의 미소를 담으며 긴 손가락으로 펼쳐 보인 핸드
는.

"로열 스트레이트 플러시."

일순간 룸 안은 적막 상태가 되고, 상대 플레이어를 포함해
모두가 일시에 경이로운 눈을 했다. 경악이나 경탄의 소리도 쉽
게 터져 나오지 못할 정도로 희귀한 케이스였다. 보통 사람이라
면 일생에 한 번 잡을까 말까 할 정도로 확률이 낮은 족보임에
틀림없으니까. 운이든, 실력이든 아무튼 그 남자의 오늘 일진이
최고조라는 건 알 수 있었다. 도형의 관능적인 입술 끝이 살짝
말려 올라갔다. 천천히 탄력 있는 입술이 열리며 자만을 뚝뚝
묻힌 어조가 흘러나왔다.

"행운의 여신도 여인은 여인일 테니."

마치 여인들의 관심 받기가 지루하다는 듯 더없이 잘난 척을
흘리고는 자리에서 일어섰다. 주름 하나 접히지 않은 최고급 슈
트 차림의 도형은 바로 그런 스타일과 완벽하게 어울리는 빈틈
없이 차가운 표정으로 돌아가 곧 유유히 사교 클럽을 떠났다.

"하…… 김도형, 도대체 저 인간이 못하는 건 뭐야?"

문이 닫히자 막판에 로열 스트레이트 플러시에 까인 상대편
남자가 질렸다는 얼굴로 중얼거렸다. 어차피 판돈에 연연할 정
도로 재력이 없지 않으니 잃은 액수가 아까운 것은 아니었으나
바로 저 김도형에게, 매번 지는 저 인간에게 또다시 졌다는 것
이 사내의 자존심을 상하게 하는 부분이었다.

"부모 잘 만나서 지가 노력 안 해도 평생 먹고 놀 돈 있어,

외모 잘 빠져서 지저분할 정도로 바람둥이에, 정신병원에 처넣고 싶어질 정도로 성격 개차반이야. 도대체 뭐가 모자라냐고, 저 인간."

남자의 말에 룸에 모여 있던 모두가 키득키득 웃음을 터뜨렸다. 남자가 지적한 부분 어디에도 제대로 된 칭찬 같은 건 없었기 때문이다. 남자의 말을 듣고 있던 칵테일 드레스 차림의 여인이 요염한 미소를 머금으며 말을 받았다.

"같은 남자들은 모르겠지만 여자들은 저런 사내에게 매력을 느끼곤 하죠. 심각할 정도로 잘생겼죠, 잘 단련된 근육은 와일드하고 섹시하죠, 스마트하죠, 언제나 여유로워 보이고, 가식일지언정 여자에게 친절하고. 나쁜 남자의 특징은 모두 갖고 있으니 정말이지 최고의 매력적인 남자 아닌가요? 저런 남자를 가지는 것이야말로 인생 최고의 잭팟(jackpot)이라 생각하는데."

붉은 입술로 와인을 흘려 넣는 여자의 표정에는 어떻게 하면 김도형의 수많은 여자 중에 의미 있는 한 사람으로 자리할 수 있을까에 대한 사심이 역력히 드러나고 있었다. 어쩌면 이 룸에 모인 상당수의 여자들이 그녀와 같은 생각을 할지도 모른다며, 포카드를 최고의 행운으로 여겼던 사내는 김도형, 김도형, 이를 갈며 울분을 삼켰다.

"할아범 쪽은 어떻게 됐나."

사교 클럽 밖에서 대기하고 있던 검은 옷에 안경을 낀 이지적인 생김의 사내가 도형이 나오자마자 던진 말에 자신 없는 표정을 했다. 지시한 일을 기약도 없이 맺음하지 못한 것도 사내의 무능이었으나, 자신의 친할아버지에게 덧정 하나 없이 툭툭 내던지는 도형의 무심함도 겁이 나는 것이었다. 양친을 비행기 사고로 잃은 도형은 현재 친할아버지를 제외하면 혈혈단신이었다.

하지만 부모가 남긴 유산이 국내 굴지의 건설회사와 몫 좋은 클럽이 몇 개나 되어 혈혈단신이라는 말이 무색할 정도로 엄청난 부를 누리는 인물이 바로 김도형이었다. 그러나 좀 더 깊이 들어가자면 부친이 남긴 회사와 나이트클럽 등이 합법적인 소유물들은 아니었다. 도형의 부친은 본래 주먹 하나로 지하 세계를 통일한 인물이라 도형의 부친과 모친이 불운하게 사망한 이후 외아들인 도형이 혼자 힘으로 그 모든 것을 물려받기까지 수많은 굴곡들이 있었다.

엄청난 이권이 얽혀 있는지라 넘버 투, 쓰리들이 가만히 앉아서 모든 것을 보스의 아들이라는 이유로 서른넷, 젊은 도형에게 모조리 빼앗길 리가 없었다. 그러나 도형은 타고난 와일드함과 명석한 두뇌로 그 어떤 방해도 용납하지 않았다. 이제는 부모가 남긴 막대한 모든 유산들이 도형 자체의 소유가 되어 있었다.

그러나 타고나길 욕심쟁이에 소유욕투성이로 태어난 그는 부모의 재산 외에도 하나 더 미친 듯이 바라는 게 있었다. 바로 조부인 김한일 화백의 작품들을 모조리 물려받는 것이었다.

"죽을 날만 받아놓은 늙은이가 욕심도 많지. 무덤에 끌고 들어갈 게 아니라면 하나뿐인 손자에게 재깍재깍 넘겨야 할 거 아니야."

한 마디 한 마디, 이기적인 욕심으로 가득 찬 말이었다. 한국 현대 회화계의 살아있는 거장이라고 할 수 있는 김한일 화백은 주먹계의 신화로 자리 잡은 당신의 아들과 연을 끊은 지 오래였다. 순수 예술을 추구하는 김 화백의 입장에서 폭력계의 우두머리인 아들이 용납될 리 없었다. 그래서 자신의 모든 작품을 사회에 기증하거나 죽기 전에 태워 버릴 계획이라 천명하고 나섰다.

그 바람에 하나뿐인 손자 도형은 조부와 접촉할 수 있기는커녕 조부의 집에조차 일절 걸음을 하지 못했다. 얼굴도 보고 싶지 않다며 단단히 으름장을 놓았을 뿐 아니라 마치 보란 듯 온 집 안에 철통같이 보안 장치를 해놓아 제아무리 도형이라도 그 집의 대문조차 넘지 못했다. 손자라고 해도 가택침입죄로 바로 신고해 버리니, 억울해도 경찰이나 검찰과는 가장 먼 거리에 있어야 하는 도형으로서는 좀체 그 집에 접근할 수 없었다.

그 집을 출입할 수 있는 인간이라고는 집안일을 봐주는 아주머니와 할아버지가 5년 전에 제자 혹은 문하생으로 들인 오갈데 없는 스무 살 처녀 하나뿐이었다. 아주머니야 접근해 봐야 별 볼일 없을 것 같고 그 처녀에게라도 접근해서 어찌어찌 방법을 찾아보고자 했지만, 어떻게 된 일인지 그녀는 조부와 동행이 아니면 도통 밖으로 나오질 않았다. 혹시 조부가 망령이 나서 그 아가씨와 바람이 난 건 아닌가 싶어, 천 부장을 시켜 만약 그 아가씨와 내연의 관계라 그녀에게 유산을 상속시킬 생각이라면 법정 소송을 벌이겠다는 협박도 해보았지만 조부는 단 한 마디만을 전해주었을 뿐이다.

[미친 인간들이로세.]

아무튼 도형은 무슨 일이 있어도 작품의 소유권을 갖고 싶었다. 그림 따위 평생을 주먹 세계에서 살아온 그로서는 볼 줄도 모르고 예술 같은 것 관심도 없었지만, 돌아가신 부친의 생전 소원이 바로 당신의 부친과 화해를 하는 것, 바로 조부에게 인정을 받는 것이었다. 부친은 주먹질을 하기 시작한 스무 살에 김 화백에게 무일푼으로 쫓겨나 호적상의 정리만 되지 않았을 뿐 남남보다 더 멀게 살다가 불운의 사고로 죽었다. 도형으로서는 부친의 그런 사연이 신경 쓰일 수밖에 없었다. 자식 된 도리로서, 한을 풀지 못하고 죽은 부친의 마음을 이대로 지지부진하게 버려둘 수가 없었다.

하나, 이미 부친은 하늘 어딘가에서 추락해 비명횡사를 했고, 이제 그 소원이 이루어질 길은 없었다. 조부는 네까짓 깡패 자식들은 결코 당신의 성스러운 영역에 들어올 수 없다고 단단히 으름장을 놓고 있었고, 그 꼬장꼬장한 고집은 날이 갈수록 더해지는 상황이었다.

기분 나쁘고 자존심이 상해서 그 괴팍한 늙은이에게 어떻게든 무서운 현실을 보여주고 싶은데, 그래도 핏줄로 이어져 있으니 폭력을 쓸 수도 없는 노릇이고. 그까짓 용서가 뭐가 그렇게 어렵고, 깡패 짓이 뭐가 그렇게 죽을 짓이며, 순수 예술이 뭐가 그렇게 고매하다고, 하나뿐인 자식의 가슴에 한을 담게 한 채로 하늘나라로 보내버린 것인지. 그러니 저렇듯 끝까지 자신을 화나게 하는 조부에게 도형이 갖는 감정이 반감뿐이라는 건 당연했다.

죽음으로 인해 부친과 조부 사이의 화해가 불가능해졌다면 자식으로서 복수라도 해주고 싶었다. 자신과 부친, 그리고 모친의 존재를 더럽고 질 낮은 무언가처럼 취급하며 시궁창에서 서식하는 들쥐보다 못한 존재로 내리까는 못된 할아범을 용납할 수 없었다. 어떻게든, 사나운 방법을 써서라도 이 존재를 확인시켜 줄 생각이었다. 심적으로든, 물적으로든 모든 면에서 타격을 줄 수 있는 가장 적당한 수준의 복수.

그 고약한 할아버지에게서 가장 소중한 것을 빼앗아 자신의 손으로 불태워 버릴 예정이었다. 그렇게 최고로 치는, 친자식보다 더 소중하게 여기는 순수하고 고매한 영혼을 불살라 버릴 것이다. 어차피 조부 손으로 태워 버릴 것이라면 손자의 손으로 고이 태워 드리면 낫지 않겠는가. 모든 것을 재도 남지 않게끔 흔적도 없이 없앨 예정이었다. 그것이 도형이 갖고 있는 조부에 대한 깊은 애정과 깊은 증오의 동시 다발적 표현이었다.

그러나 그게 또 쉽지만은 않았다. 조부의 작품은 그 자존심으로 똘똘 뭉친 꼬장꼬장한 늙은이가 상대방의 이력과 인품에 반해 기증하는 경우는 더러 있어도 함부로 팔지는 않아 우회적인 경로로도 손에 넣는 것 자체가 힘들었다. 본래 판매 목적이 아니라 자신의 예술혼을 표현하기 위해 작품 활동을 하는 사람이라 어쩌면 당연한 결과였다.

그래서 어쩔 수 없이 도형은 자신은 뒤쪽으로 숨고 전면으로 대리인을 내세워 소장하고자 하는 진심 어린 마음을 전하고 매매 의사를 타진하는 등 계속 공을 들이는 방법을 취해 보기도 했는데 그 방법마저 여의치 않은 게, 조부가 구매자를 직접 만나 자신의 작품을 구입할 만한 자격이 되는지, 얼마나 예술을 사랑하는지 판단을 한 후에야 그나마 작품을 구경시켜 주었다. 심지어 등본, 초본, 대학졸업장까지 전부 확인한 후에야 판매를 허락하니 아무리 돈이 많아도 도통 작품들을 손에 넣을 방법이 없었다.

　상황이 그쯤 되고 보니 이제는 도형도 오기가 돌아 더욱 조부의 작품 소장에 혈안이 되었다. 소장 혹은 소멸이라고 볼 수 있겠지. 자신의 것이 되지 못한다면 없애 버리는 게 도형의 방식이었다. 비뚤어진 결론이었지만, 세상만사를 비뚤게 보는 도형에게는 가장 합리적인 방식이기도 했다. 그 못되고 고약한 할아범에게서 소중한 것을 전부 빼앗아 버릴 것이다.

　"이번에도 실패한 거냐."

　세단에 오르며 도형이 묻자 얼른 차체를 돌아 운전석에 오른 도형의 오른팔 천 부장이 안경을 낀 지적인 얼굴을 아래로 숙였다. 폭력계에 몸담고 있다고는 하지만 천 부장은 뉴욕주립대를 나온 유학파로 전공도 경영학을 이수한, 배울 만큼 배운 인물이었다. 천 부장이 주로 나서서 도형의 두뇌 역할을 해주곤 했는데, 이번에도 일본까지 건너가 김한일 화백의 작품을 소장하고 있는 재일교포를 만나 작품의 역구매를 시도했다. 그러나 천 부장의 노력에도 불구하고 작품 소장인은 절대 작품을 넘기지 않았다.

"면목이 없습니다. 하지만 대대로 가보로 남긴다고 하니 더는 어떻게 해볼 여지가……."

"일본까지 교통비, 숙박비, 온천도 즐기고 왔겠지? 3일 안에 모조리 토해내."

야속한 말로 천 부장의 말을 끊은 도형은 좌석에 뒷목을 기대고 눈을 감았다. 눈에는 눈, 이에는 이라고 아낌없이 지원을 하지만 결과가 신통치 않으면 어떻게든 먹은 만큼 모조리 토해내라 지시를 내리고 또 받아내고야 마는 도형의 냉정하고도 못된 버릇이었다. 꼼짝 없이 앞으로 3일 동안 잠깐 눈 붙일 새도 없이 펑크 난 출장 경비를 메워야 하는 처지가 된 천 부장이 하얗게 질려 핸들을 돌리는데 품 안에서 휴대폰이 진동했다.

번잡하고 시끄러운 걸 딱 질색으로 여겨 그 흔한 CD 소리조차 허용하지 않는 도형의 괴팍한 성격 때문에 차 안은 적막 그 자체였다. 그런 고요를 깨뜨리며 균열이 일자 아니나 다를까, 도형의 감은 눈매가 움찔하며 사나운 기색을 풍겼다. 안 그래도 저조한 그의 기분을 더 건드릴까 겁이 난 천 부장은 벼락이 떨어지기 전에 얼른 품 안의 휴대폰을 꺼내 열었다.

"어떤 새끼……."

낮은 소리로 미확인된 상대방을 향해 욕설을 퍼부으려던 천 부장의 목소리가 잦아든 것은 그 때였다. 곧장 허리가 꼿꼿이 펴지더니 안경 속의 눈동자가 커졌다.

"어, 어르신, 죄송합니다. 액정을 확인하지 않은 바람에……."

순간 도형의 긴 눈매도 살짝 떠졌다. 천 부장이 저 호칭으로 부르며 굽실거릴 대상이라곤 조부 외에는 없었다. 순간 낭패라는 빛이 도형의 잘생긴 얼굴에 스쳐 지나갔다.

"그 할아범, 일본에서의 일이 역추적 당한 건가."

한심하다는 듯 천 부장의 뒤통수를 흘끗 쳐다보고 있는데, 천 부장이 곧 휴대폰을 끊더니 갓길에 차를 세우고 도형을 돌아보았다.

"뭐냐."

차갑게 묻는 물음에 천 부장이 아리송한 얼굴로 대답했다.

"조부님께서, 내일 이 시간에 댁에 들르라고 하십니다."

1장

잭팟

아침이면 새소리가 들리고 햇볕과 바람이 레이스 커튼 틈으로 스며드는 이 작업실은 수연에게 유일하게 소중한 공간이었다. 부모의 학대로 여섯 살에 아동보호소로 들어갔다. 그곳에서 중학교까지 다니다가 남몰래 보호소를 후원해 주고 있던 김한일 화백의 눈에 들어 이 댁으로 들어온 지도 벌써 5년째였다.

그림에 남다른 재능이 있어 수연은 교내뿐 아니라 전국 수준의 대회에서도 어김없이 수상을 했다. 그러나 김한일 화백의 눈에 띈 것은 그 많은 수상 작품들이 아니라 그녀가 그저 사심 없이 그린, 색칠도 하지 않은 풍경화 한 장이었다. 연필로 거칠게 그려 놓은 멋도 없고 기교도 없는 러프 스케치였지만 우연히 그 그림을 본 김한일 화백은 그 스케치를 무척이나 마음에 들어 했다.

결국 1년 동안 수연을 후원해 주다가 고아인 그녀의 사정을 줄곧 딱하게 여겼는지 어느 날 그녀를 집으로까지 데리고 와 보호자의 역할을 해주고 있었다. 비록 호적 정리는 되지 않았지만 그녀는 김한일 화백의 딸이고 손녀이며 수제자였다. 그는 그녀에게 보호자이고 할아버지이고 스승이었다. 그녀는 어떻게든 권위 있는 화단에 등단하고 싶었다. 그래서 김한일 화백의 은혜에 보답하고 싶었다.

개인적인 사정으로 바깥출입을 하지 못하는 수연에게 김한일 화백은 유일한 가족이고 이웃이고 친구이자 피붙이보다 더 가까운 사이였다. 또한 이 저택은 그녀가 숨 쉬는 공간이었으며 여기 작업실은 그녀가 사는 세상 전부였다.

세상과 잘 소통이 되지 못하는 그녀가 접하는 세상은 여기 작업실의 넓은 창을 통해 보는 바깥이 전부였다. 활짝 열어 놓은 창과 이어진 베란다로 그녀는 늘 바람과 새들과 낙엽들을 불러들이곤 했다. 오늘도 그녀는 작업실 창문을 활짝 열어 놓은 채 작업에 열중하고 있었다.

"너는 왜 그렇게 그림이 좋으냐."

깨어 있는 시간의 대부분을 붓을 쥐고 있는 수연에게 어느 날 김 화백이 물었다. 미술을 사랑하고 예술에 몸담고 있는 김 화백이 보기에도 수연의 그림에 대한 집착과 집중도는 비정상적인 데가 있었다. 수연은 망설이다가 대답했다.

"닮고 싶은 사람이 있어서요."

"그게 누구냐."

"프리다 칼로……."

그녀의 대답에 김 화백은 왠지 알 것도 같다는 표정으로 가만히 수연을 응시하다가 더 이상의 질문 없이 조용히 고개를 끄덕이곤 어깨를 토닥여 주었다.

정열의 여류 화가 프리다 칼로. 멕시코 출신의 페미니즘 화가로 불꽃같은 생을 살다 간 여인이다. 프리다 칼로는 7세 때 소아마비에 걸려 다리를 절게 되었고, 18세 때 교통사고로 척추, 오른쪽 다리, 자궁을 크게 다쳐 평생 30여 차례의 수술을 받았다. 그 불행한 사고는 프리다 칼로의 삶뿐만 아니라 예술 세계에도 큰 영향을 주어 사고로 인한 정신적, 육체적 고통은 프리다 칼로의 작품 세계의 주요 주제가 되었다. 단지 고통이 아니라 고통을 극복하고자 하는 마음, 그래서 프리다 칼로의 작품에는 특히 자화상이 많았다. 자신의 심리 상태를 거울을 통해 관찰하여 표현해 예술로 승화시켰다.

〈헨리포드 병원〉과 〈프리다와 유산〉이라는 작품에서는 세 번에 걸친 유산과 아이를 낳을 수 없는 프리다 칼로의 고통이, 여러 개의 화살에 뚫려 피를 흘리고 있는 사슴을 표현한 작품 〈다친 사슴〉에는 삶에 대한 프리다 칼로의 강한 의지가 드러나 있다. 이렇듯 여성으로서, 또한 내면의 아픔을 예술을 통해 극복하고자 하는 프리다 칼로의 의지가 수연에게 강한 인상으로 다가왔다. 그녀 또한 자신의 아픔을 프리다 칼로와 같이 예술로서, 작품 안에서 승화시키고 싶었다.

개인적인 이유로 인해 밖을 나가지 못해 대학조차 다니지 못하는 수연으로서는 뛰어난 재능이 오히려 짐이 되는 것이었다. 그러나 그녀는 그것을 불행이 아닌 예술혼으로 불태우고 싶었다. 그것이 그녀가 가진 소망이었고 붓을 들게 하는 이유였다.

작업복으로 입는 남방과 물 빠진 청바지는 사이즈가 넉넉해 안 그래도 호리호리한 수연의 얇은 몸을 더욱 빈약하게 보이게 했다. 남방 위에 두른 앞치마뿐 아니라 손등, 얼굴 곳곳에 거친 물감이 묻어 있어 마치 개구쟁이가 한바탕 장난을 쳐놓은 것 같았다. 방 안에 물씬 풍기는 물감 냄새는 창문을 모두 열어 놓아도 잘 사라지지 않았다.

유화의 막바지 작업을 위해 캔버스에 열심히 집중하던 수연은 드디어 완성이 되자 몇 시간 만에 처음으로 환한 얼굴을 했다. 가까이에서 한 번, 곧 쪼르르 뒤로 물러나 멀리에서 또 한 번 작품을 바라본 후 다시 다가가 몇 번 더 붓으로 보완 터치를 해준 뒤에야 붓을 놓았다. 그리고 물감이 묻은 얼굴을 닦을 생각은커녕 알록달록 물감투성이인 작업용 앞치마를 두른 그대로 문을 열고 아래층으로 뛰어 내려갔다.

김 화백은 거실에서 고요한 표정으로 난을 닦고 있었다. 오후의 조용한 시간, 더없이 고상하고 우아한 노인의 모습이었다. 서리가 내린 하얀 머리카락은 은사처럼 착각이 될 정도로 윤기가 흐르고 묘한 빛이 났다. 그 연세에도 불구하고 아직 형형한 눈동자는 무표정일 때는 조금 무섭기도 했지만 수연을 대할 때면 늘 웃음기가 담겨 있어 자애로운 친할아버지 같았다. 숱이 많은 눈썹에도 하얀 서리가 내려 있어 어느 때는 넉넉한 산타클로스 할아버지 같기도 했다. 수연이 배척하지 않는 세상의 유일한 사람, 바로 김 화백을 찾은 수연의 동그란 눈동자가 반짝반짝 빛났다.

"할아버지."

계단까지는 마치 말괄량이처럼 뛰어내려 왔지만 오후의 고요를 즐기고 있는 김 화백을 방해하지 않기 위해 자동적으로 속도를 줄인 수연이 조용히 김 화백을 불렀다. 잡티 하나 없이 뽀얀 얼굴에 찰랑찰랑 윤기가 흐르는 어깨 길이의 검은 생머리가 수연의 청순한 매력을 더욱 돋보이게 했다. 지금의 그녀를 누군가가 본다면 대인공포증이 있어 세상과 전혀 소통하지 못하는 정서장애를 가진 아가씨라고는 결코 생각하지 못할 것이었다.

수연의 목소리가 들리자 난에 집중하고 있던 김 화백의 주름 잡힌 얼굴에 절로 부드러운 미소가 돌았다. 곧 마른 헝겊을 놓고서 허리를 펴고 섰다.

"오, 그래. 무슨 일이냐."

"저……, 작품을 완성했어요.

"호오, 그래? 이 할애비가 얼른 가서 감상을 해야겠구나."

언제나 그렇듯 든든한 후원자이자 스승인 김 화백의 다정한 반응에 수연은 못내 행복해 엷은 미소를 지었다. 그러나 두 사람만의 오붓한 감상 시간은 때 아니게 울린 초인종 소리 때문에 잠시 미뤄지고 말았다.

이방인의 방문을 알리는 초인종 소리에 수연의 표정이 금세 불안하게 흔들렸다. 그녀와 김 화백, 그리고 낮에만 머무르며 일하는 아주머니 외에는 출입하는 사람이 많지 않은 곳이었기에 갑작스러운 초인종 소리가 이질적인 건 당연했다. 수연이 불편한 눈으로 현관 쪽을 주시하자 김 화백이 부드럽게 웃으며 말했다.

"수연아, 문 좀 열어 주겠니?"

수연은 내키지 않는 표정으로 김 화백을 바라보았다. 그러나 김 화백은 괜찮다는 듯 인자하게 웃으며 거듭 고개를 끄덕였다.

"최 변호사일 게야. 내가 오라고 기별을 넣었단다."

그제야 수연의 표정이 조금 편해졌다. 최 변호사는 김 화백의 고문 변호사로 수연도 이미 여러 번 보아 얼굴을 익힌 사람이었다. 수연은 의심 없이 현관으로 다가가 버튼을 눌러 대문을 개방해 주었다. 곧 인기척이 들리자 현관문을 열어 주던 수연의 동작이 그대로 굳어 버렸다. 최 변호사일 거라 믿어 의심치 않았으나 열린 현관문 너머로 보이는 얼굴은 처음 보는 사람의 것이었다.

낯선 얼굴, 상당히 강하고 날카로운 인상, 작고 왜소한 체구의 수연보다 한참은 큰 장신의 키와 건장한 체격의 남자였다. 사진 속에서나 볼 수 있을 것 같은 눈에 띄게 잘생긴 얼굴 때문일까, 체격 때문일까, 무심한 표정 때문일까, 위압감이 느껴지는 낯선 남자의 갑작스러운 방문에 수연은 더더욱 얼어붙고 말

앉다.

놀라서 얼어붙어 있는 수연과 달리 당당하게 현관문을 휙 밀치고 안으로 들어서던 남자는 목석처럼 서 있는 수연과 시선이 마주치자 흘끗 쳐다보았으나 곧 무심하게 시선을 돌려 버리고 뒤쪽에 있는 김 화백을 찾았다.

"처음 뵙겠습니다, 할아버님."

차가운 음성에는 낮은 조소와 이죽거림마저 담겨 있었다. 수연은 자신도 모르게 몇 걸음 뒷걸음질 치다가 벽에 등이 탁 부딪치고 말았다. 늘 그렇듯 타인을 대하면 두려움이 일어 시선을 피해 버리고 말기에 고개를 숙였다.

도형은 그런 그녀의 반응에는 전혀 관심 없이 김 화백만을 쳐다보고 있었다.

"처음이라, 여전히 당치도 않은 놈이로구나. 장승처럼 서 있지 말고 왔으면 냉큼 들어오든가."

평소의 온화한 모습은 온데간데없이 김 화백은 역정이 묻은 어조로 냉하게 말하고는 소파로 가서 앉아 버렸다. 처음이라니, 그동안 전시회고 갤러리고 화단이고 행사장에까지 몇 번이나 찾아와서 사람을 귀찮게 한 일은 까맣게 잊어버린 건지.

'그놈 변죽 한번 더럽게 요란하구나.'

김 화백은 마땅치 않아 하는 기색을 굳이 숨기지 않았다. 잘 손질된 윤기 나는 구두를 벗고 들어서려던 도형은 문득 코를 찌르는 물감 냄새에 고개를 돌려 못 박힌 것처럼 서 있는 작은 여자를 흘끗 쳐다보았다.

'뭐야.'

나름대로 임전 태세로 쳐들어온 것이라 눈앞을 막는 여자 따위 안중에도 없었는데 물감 냄새가 하도 요란하여 더 이상 방치해 두지 못했다. 그러나 그 작은 아가씨의 얼굴은 도통 보이질 않았고 얼룩덜룩 요란하게 물감만 묻은 앞치마와 핏기 없이 하얀 손만이 보였다. 물론 김 화백의 주변은 조사로 인해 누구보다 잘 꿰뚫어 두고 있었다.

'그렇군. 이 아가씨가 신수연이란 건가.'

고개를 푹 숙이고서 얼음 놀이라도 하듯 굳어 있으니 신경에 거슬려 새삼 쳐다보게 되었다. 과연 이 아가씨가 조부가 망령이 나 정분이 난 대상이 아니라는 게 사실인지. 의심이 들다 보니 자연히 고운 눈빛이 나가지 않았지만, 그렇다 하더라도 심하게 굳어 버리는 반응이 도를 지나쳤다. 혹시 제 발 저린 격인가.

"수연아, 그만 올라가도 된다."

흘끗 쳐다보고 있는데 거실에서 김 화백의 목소리가 들려왔다. 그 말 한 마디에 줄곧 이상한 반응을 보이던 아가씨는 곧바로 더듬더듬 벽을 짚어 피하는 기세로 곧장 2층으로 서둘러 사라졌다. 도형은 조소를 입가에 머금고는 곧 김 화백을 똑바로 쳐다보며 안으로 들어섰다. 도형의 커다란 체격이 들어서자 고급스러운 카펫이 깔려 있는 거실이 곧바로 꽉 차는 느낌이 되었다. 김 화백은 무심하게 앉아서 도형 쪽으로는 시선도 두지 않고 있었다.

"손자를 부르셨으면 쳐다보시는 정도는 해도 되지 않겠습니까."

"몹쓸 놈. 내 그림이나 탐내고 있는 도적놈한테 그런 호사스러운 반응까지 보일 줄 아느냐."

도형의 입술 끝이 차게 말려 올라갔다. 그동안 그렇게나 접촉을 시도했는데도 눈 하나 깜빡 않던 능구렁이 할아범이 무슨 용건이 있어 자신을 부른 것인지 당연히 견제가 되었다. 무슨 말을 내뱉을지는 모르겠으나 타인보다 더 먼 손자를 태어나서 처음으로 조부 쪽에서 먼저 불러 이렇게 발을 들여놓게 되었으니 중요하고도 치명적인 이유가 있을 것이다.

'죄송하지만 영감님 생각대로는 되지 않을 겁니다.'

앞자리에 털썩 앉아 긴 다리를 척 꼬자 김 화백이 눈을 부릅떴다.

"공손하게 앉지 못할까!"

그러나 도형은 전혀 반응 없이 심드렁한 표정으로 자세를 풀지 않은 채 말했다.

"예의범절에 대한 개념이 정착되어야 할 어린 시절에 예의를 가르쳐 주셔야 마땅한 조부님을 뵌 적이 없어서 말입니다."

"저저…… 깡패 놈이 머리 안쪽까지 썩은 게지. 말하는 본새하고는."

도형이 쿡 웃자 김 화백은 형형한 눈을 도형에게 고정시킨 채 무시무시한 표정을 풀지 않고서 말했다.

"내가 이 집을 개방하자마자 달려온 걸 보니 그 몹쓸 개코가 냄새를 맡긴 맡았나 보구나. 뭐라도 얻어가려고 달려들었겠지 만……."

"어차피 할아버님께서 돌아가시면 유산 상속권은 저한테 있을 텐데요. 굳이 고생해서 얻으려고 애쓰지 않아도 자동적으로 법이 알아서 해줄 일입니다. 그저 할아버님께서 생전에 손자에게 회한의 사과를 털어놓으시면 편히 가시도록 말씀 정도는 들어드리겠습니다."

지금까지야 철옹성처럼 단단하게 막힌 집이었고 그 집주인 또한 전혀 타협의 여지없이 아들과 손자를 모두 싸잡아 후레자식쯤으로 치부해 왔기 때문에 도형 쪽이 저자세에 혈기를 품고 달려들 수밖에 없었지만 이제 사정이 좀 달라졌다. 무슨 의도이건 간에 김 화백 쪽에서 먼저 그를 부른 것이었으므로 도형은 소위 튕기는 입장이 될 수 있었다.

'이 형세를 이용하지 않을 수 없지.'

"호락호락하지 않은 놈이라는 건 내 익히 알고 있었다, 고연 놈."

"칭찬 받았군요. 기쁩니다, 손자는."

"허…… 보통 낯이 두꺼운 놈이 아니야. 그러니 뒷수작을 벌여 내 그림을 끌어 모으려고 별짓을 다 하고 다니는 게지."

도형의 표정은 변화가 없었다. 일본에서의 일뿐 아니라 김 화백의 작품을 소장하고 있는 각종 정재계의 인사들에게 접근한 일이 한두 번이 아니었으므로 자신의 행동이 김 화백의 귀에 들어갔으리라는 건 당연했다.

"조만간 작품을 모조리 수중에 넣을 생각입니다만. 상속권이 건 수단을 쓰건."

서로 악감정이 지속되다 보니 이 고약한 친조부의 작품을 지구상 어디에도 남겨놓고 싶지 않다는 오기가 최정점까지 치솟고 있었다.

늘 부친의 얼굴에 드리워져 있던 조부에 대한 죄스러움과 미련, 그것이 도형을 더욱 화나게 하는 것이었다. 그러나 조부에게 자신과 부친은 깡패에 내놓은 자식, 혹은 핏줄로 연결된 것조차 짜증나는 존재일 것이다. 어떻게 이렇게 고약한 늙은이가 있을 수 있을까. 하나밖에 없는 아들의 장례식에조차 오지 않은 비정한 아버지가.

"좋다. 네 놈이 방금 떠든 상속권에 대해 말해 보자. 죽기 전에 내가 유언장을 작성해 네 놈 따위에게는 캔버스의 한 귀퉁이도 내줄 수 없다고 정해 놓으면 어찌할 테냐. 네 놈이 제아무리 용을 쓰더라도 쉽지 않을 텐데."

김 화백이 손가락을 척 들어 정확히 도형의 콧대 정중앙을 지적하며 공격했지만 도형은 여유로운 표정으로 빙긋 웃었다.

"그럴 때 억울한 사람을 구제하라고 있는 게 법일 텐데요. 패소하더라도 소송을 걸어 봐야겠지요. 사후에 유산을 놓고 이러쿵저러쿵 일들이 일어나는 게 싫다면 번거롭게 굴지 마십시오. 저승길에서도 편치 않으실 테고."

"고연 놈. 아무리 소송을 해봐라, 네 놈에게 유리하게 돌아갈 구멍이라도 있을지."

"바늘구멍이더라도 찾아봐야지요."

"깡패 짓 해서 모은 돈도 만만치 않을 텐데 대체 이 늙은이의 유산까지 탐내는 이유가 뭐냐? 돈이 궁해서는 아니지 않아!"

"맞습니다. 돈이 궁하지는 않지요."

"그럼 대체 뭐가 궁한 게야!"

"그저 작품의 소유권을 갖고 싶을 뿐입니다."

"네 놈이 그렇게나 미술 작품에 지대한 관심과 조예를 갖고 있는 줄은 미처 몰랐구나. 네 애비란 놈은 미술시간에 조각칼을 들고 싸움박질이나 하던 놈인데 말이다."

"저 역시 조각칼을 싸움 도구로 알고 있는 아버지의 자식입니다만."

김 화백의 얼굴이 푸르락누르락 했다. 역정이 잔뜩 묻은 어조로 버럭 소리쳤다.

"그럼 내 작품은 무엇 때문에 그리 탐내는 게야!"

"태워 드릴까 싶어서요."

아주 간단하게 흘러나온 대답에 김 화백의 눈이 화등잔만 하게 커졌다. 잠시 전구처럼 커진 눈으로 도형을 뚫어지게 쳐다보던 김 화백이 중얼거렸다.

"지, 지금 뭐라고……."

"깡패 손자에게 뺏기느니 스스로 태워 버리겠다고 하신 작품들 말입니다. 제가 태워 드릴 생각입니다."

"이런 고연 놈!"

분노를 참지 못한 김 화백이 부르르 떨리는 손으로 무어라도 집어 던질 태세로 주변을 둘러보는 순간 도형이 단호하게 말을 이었다.

"태워서 그 재, 부모님 묘지에 뿌릴 생각입니다."

천국에서라도 조부와 화해하시라 청하는 아들의 마지막 효도이자 불효였다. 도형의 말에 극렬 일도로 치닫던 김 화백의 반응이 천천히 잦아들었다. 장례식에조차 찾아오지 않은 조부의 비정함, 그것이 도형을 질리게 한 것이었다.

어차피 당신께 아들과 손자는 그저 이름을 더럽히고 우아한 명성에 흠집을 낸 깡패 자식들일 뿐이겠지.

"네 아비가, 그렇게 일찍 갈 줄은 몰랐다. 부모 앞에 먼저 가는 게 얼마나 큰 불효인지, 그 녀석이 알기나 하고서 눈을 감았을지."

문득 김 화백의 얼굴에 깊은 회한이 돌았다. 후회하고 있다는 걸까. 당신도 슬프고 가슴 아리기는 하다는 걸까. 그런 사람이 장례식에도 오지 않았는가. 아니면 찔려서 차마 오지 못한 건가. 무엇이 어떻든, 그 정도의 말로 도형의 가슴에 깊이 파인 생채기가 가셔질 리는 없었다.

세상 어느 누가 미래의 일을 정확히 알고서 살아갈까. 모르면 모르는 대로 일어날지도 모를 일을 감안하며 대비하며, 살아있는 동안에라도 최선을 다하며 사는 것이 아닐지. 하지만 조부는 부친을 버렸고, 부친은 조부의 버림을 허용했다. 두 사람에게는 그 어떤 화해의 연결 고리도 없었다. 그리고 부친의 죽음으로 이제 더 이상 그럴 기회도 사라졌다. 자신이 대신 한다고 해도 그건 이미 의미가 달라지는 것이다. 딱히 그러고 싶지도 않았고. 그저 조부에게 심하게 화가 나 있을 뿐.

'서른넷이나 먹어서 이거 원, 뭘 하자는 건지.'

하긴, 일흔이 넘었는데도 어른으로서의 아량은커녕 아직도 손자와 싸우려고 드는 그 할아버지에 그 손자인 건가.

"장례식은 왜 안 오셨습니까."

"안 부르기에 안 갔다."

"불렀을 텐데요. 연락은 분명 드렸습니다."

"그놈한테서 연락이 안 왔단 말이다. 그놈한테서……."

도형은 아무 말도 하지 못했다. 조부의 눈자위가 문득 빨갛게 느껴진 것은 착각이겠지.

"평소에도 그리 말을 안 들어먹더니, 마지막까지 부모보다 먼저 가는 불효나 저지르고. 못난 놈, 고연 놈. 절대 용서 못한다."

도형은 하도 기가 막혀서 말도 나오지 않았다. 용서 못할 쪽은 백이면 백, 자신들 쪽이라고 확신하는데 이 이기적인 노인은 오히려 당신 쪽에서 용서란 단어를 사용하고 있다.

"네 놈을 부른 건 내가 당장 내일 죽더라도 내 작품이나 재산 그 어떤 것에도 눈독 들이지 말라는 말을 하기 위해서다."

더불어 김 화백의 이어진 말에 도형은 상념에서 벗어나 조부를 조용히 바라보았다. 그의 성질 치고는 꽤나 길게 참았지만 이 상태가 언제까지 가능할지 모르겠다. 그의 눈동자에 짜증의 기색이 왈칵 어렸다.

"이미 알고 있는 사실입니다만?"

"내일 변호사를 불러 유언장을 작성할 테니 네 놈은 쓸데없는 욕심 따위 포기하는 게 좋을 게야."

"그럼 저도 내일 제 변호사를 만나 소송 준비를 하겠습니다."

"고연 놈, 마지막까지."

"피차 포기할 생각이 없다면 전쟁을 할 밖에요."

"한심한 놈."

"그게 제가 살아가는 방식입니다."

"깡패들이 살아가는 방식 말이냐?"

"고고하신 화백님의 방식도 깡패와 별반 다르지 않은 것 같습니다만."

김 화백의 눈매가 더더욱 사나워졌다. 한동안 도형을 뚫어져라 노려보던 김 화백이 곧 말을 이었다.

"듣기에 네 놈이 포커를 꽤 한다는 소문이 들리더구나."

도형이 무심한 눈으로 툭 던지듯 대답했다.

"그런데요?"

"기왕 왔으니 어디 네 놈 솜씨나 보자."

"고매하신 화백님께서 포커에도 손을 대시다니, 안 될 일이지요. 그런 한가한 게임이나 하려고 찾아온 것도 아니고, 후레 손자도 매우 바쁩니다."

"이죽거리지 마라. 잠시 있었는데도 네 놈 말투 지긋지긋하구나. 네 놈이 이긴다면 유언장 작성을 한 달 정도 미뤄 줄 수도 있지."

"제가 이기면 상속권을 저한테 넘기시지요."

"한 달 미루는 것, 그것 외에 어떤 조건도 없다."

도형은 한숨을 폭 내쉬었다.

'도대체 이 괴팍하고 고약한 노인네가…… 벌써 망령이 든 건 아닐 테고.'

또 무슨 꿍수를 부리려고 저런 상식 밖의 제의를 하는 것인 지 생각해 보는 것만으로도 머리가 지끈거렸다. 과연 저 능구렁 이 같은 기질은 조부와 자신이 바로 한 핏줄임을 보여주는 것도 같았지만…….

"좋습니다."

포커 한 게임쯤 해서 나쁠 일도 없으려니와 포커라면 제법 자신도 있었기 때문에 도형은 조부의 제의를 받아들였다.

주방에서 저녁을 준비하고 있던 아주머니가 난데없이 끌려와 딜러가 되었다. 또한 칩 대신 현금을 거는 방식으로 진행이 되 었다. 얼떨결에 딜러가 된 아주머니는 두 사람의 지시에 의해 카드를 한 장씩 나누어 주었다. 두 사람이 내놓은 수표가 테이 블의 한가운데에 쌓이고 있었다. 생각보다 꽤 큰 판이었다.

도형은 자신과 조부의 패를 가늠해 보았다. 쌓인 수표가 누구 의 수중으로 돌아가느냐, 그러나 지금은 돈이 중요한 게 아니었 다. 무슨 일이 있어도 조부를 이겨야 했던 도형은 백만 원권 수 표를 지갑에서 꺼냈다.

"레이즈 백만."

김 화백도 희미하게 웃으며 지갑을 열었다. 그러나 곧 난처한 미소를 보내더니 지갑을 가볍게 흔들어 보였다.

"유감이야. 현금을 다 썼어."

"그럼 드롭하시죠. 잘 수확해 드리겠습니다."

"헛소리."

"어떻게 하실 겁니까?"

"어쩌나. 이 늙은이에게는 깡패 놈만 한 현금이 없는데."

도형의 짙은 눈썹이 휘어져 올라갔다.

"현금이 없다면 집문서도 가능합니다만?"

늙은이가 또 무슨 해괴한 수를 쓰는가 싶어 도형은 차갑게 대꾸했다. 돈이야 어떻든 자신은 이 게임의 승자여야 했다. 서로 원수보다 더한 사이로 지내다가 이렇게 오랜 시간 함께 있어 본 일이라곤 생전 처음인데 하필이면 그게 포커 판이라니, 누구라도 들으면 그 집안 참 용하다고 비웃을 일이었다.

'하물며 지는 포커 판이라니 도저히 용납 못하지. 영감님, 의중이 뭡니까. 정말 아무런 사심 없이 포커 게임이나 하자는 겁니까, 아니면 얕은 수를 쓰려는 겁니까. 그 잔꾀로 영감님이 얻을 건 또 무엇인 겁니까.'

"그렇다면 어쩌나. 집문서, 좋지. 하나, 집문서보다야 네 놈의 흥미를 끌 만한 게 더 낫지 않겠냐."

그러더니 김 화백이 메모와 펜을 끌어 와 무언가를 적었다. 곧 김 화백이 내던진 메모지의 내용을 확인하자 실로 놀라운 내

용이 적혀 있었다. 처음에는 이 늙은이가 또 무슨 장난을 치는 건가 싶어 흘끗 쳐다만 보았던 도형은 기가 차다는 표정을 했다.

"왜? 싫으냐?"

"하……."

도형은 혀를 끌끌 찼다. 조부가 내던진 메모에는 〈김한일의 작품들〉이라는 글자가 선명하게 쓰여 있었다. 도형은 말할 수 없이 감정이 상한 얼굴로 김 화백을 노려보았다. 그의 눈동자가 차갑게 빛나고 있었다.

"이건 또 무슨 장난이십니까. 벌써 노망이라도 나신 겁니까."

불손한 그의 말에도 김 화백은 별로 흔들림이 없었다. 그다지 노한 기운도 보이지 않았다. 오히려 낮게 비웃음을 띠며 말했다.

"왜, 그 정도는 되어야 네 놈 흥미를 끌 것 같은데?"

이 무슨 황당하고도 고약한 늙은이란 말인가.

"그렇게 피해 다니시던 분이 고작 포커에 작품을 걸겠다는 말씀이십니까? 그 고매한 예술혼을?"

김 화백은 도형만큼이나 이죽거리는 웃음을 띠며 대답했다.

"어차피 내가 이길 것을 무엇을 건다 한들 무슨 상관일까. 한 번 발악해 봐라. 나는 걸 건 다 걸었으니."

하…… 도형은 화가 나서 수표 두 장을 더 던졌다.

"좋습니다. 승부해 보도록 하지요."

노인네가 선동을 하는 것이라도 받아줄 필요가 있었고, 괜히 허세를 부리는 것이라도 결과는 똑같았다. 상대방에게 쓰리카드의 가능성이 있었지만 왠지 허세 쪽으로 마음이 기울어졌다. 지고 싶지 않으니까 저렇듯 대단한 걸 걸어놓고서 선동하고 있는 거겠지.

'십중팔구 함정이다.'

넙죽 걸려들어서 침을 흘리며 집착하는 꼴을 보고 싶은 건가.

'저런 조건을 걸었다면 끝까지 드롭 따위 하지 않으리라는 걸 알 텐데. 발버둥치는 모습이라도 즐길 생각? 좋군, 한번 잘 감상해 보시지요.'

이대로라면 도형의 카드는 투페어였다. 이길 가능성은 적었지만 저쪽 역시 쓰리카드일 것 같지는 않았다. 확률은 반반이었다. 다만 행운의 여신이 설마 젊고 팔팔한 남자를 두고 다 늙은 노인의 편으로 가겠는가.

"어디 보자."

느릿느릿 가늠해 본 김 화백이 어깨를 으쓱하곤 자신의 카드를 펼쳐 보였다.

"쓰리카드, 내 승리인 것 같은데."

"shit!"

말도 안 된다. 역시 처음부터 가지고 놀 생각으로 작품이니 뭐니 적어서 흔들어 가며 양껏 희롱한 것인가. 어처구니가 없었지만 예상했으면서도 제대로 걸려들었다는 사실에 도형은 더욱 착잡한 상태가 되었다. 그로서는 절대 먼저 포기하지 못할 미끼를 늘어놓고 실컷 쇼를 감상한 것이다.

"어떠냐. 한 번 더 회생의 기회를 주어 볼까?"

"당연한 것, 아닙니까."

도형은 이를 갈듯 대답했다. 언제까지 놀릴 의도인 건지. 좋다, 기왕 멋지게 걸려든 것 마지막까지 가볼 밖에. 눈앞까지 왔던 작품들이 날아갔다. 물론 그것도 아주 중요하지만 자신이 노인과의 대적에서 졌다는 사실이 더욱 분했다. 포커라면 자신 있었는데 도통 노인네의 페이스에 휘말려서 헤어 나오지 못하는 기분이었다. 하지만 굶주린 늑대의 앞에서 생고기를 흔들어 보이는 것이나 다름없으니 정신이 산란할 밖에.

그만큼 자신만만하다는 것일까. 그렇기에 그렇게 쿨하게 포커를 제안했던 것이고? 이 모든 것이 다 저 노인의 계획대로라면. 그렇다면 그것으로 저 노인이 얻는 궁극적인 것은 무엇인가. 단지 작품을 향해 손을 뻗어 허우적거리는 손자 놈 꼴을 봐주는 것? 아니면 작품은 턱도 없다는 것을 우회적으로 보여주기 위한 쐐기 박기?

무엇이 어떻든 생각하면 할수록 분해서 도형의 표정이 점점 더 굳어 가는 와중에 다시 한 번 카드가 배분되었다.

"콜이다, 네 놈에게 가지고 온 전부에 더 걸지."

자신만만하게 외치는 걸 보니 이미 지갑도 비어 버린 영감이 대체 무엇을 끌어다가 걸지 도형이 쳐다보았더니 김 화백이 아주머니에게 가까이오라는 손짓을 했다. 귓속말로 무언가를 말하자 아주머니는 곧 고개를 끄덕이곤 사라졌다. 도형이 이게 무슨 의미냐는 듯 쳐다보았지만 김 화백은 느긋한 표정이었다.

"드롭이십니까?"

"그럴 리가. 적당한 칩을 구해 오는 중이지."

"소라도 끌고 오실 생각이십니까?"

"요즘 소값이 그렇게 높았던가."

'저 영감탱이.'

도형은 진심으로 이가 갈렸다. 이쯤 되니 머리가 지끈거려 승부고 뭐고 포커 따위 끝내 버리고 돌아가고 싶다는 생각이 불쑥 들었다. 물론 승부욕이 강한 건 사실이었다. 하지만 될 일 안 될 일이 나누어져 있다고 봤을 때 오늘은 운이 따라주는 것 같지도 않고 괜히 섣불리 나섰다가 능구렁이 노인의 손바닥 위에서 재주넘기를 하다가 끝내 버릴 위험성도 컸다.

결코 저 노인의 뜻대로 움직여서는 좋을 게 없을 것 같은데. 또한 포커로 작품에 대한 소유권을 가진다고 해도 의미가 있을 것 같지도 않았다. 그는 약탈해서 도발하고 싶은 것이지, 운 좋게 얻게 되더라도 노인의 잔꾀 같은 속임수에 휘말리는 건 사양이었다. 만약 이 포커 판에서 끝내 그가 패자가 된다면 앞으로 어떤 약탈을 해도 즐겁지 않을 것 같다는 예감이 뚜렷하게 엄습해 왔다.

'혹시 앞으로 있을지 모를 법적 분쟁에 앞서 미리 기선을 제압하자는 의미인가.'

별 번거로운 방식을 쓰는 노인네가 아닌가. 얼른 돌아가서 뜨거운 물에 샤워나 하고 싶다는 생각을 하고 있는 그 때 아주머니가 나타나더니 그 뒤로 수연이 마치 도살장에 끌려오는 소처럼 내키지 않는 걸음으로 겨우겨우 따라오고 있었다.

"……."

저건 또 뭔가.

딜러를 바꾸려는 건가, 또 무슨 수작인 거지? 그러나 도형의 생각은 완전히 어긋나고 말았다. 수연이 온 것을 확인한 김 화백이 하얗게 질려 있는 그녀의 손목을 끌더니 바로 말했다.

"콜, 작품과 이 집, 또한 이 아이까지."

순간 의미를 잘 알지 못하는 수연뿐 아니라 도형까지 잠시 어이가 없어서 정지해야 했다. 오직 김 화백만이 담담한 표정이었다. 그러나 이내 그 의미를 해석한 도형이 화가 머리끝까지 올라 더없이 차가워진 눈빛으로 김 화백을 쏘아보며 낮게 입을 열었다.

"장난이 심하십니다. 사람을 거는 포커판이라니, 들어본 일도 없습니다."

도형의 말에 수연은 그제야 상황을 이해하고서 믿을 수 없다는 표정으로 김 화백을 쳐다보았다. 그러나 김 화백은 수연 쪽은 쳐다보지도 않고서 말을 이었다.

"어차피 내가 이길 게 자명하니 무엇을 걸든 네 놈이 동요할 일이 아니라니까 이해를 못하는구나."

도형의 입매가 꽉 다물려졌다. 테이블에 올려 둔 한 손에 힘이 들어가 주먹이 꾹 쥐어졌다. 몇 초간의 정적이 흘렀을까, 맞서 노려보는 김 화백과 도형의 눈빛 사이에는 그 어떤 물러섬도 없었다.

'좋군. 갈 데까지 가보지. 노망난 늙은이가 바라는 얕은꾀가 무언지 게임이 끝나면 알 수 있겠지.'

곧 도형의 표정에서 감정이 사라졌다. 말 그대로 포커페이스가 되어 그는 지갑을 통째로 테이블 가운데로 내던졌다.

"좋습니다. 피차 다음 한 장으로 승부하도록 하지요."

"듣던 중 반가운 소리구나. 네 놈의 지갑이 네 놈처럼 가볍지 않기를 바랄 뿐이야."

도형의 속을 알 수 없는 포커페이스, 수연의 혼란스러움과 원망이 뒤섞인 시선, 김 화백의 잔잔히 흘러가는 물처럼 고요한 표정이 한데 섞이고 있었다.

수연은 왜 자신이 이곳에 서서 이런 내기의 칩이 되어야 하는 건지, 또한 김 화백이 도대체 무슨 의도로 평소에는 생각지도 못하는 언행을 하고 있는 건지 이해가 가지 않았다. 따지고도 싶었지만 김 화백이 나름의 의도를 가지고 하는 언행에 함부로 굴고 싶지는 않았다. 기다려 보면 반드시 이유가 있을 것이다. 아마도 해프닝쯤으로 끝나고 말겠지. 그러나 가장 큰 불편함과 어려움은 역시 누군가가 있는 공간에 서 있어야 한다는 이런 끔찍한 기분이었다.

'노인네는 쓰리카드, 남은 카드에 따라서 풀 하우스의 가능성이 있다. 방금 전에도 쓰리카드의 가능성이었는데 실제로 그것이었다. 오늘의 운은 조부 쪽이다. 같은 패턴이라면 아마 이번에도……'

도형은 조부의 펼쳐진 카드를 가늠하며 생각했다. 어차피 두 사람은 현재 전부를 건 상태였다. 쇼다운, 조부의 카드가 먼저 펼쳐졌다.

"풀 하우스."

fuck!

도형의 예측대로였다. 오늘 조부는 행운의 기운이 있었다. 포커페이스가 흔들리고 낭패의 표정을 내짓는 도형을 흘끗 쳐다본 조부의 입가에 미소가 번졌다. 승자의 여유를 머금으며 김화백이 말을 이었다.

"어떠냐. 결국 네 놈이 지는 판이었다."

잔뜩 굳어 있는 수연의 표정에 그나마 안도감이 돌았다. 이방인 남자의 표정이 말할 수 없이 일그러져 있었지만 상관할 이유가 없었다. 손자라는 그 이방인은 완전히 화가 난 것 같았다. 그렇든 말든 수연은 얼른 이 자리를 벗어나고 싶었다.

"할아버지, 전……."

그만 올라가겠다고 말하려는 순간이었다. 그때까지 짜증과 심한 낭패의 기색을 담고 있던 이방인의 표정이 돌변하더니 입술 끝이 살짝 말려 올라갔다. 길게 찢어진 날카로운 눈매로 조부의 시선을 붙들고서 낮게 미소 지은 그가 히든카드를 펼쳤다.

"포카드, 찰나 동안의 착각의 유희는 즐거우셨습니까? 유감스럽지만 저의 승리입니다."

바로 이 순간을 노리고 있었다. 일부러 낭패라는 표정을 지어 보는 것도 이 희열을 느끼기 위해서였다. 물론 오늘 조부에게 행운의 기운이 없는 건 아니었지만 여신은 여전히 자신의 편을 들고 있으니 조부에게는 참으로 미안한 일이 아닌가.

수연의 시선이 자신도 모르게 이방인을 똑바로 쳐다보았다. 그러나 남자는 그녀 따위는 안중에도 없다는 듯 승리의 순간을 만끽하기 위해 조부만을 날카롭게 주시하고 있었다. 그 날카로운 조소도 얼마 있지 않아 서서히 사라지고 말았지만.

무언가가 이상했다. 당연히 다 잡은 승리가 날아갔으니 화가 나도 만 번은 났어야 할 김 화백의 입가에 더없이 잔잔하고 고요한 미소가 담겨 있는 것이다.

"할아버님, 패배하셨습니다만?"

모르고 있는 건가. 그럴 리가 없는데 어째서 웃고 있는 건가. 그 잠깐 사이에 치매가 와서 그사이의 일들을 모조리 잊어버린 게 아니라면. 그러나 도형의 기우와 달리 말짱한 정신으로 고개를 돌린 김 화백이 수연의 손목을 가만히 쥐어 끌어 왔다. 그리고 도형을 돌아보더니 단호하게 말했다.

"좋다, 네 놈이 이겼으니 자연히 네 놈에게 넘겨야겠지. 내 작품의 소유권을 네 놈에게 상속하마. 물론 이 집과 이 아이도 함께."

잠시 이해하지 못하여 얼떨떨한 표정을 하던 도형의 눈동자가 곧 파동 치듯 커졌다.

"이게 무슨……!"

승부에 집착하고 있다가 김 화백이 내건 칩의 의미들을 젖혀

두고 있었다. 물로 그로서는 이해할 수도 용납할 수도 없는 말이었다. 이게 무슨 뜻인가! 소유권 상속, 그래, 좋다. 집도, 나쁘지 않았다. 한데 저 애 같은 여자도 함께 끼어서라니.

설마 이것이 저 노인이 선택한 적당한 정리 방법이라고? 이 게임으로 사후에 일어날지 모를 작품에 대한 분쟁을 미리 막고자 손을 썼다. 분쟁은 싫으니 적당히 양도할 방법으로 포커 내기를 선택한 것이다. 하지만 그건 무리가 있었다. 만약 그런 것이라면 그동안 두 사람 간의 힘들고도 지루했던 투쟁은 다 무엇이란 말인가. 또한 수연이라는 저 아가씨를 향해 보이는 온건한 미소를 제외하면 여전히 도형에게 향하는 표정은 차갑고 배타적인 무시가 담겨 있었다. 그러니 손자에게 모든 재산을 줄 은근한 방법으로 포커를 선택한 지혜롭고 쿨한 할아버지의 모습은 아닌 것 같은데.

'그래, 저 아가씨를 향해 보이는 온건한 미소 외에는……'

순간이었다. 도형의 머릿속이 쾅 하고 울렸다. 설마……, 이 게임은 처음부터 오로지 저 아가씨 하나만을 위한 것이었던가! 작품 같은 것보다 조부의 사후에 저 아가씨의 소재를 확실하게 하기 위해서?

하지만 그것도 말이 되지 않았다. 아니, 상식적으로 이해가 되지 않았다. 도대체 무엇 때문에. 진정한 핏줄도 외면하고 매몰차게 대하는 사람이 전혀 피로 연결되지 않은 타인에게 그토록 신경을 쓴단 말인가. 그게 가능하기나 한 걸까. 하지만 만약 그렇다면 그것은 더더욱 도형의 마음을 얼음처럼 굳히는 결과

밖에 되지 않았다. 그런 의도라고 생각해 보는 것조차 도형을 화나게 하는 것이었다.

"싫습니다. 승자는 저이니 원하는 것만 받아가겠습니다."

도형이 손을 뻗어 작품에 대한 포기 메모를 집으려 했으나 김 화백이 먼저 그것을 낚아챘다.

"안 돼. 이 아이도 함께야!"

"하, 할아버지, 싫어요……."

이 무슨 고집쟁이 할아범과 덜 익은 손녀 사이의 한바탕 애정 다툼인 건지. 그 사이에 선 도형은 기가 막히고 질리고 미치고 팔짝 뛸 것 같았다.

수연이 김 화백의 팔을 잡으며 완강히 거부의 뜻을 표현했지만 김 화백은 들으려 하지 않았다. 떡 줄 사람은 생각도 않는데 싫다는 부정적인 의미의 말을 감히 하고 있는 게 또 짜증나서 도형은 이 집의 모든 것이 다 성질이 났다.

"저 아가씨를 포함한 이 집, 둘 다 포기하겠습니다."

"그렇다면 작품도 포기하는 거겠지?"

"작품은 제 것입니다."

"그렇다면 재미로 벌인 판이라고 치자. 없던 걸로 하마."

이 영감탱이가.

"알겠습니다. 없던 걸로 치지요."

도형은 자리에서 벌떡 일어났다. 모멸감이 일어 참을 수가 없었다. 그런 귀찮은 일에 휘말릴 이유가 절대 없었다. 저렇게 숫기라고는 콩알만큼도 없고 흥미라고는 콩알보다 더 없는 여자

잭팟 43

따위를 왜 자신이 책임져야 한단 말인가. 흥미가 없으면 인간적인 관심이라도 생겨야 봐주고 싶은 마음이라도 일지. 아니, 다 떠나서 그는 귀찮았다.

"가보겠습니다."

처음부터 다시 시작하는 게 나았다. 조부의 확실한 의도를 알아챘으니 이젠 방법을 달리 해서 다른 식의 접근으로 작품을 빼앗아 버리면 된다. 조부는 마지막까지 자신을 실망시켰다. 아들과 손자보다 피 한 방울 안 섞인 여자아이에게 더 인정을 베풀고 마음을 주는 사람이다. 가족으로서 최저의 인물이다. 차라리 부친과 조부의 얽힌 관계를 잊고서 복수 같은 것도 내던지고서 살아가고 싶은 마음까지 일 정도로 조부에게 머리끝까지 배신감이 들었다. 짜증이 나서 모든 것을 다 마음에서 몰아내고서 독한 양주나 마실 생각으로 돌아서는 도형에게 김 화백이 나서서 말했다.

"작품에 대한 모든 권한을 네 놈에게 넘기겠다는데도!"

"싫습니다."

도형에게는 이제 그 어떤 말도 흥미롭지 않았다. 사람 하나를 넘길 테니 책임지라니, 데리고 있든 후원을 하든 살아가도록 지켜봐 주든, 사람과 사람과의 관계 따위 귀찮아서 싫은 그가 할 수 있을 리가 없었다. 무엇보다 여자는 더 싫었다. 또한 저런 숙맥 같은 여자라면 억만금을 얹어줘도 억만금과 함께 버릴 수 있었다.

그러나 그 뒤 또다시 이어진 김 화백의 말에는 도형의 한 치

미련 없는 차가운 걸음도 멈추고 말았다. 왠지 지금까지와는 확연히 다른 쇠약한 어조, 그 연세가 확실히 느껴지는, 짙은 회한이 담긴 어조로 김 화백이 조용히 말을 이었다.

"네 애비…… 묘소에도 들르마."

2장

세상으로의 문을
닫은 여자

기가 막혔다. 이 작고 볼품없는 여자가 도대체 무엇인데 그 지독한 늙은이가 어울리지 않는 사정까지 하면서…….

최소한의 동정도, 아량도 없이 아들 부부의 장례식에조차 발길을 하지 않은 영감이 작품에 대한 모든 자부심을 한갓 가치 없는 것으로 던져 가면서까지 능구렁이 담 넘어가듯 자신의 의지를 관철시켰다.

정말 본래의 목적이 이 아가씨를 떠넘기기 위해서인가. 당신의 생이 얼마 남지 않았다는 걸 깨닫고 이 아가씨가 몸담을 수 있는 둥지를 찾아준 것인가. 그렇게 천시를 한 친손자라도 이 아가씨를 맡길 곳으로는 남보다 낫다는 판단을 내린 것인가. 그 고매한 자부심과 자존심을 접어 버리면서까지.

'대체 이 여자 정체가 뭐야.'

수연에게 도형이 갖는 감정은 김 화백에 대한 반감까지 더해져서 악화 일로를 걷고 있었다. 그 노인의 이 아가씨에 대한 같 잖은 애정이 짜증났다. 부러움? 질투? 그 모든 것을 포함해서 신수연이 싫었다. 어째서 자신이 이 어린 여자를 떠맡아야 한단 말인가. 적당한 아파트라도 구해서 던져놓으려고 하는 도형의 마음을 어떻게 읽어 버린 건지 김 화백은 도형이 직접 그의 집 에서 데리고 살아야 한다고 또렷하게 조건을 달았다. 대체 어느 나라 법에 그런 이기적이고 짜증나는 다 큰 아가씨 양육법이 있 는 건지.

"난 내 공간이 방해받는 걸 가장 싫어해. 내 영역이 침범당하 는 건 더 싫어하고, 날 귀찮게 하는 건 가장 싫지."

아무리 들어도 다 똑같은 말이었다. 지독히 이기적이고 지독 히 배타적이고 지독히 차가운. 수연은 새로운 환경으로 이사 온 햄스터처럼 작은 몸을 동그랗게 말아 구석에 박혀 서 있었다. 그녀의 손에 들린 건 작은 가방뿐이었다. 목숨보다 중요한 캔버 스와 미술 도구들은 내일 한꺼번에 옮겨질 예정이었다. 김 화백 은 수연을 내쫓다시피 해서 집에서 내보냈고, 도형은 정 따라오 기 싫다면 아무 데나 던져버려도 억울해 하지 말라는 얼굴로 마 지못해 그녀를 자신의 개인 저택으로 데리고 왔다.

김 화백의 저택만큼이나 큰 집이었다. 하지만 그 모든 공간에 그는 악독한 방어막을 치고 있었다.

'방해하지 말라!'

단지 그 말 한 마디의 의미로 이루어진 금지와 터부. 수연으 로서도 결코 관심 없는 것이었지만, 어디 하나 발붙일 곳 없게 만드는 저 남자의 배타적인 태도에는 이곳에 온 지 아직 몇 분도 채 되지 않았건만 벌써 질려 버렸다. 사람 자체를 두려워하는 극심한 대인공포증이 없다고 하더라도 이 정도로 사납고 차가운 남자라면 누구든 두려워질 것이다.

그가 내뱉는 말 중 가장 많은 단어는 '싫다'였다.

"사장님, 말씀하신 물건 준비했습니다."

서로 지독히 견제하고 있는 수연과 도형의 숨통을 그나마 트게 해준 사람은 천 부장이었다. 아마 두 사람만 있는 시간이 조금만 더 길어졌더라도 둘 중 하나는 질식해 버리고 말았을 것이다. 도형은 수연의 존재가 거슬렸고, 수연은 도형의 존재가 두렵고 부담스러웠다. 그러나 목적을 이루기 위해 도형은 수연을 당분간은 떠맡아야 했고, 수연도 김 화백이 원한다면 이 집에 머물러야 했다. 그렇기에 두 사람 다 효과적인 방법을 찾지 못하고 이리저리 망설이기만 하는 처지였다.

"2층으로 옮겨."

"알겠습니다."

천 부장은 도형의 지시에 따라 민첩하게 움직였다. 잘 빠진 양복 차림으로 여러 가지 잡다한 물건들과 박스들을 날랐다. 그 틈에서 수연은 오로지 김 화백만을 생각하고 있었다. 그 집이 그리웠다. 그분의 다정하고 상냥한 미소가 그리웠다. 온통 얼음송곳으로 이루어진 것만 같은 이 남자의 공간이, 그 얼음송곳으로 언제라도 찌를 준비를 하고 있는 이 남자의 차가운 표정이 두려웠다. 더없이 뚜렷하게 자리 잡은 이목구비를 갖고 있어 배타적인 기운을 더욱 풍기는 남자가 곧 입을 열었다.

"천 부장이 2층에서 숙식할 수 있도록 준비를 하고 있으니까 웬만하면 눈에 띄지 말았으면 좋겠군. 일단 그 노인네가 고집을 꺾을 생각이 없는 것 같으니 이 집에 머물러. 하지만 오래 걸리진 않을 거야. 너도 내 집이 마음에 들지 않는 모양이니 어떻게든 돌려보내 줄 테니까."

말한 것처럼 당장은 김 화백의 말에 따르는 척할 필요가 있었다. 생각해 보니 잠시 동안만 데리고 있는 것이라면 감수할 수도 있을 것 같았다. 처음에는 귀찮고 짜증나기만 했지만 이 아가씨를 잠시 데리고 있음으로써 얻을 수 있는 이득이 많았다. 당신 입으로 내뱉었으니 부친의 묘소에도 갈 터였고, 또한 작품에 대한 소유권도 넘어오는 것이다. 그 모든 문제들이 법적으로 깨끗하게 마무리될 때까지만 이 아가씨를 데리고 있으면 되었다. 누군가와 함께 산다는 것 자체가 그에게 엄청난 스트레스로 작용했지만, 세상에는 무언가를 얻기 위해 약간을 포기해야 할 때도 있는 법이다. 그런 불편쯤 감수해야 한다면 하면 되지 않겠는가. 다만.

"식료품, 가전 기구, 욕실, 화장실, 화실, 침실, 모두 2층에 있으니까 내려오지 말란 뜻이야. 알아들었겠지?"

도대체 벙어리는 아닌 것 같은데 반응도 없고 향취도 없는 여자였다. 사람 말을 듣기나 하는 건지 답답해 속이 터질 것 같은 마음으로 물어보았더니, 수연은 쳐다보지도 않고서 기다렸다는 듯 2층으로 쌩하니 가버렸다. 그 뒷모습을 올려다보며 도형은 황당하다는 헛웃음을 흘렸다. 지금 누가 누구를 짐으로 여겨야 할 상황인데.

"함께 살 수 없는 사이란 걸 알면 늙은이도 포기하겠지."

법적인 절차만 마무리되면 저런 눈도 안 가고 마음도 안 가는 맥없는 여자 따위 어떻게 되든 무슨 상관인가. 그렇게 착하고 정 있게 살아가는 자신의 성품도 아니고. 짐을 하나 떠맡음으로써 김 화백과 화해를 할 마음은 결코 없었던 도형은 견디다 못해 저 아가씨가 집을 뛰쳐나가는 방법도 생각하고 있었다. 이렇게 으름장을 놓는데 저가 무섭고 갑갑해서라도 뛰쳐나가겠지. 그렇게 되면 김 화백이 알아서 새 둥지를 틀어 줄 것이고, 그때쯤엔 이미 작품에 대한 권리는 모두 자신의 수중으로 떨어진 후일 것이고. 활활 태워 버려야지. 아들보다, 손자보다 고아 여자에게 정을 기울이는 그런 노인 따위 핏줄도 무엇도 아니었다.

"서운하네, 그 노인네."

도형은 소파에 털썩 기대앉아 몸을 길게 늘어뜨렸다. 피곤한 하루였다. 과연 2층에 가두어 놓은 저 깃털 숭숭 빠진 것 같은 병아리는 어디까지 버텨낼 것인지. 조금 가혹한 건 아닌가 싶은 생각도 들었지만 어쩔 수 없었다. 자신 같은 괴팍한 남자와 함께 사는 것이야말로 그녀에게 가엾은 일이었다.

사람은 자신의 몸 누일 곳을 잘 찾아야 앞으로도 편하고 행복할 수 있다. 하물며 그림을 그리는 여자인데 마음이 편해야 예술 활동인지 뭔지도 제대로 하지 않겠는가. 자신 같은 바늘에 찔려도 피 한 방울 안 나올 것 같은 매정한 남자와 살아 봐야 좋을 것 하나 없었다. 여자라는 생각이 든다면야 모르겠지만, 그렇다 하더라도 누군가를 데리고 살 마음 따위 조금치도 없는 자신이니.

"앞으로 사흘, 그 안에 법적인 문제를 마무리 짓고."

기왕이면 그와 동시에 저 아가씨가 뛰쳐나갔으면 싶었다. 벌떡 일어난 도형은 진열장으로 가서 양주를 꺼내 독한 액체를 벌컥 삼켰다. 2층을 쳐다보며 낮게 중얼거렸다.

"사흘 정도는 버텨 주겠지."

"추워……."

이 집은 너무나 추웠다. 난방 시설이 잘못된 것도 아닐 텐데 느낌은 삭막한 겨울과도 같았다. 건조한 바람 끝이 뺨을 쳐서 몸의 온도를 확 낮추는 느낌. 그것은 바로 아래층에 서식하고 있는 매정하고도 냉랭한 표범 한 마리 때문이었다. 사자도 아니고 호랑이도 아니다. 그 남자의 날렵한 몸 선은 딱 검은 표범과 같았고 그 눈매, 표정도 매섭기 그지없었다. 타이를 하지 않은 세련된 검은 드레스 셔츠에 몸에 딱 붙는 트렌디한 정장, 그것은 바로 맹수의 반짝반짝 윤까지 나는 미끈한 털이었고 공기를 삭막하게 만들어 버리는 건조한 눈매는 그 남자의 보호색이었다.

하지만 역시 가장 차가운 것은 말투였다. 그런데도 아무 동물이나 함부로 물어뜯지 않는다는 듯 도도하게 고개를 들고서 사나운 눈을 가늘게 뜬 채 아래로 내려다보는 표범이었다. 아주아주 짜증나고 싫어한다는 게 표정과 말투 자체에 묻어나는데도 건조한 눈으로 자기 할 말만 하고서 더 이상의 구박도, 간섭도 하지 않았다.

눈에만 띄지 말라고……

그래서 수연은 그 표범을 아래층에 갇힌 맹수라고 생각하기로 했다. 2층으로는 스스로 올라오지 않을 테고, 자신 또한 아래층으로는 내려갈 마음이 없으니. 1층과 2층 사이에는 쇠창살보다 더 단단하고 차가운 결계가 쳐져 있었다. 그러니 1층의 맹수는 수연의 안중에서 전혀 없는 존재로 만들어 버렸다.

차가운 집이었지만 2층은 아주 넓은 공간으로 탁 트여 있었다. 어쩌면 그렇게 뻥 뚫린 공간이라 더더욱 온도가 낮게 체감되는 건지도 모르겠다. 하지만 고맙게도 그녀의 화실에서처럼 레이스 커튼이 쳐져 있었고 창은 넓었다. 바람이 잘 통하는 곳이라 작업을 하기에도 안성맞춤이었다. 정원도 멋지고 손질되어 있어 며칠 머무르면 새들도 곧 날아올 것 같았다.

또한 놀랍게도 김 화백의 작품이 곳곳에 걸려 있어 그것이 가장 수연의 마음을 편하게 하는 것이었다. 고가의 작품인데다 웬만하면 작품을 잘 내놓지 않는 김 화백인데 대체 저 수량을 어떻게 매입을 한 것인지 놀라웠다. 김 화백이 당신의 지인인 어떤 작품 수집가에게 건넨 작품까지 눈에 띄었다.

"이상한 남자……"

아마도 손자라는 저 남자는 조부의 작품을 어떻게든 손에 넣어 소장하고 있는 것 같았다. 그렇게라도 조부의 작품을 소유하고 싶었던 건지.

"할아버지와는 사이가 멀어도 작품은 좋아하고 있는 걸까."

그림을 좋아하는 남자. 어쩌면 생각보다 나쁜 사람은 아닐지 모른다. 그림을 좋아하는 사람치고 나쁜 사람은 없으니까. 무지 못되게 생겼고, 무섭게 쳐다보고, 정 떨어지게 말하지만 속마음은 선할 수도 있었다. 그렇게 믿고 싶은지도.

김 화백의 작품이 있는 공간에 그녀의 미술 도구들이 배달된 것은 이틀째 되는 날이었다. 맹수는 절대 아래층으로 내려오지 말라고 으름장을 놓았지만 그건 사실 협박이 아니라 그녀로서는 환영이었다. 함께 산다고 얼굴을 부딪쳐야 한다거나, 같이 식사를 해야 한다거나 했다면 그녀는 기절해 버렸을지도 모른다.

하지만 그가 요구하는 조건은 2층에서 내려오지 말라는 것뿐이었다. 그 이상의 어떤 간섭도 하지 않는 그가 고맙다는 생각까지 들었다. 그녀는 본래 하루 종일 그림을 그리는 사람이었다. 바깥출입이라곤 김 화백과 함께 화방을 가거나 꼭 필요한 경우 전시회를 가는 등 손에 꼽을 정도였다. 캔버스와 붓만 있으면 몇 날 며칠이고 틀어박혀 지낼 수 있었다. 한데 아래층의 맹수는 친절하게도 조리기구와 식료품, 생필품까지 부족함 없이 채워 넣어 주었다. 그 천 부장이라는 남자를 시켜서. 천 부장이라는 남자도 그녀가 그림에 빠져 있을 때 홀연히 왔다가 조용히 사라지는 사람이었다.

새로운 작품을 시작했다. 김 화백의 건강이 갈수록 악화되고 있다는 건 이미 알고 있었다. 의지하면 안 되는데 의지하고 싶은 이렇게 약한 자신의 현재, 유일하게 사랑하고 있는 사람, 바로 김 화백에 대한 그리움과 홀로 떨어진 슬픔, 공포, 자신을 향해 가해 오는 세상의 위협, 아래층의 맹수. 모든 것에서 홀로 서기를 할 때가 되어 버린 짙은 고독, 외로움. 그런 것을 작품에 담아가고 있었다. 세상은 결국 혼자라는 것을……

지독한 세상과의 단절이었다. 그러나 수연은 홀로 있는 시간이 더 편했다. 다만 김 화백과 함께 있을 때의 고립과 김 화백조차 없을 때의 그것이 극명하게 다르다는 걸. 세상은 어차피 빈 공간이다. 하지만 김 화백이 옆에 있을 때는 전혀 두렵지 않았던 것들이 조금씩 수연의 목을 조르고 있었다. 텅 빈 공간이 김 화백이라는 존재가 있으므로 진공상태가 되어 꽉 차 있는 것처럼 느껴졌지만, 지금은 여기저기에서 슝슝 바람이 들어와 추워졌다. 그 모든 근원적인 고독을 화폭에 담아내는 것으로 이겨내려 한다. 절망을 정열로 승화시킨 프리다 칼로처럼. 그녀 또한 자신을 억누르는 태고의 고독을 캔버스 안의 북적이는 두꺼운 색으로 위로하고 덮어 주고 싶었다.

사흘째 되는 날이었다. 새벽 세시, 붓을 놓자마자 잠이 들었다. 이젤 아래에 길게 누워 홑이불인지 긴 옷인지 모를 것을 끌어 덮었다. 24시간을 자지도 먹지도 않고 그림을 그렸다. 죽음처럼 긴 잠이 밀려들었다.

"119에 연락해서 송장도 치워 주는지 물어봐."

한편 아래층의 맹수는 참으로 기가 차다는 얼굴로 소파에 기대앉아 있었다. 내던져지듯 흘러나온 도형의 말에 천 부장이 낮은 웃음을 흘렸다.

"제가 몰래 지켜보았더니 누가 보고 있다는 것도 모르고 24시간 동안 꼼짝 없이 서서 그림을 그리던데요."

"그러니 미친 게 아니야."

"불타는 예술혼이 아닐까요."

"입 다물어."

도형의 일갈에 천 부장은 곧바로 부동자세를 했다. 도형은 지끈거리는 이마를 눌렀다. 그가 어림잡은 데드라인은 적어도 사흘이었다. 그쯤 되면 참지 못하고 2층에서 뛰어내려 올 줄 알았더니 강적도 보통 강적이 아니었다. 꼼짝 없이 2층에 가두어 놓는 것 자체가 학대일 줄 알았더니, 오히려 환영한다는 듯 혼을 빼놓고 그림만 그리고 있다니.

생각을 잘못했다. 활동적인 여자에게 그런 요구는 위협이었을 테지만 화가 지망생에게는 아주 대놓고 돗자리를 펴준 셈인 것이다. 아니, 그렇다고 하더라도 이상하지 않은가. 고작 스무 살 여자애가 어떻게 그 긴 시간 동안 한곳에만 틀어박혀 지낼 수 있는 건지. 병이 아닌가 싶은 의심이 드는 건 당연했다.

"뭘 좀 먹기는 했나."

"아닙니다. 처음 이틀은 조금 입에 대는 것도 같더니 붓을 쥔 후로는 아무것도 안 드시고."

"마네킹인지 좀 알아봐."

천 부장이 풋 웃자 도형은 차가운 눈매로 천 부장을 노려보았다. 답답하고 짜증이 일어 한 말인데 웃어?

"나가 봐."

더 말을 섞었다가는 속에서 이는 천불을 천 부장에게 옮겨 어디 한 관절이라도 뽑아 놓을 것 같아 그는 손짓을 해서 천 부장을 내쫓았다. 천 부장은 더 이상의 망설임 없이 재빨리 그를 피해 달아났다. 늘 고요하다가도 한 번 심사가 어긋나면 일시에 돌변해 악마가 된다는 걸 익히 알고 있기 때문이었다. 바로 그런 무서운 양면성이 지금 저 자리를 지키게끔 해주는 것이었다.

겉으로는 더없이 신사적인 외모와 태도, 그러나 숨은 일면은 말할 수 없을 정도로 와일드하고 매서웠다. 누구도 말릴 수 없을 정도로 폭발적이고 다혈질적인 사내다. 고집도 세고 감정의 기복도 심하고. 다만 그것을 놀라울 정도로 안으로 절제를 하여 잘 드러내 보이지 않을 뿐. 그 정도의 자기 컨트롤이 가능하다는 것 자체가 섬뜩한 것이었다. 그의 가장 두려운 점이라 모두들 부친의 뒤를 이었을 뿐인 김도형임에도 감히 건드리지 못하고서 복종하게 된 것이다.

수연에게는 1층의 맹수로서 자리 매김한 도형은 한참을 골똘히 생각하다가 벌떡 일어났다. 새벽 세시, 김 화백의 작품에 대한 법적 처리가 애초에 예상했던 것보다 지연이 되고 있긴 했지만 이때쯤이면 저 2층의 아가씨가 뛰쳐나가 주어도 괜찮을 타이밍이었다. 집 안에 다른 누가 살고 있다는 생각에 신경도 쓰이고, 꼬장꼬장한 성격에 누군가를 2층에 인 채로 살고 싶지도 않았고. 그래서 이제 좀 스스로 가주었으면 만사 편하겠다고 생각하고 있었는데.

"쯧쯧."

도형은 저 솜털 보송한 어린 아가씨도 노멀(normal)은 아니란 생각을 하며 천천히 2층 계단을 밟아 올라갔다. 결코 자신이 먼저 밟으리라곤 생각지 못한 경사진 계단을 그가 밟고 있었다.

"더럽게 성질나게 하는 아가씨군."

"어이, 불타는 예술혼!"

도형은 2층을 밟자마자 이죽거리며 수연을 불렀다. 부모의 사망 후 일부러 2층 공간을 넓게 터서 기둥 외에는 특별한 방을 만들지 않았다. 단지 파티션으로만 분리해 놓아 갤러리 형식으로 인테리어를 새로 했는데 모두 김 화백의 그림을 습득하는대로 전시하기 위해서였다. 태워 버리기 전까지는 원본 그대로 유지하고 싶었다. 혹은 작은 갤러리를 만들어 부친에게 잠시 동안이나마 바치고 싶었는지도 모르겠다.

휑하니 넓은 공간의 입구에 버티고 서서 한쪽 주머니에 손을 찔러 넣었다. 느긋한 표정으로 눈동자만 움직이며 인간의 움직임을 찾았지만 불만 환하게 켜 있을 뿐 작은 체구의 여인은 전혀 보이지 않았다.

"여인인지 애인지."

여기저기 널려 있는 미술 도구들을 지나쳐서 인간의 흔적을 찾았지만 역시 통 보이지 않았다. 단지 탁 트인 넓은 창문이 활짝 열린 채 레이스 커튼만 바람에 나부끼고 있었다. 새벽 세시였다. 계절도 늦가을이었기 때문에 거실의 온도는 온통 내려가 있었다.

"도대체가."

이렇게 춥게 해놓고 어디에 숨어 있는 건지, 처음 만나던 날 하던 꼴을 떠올리자니 도형의 침입을 견제해서 어느 구석에 웅크리고 있을 게 분명했다. 더 찾아볼까, 말까. 잠시 동안 서 있었는데도 새벽바람 때문에 팔에 소름이 오소소 돋는 것 같아 도형은 일단 창문부터 닫았다. 어지럽게 나부끼던 커튼도 곧 제자리로 가라앉았다.

근육으로 꽉 뭉쳐진 자신의 몸도 이렇게 바람의 저온을 느끼겠는데 그 작은 체구의 아가씨는 도대체 툰드라 지역에서 살다가 온 건지 어떻게 이 온도를 견뎌내는 건지 모르겠다. 거기까지 생각하던 도형의 눈이 번쩍 떠진 건 그 때였다. 갑자기 그가 손을 홱 뻗더니 창문을 세차게 열어젖히고 상체를 내밀어 아래 정원을 살피듯 내려다보았다.

고요.

그러나 은은한 가로등 불빛을 받고 있는 정원 어디에도 2층에서 떨어져 뒹구는 시체 같은 건 없었다. 도형의 잔등에 식은 땀이 맺혔다. 황당하게도 2층에서 몸을 던진 누군가의 송장을 찾아버린 것이다. 이 정도 높이에서 떨어진다고 한들 자살 같은 게 될 리가 없는데도. 만약 그가 뛰어내린다면 가뿐히 두 발로 착지할 수도 있을 높이였다. 물론 맥없는 여자라면 얘기가 달라지겠지만.

별 이상한 생각을 다 해버린 자신을 비웃으며 도형은 창문을 다시 닫았다. 워낙 이상한 데가 있는 아가씨라 무슨 짓을 벌일지도 모르겠다고 생각해 버린 것이다. 김 화백과 사는 게 세상에서 제일 행복하고 안전한 것이라 철저하게 믿고 있는 여자처럼 보였기에, 여기에서의 삶과 김 화백에게서 버림받은 것을 비관한 나머지 우울증에 걸려 극단적인 선택을 했을지도 모른다는 착각을 해버렸다.

"예감이 좋지 않아."

왠지 점점 더 귀찮아지고 있었다. 누군가의 시체를 찾아 미친 놈처럼 창문을 열어젖히고 아래를 살폈다는 것 자체가 그에게 상당한 피로감을 주었다. 애초에 누군가가 있지만 않았어도 이런 귀찮은 걱정 같은 걸 할 필요가 있었겠는가. 한숨을 폭 내쉬고 뒤로 물러나려는데 문득 뒤꿈치에 무언가 말캉한 게 툭 닿아서 도형은 무심한 눈으로 고개를 숙여 보았다. 순간 그의 눈이 가늘어졌다.

거기에 얇은 이불 하나만을 덮은 채 웅크리고 잠이 든 수연이 있었다. 그렇게 찾았는데도 보이지 않았던 건 둘둘 말아 놓은 빨랫감이라고 생각해 버린 탓이었다. 그녀는 그 지독한 새벽바람에도 일절 흔들림 없이 죽은 것처럼 깊이 잠들어 있었다. 표정은 편안했고, 입가에는 옅은 미소마저 감돌고 있었다. 세상과 통하는 곳이 창문 하나인 이런 갇힌 공간에서, 전혀 빛을 받지 않아 광합성이라곤 해본 적 없는 식물처럼 핏기 하나 없는 하얀 얼굴로도 저렇게 편안하게 잠들 수 있다니.

"어이."

상체를 굽힌 도형은 수연의 어깨를 살짝 흔들어 보았다. 그러나 수연은 영혼을 어딘가에 날려 보낸 사람처럼 기척도 보이지 않았다.

"알 게 뭐냐."

바닥은 따뜻했지만 그래도 이렇게 자는 게 편할 리는 없을 것이다. 최소한 침대로 옮겨는 놓을까? 그러나 도형은 아직 안 죽었으면 그뿐 더는 관심 없다는 얼굴로 돌아서려 했다. 그 그림을 보기 전까지는.

이젤에 다소곳이 놓인 캔버스가 그의 시선을 끌었다. 유화는 작은 오두막에 갇힌 소녀를 표현하고 있었다. 바깥에는 거친 터치로 폭풍이 불고 짙고 두꺼운 어둠이 내려 있었다. 그러나 오두막 안의 소녀는 환하게 웃고 있었다. 그럼에도 그녀의 볼에는 눈물 자국이 흘러내렸다. 도형은 그 자리에 선 채 한참을 그 그림을 바라보았다.

사람의 마음을 복잡하게 만드는 그림이었다. 색감 때문일까, 이질적인 소녀의 미소와 눈물 때문일까, 강렬함이 느껴지는 터치 때문일까, 그냥 그 그림을 보니 묘하게도 시선이 잘 떼 지지가 않았다. 그의 발치에서는 수연이 고치에 싸인 애벌레처럼 잠들어 있었다. 도형은 그 후로도 한참을 그림 앞에서 움직이지 못했다.

안타까운 건 유화 속의 오두막에도 창문이 있긴 했지만, 그

창문은 닫혀 있었다.

온몸에서 피로가 증발된 느낌이었다. 수증기처럼 날아가 몸을 눅눅하게 하던 그 어떤 것도 남지 않아 아주 가뿐한 기분. 수연은 기지개를 켜며 눈을 떴다. 미친 듯이 작품에 몰두할 때는 손가락 관절이 더 움직이지 못할 정도까지 몸을 혹사시킨 후에야 붓을 놓았다.

머릿속에, 혹은 심장 속에 떠오르는 이미지를, 관념의 덩어리들을 캔버스에 모조리 쏟아낸 후에야 인간의 기본적인 생활을 할 마음이 들었다. 식사, 수면, 배설 욕구 등등, 모든 기본적인 욕구들은 내장이 토해져 나오듯 많은 감각들을 캔버스에 쏟아놓고서야 다시 시작된다. 오늘은 또 얼마나 잔 걸까.

"정확히 17시간이로군."

바닥을 짚으며 일어나던 수연에게로 날아든 건 굵직한 남자의 저음이었다. 그 바람에 수연은 그대로 몸을 굳히고 말았다. 머리카락도 흐트러진 채, 마치 창살 사이로 쳐다보듯 앞으로 쏠린 검고 긴 앞 머리카락 너머로 남자의 모습을 찾았다. 놀랍게도 아래층의 맹수가 맞은편 소파에 앉아 있었다. 맹수는, 드디어 2층에서 서식하는 볼품없는 초식동물의 목 줄기를 물어뜯으러 온 걸까.

"왜…… 거기에 있어요?"

"목소리를 팔아서 다리를 얻은 인어공주인가 했더니 그건 아닌 것 같고, 말을 할 줄 안다는 건 사람이라는 건데, 사람이 어떻게 17시간을 한 번도 깨지 않고 잘 수 있는 거지?"

진심으로 궁금해 하는 눈이었다. 아니, 그것보다 17시간 동안 깨지 않고 잤다는 걸 저 남자는 어떻게 알고 있는 걸까. 느긋한 표정과 눈매는 아래층의 맹수라는 이름이 아깝도록 지금은 여유롭고 느긋한 상태만 유지하고 있었다. 17시간을 저 상태로 저 자리에서 앉아 있었던 걸까? 왜? 무엇 때문에?

하지만 표정이 조금 나른하고 무료해 보이기도 하는 것이, 정말 그 긴 시간 동안 저러고 있었던 것 같기도 했다.

"왜, 거기에 있는 거죠?"

"신기해서."

"뭐가요?"

"지루할 정도로 길게 자는 것도 그렇고……."

수연은 오늘따라 말을 잘 섞고 있는 아래층의 맹수를 물끄러미 쳐다보았다.

"금방 잠에서 깨 몽롱한 상태에서는 시선을 꽤나 맞추고 있는 것도 신기하고."

수연은 그제야 아차 하는 마음으로 본능적으로 시선을 돌려 버렸다. 생각해 보니 저 남자는 그녀가 두려워하는 세상 사람들 중 가장 모진 조건을 가진 남자였다. 부정적이고 배타적이고 제 감정에 극도로 충실해서 싫으면 싫다는 의지를 대놓고 표현하고.

그런데도 정상적인 대화가 가능하다니. 물론 저 남자가 대하기 편할 리는 없었다. 자신도 몰랐는데 저 남자의 말처럼 잠에서 금방 깨어났을 때는 병처럼 몸에 배어 있는 타인에 대한 견제와 두려움의 강도가 조금 엷어지는지도.

"이제 슬슬 본인이 갈 방향을 정할 때도 된 것 같은데."

남자의 말에 수연은 다시금 그를 물끄러미 쳐다보았다.

"무슨…… 뜻이에요?"

"김 화백님, 내 친조부와 함께 있고 싶은 게 아니었던가. 돌아가고 싶다면 자기감정에 솔직하게 돌아가는 것도 좋지 않겠나."

"가지 않아요."

예상치 못했던 수연의 단호한 대답에 도형은 잠시 어리둥절한 표정이 되었다. 무릎이라도 꿇고서 보내달라고 사정하면서 매달리면 매달렸지 냉랭한 얼굴로 저런 앙큼한 말을 내뱉을 타입으로는 보이지 않았다. 놀이동산에서 엄마의 손을 놓친 아이처럼 불안한 표정을 하고 있었으니까. 자그마한 집 안에 홀로 갇힌 캔버스 안의 소녀가 그녀 자신을 형상화한 것이라면, 그녀는 홀로 떨어진 지금의 불안함을 공포로 인식하고 있지 않겠는가.

"가지 않는다?"

그야말로 도형으로서는 불쾌한 말이라서 되물었다.

"네, 안 가요. 만약 할아버지께서 저를 독립시키고 싶은 마음이라면, 그분께 폐를 끼치고 싶지 않아요."

누구에게도 열지 못한 마음을 김 화백에게 열었다. 그녀에게는 세상 그 어떤 이보다도 소중한 존재였다. 아니, 유일했다. 김 화백이 이것이 옳다고 정해서 그녀의 앞길을 열어 주었다면 힘들더라도 따라야지 생각했다. 만약 고집을 부려 돌아가 김 화백의 표정이 흐려지는 걸 원치 않았다. 나 자신의 행복보다, 다른 사람의 감정을 먼저 생각하고 살아가는 게 그녀가 살아가는 방식이었다.

어린 시절의 극심한 학대, 그리고 그로 인한 결과, 그것은 그녀를 세상에로의 문을 닫게 만드는 계기를 만들었고, 자신이 무엇을 원하는가 보다는 다른 사람들이 어떻게 생각하는지에 대해 먼저 눈치를 보게 만들었다. 폐를 끼치고 싶지 않다.

"그런데 왜 그 독립을 굳이 내 집에서 해야 하는 거지?"

"그건······."

"내가 불쾌해. 나는 너와 전혀 관계가 없는 사람이 아니던가?"

"맞아요."

"족족 대답은 잘하는군. 그렇다면 이쯤 돼서 나가야 한다는 것도 알고 있을 텐데?"

"······."

"조부님은 자신의 삶이 얼마 남지 않았다는 걸 알고 있겠지. 그래서 너를 적당한 장소에 맡기고 싶어 한 것이겠지만, 그게 꼭 내 집일 필요는 없어."

"그건······ 나도 알아요."

"그래, 좋다. 그 괴팍한 노인네의 성격상 당장 내보내는 게 무리가 있다면 서로 참고 지내야겠지. 다만 노인네의 사후에는 제 갈 길을 가야 하지 않겠나?"

처음 마음은, 사흘이나 참아주었으니 이제 슬슬 알아서 나가 있을 곳을 찾으라는 말을 할 생각이었다. 애도 아니고 그 정도야 할 수 있지 않겠는가. 서로 적당히 조건을 걸어 타협을 한다면 김 화백의 눈에 띄지 않게끔 서로 독립적으로 살면서 함께 사는 것처럼 보고할 방법도 있었다. 하지만 왠지 그 그림 속의 소녀와 눈앞에 있는 작은 여자의 모습이 겹쳐져서 그렇게까지 야박한 말은 나가지 않았다. 제길, 언제부터 그렇게 대단한 박애주의자가 된 건지.

다만 말한 것처럼, 김 화백의 사후에는 어떻게 할 것인지 미리 거취를 정해 놓을 필요가 있었다. 그러는 와중에도 당장이라도 나가 줄 수는 없느냐고 의사를 타진하고 싶은 마음이 불쑥불쑥 들고는 있었지만.

"어디로 가야 할지 생각은 하고 있어요."

"듣던 중 반가운 소리로군."

"하지만 지금은 할아버지의 심사를 거스르고 싶지 않아요."

"그렇다고 이렇게 불편한 상태로 내 집에 머무르는 건 무리가 있지 않겠나?"

"난 불편하지 않아요. 그냥 이대로도 좋아요."

도형은 수연의 말에 반응할 말을 찾지 못했다. 대체 저게 무슨 소리인지.

"불편하지 않다?"

"그래요."

"이대로가 좋다?"

"네."

"하······."

"······."

"그래서, 계속 2층에서 벗어나지 않는 칩거 생활을 하겠다?"

"별로, 이전의 생활과 달라진 건 없으니까······."

들으면 들을수록 비정상적인 삶이었다. 어떻게 그런 생활이 가능했다는 것일까. 질식해서 숨 막힐 것 같은 생활이 오히려 그녀에게는 편하다니.

"그림을 그린 후에 그런 칩거 생활이 편해진 건가?"

수연은 대답하지 않았다. 그의 말은 완전히 틀렸기 때문이다. 이런 생활이나마 가능했던 건 그림으로 인해서였다. 세상과 담을 쌓은 그녀에게 그림은 단 하나의 구원이었다. 혼자만의 삶을 풍요롭게 만들어 준 건 그림이었다.

"피해 주지 않도록 노력할게요. 죽은 것처럼 지낼 수 있어요."

"할 수 있건 말건 하라고 요구한 적 없어."

"방해받는 거 싫다고 하셨잖아요."

물론 그러긴 했지만, 이제는 방해하지 않는 그녀의 삶 자체가 소름 돋고 신경 쓰인다는 걸 저 요상한 아가씨가 알기나 할지 모르겠다.

"방해하지 않을 테니까."

그러니 당분간 여기에 있는 걸 신경 쓰지 말아달라고, 그녀는 그렇게 말하는 것 같았다. 도형은 도무지 그녀의 동굴 속 같은 생활이 이해가 가지 않았지만 딱히 다른 할 말을 찾지 못했다.

"방법이 그것밖에 없다면."

그래서 그렇게 마무리 짓고 곧 일어섰다. 보면 볼수록 미스터리투성이인 아가씨였다. 앞으로 얼마간 저런 모습을 더 용인하고 있어야 하는 건지에 대한 압박감을 겨우 가다듬으며 나가려던 도형이 문득 걸음을 멈추곤 말했다.

"그 그림, 창문이 있는데 열려 있질 않군. 자화상이라면 자신의 상황과 엇비슷해야 할 텐데, 넌 창문을 활짝 열어 놓고 사는 사람이 아니던가."

그 그림이 그녀의 자화상이라고, 그는 무례하게도 단정 짓고 있었다. 물론 그건 사실이었지만 수연은 자신의 내면이 그에게 들킨 게 싫어져서 고개를 숙였다. 왜 물어오는지는 모르겠지만 수연은 시선은 맞추지 않은 채 대답했다.

"그림 안에서 창문을 열 용기가 생기면, 아마 그때는 이 집을 스스로 떠나서 독립해 있을 거예요."

닷새째, 도형은 천 부장과 외출 차비를 하고 있다가 문득 2층을 올려다보았다.

"시간이 촉박합니다. 양재동 입찰 시간에 맞추시려면 지금 나가도 서둘러야겠는데요."

"잠깐 기다려."

도형은 귀찮다는 듯 자르고는 옷매무새를 바로 하고 2층 계단으로 향했다. 천 부장은 별일이라고 생각하며 그의 뒷모습을 바라보고 있었다. 역시 한집에서 사는 이상은, 그 어떤 일에도 무관심한 저 남자도 신경이 쓰일 수밖에 없을 것이라고, 다녀올 테니 집 잘 지키고 있으라는 예의상의 인사라도 던지러 올라간 것이라고 생각했다.

도형이 2층으로 올라갔을 때 수연은 창가에 서서 데운 우유를 마시고 있었다. 창문을 활짝 열어 놓은 채 바깥 풍경에 넋이 팔려 있느라 수연은 도형이 올라온 것도 알아채지 못했다. 어떤 때 보면 세상과 무척이나 흡착되어 있는 것도 같고, 또 어떤 때 보면 세상과 완전히 동 떨어진 영역에 갇혀 있는 사람 같기도 했다. 도형은 그런 그녀의 비정상적인 면이 마음에 들지 않았다.

속도를 줄이지 않고 창가에 서 있는 수연에게로 걸어간 도형이 갑자기 수연의 손목을 비틀어 쥐자 수연은 놀라는 바람에 머그잔을 떨어뜨리고 말았다.

쨍그랑!

뜨거운 우유가 바닥에 엎질러지며 도자기 잔이 깨졌다. 예쁜 제비꽃 문양이 줄기가 조각난 채 뒹굴었다. 그러나 거기에 관심을 기울일 틈도 없이 수연은 도형의 손아귀 힘에 틀어 잡힌 채 끌려가야 했다.

"왜……, 왜 이래요?"

심장이 발등까지 떨어진 수연이 두려운 눈으로 도형을 올려다보며 반항했지만, 체구가 큰 그의 몸은 영향도 받지 않았다.

그녀를 흘끗 쳐다보지도 않고서 오로지 손목을 끌고 아래층으로만 내려가고 있었다. 그 무심한 옆모습에 수연은 상처를 입었다. 결국 어제의 대화는 소용도 없이 이대로 끌려 나가 쫓겨나는 것인가. 그 잠시간마저 이 남자는 기다려 줄 생각이 없는 모양이었다. 하긴 그가 기다려 줄 이유 따위는 처음부터 없었는데도.

"천 부장, 이 아가씨 내보내고 문 열어 주지 말아."

갑작스러운 명령에 천 부장의 눈이 공처럼 커졌다. 이제야 함께 사는 사람의 온정으로 인사라도 던지고 내려올 줄 알았던 천 부장으로서는 예상 밖의 일이었다.

"사장님, 갑자기 무슨……."

"못 들었나. 내보내."

도형이 거칠게 수연을 천 부장 쪽으로 밀듯 놓자 수연의 작은 몸이 휘청거리며 천 부장에게로 부축되었다.

"당장."

"예, 예! 알겠습니다!"

천 부장도 수연의 편을 들어주고는 싶었으나, 왜인지 상사의 심사가 잔뜩 틀어진 것 같으니 선택의 여지가 없었다. 하긴 닷새 정도면 상사도 많이 참은 것이었다. 어디 그가 이 집에 누군가를 들인 일이 한 번이라도 있었으며, 유희 이상으로 한 여인과 닷새 이상 만난 적이 있었던가. 그래서 어쩔 수 없이 수연의 어깨를 부축해 나가려는데 그녀가 문득 천 부장의 손을 쳐내더니 도형에게로 달려갔다.

"잠시만, 잠시만 여유를 달라고 했잖아요."

불안이 그녀의 표정 전체에서 스며 나오고 있었다. 그러나 도형의 굳어진 표정에는 그 어떤 허용도 비치지 않았다.

"데리고 나가."

다시 한 번 떨어진 명령에 천 부장은 수연을 완력으로 붙잡았다.

"하, 하지 말아요, 아저씨. 하지 말아요."

천 부장을 향해 수연이 애원을 했다. 그래도 도형은 무심하게 선 채 눈도 깜빡하지 않았다. 수연의 애달픈 시선이 도형에게로 향했다.

"내가 뭘 어떻게 하면 돼요? 어떻게 하면 여기에서 지낼 수 있어요?"

"유감이지만, 그런 방법 따위 없어. 데리고 나가."

"자, 잠깐……!"

그러나 현관문은 이내 닫혀 버렸다. 천 부장은 그대로 수연을 끌고 나가 대문 밖에서 그녀를 놓아주었다. 마음이 약한 사내라 안타깝게 쳐다보다가 품 안에서 지갑을 꺼내 얼마를 그녀의 손에 쥐어 주었다. 수연은 완전히 생기를 잃은 표정으로 손안의 지폐를 인식하는 건지 못하는 건지 멍하니 서 있기만 했다.

곧 주차장의 문이 열리더니 도형의 세단이 유유하게 빠져나왔다. 그가 직접 운전하고 있었다. 천 부장은 망연자실하게 서 있는 수연이 신경 쓰였지만 그녀를 둔 채 세단의 보조석에 올랐다. 보조석의 문이 닫히자마자 도형은 한 치의 망설임도 없이 엑셀을 밟았다. 넋이 빠진 채 그 자리에 남아 있는 수연을 두고 세단은 튕기듯 그 자리를 벗어났다. 그러나 그 모습도 점차 작 아져서 백미러 안의 그녀는 곧 점이 되어 사라지고 말았다.

수연은 갑작스럽게 일어난 일에 정신을 차릴 수가 없었다. 철 통같은 저택은 그녀를 배척하고 있었고, 그나마 집 안에 머무르 던 사람들도 모두 나가 버린 지금 담을 넘지 않는 이상은 그 집 으로 다시 들어갈 수 없었다. 하지만 그 높은 담을 넘기란 불가 능에 가까웠다. 말 그대로 추방이었다. 그것도 가장 악독하고 급작스러운 방식의 추방.

이유를 알 수가 없었다. 어제까지도 이런 분위기까지는 보이 지 않던 남자였다. 그런데 어째서…… 밤사이에 마음이 바뀌어 버린 것이다. 이렇게라도 해서 내쫓아 버리고 싶었던 걸까. 그 냥 두면 할아버지에게 찾아가리라 판단한 것이겠지. 강제로 쫓 아낸다면 찾아가지 않고는 방법이 없으니까. 수연은 어쩔 수 없 이 발걸음을 돌려야 했다. 오로지 할아버지의 억지로 지금까지 나마 가능했다. 저 남자가 자신을 책임져야 할 이유는 없었다.

지금은 김 화백을 찾아가는 방법밖에는 다른 길이 떠오르지 않았다. 우선은 그분을 찾아가자. 그리고 그 후의 일은 그때 생 각할 밖에.

그날 저녁 귀가하기 전 양주를 몇 잔 마신 도형은 적당히 취 해 있었다. 세단의 뒷좌석에 기대앉아 눈을 감고 있는데 운전하 고 있던 천 부장이 눈치를 보며 말했다.

"그렇게 매몰차게 쫓아내지 않으셔도……."

심기를 거스를 말이라는 건 알았지만 천 부장도 이번만은 도형의 일 해결 방식이 마음에 들지 않았다. 그렇게 매몰차게 쫓아내고도 술이 목으로 넘어가다니.

어쩜 저렇게 인정머리라곤 눈을 씻고도 찾아볼 수 없는 인간일까. 덧정 없고 매몰차고. 그래도 그런 식으로 내쫓아서 좋을 건 없었다. 그 아가씨도 불쌍했지만, 그동안 공을 들여 온 김 화백의 작품에 대한 권리가 잘못하면 물거품이 되어 버릴 수도 있었다. 아직 법적인 마무리도 다 되지 않았는데 귀찮다는 이유로 합리적인 해결 방안의 기회를 스스로 걷어차 버리다니 너무 경솔하지 않았나 싶었다.

"사장님, 제 생각에는……."

"머리 울리니까 입 다물어."

천 부장은 입을 꾹 다물어야 했다. 여기에서 더 간섭하면 자신마저 뼁 걷어차여 갈 곳 잃은 신세가 될 처지였으니까. 언제 그가 한 번 내린 결정을 철회한 적이 있었던가. 그저 저런 인간이려니, 하고서 방관자가 되는 수밖에.

정말 매정한 인간이라고 생각하며 집까지 도착한 천 부장이 주차장으로 진입하기 위해 핸들을 틀던 때였다. 대문 옆에 무언가 확실한 형체가 있어서 천 부장의 눈이 크게 떠졌다. 바로 사람이 몸을 웅크리고 앉아 있는 형상이라는 걸 깨달은 천 부장은 곧바로 백미러로 상사의 눈치를 살폈다. 그러나 그는 계속 눈을 감은 채여서 아직 그녀를 발견하지 못한 것 같았다.

"사, 사장님⋯⋯."

어쩔 수 없이 차를 세운 천 부장이 조용히 도형을 부르자 그가 천천히 눈을 떴다. 시선이 마주친 천 부장이 세단의 헤드라이트를 밝게 해 대문 쪽을 비추자 자연히 도형의 시선이 그쪽으로 돌아갔다. 그의 눈이 크게 떠졌다.

"젠장."

문이 벌컥 열리는 소리와 함께 한시의 지체도 없이 도형이 차에서 내렸다.

"일 났군."

남은 천 부장은 불안한 표정으로 엉덩이를 들썩거렸다. 벌써 아침에 내쫓은 여자가 저렇게 미련할 정도로 고집스럽게 집에 돌아와 있다니, 필시 화가 머리꼭대기까지 났을 것이다. 저대로 트렁크째로 던져져 바다로 가라앉아 버릴지도 몰랐다. 만약 그녀가 남자였다면 그러고도 남을 만한 일이었다. 말 안 듣는 인간, 들어서 먹히지 않는 인간, 도형이 심각하게 싫어하는 인간 부류였다.

"그러니까 말을 듣지. 하긴 며칠 됐다고 저 깐깐한 성격을 알겠어."

쯧쯧, 천 부장은 혀를 차곤 일단 주차를 하기 위해 세단의 방향을 틀었다. 그 다혈질의 성격에 혹시라도 고개가 돌아가도록 저 아가씨의 뺨을 쳐버리기 전에 말리기 위해서라도 서둘러야 했다.

한편 도형은 기가 차서 수연의 앞에 서 있었다. 그녀는 도형의 인기척을 알고 있는 건지 모르는 건지 번데기 형세로 미동도 없이 쪼그려 앉아 얼굴을 무릎에 묻고 있었다.

"이봐."

머리 꼭대기까지 오른 화를 스스로도 장할 정도로 눌러 가라 앉히며 수연의 어깨를 툭 쳐보았지만 반응 제로였다. 항상 자신의 상식을 뛰어넘는 행동만 골라 하는 여자였다. 그는 손을 뻗어 수연이 걸치고 있는 카디건의 주머니를 뒤져 보았다. 혹시나 해서 확인해 보았지만 역시 아침에 천 부장이 건네주었다는 현금 십만 원이 고스란히 들어 있었다. 그렇다는 건 이 여자는 어디든 갔다가 되돌아왔다는 게 아니라 쫓겨난 그 시간부터 지금까지 이 자리에 꼼짝 없이 있었다는 뜻이었다.

"하……."

도저히 이해할 수가 없었다. 어쩌자고 이렇게 대담할 정도로 한심할 수 있으며, 그런 답도 없는 여자를 자신이 끼고 있어야 하는 건지. 귀찮고 신경 쓰여 돌아 버릴 지경이었다.

"저기……."

주차를 끝낸 천 부장이 어느새 뒤로 와 있었다.

"이거……, 갖다 버리려면 돈 들겠지?"

귀찮아 죽겠다는 어조이면서도 왠지 신경을 쓰고 있는 게 느껴지는 어법, 도형의 말에 천 부장은 잠시 고개를 갸웃거렸다가 곧 옅게 미소를 머금었다.

"아마도 그렇겠죠."

"받아. 하나도 줄지 않았으니까."

그가 손에 들고 있던 지폐를 건네자 천 부장은 한숨을 쉬며 건네받았다.

"추적 장치치곤 유용했군."

"아……."

십만 원, 물론 그럴 의도는 아니었지만 어느새 그건 오늘 하루 수연의 행동반경을 알아보는 추적 장치가 되어 있었다. 하나도 줄어들지 않았다. 즉, 어디에도 가지 않았다. 아니, 혹은 가지 못한 걸까.

"역시 좀 무리가 있는 방법이었나."

수연을 내려다보며 낮게 중얼거리듯 흘러나온 도형의 말에 천 부장의 눈이 살짝 커졌다.

"아무래도 처음부터 자극이 심하긴 했겠지."

"사장님, 그 말씀은 설마……."

무슨 이유인지는 모르겠지만 이 아가씨는 밖으로 나오는 것에 상당한 거부반응을 갖고 있는 것 같았다. 그런 그녀를 상사는 갑작스러울 정도로 매몰차게 추방했다.

'설마 그렇게라도 세상에 내보내 보기 위해 나름대로 써 본 방법이라는 건가?'

만약 사실이라면 아침의 일이 조금은 이해가 되었다. 하지만 이 남자가 타인을 위해 일부러 악역을 떠맡아 가면서까지 머리를 짜냈다는 건 또 어울리지 않았다. 덧정이라고는 전혀 없는 상사의 성격으로 봤을 때는 역시 아귀가 잘 맞지 않았다.

'하긴 그렇게 신경 쓰는 이유도 되도록 빨리 이 아가씨를 쫓

아내 버리기 위한 수작일 테지만.'

그녀가 원인 모를 세상과의 벽을 빨리 허문다면 도형도 그녀를 마음 놓고 쫓아낼 수 있을 테니. 물론 인간적으로 그녀에게 신경이 쓰여 선심을 쓴 것일 수도 있겠지만. 정나미 떨어지게 하는 상사의 평소 성격으로 봤을 때는 전자가 더 가능성 있는 추측이었다.

"일단은 제가 안으로 모시겠습니다."

천 부장이 수연을 안아 들기 위해 손을 뻗으려는 순간 도형이 그의 손을 막고서 직접 수연을 안아 들었다. 그리고 표정의 변화 없이 천 부장을 지나쳐 안으로 사라졌다. 남은 천 부장은 멍한 표정으로 그 자리에 서 있었다.

혹시, 하는 생각이 든 건 당연한 일이었다. 결코 그가 스스로 수연을, 그것도 말도 지지리 안 듣는 귀찮기만 한 여자를 안아 옮길 것이라고는 생각지도 못했기 때문에.

"설마 후자 쪽?"

그런 의심이 반짝 고개를 치켜들었다. 조부가 챙기라고 고집을 피우기에 어쩔 수 없이 챙기고 있는 여자에게 대하는 것치고 꽤나 생각과 시간과 행동을 할애해서 대하고 있지 않은가.

"에이, 설마."

그러나 천 부장은 고개를 설레설레 저었다. 그도 사람이니 그나마 잠깐 동정의 마음이 든 것이겠지. 무엇보다 저 작은 아가씨는 글래머러스한 몸매에 관능적인 매력이 있는 여인만을 이성으로 취급하는 상사의 취향과는 완벽하게 거리가 멀었던 것이다.

　김 화백의 자택까지 찾아갈 용기가 도저히 들지 않았다. 하지만 그것보다 더 두려운 것은 그곳까지 찾아가는 여정이었다. 그녀는 대중교통을 전혀 이용하지 못했다. 사람들과의 부딪침이 두려웠다. 그래서 5년을 두문불출하고서 집 안에서만 살아온 것이다.

　빌딩 숲이 그녀를 어지럽게 했다. 그 흔한 지하철 노선조차, 버스 번호조차 그녀에게는 낯선 것이었다. 5년 동안 혼자 힘으로 어딘가를 나가 본 적이 없는 그녀로서는 몰라서 내딛지 못한 탓도 컸다. 그래서 용기를 내 몇 발자국 내딛던 걸음을 되돌려 집 앞으로 돌아오고 말았다. 그저 몸을 말고서 그 자리에 앉아 있을 수밖에 없었다.

　어릴 때의 지독한 경험으로 인한 공포, 그것이 자신 아닌 타인을 전부 배척하게 하는 계기가 되었다. 누군가를 믿지 못하는 마음이 모이고 모여 사람들이 많은 장소에 도저히 설 수 없었다. 익숙해지지 못해서 더더욱 가까이가지 못하는 탓도 있었다. 김 화백은 수연의 그런 점을 안타깝게 생각하긴 했지만 특별히 억지로 고치라는 강요는 하지 않았다. 그녀가 그림을 그리는 공간에서 마음의 평안을 유지한다면 그저 그릴 수 있는 장소만 제공해 주었다. 특별히 닦달해서 겨우 안정을 얻은 그녀의 상황을 자극하고 싶지 않았던 것이다.

　극심한 스트레스를 견디다 못해 지쳐 잠들었던 수연은 무언가 따뜻한 느낌이 와 닿아 천천히 눈을 떴다. 그러나 눈을 뜨자마자 가장 먼저 밀려든 것은 술 냄새였다. 불이 꺼진 어두운 공간에서 누군가가 자신을 감싸 안고 있었다. 실상은 도형이 막 수연의 몸을 침대에 눕히고 있는 것이었지만 불이 꺼진 데다 낮의 일로 채 신경이 안정되지 못한 수연은 자연 두려움이 성큼일었다. 동시에 떠올리고 싶지 않은 어린 시절의 기억이 밀려들었다. 술을 마시면 더욱 심해졌던 계모의 폭행. 그리고 이어진 끔찍한 고통과 잔인한 상처를 온몸에 휘감은 동생이 마지막 눈을 감는 순간까지.

"아악!"

신경줄이 팽팽해지다 못해 견디지 못한 수연이 몸을 뒤집으며 갑자기 비명을 지르기 시작하자 도형은 깜짝 놀라 그녀의 몸에서 손을 뗐다. 놓여난 수연은 곧장 몸을 뒤로 밀어 침대 구석으로 몰려가 사시나무처럼 떨기 시작했다.

"이봐, 왜 그래."

생각지도 못한 반응이라 도형은 놀라서 손을 놓치고 말았다. 그러나 수연은 도형의 목소리를 못 알아듣는 건지 극도로 떨면서 자꾸만 몸을 말고만 있었다. 도형은 피로한 눈으로 잠시 어둠 속에서 수연의 모습을 찾아보다가 천천히 한숨을 내쉬었다. 먼저 스위치를 찾아 불을 켰지만 그래도 수연은 숙인 고개를 들려 하지 않았다.

"정신 차려."

한숨을 내쉰 도형은 자극하지 않도록 조용히 다가가 수연의 어깨에 다시 손을 댔다. 순간 수연의 어깨가 움찔했다. 다행히 극심한 거부반응은 덜해졌지만 여전히 떨림은 멈추지 않았다.

"고개 들어 봐."

수연은 고개를 저었다.

"그렇게 어린애처럼 굴지 말고……."

"……나가요."

"뭐?"

도형은 기가 찼다. 갖다 버려도 모자랄 그녀를 다시 집 안에 들여 준 사람이 누구라고 생각하는 건지.

"고개 들어."

차갑게 명령했지만 수연은 끝내 말을 듣지 않았다.

"말 안 듣는 인간, 내가 제일 싫어하는 인간이다. 고개 들어."

으름장을 놓으며 협박했지만 수연은 여전히 내처 고개만 저었다.

"나가요, 제발."

그녀는 겨우 이곳이 자신이 머물던 공간이며, 그 못된 남자의 집 안이며, 함께 있는 사람이 계모가 아니란 사실을 인식했다. 불을 켠 후에 들린 목소리, 그가 내쉰 한숨 소리, 모두 다 알아들을 수 있었다. 그래도 몇 년 만에 다시 떠오른 어린 시절의 기억은 그녀의 정신을 쉽게 놓아주지 않았다.

"불은 끄지 말고. 제발 부탁이에요."

수연의 고집도 쉬이 가실 기색이 없어 보였지만 도형의 고집도 만만치 않았다. 이럴 거였으면 아침의 그 쇼는 왜 했겠는가. 그녀를 세상 속에 내던지면 어떻게든 스스로 동아줄이라도 잡고 올라가리라 생각했다. 어느 하늘이든 제발 자신이 있는 곳으로는 오지 말라는 바람과 함께.

그러나 생각대로 되기는커녕 오히려 더 나빠지기만 했다. 도대체 언제까지 이런 상태로 살 것이며 과연 누가 이런 그녀를 마지막까지 받아줄지.

"난 네 든든한 보호자가 되어 줄 마음 따위 전혀 없고, 또 참을성 많은 선한 인간도 결코 못돼."

그러니 닦달해서라도 그녀를 홀로 세우는 방법을 가르칠 수밖에 없었다. 함께 있는 게 불가능하다면 안 된다는 걸 미리 단단하게 알려줄 밖에.

도형은 성큼성큼 다가가 수연의 어깨를 틀어쥐었다. 그리고 강제로 고개를 들어 올리는 순간, 겨우 가라앉았던 수연의 히스테릭한 반응이 격렬하게 터져 나왔다.

"아아악! 놔! 잡지 마! 싫어!"

"하, 젠장."

이거 원, 난해해서 살 수가 있나.

무엇보다 술 냄새가 수연의 정신을 흩트리고 있었다. 그리고 이어지는 끔찍한 기억, 매몰찬 매질, 여린 살갗에 와 닿던 공포들, 뜨겁게 달구어진 다리미의 열, 피부를 찢을 것처럼 달려들던 날카로운 것들, 머리끝이 뽑힐 것처럼 당겨지고, 터질 정도로 뺨을 맞아 코피가 툭 터졌다. 뚝뚝 떨어지던 검붉은 액체…….

"아파. 아파……, 뜨거워."

찢어질 것 같은 비명과 고통 섞인 애원이 그녀를 터뜨릴 것 같은 기세로 내질러졌다. 그 바람에 본때를 보여주려던 도형이 오히려 놀라 섬뜩해질 정도로.

"아파요! 뜨거워! 잘못했어요! 잘못했어요!"

손을 모아 싹싹 빌기 시작하는 그녀는 마치 혼이 빠진 사람 같았다.

"이봐, 정신 차려!"

도형이 수연의 어깨를 쥐고 흔들었지만 수연은 잘못했다는 말만 되풀이하며 더욱 몸을 동그랗게 말았다. 마치 어떤 공격으로부터 스스로를 보호하듯 안으로 움츠러드는 모습이었다. 도형이 아무리 말리려고 해도 어쩔 수 없었다. 계속해서 비명과 헛소리를 반복하며 부들부들 떨어 보는 사람이 다 난처할 정도였다.

"정신 차리라고. 내가 안 보여? 대체 뭣 때문에……."

"잘못했어요! 잘못했어요!"

섬유에 양주 냄새가 밴 도형이 다가가면 다가갈수록 수연의 공포만 키울 뿐이라는 걸 그가 알 리가 없었다.

"젠장."

이대로 두면 당장이라도 혼절할 것 같은 그 상태도 문제였지만 무엇보다 비명 소리 때문에 머리가 터질 것 같았다. 도형은 어쩔 수 없이 수연의 몸을 꽉 틀어쥐고 그 신경을 거스르는 비명 소리부터 막았다.

짜증을 잔뜩 담은 도형의 입술이 수연의 입술을 덮어 버리자 수연의 작은 몸이 움찔했다. 그러나 그것도 잠시, 거부반응까지 더해져 하얗게 질린 수연의 몸이 맥없이 뒤로 넘어가려는 찰나, 도형이 그 몸을 꽉 끌어안아 고정시킨 채 머리카락을 부드럽게 쓸기 시작했다. 완력으로 수연을 꽉 얽어매 공포에 기인한 발작조차 허용하지 않고서 달래기에 들어간 것이다. 함부로 몸을 쓸 수 없게 된 수연은 그대로 패닉 상태가 되어 본능적으로 정신을 놓으려 했다. 그러나 도형은 그 틈을 비집고 들어가 수연의 정신을 붙들기 위해 손바닥의 온기를 이용해 그녀의 불안정한 신경 상태를 다독여 주었다.

얼마나 그렇게 달래기를 지속했을까. 수연의 뺨으로 이제까지와는 다른 의미의 눈물이 툭 터지더니 주르륵 흘러내렸다. 조금은 정신을 차린 것도 같고, 아닌 것도 같고.

상태를 살펴보기 위해 도형이 천천히 입술을 떼자 수연의 고개가 맥없이 아래로 떨어졌다. 다행히 발작은 사라진 것 같았다. 비명 소리만 듣지 않아도 다행이라 생각했는데 상태도 안정선에 접어든 것 같아 도형은 안도의 한숨이 다 흘러나왔다. 그래도 혹시 몰라 계속해서 수연의 몸을 꽉 끌어안고 있는 그 때, 품 안에서 수연의 작은 목소리가 맥없이 흘러나왔다.

"술 냄새…… 제발……, 무서워."

그 말뜻까지는 제대로 알아들을 수 없었지만 술 냄새가 그녀의 이상 반응에 일조를 했다는 것은 감지할 수 있었다. 그는 한 팔로 수연을 안은 채 한쪽 팔만 움직여 입고 있던 재킷을 벗어 던졌다. 기가 막힌 일이었다. 지금껏 술 냄새가 난다는 이유로 여자에게 거부당해 본 건 처음이지 싶었다. 오히려 그의 체향에 알코올이 더해지면 남성적인 체취가 더욱 짙어진다며 여자들이 스스로 안겨 오곤 했었다. 그런데 이 무슨 술 냄새에 찌든 주정 뱅이 취급인 건지.

하긴 이렇게 어린애가 성적인 매력에 대해 무엇을 알겠냐만.

그에 반해 자신은 그것도 입맞춤이라고, 시끄러운 TV 소리를 끄는 리모컨 역할에 해당되지 않는 입맞춤이었음에도 말캉하고 부드러운 입술이라고 생각했으니, 역시 성인 남자는 그래서 다 본능을 앞세우는 동물이라고 하는 건지.

도형은 혹시 입술 틈으로도 술 냄새가 날 것을 우려해 수연을 목 아래로 안은 채 여전히 한 손으로는 다독여 주며 최대한 조심스럽게 말했다.

"이제 괜찮으니까 진정해."

"뜨거워…… 아파……."

신체의 거부반응은 진정이 된 것 같은데 아직도 그 알아듣기 묘한 소리는 계속 이어지고 있었다. 뭐가 뜨겁다는 건지 뭐가 아프다는 건지 전혀 이해가 가지 않았지만 왠지 심하게 가여운 건 사실이었다. 뭔가 그녀의 무의식 세계와 연결되어 있는 말 같기는 한데.

"최면이라도 받아봐야 하는 건가. 제 입으로는 말할 것 같지 도 않고."

아침까지만 해도 어떻게든 밖으로 쫓아내 독립심을 키워 얼른 내보내야겠다는 모진 생각을 하고 있었는데, 이 아가씨는 단 몇 시간 만에 상황을 돌변시켜 버리고 말았다. 오히려 가엾다는 생각을 하고 있다니.

하지만 이렇게 조그만 사람이 이렇게 심하게 떨고 있으니, 그녀에 비해 덩치가 커다란 연상의 남자로서 자신도 모르게 보호 본능이 일고 있었다. 그것은 자그마한 강아지나 병아리가 아프면 쉽게 지나칠 수 없는, 그런 마음과 다를 바가 없는 것이었다.

"잠들면 갈 테니까 걱정 말고 자도록 해."

도형의 커다란 손은 한시도 쉬지 않고 수연의 등과 목, 그리고 머리카락을 어루만졌다. 체온은 마신 양주로 인해 보통 때보다 조금 높았다. 그래서 수연에게는 좀 더 따뜻하게 느껴질 것인지도 몰랐다. 실제로도 그랬고.

"난 괜찮으니까 그냥 가요. 빨리……."

그러나 말은 그렇게 하면서도 수연의 몸은 도형의 품속으로 파고들고 있었다. 이걸 앙탈로 봐줘야 하는 건지 뭔지. 도형은 어깨를 으쓱하곤 수연의 몸을 살짝 떼어 보았다. 역시나 말과 달리 그녀는 거리가 멀어진 만큼 자석처럼 이끌려 와서 다시 달라붙었다. 왠지 재미있어서 몇 번 똑같은 행동을 반복해 봤더니 수연은 끝까지 와서 달라붙기를 반복했다. 도형은 웃음을 깨물었다가 곧 정신을 차리곤 이게 무슨 짓인가 싶어 얼른 정색을 했다.

문득 내려다보았더니 그의 손이 수연의 가느다란 목을 덮고 있었다. 살짝 열어 보았더니 참 하얗고 가늘었다. 매끈하다고는 절대 말할 수 없는 선이었지만, 가늘면 가는 대로 왠지 그의 마음을 동하게 했다. 동정 때문일까, 아니면 혈관에서 은근하게 돌고 있는 술기운 때문일까. 그것도 아니면 심각하게 달라붙어 있는 수연의 몸 때문일까.

이런 어린애의 몸인데?

작고 볼품없었음에도, 워낙 바짝 붙어 있는 탓에 안 그래도 취기로 높아져 있는 체온에 그녀의 체온까지 더해져 열기가 확 이는 것 같았다. 머릿속이 핑글 하고 돌았다. 아마도 이건 술 때문에 평소의 판단력이 잠시 흐트러진 탓이겠지. 딱히 수연이 아니더라도 상관없었을 것이다. 몸이 뜨거워지고 있었다. 본능 따위 언제나 차디차게 비웃으며 얼마든 이성으로 누를 수 있다고 믿고 있던 자신이다. 그런데 어쩌자고…….

도형의 다른 한 손이 수연의 턱에 살며시 닿아 살짝 들어 올렸다. 수연이 감고 있던 눈을 천천히 떴다. 심적으로 안정이 된 것인지 드러난 눈동자에는 졸음이 다분하게 묻어 있었다.

'이래서 어린애는 곤란하다니까.'

금방이라도 잠에 폭 빠져들 것 같은 희미한 눈빛임에도 눈매가 워낙 동그랗게 생겨서일까 선명하게 느껴졌다. 차분하게 다물려져 있는 조그만 입술로 도형의 시선이 미끄러져 내렸다. 한 손은 여전히 수연의 가는 목을 폭 덮듯 감싸 쥐고 있었다. 본능적으로 고개를 살짝 틀었다. 그리고 엇갈린 채로 수연의 입술을 찾아 자신의 입술을 겹쳤다. 한 번 일기 시작한 화학반응이 욕망이라는 이름으로 번지고 있어서 의지를 담은 행동인 건지 아닌지도 구분하지 못했다. 번쩍 떠질 거라 생각한 수연의 눈동자가 파르르 떨리더니 마치 필라멘트의 선이 끊어지듯 서서히 빛을 잃더니 가만히 감겼다. 자극과 충격을 감당하지 못하고 스스로 눈을 감아 버린 것 같았다.

싫어하는 것 같지는 않았다. 도형은 촉촉하게 수연의 입술을 적셔가며, 조급하지 않게끔 천천히 입술의 맛을 보아가며 겹치고 또 머금어 보았다. 작은 새처럼 떨고 있는 그녀의 몸은 이제껏 그가 알고 있던 완숙한 여인의 느낌과는 확실히 상반된 것이었다. 신기하고, 신선하고, 그러면서도 자극적이다. 그녀의 떨림이 그에게까지 전염이 되어 도형의 몸도 여느 때와 달리 가늘게 떨리고 있었다. 입맞춤 하나로 심장까지 떨리고 있는 것 같으니 이건 또 대체 무슨 의미인 건지.

입술을 몇 번이나 섞는 키스를 하다가 체중을 실어 눕히자 수연의 몸이 잠깐 움찔거렸다. 참 이상한 기분이었다. 대단히 매료되었다거나 이성으로서 홀린 것도 아니라고 생각하는데도 입술을 떼고 싶지는 않았다. 빌어먹을 술 때문인가. 아마도 그것이겠지. 그게 아니면 무슨 이유가 더 있겠는가. 복잡하게 생각하고 싶지도 않고 생각할 여유도 없었다. 그저 남자의 본능에 이를 갈아가며, 도형은 수연의 가늘고 하얀 목을 손가락으로 더듬어 가며 계속해서 고개를 엇갈려 키스를 지속했다.

한참이나 적셔서 말할 수 없이 부드러워진 입술 틈을 갈라 혀를 밀어 넣었다. 쉽게 와서 섞이는 혀에 일순간 정신이 아찔해졌다. 그녀의 혀는 놀라울 정도로 촉촉하고 달콤한 맛이 났다. 타인에 대한 심각한 견제 반응이 있는 아가씨라서 그런가. 마치 안기듯 와서 섞이는 혀가 그의 만족감을 배로 부풀려 주었다. 허영인지, 만족감인 건지 도형은 자조를 삼키며 일순간 얽어맨 수연의 혀를 강하게 빨아들였다. 수연의 어깨가 달달 떨리며 몸이 끌려 와 밀착되듯 그의 몸에 달라붙었다.

수연의 입 안에서 빼앗아 온 타액을 삼키는 순간 도형의 손이 자신도 모르게 아래로 내려가 카디건의 단추를 풀고 있었다. 그러나 그와 동시에 수연의 맨살에 그의 손가락이 닿는 찰나 그의 손동작도, 입술의 움직임도 정지하고 말았다.

이게 무슨 행패지?

겨우 정신이 들어 버리자 도형은 자신의 황당한 행동에 기가 차 헛웃음도 나오지 않았다. 자신은 지금 키스 이상의 행동을 하려고 한 것이다. 아니, 일순간 그녀의 안에 들어간 상상을 하며 엄청난 희열을 느껴 버렸다. 이 어린 아가씨를, 아무런 반항도 없다고 해서 멋대로 해버릴 생각을 하다니.

'이 험난한 아가씨야, 지금 무슨 일을 당할 뻔했는지 알고나 있어?'

도형은 도저히 자신의 행동을 믿을 수가 없었다. 자신이 이렇게나 즉물적인 인간이었다니. 신경이 엉켜서 겨우 동아줄 붙들듯 그의 체온에 들러붙어 있는 여자를 욕심대로 취해 버리려 했다. 위험천만한 순간이었다는 걸 이 순진한 아가씨가 알기나 하겠는가. 뺨을 서른 번 왕복으로 맞아도 모자랄 일이었다. 조부의 얼굴까지 겹쳐 떠오른 순간 도형은 아찔해져서 얼른 수연에게서 손을 뗐다. 자신에게 더도 말고 덜도 말고 보통 남자만큼의 책임감과 양심이 있는지 그것조차도 의심스러운데. 하물며 조부가 관계된 여자라면 엔조이라는 말을 툭 던지고 끝낼 수도 없는 노릇이 아닌가.

도형은 미친 짓을 해버렸다고 생각하며 천천히 입술을 뗐다. 수연의 감은 눈꺼풀 안에서 눈동자가 움직이는 게 느껴졌지만 그뿐 그녀는 눈을 뜨지도 않았고 다른 반응을 보이지도 않았다. 다만 그때껏 매달리듯 잡고 있던 그의 셔츠를 가만히 놓았다. 아마도 그녀 또한 두 사람이 벌인 기묘하면서도 무모한 행동에 대해 뒤늦게 제대로 인식을 한 것이겠지.

잘은 모르겠지만 그렇게 해석해 버린 도형은 상체를 일으키려다가 자신의 타액으로 부드럽게 젖어 있는 수연의 입술에 다시 한 번 짧게 입을 맞추고는 떼어냈다. 왠지 마음이 쉽게 외면되어지지가 않는다는 건 인정했다. 한 번 더 입을 맞추고 싶다는 이상하게도 달달해지고 순수해지는 감정을 걷어차듯 도형은 빠르게 몸을 일으켜 세웠다.

수연은 머리카락을 한 번 더 쓸어 주는 손길을 느꼈다. 그리고 이불을 끌어 와 가만히 덮는 느낌까지. 하지만 그것으로 그의 체온은 마지막이었다. 침대가 가벼워지면서 그의 발걸음이 멀어지는 소리가 들렸다. 스위치가 톡 하며 꺼지는 소리, 눈을 뜨지 않았음에도 실내가 어두워진 것을 느낄 수 있었다.

아래층으로 계단을 밟으며 내려가는 소리, 수연은 이불을 꽉 쥔 채로 그의 발걸음 소리가 완전히 사라질 때까지 청각을 집중하고 있었다. 마치 마지막 자취 하나까지 모조리 다 듣겠다는 듯, 하지만 탁탁 밟아 내려가는 소리를 채 다 듣지도 못했는데 아래층의 괘종시계가 정각을 가리키며 육중한 소리를 냈다. 그 순간 시계가 왜 그렇게 야속하게 느껴졌을까.

'너 참 싫다, 신수연.'

이불을 덮어 썼다. 혼란스러운 상태, 좀체 잠은 오지 않았다. 잠이 오지 않는 밤이 깊어 가고 있었다.

3장

한 발 한 발
세상에 다가가기

"본인이 먹을 것, 본인이 쓸 것, 본인이 입을 것, 이하 생략. 아무튼 네가 소비하는 모든 것은 본인이 사도록. 체크카드 여기에 둘 테니까."

이튿날 아침, 2층으로 올라온 도형이 대뜸 카드를 테이블 모서리에 툭 던지며 한 말에 수연은 멍한 표정을 했다.

"맹한 표정 하지 말고!"

맹하다기보다 멍한 표정이었는데, 질타를 받은 수연은 표정을 굳히고 고개를 숙였다. 도형은 2층으로 올라오기는 했지만 어제 일 때문에 먼 거리에서 더 다가가려 하지 않았다. 카드도 멀리에서 던져서 모서리에 겨우 착지해 있었다.

물론 수연도 그의 얼굴을 보기가 난처해서 그 거리가 오히려 편하게 느껴졌다. 그래도 못내 서운함이 일었다. 어제 그가 도닥여 주고 나간 행동으로 왠지 안도감까지 들었는데, 지금 저

토록 차가운 거리를 유지하고 있으니 서운하고 미워졌다.

동정이겠지 생각했다. 수연은 생전 처음으로 경험해 본 감각에 제정신을 차릴 수가 없었다. 처음의 입맞춤은 조용히 하라는 협박과도 같은 것이어서, 그의 완력에 갇혀 옴짝달싹할 수 없었기에 받아들이는 수준의 것이었다. 그리고 곧이어 이어진 부드러운 손길, 그것이 이상하게 마음을 안정시켜 주어 참 따뜻했다.

고립되어 있던 자신, 할아버지 외에는 누구도 그녀를 다독여 준 사람이 없었다. 아마도 이 남자가 처음일 것이다. 놀라움은 고마움으로 변해 눈물로 터져 나오고 말았다. 하지만 이어진 깊은 입맞춤의 의미는 그녀도 잘 알 수 없는 것이었다. 다만 확실한 건 이상하게도 그 키스가 전혀 싫지 않았다는 것.

오히려 감각이 녹아들듯 감미로워져서 도저히 놓치기가 싫었다. 키스가 지속될수록 단단하고 부드러운 끈으로 묶이는 기분이었다. 이 남자의 커다랗고 편안한 품, 그 단단한 체구에 자신의 몸이 묶여지는 느낌. 누군가의 보호 아래에서, 누군가의 따뜻한 눈매 속에서 살아가고 싶은 욕심은 여자라면 누구나 가질 수 있는 마음이 아닐까.

그에게 의지해서도 안 되고, 의지할 만한 장소도 아니었으며, 의지하고 싶다는 마음 자체가 우습다는 건 알고 있었다. 하지만 이 남자라면…… 매몰차게 내쫓아 버리는 못되고 괴팍한 맹수임에도, 다정하게 쓸어 주는 손끝이 따뜻해서 어이없게도 보호자로서의 그를 바랐는지도 모르겠다. 적어도 의미를 알 수 없는 그 키스를 거부하지 않고 있으면 앞으로는 무심하게 쫓아내지 않을지도 모른다…….

이 남자는 얼마나 세상을 자신 있게 살아갈까. 자신이 이런 남자처럼 되려면, 자신의 그림 안에서 창문을 열어서 세상을 향해 훨훨 날아 살아갈 수 있으려면 대체 얼마의 시간이 더 필요할까.

"천 부장, 모조리 갖다 치워."

그리고 또 한 번의 아침, 갑작스럽게 쏟아낸 말들도 수용 불가능한 것이었는데, 그가 천 부장을 불러 시킨 일은 2층에 있는 식료품과 생필품들을 모조리 끌어내는 것이었다. 일전에 천 부장이 사서 채워 넣은 걸 고스란히 다시 가져가는 것이었다. 상황을 알아차리자 눈앞이 깜깜해진 수연이 놀라서 벌떡 일어나 항의했다.

"그건 내 거예요! 하지 말아요, 아저씨!"

그러나 천 부장은 이미 내뺀 후였고 도형은 긴 팔로 수연의 진로를 가뿐하게 차단했다. 수연은 넓은 홀에 혼자 뚝 떨어진 아이처럼 불안하게 흔들리는 눈동자로 도형을 바라보았다.

"왜…… 이래요, 대체."

"못 들었나. 본인이 필요한 건 본인이 해결해."

"하지만 난……, 못해요."

"못한다?"

"못한다는 거 알고 있잖아요!"

얼마나 오랜만일까, 자신의 감정 상태에 따라 솔직하게 화를 내고 있는 건. 버럭 소리를 질러 버리고 말았다. 치사하고 고약해서 참을 수가 없었다. 어쩌면 이렇게 매정한 사람이 있을까. 그 집 앞을 지날 때마다 개가 무서워서 지나갈 수가 없는데, 이 남자는 지금 그 개 앞으로 그녀의 등을 마구 떠밀고 있었다. 괴팍하고도 또 고약한 방법이다.

그가 말하는 의미를 모르는 건 아니었다. 스스로 사라고 명령하는 건, 굶어 죽기 싫으면 밖으로 나가라는 말일 것이다. 하지만 차라리 굶어 죽는 게 나은 사람에게 강요만 한다고 그게 가능해지겠는가. 이미 방법을 잊어버린 사람에게 이 이상 어쩌라는 건지. 으름장을 놓아 해결될 일이었다면 그 긴 시간을 이렇게 칩거하며 살지는 않았을 것이다.

"내가 더 괴로워요! 나가지 못하는 내가 너무 한심하고 기가 막혀서…… 너무 바보 같아서 싫어요! 근데 왜 자꾸만!"

터뜨려진 감정의 폭발은 수연의 온몸을 떨리게 했다. 남에게 감정을 노출해 보인 것도 기억하는 것으론 처음이려니와 그 상대가 결코 쉬운 상대가 아니라 더 겁이 났다. 그런데도 참을 수가 없었다. 왜 이 남자에게는 기묘한 반응들이 이렇게도 쉽게 터져 나오는 건지. 눈물과 함께 쏟아내지는 수연의 날카로운 감정의 표출을 가만히 지켜보던 도형이 갑자기 손을 뻗더니 수연의 어깨를 끌어당겨 안았다.

수연은 입술을 꽉 깨물며 그를 밀쳐냈다. 원망이 가득한 눈으로 도형을 노려보았다.

"위협했다가 얼렀다가, 재미있어요? 이러는 게 아저씨는 재미있어요?"

위협했다가, 얼렀다가……, 물론 그녀가 항의를 할 만한 부분이긴 했다. 하지만 그보다도 아. 저. 씨. 라니. 성큼 걸어가 수연의 지척에 선 도형이 차갑게 말을 끊듯 해서 내뱉었다.

"내가 뭐라고? 아저씨?"

"맞잖아요. 아저씨……!"

발발 떨면서 날카롭게 반항을 하는 수연의 뒷목이 확 끌려가 그대로 입술이 삼켜졌다. 본능적으로 반항이 일었지만 고함은 목 안에서만 맴돌며 호흡조차 도형의 입 안으로 삼켜지고 말았다. 입맞춤은 어제보다 훨씬 더 깊은 것이어서 지독할 정도로 집요하게 입술이 달라붙으며 혀가 아플 만큼 빨렸다. 결국 수연의 몸에서 힘이 쭉 풀리고 그의 의도에 따라 수연의 혀가 부드럽게 움직일 때가 되어서야 도형은 천천히 입술을 뗐다. 엄지로 수연의 젖은 입술을 가만히 쓸어 가며 숨결이 닿을 정도의 가까운 거리에서 그가 낮게 말했다.

"아저씨가 이런 키스를 할 수나 있을까?"

비웃듯, 정말 오만한 말이었다. 수연은 자존심까지 빨려 들어간 기분이었지만 노려보는 것으로 억울함을 표현할 수밖에 없었다. 도형이 빙긋 웃었다. 여유로운 표정으로 수연의 뺨을 손등으로 톡 치더니 그녀의 몸을 놓아주었다.

"감히 날 그따위 호칭으로 부르면 안 되지. 폼이 안 서잖아."

"그게 그렇게 화나는 일이에요? 강제로 내몰 생각을 하는 것보다 더 나쁜 일이에요?"

"고립되어 있어 봐야 발전하는 건 없으니까."

"그냥 이대로가 좋아요. 귀찮게 하지 않을 테니까 잠시만 시간을 달라고 했잖아요."

"귀찮아 줄 마음이 있으니까 하는 소리다. 혼자 내보내지 않을 테니까 걱정 마."

도형이 넥타이의 매듭을 만지며 몸을 돌렸다. 수연은 그런 그의 등을 빤히 쳐다보았다.

"무슨 뜻이에요?"

"내가 동행하도록 하지. 혼자 쫄래쫄래 돌아다닐 수 있을 때까지."

수연은 머릿속이 팽글 돌아서 차마 말을 잇지 못했다.

"너, 제발 정상인처럼 살아라. 그래야 적어도 마음 놓고 내쫓을 것 아니야. 다시 말하지만 난 오랫동안 너 책임 못 진다."

어쩔 수 없이 서운해지는 말이었지만 수연은 그의 말에 항의할 수 없었다. 오히려 도와주겠다니 고마워해야 할 일이었다.

그와 같은 사람이 되고 싶었다. 당당하게 세상을 살아갈 수 있다면 그녀도 반가운 일이었다. 누구도 그녀에게 옆에 있어 줄 테니 함께 걸어가 보자고 제안한 사람은 없었다. 그녀의 슬픔을 오로지 보아주는 것으로 이해해 준 김 화백 외에는, 처음으로 손을 내밀어 준 사람이었다. 물론 그의 목적은 그녀가 얼른 다른 사람들과 같은 상태가 되어 나가 주었으면 하는 것이겠지만. 결코 그런 마음을 갖고 있는 그를 탓할 수도, 원망할 수도 없는 입장이었기에 수연은 고개를 떨어뜨렸다. 머릿속으로는 그의 제

안에 고마워해야 한다고 다짐이 일고 있는데도, 마음이 못내 아려 왔다.

"지금…… 나가면 돼요? 언제부터 시작하면 돼요?"

수연은 감정을 외면하며 애써 기운 내서 입을 열었다. 지금까지는 계기가 없었을 뿐, 그가 함께 해주겠다고 한다면 손을 내뻗어서라도 잡아야 했다. 아니, 잡고 싶었다. 그이니까, 라는 게 이유라면 자신은 너무 속된 여자인 걸까.

도형이 고개를 돌리더니 그런 수연을 물끄러미 들여다보았다. 눈동자가 마주쳤지만 수연은 힘을 내 이번에는 그의 시선을 피하지 않았다. 잘할 수 있을 것이다. 이 이상 맥없는 바보로 비쳐지는 건 사양이었다. 그래서 나름대로 마음속으로 파이팅도 외쳐 보고 있는데 도형이 고개를 살짝 기울이더니 입을 열었다.

"그렇게 억지로 애써야 할 정도라면 잠시 늦추어도 좋아."

수연의 눈동자가 흔들렸다. 도형의 입술 틈으로 웬일인지 엷은 한숨이 흘러나왔다. 그가 돌아서는 순간 수연은 조바심이 일어 얼른 외치듯 말했다.

"아니에요! 그게 아니에요. 애쓰는 거 없어요. 난 그저 노력해 보고 싶어요."

도형의 걸음이 우뚝 멈췄다. 돌아서더니 주머니에 한 손을 찔러 넣었다. 수연의 얼굴을 찬찬히 살피듯 쳐다보았다.

"바로 그런 점이 애쓴다는 거다. 어제까지만 해도 대문 근처까지도 못 나간 주제에 뭐가 그렇게 열심인 척이야. 너란 아이, 사람 참 한심하게 만드는군."

"전……."

또 무슨 실수를 저지른 걸까. 무엇보다 그가 실망해 손을 놓아 버릴까봐 두려웠다.

"미안해요. 나도 빨리 남들과 똑같은 사람이 되고 싶지만, 부담스럽죠? 내가 정상이 아니니까. 하지만 나도 쉽진 않아서……."

단지 노력하고 있다는 걸 보여주고 싶었을 뿐이다. 도와주겠다고 나섰는데 의지라도 보여주어야 그의 마음이 바뀌지 않을 것 같았다. 그가 도와주겠다고 하니까. 그러니까…….

"됐다. 그만 해."

수연의 고개가 번쩍 들렸다. 그만 하자는 말로 들린 순간 수연은 자신도 모르게 다가가 도형의 손을 스스로 먼저 잡았다. 도형의 눈동자가 멈칫했다.

"붙들고 싶은데 어떻게 하면 돼요? 실망해서 돌아서려는 거잖아요! 붙잡고 싶은데 어떻게 하면 좋은지 난 전혀 모르겠어요. 이렇게 사정밖에는 할 수 없잖아요!"

수연의 눈동자가 금세 눈물로 차올랐다. 삽시간에 젖어 가는 걸 도형은 착잡한 심정으로 내려다보았다. 어떻게 이렇게 어린 아가씨가 있을까. 그럼에도 서툴면 서툰 대로 자신의 감정을 표현하면서 매달리고 있다. 여자가 매달리는 것 따위 딱 질색인데도, 그 모습이 밉게 보이지 않으니 참 이상했다. 본능적으로 손을 뻗어 수연의 눈물을 닦아 주게 되었다.

"아무것도 모른다고 하는 아가씨치곤 너무 영악하잖아."

뺨을 만지며 속삭이듯 부드럽게 중얼거렸다. 이렇게 모든 것을 내던지고 매달리는데 어떻게 더 매몰찰 수 있을까. 어떻게 그 순수함을 이용하고 싶지 않을 수 있을까. 남자란 다 그렇고 그런 동물인데.

"누군가에게 무엇을 사정하고 싶다면 대가를 지불해야겠지. 그게 세상을 살아가는 보통의 방식이야. 아마 언젠가 너도 알게 될 세상의 비정한 면일 테지."

악랄해지는 마음. 순수하게 자신을 바라보고 있는 그녀를 이용하고도 싶고, 또 조금은 감동하기도 했다. 동시에 묘한 호기심이 일어 여자로서 품어 보고 싶은 욕심도 들었다. 양자 사이에서 자신은 즐기기만 하면 되는 것인가. 어느 쪽이든 손해 볼 건 없으니까. 참 못된 남자한테 걸렸지. 그런 생각이 들면 그녀가 또 가여워지기도 했다. 하지만 어떻든 세상으로 그녀를 내보낼 생각이라면 세상의 비정한 면까지 제대로 교육시키는 것도 나쁘지는 않겠지.

도형의 차가운 말이 수연의 머릿속을 파고들었다. 무언가를 얻으려면 무언가를 지불해야 하는 것, 그게 세상 사람들이 당연히 따르며 사는 룰이다. 더욱이, 어떤 것으로도 깊이 연결되어 있지 않은 두 사람 간에는 더더욱. 그런 실리적인 보상이. 조부의 부탁이었을 뿐, 그가 그녀를 책임져야 할 하등의 이유도 없으니까.

"대가……."

넋이 빠진 사람처럼 중얼거리는 수연의 입술을 가만히 바라보고 있던 도형이 곧 입을 열었다.

"내 도움이 필요할 때까지 넌 모조리 내 거라고 알고 있으면 돼. 그게 내가 바라는 대가야."

악마가 속살거리고 있었다. 그 동그란 눈동자를 보고 있으면 이렇게 장난을 치고 싶어진다. 순진한 아이를 꼬여 계약을 맺어 내는 것처럼, 도형은 수연의 시선을 단번에 사로잡아 빠져나가지 못하게 했다. 그 강렬한 흡인에 이끌려 수연은 허물어지듯 도형의 품 안으로 빨려 들어갔다. 닿을 듯 수연의 입술을 미끄러져 지나간 도형의 뜨거운 호흡이 수연의 하얀 목덜미에 닿았다. 혀로 핥고 빨아들이자 수연이 가느다란 신음 소리를 흘리며 몸을 활처럼 휘었다. 도형은 그런 수연의 가느다란 몸을 꽉 끌어안았다.

"자가용은 타지 않아."

밖으로 나온 도형의 말에 수연은 고개를 끄덕였다. 세단을 타고 이동해 봐야 의미가 없으므로 차는 두고 가겠다는 뜻이었다. 하지만 도형의 의도가 아무리 적절하다고 할지라도 수연은 대문 안에서 고개를 끄덕이고 있는 형국이었다. 도형의 짙은 눈썹이 휘어져 올라갔다.

"나와."

손가락으로 대문 밖을 지시하며 가리켰지만 수연은 고개를 숙인 채 머뭇거렸다. 모자를 푹 눌러쓰고 있어서 얼굴도 잘 보이지 않았다.

"모자도 벗고."

도형이 손을 휙 뻗어 모자를 빼앗듯 벗겨내자 까만 머리카락이 어깨로 떨어져 내렸다. 기겁을 한 수연이 미친 듯 허우적거리며 다시 모자를 빼앗아 어떻게든 덮어쓰려고 애를 쓰자 도형은 포기할 수밖에 없었다.

"벌써부터 포기하고 싶어지는군."

"미안해요."

"미안한 걸 알면 그 안에서 나와."

"내일부터…… 하면 안 될까요?"

절박한 눈동자를 보니 장난인 것 같지는 않고.

"입 다물고 당장 나와."

도형은 어쩔 수 없이 수연의 손목을 휙 끌어 강제로 밖으로 서게 했다. 그러면서도 혹시 거품을 물고 쓰러지면 어쩌나 일면 걱정이었는데 다행히도 다리는 안쓰럽게 떨릴지언정 그 자리에 서 있기는 했다. 이게 무슨 초등학생 사회 교육도 아니고.

"따라와."

쳐다보고 있자니 이러고 있는 자신이 한심해져서 도형은 먼저 휙 돌아서서 성큼성큼 걸어갔다. 그러나 몇 걸음도 채 걷지 못해 안면 근육이 꿈틀거렸다. 따라와야 마땅한 인기척이 전혀 없었다. 우뚝 멈춰 서서 돌아보았더니 수연은 미적거리며 그 자리에서 땅만 뚫어져라 쳐다보며 서 있었다. 어쩔 수 없이 다시 되돌아간 도형이 수연의 손을 끌어 와 잡았다. 수연은 화들짝 놀라 고개를 들어 그를 바라보았다.

"가자고, 같이."

그제야 수연은 조금 고개를 끄덕이며 발을 움직였다. 도형은 그런 수연의 손을 꽉 쥔 채로 걷기 시작했다. 같이 가야 했기에 보폭이 자유롭지 못했지만 나름대로 나쁘지는 않았다. 실상은 도살장 끌려가듯 힘겹게 걷는 수연의 보폭에 맞추는 것이었지만, 오랜만에 한가롭게 걷는 기분이었다. 한 손에 폭 싸이는 수연의 작은 손도 나쁘지 않았다. 조금 힘을 주면 톡 부러질 것도 같은 가느다란 손목도, 그에게는 보호해 주면 짐짓 만족스러울 정도의 여림이었다.

"괜찮나?"

물었지만 수연은 대답이 없었다. 혹시나 싶어 상체를 숙여 모자 속 상태를 보았더니 모자 아래로 보이는 턱으로 봐서는 별 문제 없는 것 같았다.

"어디 작은 카페를 찾아 차 한 잔 마시는 걸로 스타트를 끊어 볼까?"

"지하철부터, 타게 해줘요."

대중교통이 수연에게는 가장 두려운 대상이었다. 딱히 광장 공포 같은 건 없다고 생각하고 있었지만, 대인공포증이 조금 심해진 상태에서 김 화백의 집에 있는 5년 동안 완전히 출입을 하지 않는 바람에 자연히 대중교통과 동떨어지게 되었다. 수연의 의지를 따라 주고 싶었던 도형은 고개를 끄덕이며 가까운 지하철역으로 향했다. 대문만 나서도 기절할 줄 알았던 그녀가 제법 잘 따라와 주고 있어 그는 내심 다행이라 생각하고 있었다.

그가 예측하는 수연의 상태는 그리 심각하지는 않은 광장공포증 같은 것이었다. 물론 가장 적절한 방법은 신경정신과에서 전문적인 치료를 받는 것이겠지만 아직 어린 아가씨를 비정하게 정신과로 내몰고 싶지는 않은 게 그의 솔직한 심정이었다. 그래서 일단 이렇게 데리고 나오긴 했는데, 과도한 자극을 주면 어떤 반응이 생길지 모르니 역시 신경이 쓰였다.

주택가를 벗어나 사람의 통행이 잦은 인도로 접어들자 잡고 있는 수연의 손이 눈에 띄게 떨렸다. 도형은 안심하라는 듯 그녀의 손을 다독여 주었다.

'내가 있으니까.'

말하지는 않았지만 꼭 그런 말을 들은 것 같았다. 가능할 것도 같았다. 이 사람과 함께라면 괜찮다고 스스로를 다독거렸다. 그리고 그의 팔에 몸을 기대고 열심히 걸어가려고 애썼다. 아직 그의 힘에 이끌려 바닥을 내려다보며 걷는 정도였지만 점점 더 나아질 테니까. 사람들의 발소리가 옆으로 휙휙 스쳐 지나갔다. 차도를 달리는 자동차의 바퀴 소리들, 여기저기에서 들리는 목소리들, 웃음소리들, 어디선가 들리는 음악 소리, 아주 많은 소리들……

소리에 집중하고 있자 점차 마음이 웅성거리기 시작했다. 귓가로 그 소리들이 점차 커지며 윙윙거렸다. 하나로 섞여들더니 묘한 소리로 변해 뇌를 울리게 했다. 기분이 점차 가라앉았다. 머릿속이 띵 하는 느낌과 함께 어지러워졌다. 삐익! 하고 달팽이관을 직접 때리는 것 같은 경고음이 터지듯 들린 순간.

'누나…….'

환청처럼 동생의 흐느낌 소리가 어지럽게 머릿속을 울렸다.

'누나, 아파…… 무서워. 누나, 살려줘!'

순간 걸음이 꼬여 휘청거린 수연의 몸을 도형이 얼른 잡아 주었다. 겨우 바로 섰지만 창피해서 고개를 들 수 없었다. 아플 정도로 어지러웠다. 잠시 잊었다고 생각한 동생의 목소리가 다시 떠올라 뇌를 미친 듯 울리고 있었다. 이젠 더 이상 안 된다고 생각하는데도 왜 자꾸만 이러는 건지. 마음은 안정하고 싶은데 도통 생각대로 되질 않았다. 가슴이 답답해지고 호흡이 가빠왔다.

"돌아갈까?"

도형의 목소리가 아주 멀게 느껴졌다. 허리를 감싸 안는 손길에서 그나마 안심이 되었는데도 피상적인 안도일 뿐이었다. 내면에서 이는 웅성거림은 도무지 해결되지가 않았다. 손발이 저리고 몸이 떨려 왔다.

"신수연?"

도형의 걸음이 멈춰 있었다. 왠지 숨이 막히고 그의 체온이 사라지는 느낌이었다. 결국 포기하고서 손을 놓아 버린 것일까. 이렇게 바보 같은 자신이라서 더는 참아주지 못한 것일까. 하지만 도형의 손은 한시도 그녀에게서 떨어진 적이 없었다. 감각이 둔해지다가 사라져서 수연이 느끼지 못한 것일 뿐.

언젠가 이런 기억이 있었던 것 같다. 아마도 중학교 2학년……, 갑자기 발작이 일어났었다. 이런 거리에서, 이렇게 많은 사람들 틈에서 의식을 잃고 졸도를 하고 말았다. 다시는 거리 같은 곳 나오지 않으리라고 생각했다. 사람들과 함께 걸어가고, 웃고, 이야기하고, 그런 것 따위 필요 없다고. 너무 두려워서, 이렇게 또 기절해 버릴까봐 틀어박혀 지내왔다. 결국, 5년이나 지났는데도 하나도 고쳐지지 않은 것이다. 너무나 괴롭다. 죽을 것만 같다.

"수연아!"

그의 목소리가 귓가에서 맴돌다가 툭 끊기듯 사라졌다. 수연은 그대로 의식을 놓았다.

긴 하루였다. 수연의 상태나 갑작스러운 쇼크, 발작의 원인에 대해 전혀 알지 못하는 도형은 그녀를 일단 응급실로 옮겼다. 피검사와 소변검사, CT 촬영을 해보았지만 별다른 이상을 발견하지 못해 의사는 저혈압으로 인한 쇼크라는 진단을 내렸다.

"저혈압 같은 게 아닙니다! 확실한 소견이 필요하니 병원을 찾아온 게 아닙니까!"

극도로 예민하여 다른 사람들 틈에 섞이지 못한다. 대수롭지 않게 생각하고 있었지만 오늘도 결국 이렇게 혼절해 버렸다. 커다란 이상이 있지 않고서야.

"신경정신과로 가보시는 게 좋을 것 같습니다. 말씀하신 최근 일어난 증상들을 들어보니 공황장애나 우울증으로 의심되는데요."

도형도 모르는 것이 아니었다. 다만 정말 그런 병명이 떨어질

까봐 의식적으로 염두에 두지 않았을 뿐이다. 내과 혹은 외과적인 치료로 가능하다면 얼마나 다행일까. 그저 화가 났다. 왜 자신이 비정상적인 그녀의 증세 때문에 이렇게 화가 나야 하는 건지, 생각해 보고 있으면 그게 또 더 화가 나서 짜증이 일었다.

하지만 결국 의사의 소견을 따를 수밖에 없었다. 도형은 어쩔수 없이 수연을 신경정신과로 옮겼다. 수연은 이미 깨어 있었지만 극도의 스트레스와 혼란, 그리고 그때까지도 숨 쉬기가 괴롭다며 통증을 호소하고 있었다.

"공황발작의 증세로 보입니다. 공황장애 환자는 숨이 막히고 어지럽고 땀이 나고 가슴이 뛰는 생리적 증상 외에 곧 사망할 것 같은 절박감을 느낍니다. 또한 발작이 일어났던 장소, 혹은 그와 유사한 장소를 피하려는 회피 행동을 보이죠. 광장공포라 하는데, 외출을 극도로 피하고 반드시 나가야 할 때는 누구와 동행을 해야 가능하죠."

신경정신과 전문의의 소견에 도형은 할 말을 잃고 말았다. 암담하게도, 말하는 족족 그녀의 경우와 정확히 맞아떨어졌다. 그저 약간의 대인공포증, 혹은 내성적인 성격으로 인한 우울증 정도로만 생각했다. 아니, 그러기를 희망했는지도. 그렇게나 집에 갇혀 있었으니 쉽게 세상 밖으로 나가는 것이 쉽겠느냐고, 그저 그 정도로만 생각했는데.

"아무래도 발작이 반복되다 보면 환자는 예전에 겪었던 발작과 연관된 상황을 피하려 들겠죠. 예를 들어 첫 공황발작을 일으킨 장소가 백화점이라면 상점이 발작을 일으키는 원인이 됩니다. 그래서 공공장소를 두려워하게 되고 홈쇼핑을 선택하는 거죠. 하지만 보호자 분께서 잘 알아야 할 건, 공황장애를 가진 환자가 겪는 광장공포는 집을 떠나는 데 대한 두려움이 아니란 겁니다. 실제로 발작이 나타났을 때 도움을 받지 못하면 어쩌나 하는 데 대한 두려움이 더 크단 것입니다. 그런 걸 두려움에 대한 두려움이라고 말합니다만. 물론 꾸준한 약물치료와 인지행동치료가 병행되면 치료도 가능합니다."

"그 빌어먹을 약물치료는 얼마나 받아야 하는 겁니까."

무시무시한 눈을 하고서 닦달하듯 묻는 도형의 말에 의사는 긴장된 표정을 했다. 보호자의 눈치를 보면서 진료하는 건 또 처음이지 싶었다.

"그러니까, 적어도 8개월 이상은 꾸준히 치료해야 효과를 얻을 수 있습니다. 항불안제나 항우울제 투여로 급성 증상들은 보통 신속히 치료가 되고, 예방책으로 만성적인 긴장상태나 신경쇠약상태를 조절할 수 있습니다. 하지만 약물치료만 단독으로 하는 것보다는 인지행동치료를 병행해 주는 것이 훨씬 효과적입니다. 가령, 환자의 부정적인 신념을 긍정적으로 돌리는 것이죠. 공황발작이 일어난다 해도 시간이 지나면 없어지는 것이며 결코 생명을 위태롭게 하는 것이 아니라는 건강한 신념을 갖도록 꾸준히 설득해야 합니다."

도형은 착잡한 심정으로 혀를 쯧 찼다.

'대체 그 노인네는 5년 동안 애를 데리고 있으면서 뭘 한 거야.'

저렇게나 심각한 상태라면 그대로 고립되어 있도록 두어서는 안 되지 않았겠는가. 평생을 홀로 살 수 있는 게 아니라면 어떻게 해서든 한 발자국이라도 밖으로 나오게 했어야 옳다. 약물치료라는 방법도 있었는데, 적어도 5년 사이에 2년만 받았어도 지금처럼 심각한 수준은 아니지 않았겠는가.

수연이 혼절하던 때를 생각하는 순간 왠지 가슴이 답답해 와 도형은 명치 부근을 꾹 눌렀다.

'대체 뭡니까, 할아버지.'

차라리, 억지로 인지시켜 본인에게 스트레스를 줘야 한다면 저대로 혼자 살아가도록 두는 편이 낫지 않을까. 아무리 병을 위한 약물이라고 해도 신경과의 약물이 인체에 이로울 리가 없었다. 그래서 김 화백도 차라리 안에서 데리고 있을지언정 굳이 밖으로 나가라는 닦달을 하지 않았던 건 아닐지. 머리가 딱딱 아파왔다.

"빌어먹을."

친절하게 입원을 권하는 의사를 무겁게 쏘아본 도형은 수연을 퇴원시켰다. 애초부터 약물에 먼저 의지하고 싶지는 않았다. 그리고 그녀가 병원 생활을 잘 버텨 줄지도 미지수였다. 캔버스와 이젤이 있는 자기만의 공간이 아니면 그 어떤 공간이라도 두려울 게 뻔했다. 생각하던 도형은 천 부장을 불러 지시했다.

"수연이 별장으로 옮겨. 그림 그릴 수 있도록 준비해서 당분간 그곳에서 지내게 해."

천 부장을 따로 불러 신속히 지시를 내리고 퇴원하기 위해 수연의 손을 잡으려는 순간 그녀가 뚜렷하게 그의 손을 쳐냈다. 완강하게 고개를 숙이고서 그를 보려고도 하지 않았다.

[환자분이 거리로 나갔다는 건 동행한 이를 그만큼 믿었다는 뜻이겠죠. 증상이 일어나더라도 옆에서 도와줄 사람이 있다는 걸 믿고서 나가려 했던 겁니다. 하지만 똑같은 증세가 반복되었다는 것에, 아마도 나가지 않았을 때보다 더 극심한 스트레스를 받았을 겁니다. 당분간은 강요하지 않도록 신경 써 주세요.]

의사가 한 말을 떠올리며 도형은 바에서 양주잔을 기울이고 있었다.

"미안해요."

수연이 사과를 해왔다. 도형은 물끄러미 그녀를 바라보기만 했다. 귀찮은 마음 반, 가엾은 마음 반이었다.

"기억이 나요. 중2 때, 학교 밖으로 잘 나오지 않았는데 그날은 오후에 가고 싶은 전시회가 있어서 나 혼자 걷고 있었어요. 아마 그때가 처음이었던 거 같아요, 기절했던 건. 그 후엔 절대 나가지 않았어요. 무서워서…… 그때, 사람들도 많았는데 기절한 게 너무 창피하고, 죽을 것 같았는데 다시 겪기도 싫고."

"그래서, 포기할 텐가."

차가운 질타에 수연은 입술을 꼭 깨물었다.

"포기하고 말고, 그런 문제가 아니에요. 포기란 말은 노력이라도 한 사람에게 쓰는 말이에요. 난 그냥 바보예요."

"그래, 너 바보 천치지. 잘 아니까 다행이군. 그대로 돌아가서 지금처럼 틀어박혀 살아. 그게 행복하다면 그렇게 살면 되겠군."

왜 그렇게 화가 난 건지 모르겠다. 자극하지 말라는 의사의 당부를 들었는데도 오히려 긁는 말만 내뱉고 있었다. 하지만 성인군자가 아닌 이상, 그녀의 맥없이 뒷걸음질만 치는 태도를 참아줄 수가 없었다. 원망이 가득 담긴 수연의 눈동자가 도형의 폐부를 콕콕 찌르는 것 같았다. 그러나 그의 굳은 표정에는 흔들림이 비쳐지지 않았다.

"가봐. 난 더 이상 무리니까."

도형은 고개를 돌렸다. 그녀 때문에 골치가 딱딱 아픈 이 상황이 싫었다. 왜 자신이 상관도 없는 여자 때문에 이렇게나 스트레스를 받아야 하는 걸까. 오히려 우울증이 자신에게 생겨 평생 달라붙을 것 같았다.

"미안해요."

"듣기 싫으니까 입 다물고 가."

그러나 수연은 움직이지 않았다. 이죽거리듯, 도형의 말이 나왔다.

"어차피 가라고 해도 한 발자국도 움직이지 못하겠지. 천 부장이 올 때까지 여기서 기다려. 그 정도는 할 수 있겠지."

수연의 단화 위로 눈물이 툭 떨어졌다. 순간 징, 하고 심장이 반갑지 않게 울려서 도형은 오히려 화가 났다. 인지행동치료고 건강한 신념이고 도형은 당분간 그녀의 얼굴을 안 보면 숨통이

트일 것 같아 차갑게 몸을 돌렸다. 걸어가는 그의 등 뒤로 수연의 외침이 쏟아졌다.

"어차피 또 한 번 노력해도 똑같을 거예요. 그러니까 더 이상 기대하지 말아요! 내가 포기할 게 아니라 아저씨가 포기해요! 그럼 되겠네!"

아직도 서운함과 원망이 뒤섞인 수연의 목소리가 들리는 것 같아 도형은 잔을 탁 놓고서 지끈거리는 관자놀이를 눌렀다. 좀 더 곱게 말하는 방법도 있었을 것이다. 안 그래도 불안한 사람에게 그렇게까지 모질게 굴 필요는 없었다. 아무리 인정머리 없는 인간이라도 너무 심했다. 하지만 화내지 않고는 견딜 수가 없었다. 남의 일이라고 생각하고서 쯧쯧 혀 한 번 차주고 동정의 말 한 마디 정도 해주고 돌아설 수 있다면 차라니 나았을 것이다.

"경솔했지, 김도형."

그는 씁쓸하게 중얼거렸다. 잔을 다시 채우는 도형의 눈이 문득 형형하게 빛났다.

"두고 봅시다, 김 영감. 불량품을 맡기려면 최소한 설명서는 붙여 줬어야 하는 것 아닙니까."

얼음을 채운 양주를 벌컥 마시고 잔을 내려놓는데 옆에서 인기척이 느껴졌다. 천 부장이 별장에서 돌아올 시간이었기에 고개를 돌렸더니 전혀 다른 인물이 앉아 있어서 의아했다. 비스듬하게 앉아 유혹하듯 은근한 눈길로 그를 바라보고 있는 여인은 눈을 즐겁게 할 만한 미녀였다. 가슴이 깊게 파인 블라우스와 스커트 차림, 반듯한 비즈니스 정장임에도 풍만한 몸의 굴곡 때문인지 그 포멀한 정장이 오히려 더 관능적인 느낌을 자아냈다.

"한 잔, 함께 해도 될까요?"

어디서 본 여인 같기도 하고, 아닌 것 같기도 하고.

섹시한 여자는 싫지 않았다. 관능의 향기는 그가 매우 선호하는 것이기도 했다. 몸의 반응에 솔직한 남자였다. 얽매이기 싫은 신체 건강한 남성이니 엔조이를 원하는 여인이 접근해 온다면 최고의 만족스러운 하룻밤을 선사해 줄 수도 있었다. 오늘처럼 스트레스가 극도로 쌓인 날에는 섹스로 기분을 푼 일도 적지 않았다. 노골적으로 보내오는 여인의 짙은 유혹, 나른한 눈길, 고혹적인 입술.

취기 때문인가. 여인의 풍만한 몸을 당장이라도 취하고 싶어졌다. 그러나 그전에 천 부장, 이 새끼는 대체 왜 시간을 지키지 않고 늑장을 부리는 건지. 도형은 안주머니에서 휴대폰을 꺼내며 다른 한 손으로는 무심하게 고가의 양주병을 들어 여자의 앞에 탁 옮겨 놓았다.

"마십시오."

던지듯 여인을 처리하고는 단축번호를 눌러 천 부장에게 통화를 시도했다. 기분 나쁠 법도 하련만 여인은 훗 웃으며 오히려 재미있다는 표정으로 도형을 쳐다보곤 곧 바텐더가 놓아준 스트레이트 잔에 그가 건넨 양주를 따랐다. 그녀가 무슨 행동을 하건 도형의 신경은 휴대폰에만 가 있었다. 그러나 어찌된 일인지 연결음만 갈 뿐 착신이 떨어지지 않았다. 그의 짙은 미간이 꿈틀거렸다.

[그러니까 더 이상 기대하지 말아요! 내가 포기할 게 아니라 아저씨가 포기해요! 그럼 되겠네!]

수연이 외치던 목소리가 쟁쟁거리듯 귓가에서 다시 맴돌아 도형의 눈매가 찌푸려졌다. 설마 무슨 일이라도 생긴 건 아니겠지. 이 시간까지 천 부장이 돌아오지 않은 것도 그렇고 전화가 연결되지 않는 건 더더욱 이상한 일이었다. 한 번도 없었던 일이기에 더욱 불안했다. 그러나 만약 불시의 일이 터졌다면 오히려 더 연락이 왔을 것이다. 또한 혼자서는 가고 싶어도 가지 못하는 수연의 상태로 봐서는 분명히 천 부장과 함께 있을 텐데.

"젠장."

낮게 중얼거리며 신경질적으로 휴대폰을 덮었다. 갈증이 일어 언더락 잔을 드는데 갑자기 무언가가 쨍 하며 맑은 소리를 내며 부딪쳐 왔다. 해결된 줄 알았더니 그 유혹 짙은 여인이 아직도 가지 않고서 그의 잔에 자신의 잔을 부딪친 것이다.

"당신, 화내는 모습이 왠지 인상적인 거 알아요?"

도형의 시선이 저절로 여인의 아름다운 얼굴로 향했다.

"인상적이라."

"그래요. 흥미가 생겼어요."

도형은 피식 웃었다. 자신의 매력에 꽤나 자신감이 넘치는 여자인 듯. 물론 도형의 눈에 비친 그녀의 모습도 그럴 만은 했다. 관능적인 듯, 이지적인 듯, 도시적인 세련미가 풍기는 여인이었다. 만약 오늘 같은 상황만 아니었다면 바로 호텔로 직행했을지도.

"타이밍은 안 좋은 것 같지만, 괜찮다면 잠시 말벗이라도 하지 않을래요?"

"나쁘지 않지만 역시 타이밍이 문제인 것 같은데."

도형은 손목시계를 흘끗 쳐다보곤 비즈니스용 미소를 옅게 입가에 담은 채 여자를 쳐다보았다.

"나만큼은 아니겠지만 고급 양주가 위로가 되었으면 싶군."

그쯤에서 정리하듯 말하고 일어나려는 도형을 여인이 훗 웃으며 바라보더니 갑자기 그의 넥타이 끝을 살짝 집었다. 그 바람에 바를 짚고 일어서려던 도형의 몸이 멈칫했다. 그의 눈매가 가늘어졌다.

"이게 무슨 의미지?"

별로 여자의 요염한 수작에 맞춰 줄 기분이 아니었다. 그나마 힘이 실리지 않았기에 타이가 당겨지지 않아서 다행이었지, 만약 졸리는 기분이라도 있었다면 이 여인 망신당할 일이 생겼을 것이다. 기분이 상한 도형의 눈매가 사납게 가늘어졌지만 여인도 꽤나 강적인 듯 여유로운 미소를 입매에서 흩트리지 않았다.

"저 강윤미예요. 이 이름, 들어본 적 있지 않아요?"

도형의 눈이 멈칫했다. 여자는 하얗고 가는 손가락을 우아하게 움직여 도형의 타이 끝을 놓았다.

"제가 해도 되는데, 고맙습니다."

수연은 지금껏 물건 정리를 도와준 천 부장에게 쑥스러우나마 감사의 말을 전했다. 천 부장은 방금 전 도형으로부터 걸려온 전화까지 무시하고서 짐 정리를 도와주었다.

"당연히 해야 할 일인데요, 뭘."

왠지 수연이 남 같지 않았기 때문이다. 아직 미국에 남아 공부하고 있는 그의 여동생이 딱 수연의 나이였다. 그의 여동생도 한국에 있을 때 반 친구들로부터 집단 따돌림을 당해 한동안 우울증에 걸렸었다. 결국 그가 있는 뉴욕으로 도망치듯 쫓겨 왔지만, 그 후로는 잘 적응해 지금은 미소를 되찾아 즐겁게 생활하고 있었다. 여동생과 수연의 경우는 좀 다른 케이스이겠지만 그래도 천 부장은 수연을 보면 여동생이 한참 힘들어하던 때가 생각나 마음이 쓰였다. 때때로 도형에게 구박과 갖은 설움을 당하는 것도 자신과 동류였고.

"화났을 텐데, 괜찮을까요?"

수연의 인생을 통틀어 가까운 사람은 김 화백과 최 변호사, 그리고 그 댁을 오가던 아주머니 정도였다. 그런데 이제 도형과 천 부장도 견제하지 않고서 대화를 나누는 정도는 되었다. 처음에는 사람에 대한 견제였을 텐데 지금은 장소에 대한 공포로 변질되었다. 사람들은 이렇게 자주 접하다 보면 조금은 적응이 될 것 같은데 도저히 오픈된 밖의 거리는 잘 적응이 되지 않았다.

"받아봐야 냉큼 달려오라는 지시였을 거예요. 짐 정리 도와줬다고 하면 이해하실 겁니다."

"저 때문에……."

"아니에요. 그나저나 이렇게 떨어진 곳에서 지낼 수 있겠어요? 사람도 없고, 근처엔 집도 없는……."

말하던 천 부장은 곧 말의 어폐를 깨닫곤 입을 다물었다. 그녀에게는 아무도 없고 집도 없는 상황이 전혀 문제가 되지 않았다.

"미, 미안해요. 입이 방정이라……."

하하 웃으며 천 부장이 뒷머리를 긁적거렸다. 수연도 민망해져서 고개를 숙였다.

"아……."

서로 겸연쩍어지려는 찰나 수연이 갑자기 작은 소리를 내더니 구석으로 달려가 캔버스 하나를 들고 왔다. 그리고 갑자기 무슨 일인가 싶어 물끄러미 쳐다보는 천 부장에게 그것을 내밀었다.

"이거……."

천 부장은 얼른 캔버스를 받아들긴 했지만 의미를 몰라 고개를 갸웃거렸다. 수연의 표정이 가라앉아 있었다.

"제 작품이에요. 방금 전까지도 버릴 생각이었는데, 괜찮으면 받아주세요."

"네?"

천 부장은 깜짝 놀라며 얼른 캔버스를 똑바로 해서 그림을 살펴보았다. 언제 본 일이 있는 것도 같고. 그건 수연이 도형의 집에 도착해서 처음 완성한 작품이었다. 오두막 안에서 그녀의 내면세계를 형상화한 작품, 바로 그것이었다.

"허세였어요. 난 아직 프리다 칼로처럼 내 아픔을 직시할 수도, 작품으로 승화할 수도 없어요. 아니, 앞으로 영영 불가능할지도 몰라요. 창피해서 태워 버리고 싶어요. 하지만, 그건 나이기 때문에 태우려고 보니까 왠지 가여워서."

그녀가 하는 말의 의미를 반 이상은 알아들을 수 없었지만 그녀가 이 작품을 건네준 의미가 가볍지 않다는 것만은 확실해서 천 부장은 얼른 웃으며 대답했다.

"조예가 전혀 없어서. 나 같은 사람이 가져도 된다면 고맙게 받을게요."

"그냥 창고 같은 곳에 넣어두셔도 돼요. 내 눈에 띄지 않는 곳에 두고 싶은데, 그 그림이 있다는 생각을 하면 내가 더 싫어질 것 같아서."

천 부장은 그녀의 마음을 편하게 해주고 싶어 고개를 끄덕였다.

"짐 정리 도와주셨는데 드릴 것도 없고……."

"작품 받았잖아요. 너무 기쁜데요?"

"하지만 그건 실패한 작품이라서. 그럼, 제가 저녁이라도 할까요?"

"네?"

의외의 말이라 천 부장이 눈을 크게 뜨자 수연은 금세 민망한 표정이 되었다.

"그러니까……, 할 줄 아는 건 별로 없고 오므라이스 같은 건 할 수 있는데."

"그렇다면 제가 해드리는 건 어떨까요? 사실 제가 달걀 알레르기가 있어서요."

수연은 고개를 갸웃했다.

"달걀 알레르기도 있어요?"

"하하, 예. 그게 참 이상한 체질이죠?"

"미안해요. 난 그런 줄도 모르고. 그럼 다른 걸로 할까요?"

"아니에요. 제가 하죠. 오므라이스, 맛있게 해드릴게요. 어차피 늦었는데 저녁 같이 먹죠, 뭐."

안경을 낀 똑똑해 보이는 얼굴에 하얀 와이셔츠의 소매를 둥둥 걷어붙이곤 요리를 하러 의욕적으로 가는 모습이 왠지 어울리지 않아 수연은 신기했다. 그러나 그것보다.

"하지만 방금 오므라이스 못 드신다구. 달걀 알레르기……."

천 부장이 빙긋 웃었다.

"달걀은 그렇지만 계란은 괜찮거든요."

나름대로 천 부장식 유머였던 모양이다. 위트 같은 것에 반응하는 방법을 잘 모르는 수연이라 도통 반응은 끌어낼 수 없었지만.

"강윤미라."

도형은 자신의 이름을 밝힌 여자를 물끄러미 쳐다보았다. 그러고 보니 이 여자, 언젠가 부친이 생전에 한 번 만나 보라고 닦달을 했던 여인과 동일 인물이었다. 마음대로 당신의 며느리로 점찍고서 그렇게나 귀찮게 굴었던, 바로 그 강윤미. 물론 결혼 자체에 관심이 없었던 도형은 끝까지 무시와 묵묵부답으로 일관했고, 결국 흐지부지 끝나고 말았는데 이렇게 갑자기 출현한 건 또 무슨 이유인지.

자신이 그 강윤미라는 듯, 여인은 당당한 표정으로 그를 바라보고 있었다. 도형은 가만히 그녀를 들여다보다가 입을 열었다.

"미안하지만 전혀 기억에 없는데."

그 말에는 지금껏 여유롭던 여자의 눈동자도 살짝 흔들렸다.

"당신……."

"보통 이런 식으로 접근하나? 형사가 신분증 내밀듯 나 강윤미라는 사람인데. 음?"

그래서 뭘 어쩌라고? 바로 그런 의미로 도형이 스윽 쳐다보자 윤미의 뺨이 모멸감으로 살짝 붉어졌다. 그러나 자기 컨트롤이 뛰어난 여인은 곧 평소의 표정으로 돌아와 빙긋 웃었다.

"당신 역시 보통 그런 식으로 여자들의 환심을 끄나요? 꽤나 비싸게 구는군요."

"싸 보이는 것보다야 낫지 않을까."

"말벗을 해달랬더니 말장난만 하고 있군요. 내 이름에 반응한 거 잊었어요?"

윤미의 정확한 지적에 도형은 서서히 표정을 굳혔다. 테이블을 탁 짚고 일어나서 똑바로 그녀를 내려다보았다.

"눈썰미는 있는데 눈치는 없군. 이름에 반응한 게 아니라 함부로 타이를 건드려서 화가 났을 뿐이야. 만약 제대로 당겼다면, 아무리 다 큰 여자라도 한 대 쥐어박았을 거야."

그리고 도형은 뒤도 돌아보지 않고 바를 나가 버렸다. 남은 윤미의 매끈한 입술에서 황당하다는 듯 헛웃음이 흘러나왔다.

바를 나선 도형은 잡히는 대로 택시를 잡아타고 곧바로 한남동 김 화백의 집으로 향했다. 택시에서 뛰어내리자마자 정신없이 초인종을 눌렀다.

─늙은이 안 죽었다!

인터폰으로 김 화백의 꼬장꼬장한 목소리가 터져 나오더니 대문이 덜컹 열렸다. 도형은 대문을 걷어차듯 열어젖히곤 주머니에 손을 찔러 넣고서 성큼성큼 안으로 들어섰다.

한편 김 화백은 더없이 불손한 태도로 거실로 들어와 서 있는 도형을 물끄러미 쳐다보았다.

"하다하다 별짓을 다 하는구나. 보물처럼 소중한 걸 다 넘겼더니 깡패 손자놈이라고 술 냄새나 풍기며 내 집에 쳐들어오는 게냐."

"앉아도 되겠습니까?"

반응도 없이 삐딱하게 물어오는 도형을 보며 김 화백이 혀를 끌끌 찼다.

"멋대로 해라. 술 먹고 쳐들어오는 깡패 놈이 뭔들 못할까."

도형은 소파에 털썩 앉아 비스듬히 등을 기댔다. 주머니에서 지포 라이터를 꺼내 딸각거리며 후후 웃음을 흘렸다.

"깡패, 깡패 하지 마십시오. 이래뵈도 합법적인 유령회사의 대표입니다."

"실성한 놈이로세."

순간 도형이 달각거리던 라이터를 탁 덮더니 김 화백을 똑바로 쳐다보았다. 취기는 있었지만 검은 눈동자는 더없이 진지하고 깊었다. 김 화백은 그런 손자를 물끄러미 쳐다보았다.

"왜? 뭘 더 얻어가려고 그런 눈을 하는 게야?"

"얻어갈 게 아니라 떠넘기신 것 말입니다. 품질보증서는 제대로 붙은 겁니까?"

"이런 고얀 인사를 봤나. 어디 예술 작품에 품질보증서 따위 망발을."

"그쪽 말고 살아있는 쪽 말입니다. 신수연, 대체 과거에 어떤 일이 있었던 겁니까."

순간 김 화백의 노안이 멈칫했다. 도형의 눈동자가 차게 식어갔다. 날카롭게 김 화백을 주시하며 말을 이었다.

"왜 그렇게 하자가 많은 건지. 머리가 터질 것 같습니다."

"무슨 일이 있었던 게야. 설마 네 놈……."

천천히 말을 흘리던 김 화백이 곧 노한 표정을 했다. 역시 조부는 알고 있는 것 같았다. 다만 아무것도 설명하지 않고서 그녀를 자신에게 내몬 것이다.

"설마, 뭡니까? 왜 화가 나신 겁니까? 그 이유를 알고 싶어서 마시던 술병까지 내던지고 달려온 겁니다."

"설마 내쫓은 게냐?"

도형이 한숨을 폭 내쉬었다. 내쫓는 거나 되면 다행이지.

"솔직히 말씀해 주세요, 무슨 일이 있었던 건지. 광장공포에 공황장애랍니다. 약물치료를 해야 하는 우울증에, 거리에만 나가도 이상 반응을 일으켜요. 이따금씩 이상한 소리를 흘리고 겁을 집어먹고. 하나도 빠짐없이 설명해 주십시오, 무슨 일이 있었던 건지."

"먼저 대답해. 그 애는 지금 어디 있는 게야."

"어딘가에 있겠죠."

"뭐, 뭐야!"

"화가 나서 네 할아버지 찾아가라고 내쫓았습니다."

정 떨어지게 말하는 도형을 쳐다보고 있던 김 화백의 눈이 번쩍 떠졌다. 김 화백이 부들부들 떨며 버럭 소리쳤다.

"네 놈이 사람이야! 어떻게 그런 짓을! 언제! 어디서 내보냈어!"

벌떡 일어나 길길이 호통을 치는 김 화백을 미동도 없이 쳐다보며 도형이 말을 이었다.

"제대로 설명해 주시지 않으면 앞으로 그렇게 할 생각입니다."

김 화백의 노기 치솟던 눈동자가 서서히 가라앉았다. 도형의 눈빛을 맞서 쳐다보고 있던 김 화백이 천천히 자리에 앉았다.

"대체 뭘 알고 싶은 게야. 당분간 아무 데도 내보내지 말고 데리고 있으면 될 것을. 알아서 네 놈이 무얼 어떻게 할 수 있어. 내가 죽기 전까지만 데리고 있으면 돼. 그리고 내 시체 실려 나간 후에 이 집에 다시 보내라. 죽어 나가는 모습만은 보이고 싶지 않으니까. 나까지 그 애 눈앞에서 가버리면 수연이, 견뎌내지 못할 게야. 여린 그 애한테 내가 고통이 될 수는 없지. 그저 그 아인 평생 이 집에서 그림 그리면서 살아가면 돼. 그게 그 아이를 위해서도 좋아. 어차피……."

"어차피 뭡니까."

왜 이렇게 화가 나는 건지 모르겠다. 역시 이 노인네 때문이었다. 그녀의 병이 악화된 데는 김 화백의 역할도 한몫 차지한 것이다. 뭐가 그녀를 위한 것인가. 뭐가 그녀에게도 좋다는 것인가.

"어차피 사회와 단절해서밖에 살 수 없는 여자니 쥐구멍 파고서 그 안에서 박혀 살란 겁니까? 그림만 그리면서, 노력도 해 보지 않고, 사회에서는 정신병자 취급당할 게 뻔하니 그냥 이 안에서 혼자 살아가다가 썩어 죽으란 말과 뭐가 달라요. 그게 정말 그녀를 위한 길이라고, 그렇게 말씀하시는 겁니까?"

"네 놈 말대로다! 그림 그리면서 이 안에서 살면 그 애는 행복할 수 있어. 어차피 덜어 주지 못하는 고통이야. 그 누구도 그 아이를 이해하지 못해. 밖으로 나가면 정신병자 취급에 잘하면 약이나 먹어대고 치료니 뭐니 하면서 스트레스만 받겠지. 그 애 고통을 네 놈들이 얼마나 이해할 수 있겠어. 의학이니 뭐니 하면서 그 애가 받은 상처를 헤집어 까발려서 눈물만 뽑아 놓는 거 말고 네 놈들이 할 수 있는 게 뭐냐고!"

김 화백의 고집은 생각보다 더 독했다. 아니, 그것은 그 자체로 수연을 감싸고도는 애정이었다. 하지만 도형은 결코 수긍하고 싶지 않았다.

"그렇다면 왜 접니까."

"뭐라는 게야."

"원인불명의 쇼크로 픽픽 쓰러지는 여자 따위, 제가 자선사업가입니까. 왜 제가 도와줘야 하는 건데요."

도형의 주먹이 부들부들 떨리고 있었다. 보통 스트레스가 아니었다. 그녀가 자신의 집으로 들어온 후 단 하루도 정신이 편할 날이 없었다. 차라리 무시하고 말면 될 텐데 어째서 그것마저 안 되는 건지. 정신이 돌아 버려 키스까지 해버리고, 모두다 이 괴팍한 노인네 때문이다. 끝까지 이 노인은 자신에게 악독한 조부일 뿐이었다.

"버려 버릴 겁니다. 제가 책임져야 할 하등의 이유도 없습니다. 어느 정신병원에 가두더라도, 신경정신과에 밀어 버리더라도 할아버님 돌아가시기 전까지만 그림 그릴 수 있게 가둬 두고서 돌아가시면 이 집으로 옮겨 놓으면 되겠군요."

도형의 냉정한 말에 김 화백의 온 얼굴이 부들부들 떨렸다.

"못된 놈, 이 고약한 놈. 어떻게 그런 말을."

"누가 고약한 건지 생각이나 해보고 말씀하시죠."

별장이든 어디든, 조부 말대로라면 어디서든 지내게 하다가 당신의 말처럼 당신께서 돌아가시면 이 집으로 옮기면 되는 것이다. 하지만 그것으로 해결, 디 앤드가 아니지 않은가. 단지 그렇게 피상적으로 해결해서 될 게 아니니 이렇게 화가 나는 것이다.

"데리고 와."

김 화백의 말에 도형은 물끄러미 쳐다보았다. 그러나 표정만 고요할 뿐 가슴 한구석은 이상하게 웅성거리고 있었다. 도형이 아무런 대답이 없자 김 화백이 다시 한 번 말했다.

"데리고 와. 네 놈에게 기대한 내가 잘못이지. 덧정 하나 없는 포악한 인물이라는 건 이미 알고 있었지만 네 놈도 핏줄이라고 남보다는 나을 거라 생각한 내 잘못이다. 그렇게 짐이 된다면 다시 보내. 마지막 가는 모습만은 보이고 싶지 않았지만, 그게 운명이라면 녀석도 이겨내야겠지. 작품에 대한 권리는 따지지 않을 테니까 수연이……."

"이겨낼 운명이 고작 그런 겁니까?"

김 화백은 말이 끊긴 채 도형을 쳐다보아야 했다. 아무 말도 할 수 없었다. 도형의 고요한 시선, 그러나 그 안의 검은 눈동자는 강하게 요동치고 있었다. 어떤 지독한 불만을 품고 있었다. 아니, 불만이라고만 표현하기에는 좀 더 강렬하고, 데일 정도로 짙었다. 살아있는 눈빛이었다. 격렬하게 항의하고 있기에 살아서 꿈틀거리는 눈빛.

"수연이, 그 녀석이 이겨낼 운명이란 건 할아버님의 부고를 참아내는 것 같은 게 아닙니다. 좀 더 강하게, 자기 힘으로, 당당하게 부딪치고 살아가야 할 앞으로의 삶 자체가 이겨내야 할 운명입니다. 모르시겠어요?"

김 화백의 입술이 서서히 닫혔다. 생각지도 못한 손자의 모습에 김 화백의 머릿속이 혼란스러워지고 있었다. 맡기기야 했지만 항상 불안한 마음은 있었다. 질 낮은 인간들이라고 의심하고 불신하며 배척해 온 핏줄이었다. 핏줄이기에 더더욱 실망하고 견제했다. 그래도 믿을 수밖에 없는 게 또 핏줄이었기에 수연을 맡겨 놓았지만, 손자가 이런 눈을 하고서 똑바로 쳐다봐 와 올 줄은 또 몰랐기에.

"그 애한테, 동정이 간 게냐."

"대답하고 싶지 않습니다."

도형은 차갑게 말을 잘랐다. 자신도 모르는 감정을 대답할 수 있을 리가 없다. 동정이기도 했고 관심이기도 했고 짜증이기도 했다. 그냥 온갖 감정의 종합선물세트였다.

"불쌍하다고 그 애의 인생을 책임져 줄 수는 없다."

"책임지겠단 말은 한 마디도 안 했습니다만?"

"책임질 각오도 없는 것이 뭐 하러 꼬치꼬치 캐묻긴 캐물어."

김 화백이 마치 투덜거리는 아이처럼 중얼거렸다. 도형은 설핏 웃음이 날 것 같아 묘한 소리를 흘렸다.

"제게 맡기셨다면 제가 알아야 할 부분도 함께 딸려 보내달라는 말입니다."

"그게, 네 놈이 말한 품질보증서냐?"

도형이 어깨를 으쓱했다.

"그렇다기보다, 원산지 표시 같은 거라고나 할까요."

"예끼, 이놈!"

사람을 무슨 제주도 산 똥돼지 취급하는 도형은 확실히 나쁜 인간임에는 틀림없었다.

"어때요? 맛있어요?"

거실 테이블에 김치 접시 하나, 그리고 양쪽으로 마주 앉은 수연과 천 부장이 오므라이스를 앞에 두고 있었다. 천 부장의 질문에 수연은 쑥스럽다는 듯 고개를 조그맣게 끄덕였다. 타인과, 그것도 남자와 한 테이블에서 식사를 하다니, 가능하리라 생각지 못했는데 다행이었다.

"맛있으면 또 해줄게요. 제가 요리하는 걸 꽤나 즐기거든요. 워낙 오래 혼자 생활하다 보니."

"네……."

천 부장이 길게 얘기하면 수연이 짧게 대답하는 식의 대화가 이어지고 있었다.

"그림은 언제부터 그리기 시작했어요?"

"중학교……."

"그전에는 안 그렸어요? 잘은 모르겠지만 실력이 수준급이라고 알고 있는데."

"그냥……."

"김 화백님과는 중학교 때부터 함께 살았죠?"

"네."

"저는 그분 무섭던데 수연 씨는 그렇지 않은가 봐요. 하긴 수연 씨한테는 잘 웃어 주기도 하시던데요."

"네."

그런 식이었다.

"김치 산 거라 맛이 있을지 모르겠어요. 다음에는 제가 직접 담근 김치 가져다 드릴게요. 한번 먹어 봐요. 맛있을 거예요. 장 담해요."

"아……, 고마워요."

"앗, 내가 말을 너무 많이 시켰죠? 어서 먹어요."

수연은 고개를 끄덕이곤 먹기 시작했다. 안 그래도 하도 말을 시켜서 언제 먹어야 하는 건지 난감해지던 차였다. 겉으로 보면 무척 과묵할 것 같은 남자인데 의외였다. 이런 사람을 성격 좋다고 표현하는 거겠지. 도형과는 정반대인 것 같다. 도형은 굳이 표현하자면, 성격파탄자 같기도 하고. 그러면서도 이따금씩 놀랍도록 다정한 일면이 있으니.

대충 식사가 끝나자 두 사람은 함께 접시를 치웠다. 그리고 저녁 준비를 하기 위해 여기저기 벌려 놓은 식기와 냄비들을 씻기 시작했다. 천 부장이 씻으면 수연이 받아서 물기를 닦아 제 자리에 놓았다.

"이러고 있으니까 소꿉놀이 하는 것 같지 않아요?"

"네? 아……."

수연은 왠지 간지러워서 뺨을 붉히며 웃었다. 엷은 미소가 돌자 그 모습을 본 천 부장이 빙긋 웃었다.

"거봐요. 수연 씨도 웃으니까 훨씬 밝아 보이잖아요."

"그게……."

당황스러워서 수연이 할 말을 찾지 못하는 그 때였다. 갑자기 현관문이 탕 소리를 내며 요란하게도 울리더니 차가운 목소리가 날아들었다.

"뭐 하는 거야!"

순간 천 부장이 세제를 묻힌 수세미를 든 채로 바짝 굳어 버리고 수연은 자신도 모르게 반가운 표정이 되어 현관 쪽을 돌아보았다. 이제 영영 보지 못할지도 모른다고 생각했다. 그러니 집이 아닌 이곳에 보낸 것이라고. 짐까지 모조리 정리해서 추방시켜 버린 거라고 생각했다.

아무리 스스로에 대한 회의가 돌았다고 해도 병원에서 그에게 그렇게 말하는 게 아니었다. 그는 자신을 도와준 사람인데 몇 마디 가슴 아픈 말 좀 들었다고 어떻게 그렇게 배은망덕할 수 있었을까. 그래서 내내 신경이 쓰였는데 그가 나타나서 수연은 자신도 모르게 마음이 놓였다. 가슴까지 콩콩 뛰고 있었다.

그러나 돌아본 순간 수연의 표정은 다시 굳어지고 말았다. 기대했던 도형의 눈매는 말할 수 없이 차가웠고, 왠지 모르겠지만 화가 난 사람처럼 곱지 않은 시선은 일순 무섭기까지 했다.

"사장님."

천 부장이 얼른 수세미를 놓고서 거품이 묻은 손을 털지도 않고서 와이셔츠 소매부터 끌어내렸다. 난처해 하는 천 부장의 모습을 도형은 하나도 놓치지 않고 쳐다보았다.

커다란 거실 창을 통해 두 사람이 함께 식기를 치우고 나란히 서서 설거지를 하는 모습을 지켜보았다. 처음엔 하도 황당해서 비웃듯 쳐다보고 있었는데, 시간이 지날수록 무언가가 속에서 불쑥 치밀어 올랐다.

"넌 뭐 하는 놈이야."

"죄송합니다."

지은 죄가 있어 천 부장은 대답할 말을 찾지 못하고서 고개를 불쑥 숙였다. 상사의 전화를 대놓고 무시했으니 질타는 각오해야 했다. 성질 더러운 상사가 언제 킥을 날릴지 모를 일이었다. 한두 번 맞아 본 게 아니었기 때문에 각오를 굳히고 있었지만 다행히 오늘은 그런 행동까지는 없었다. 덕분에 절로 관세음보살이 되뇌어졌다.

"어디 하나 부러지기 전에 당장 사라져."

"예, 예!"

천 부장은 얼른 싱크대 앞을 벗어나 거실 한쪽에 걸어두었던 재킷을 집어 들었다. 그리고 서둘러 나가려다가 다시 후다닥 돌아와 수연에게 받은 캔버스를 들었다.

"잠깐."

그 모습을 지켜보고 있던 도형이 짧은 말로 천 부장의 동작을 자르자 천 부장이 그 자리에 멈춰 섰다. 무슨 용건이신지, 하는 얼굴로 쳐다보고 있는 천 부장을 흘끗 보며 도형이 물었다.

"그게 뭐냐."

그의 시선이 캔버스를 가리키자 천 부장이 얼른 대답했다.

"네, 수연 씨가 선물로……."

"선물이라."

"제가 드렸어요. 짐 정리 도와주신 것도 고맙고……."

서둘러 보태지는 수연의 설명에 도형의 미간이 좁혀졌다. 본능적으로 짜증이 일어 더욱 사납게 말이 나갔다.

"알았으니까 둘 다 입 다물어."

그 작품은 도형이 한참이나 서서 바라보았던 바로 그 그림이었다. 그녀에 대해 처음으로 자세히 보게 된 계기가 되었던 그림.

"기가 막히는군."

수연은 물끄러미 그를 바라보았다. 뭐가 기가 막힌다는 걸까. 작품을 준 것이 왜 그를 화나게 한 건지 모르겠다. 아니, 왜 계속 화만 내는 걸까. 저러려고 이곳에 온 걸까.

"그 작품은……."

"그만 하라고 했을 텐데."

내뱉는 족족 그렇게 사나울 수 없어서 수연은 서서히 입을 다물었다. 그녀의 손이 꽉 쥐어져 가늘게 떨렸다. 늘 그렇다. 미안하고 고마운 마음이 들다가도 화나게 만들고 만다.

"가봐."

가봐, 란 말이 '꺼져'로 들린 천 부장은 얼른 문을 열고 밖으로 나갔다. 서둘러 나가며 한없이 골치를 썩고 있었다. 전화 한 번 안 받았다고 저렇게 화난 걸까. 아니면 작품이 아까워서? 그가 찍어 둔 작품이었을까? 어떻든 이럴 때는 한시라도 빨리 몸을 피하는 게 상책이었다.

한편 천 부장이 가버리자 수연은 도형과 둘만 있는 공간이 갑자기 불편해졌다. 낮에 있었던 일들도 그렇거니와 지금의 그는 정말이지 못돼 보였다. 잠깐 들른 것이라고 해도 그가 온 것만으로도 기뻤는데 그런 그녀의 감정은 오히려 불필요해졌다.

"내가 없는 내 별장에서 그림을 주고받고, 함께 저녁을 먹고 치우고. 그래, 신혼놀이를 하니 즐겁던가?"

도형의 이죽거림에 수연의 눈동자가 동그래졌다. 입술이 파르르 떨렸다.

"그게, 무슨 말이에요? 왜 그렇게 말을 해요?"

"그럼 어떻게 말할까? 좀 더 늦게 올 걸 그랬지? 일찍 와서 단란한 시간을 방해해서 미안하다고 말해야 하나? 아니, 오지 말 걸 그랬는데 주책이라고 해줄까?"

왜……

수연의 하얀 주먹에 점점 더 힘이 꼭 들어갔다. 왜 저 남자는 늘 저렇게 날카로운 말들을 아무렇지도 않게 툭툭 하는 걸까. 당연하다는 듯 아프게 말하고 당연하다는 듯 심장은 서러워지는 걸까. 왜 그의 말에 이렇게 가슴이 아릴까.

화가 날지언정 수연은 그와 다투고 싶지 않았다. 그는 그의 집에서, 수연은 이곳에서 앞으로는 영영 보지 못할지도 모른다. 적어도 싸우는 게 마지막 모습이고 싶지는 않았다. 그가 쓰는 사나운 말투가 싫다. 콕콕 찔러대는 야속한 말들도 서운하다. 하지만 그라는 사람이 싫지 않다. 그렇기에, 수연은 그와 다툰 상태로 헤어지고 싶지 않아 극도로 신경을 쓰며 말했다.

"놀고 있었던 건 아니에요. 짐정리를 도와주셨는데, 만약 나 때문에 곤란한 일이 생겼다면 미안해요."

그녀는 자신이 화를 내고 있는 근본적인 이유를 모르고 있었다. 하지만 도형도 자신의 심리 상태를 정확히 진단하지 못하는 건 마찬가지였다. 이렇게 화가 나는 이유를.

잠시 전, 수연의 이야기를 해주는 김 화백의 목소리에는 짙은 동정과 안쓰러움이 담겨 있었다.

"그 녀석한테도 동생이 있었지. 나는 본 일이 없지만 있었던 모양이야. 둘을 데리고 그 녀석 아비가 재혼을 한 게 문제였지. 가난한 집안이라 그 아비가 막노동을 하며 입에 풀칠을 해서 산 모양인데, 계모가 제정신이 아닌 게지. 아무리 제 자식이 아니라고 그렇게 심하게 학대를 할 수 있었을까."

김 화백의 말 한 마디 한 마디가 도형의 정신 깊숙이 뿌리박혀 있었다.

"아비가 없을 때마다 그랬던 모양인데, 그나마도 그 아비가 공사판에서 미끄러져서 입원한 후로는 더 심해졌다고 하지. 남편한테는 그렇게 속살거리고 애들을 위하는 척할 수 없었다는 게야. 아비는 아무것도 모르고 입원해 있고 그사이에 두 남매가 얼마나 고통을 받았는지. 가위고 칼이고 다리미고, 집에 있는 모든 게 흉기였어. 제정신이 박힌 여자가 바늘로 애들을 찌르고 가위로 협박하고 발갛게 달아오른 다리미를 던지고. 딱히 이유가 있었던 것도 아니라고 하던데, 그저 가학이 취미가 된 게지. 애초부터 뇌가 썩은 여자였던 게야. 미친 게지, 미친 게야."

조부의 말을 믿을 수가 없었다. 그건 이미 학대 수준이 아니었다. 미치광이가 아닌가.

"애들을 학교에도 보내지 않고, 술에 취했을 때는 정도가 더 심했다지. 애들이 늘 피멍을 달고 사니까 이웃 사람들이 하도 이상해서 지켜본 모양이야. 그나마도 밖으로도 잘 내보내지 않고 늘상 방에 가두고서 때리고 굶겼는데, 그나마 다행스럽게도 여자가 없는 사이에 남매가 밖에 나왔다가 이웃 사람들이 발견한 모양이지. 신고를 해서 애들을 발견했을 땐 죽기 직전이었다지. 눈 뜨고는 못 볼 상처였겠지."

도형의 머릿속이 뒤죽박죽 엉켰다. 마치 자신이 구타를 당한 듯 심장까지 쓰려 왔다. 모르는 사람이 당했다고 하더라도 듣기에 괴로운 말이었다. 얼굴도 모를 그 여자에 대한 증오가 스멀스멀 피어올랐다.

"그 여잔, 어떻게 됐습니까."

"바로 구속되었지."

"하, 구속? 그것으로 답니까? 그 아버지는? 자식들이 그 모양인데도 정말 알지 못한 겁니까?"

"하루 벌어 하루 먹고사는 고단한 남자였지. 그런데 실족까지 해서 병원 생활이 길어지는 바람에 전혀 몰랐다고 변명을 했다지만, 사람 속을 알 수가 있나."

도형의 온몸에 전율이 일었다. 몰랐다? 몰랐다는 것으로 해결될 일인가.

"수연이가 병적으로 고립된 건 그것 때문이 아니야. 뒤늦게 경찰이 애들을 발견해서 병원으로 옮겼는데, 가엾게도 그 어린 것이 죽어 버리고 말았어. 온몸에 독이 올라서, 어린것이 견뎌

내질 못한 게지. 동생을 구해 주지 못했다는 죄책감이 수연일 그렇게 만든 거야. 계모의 끔찍한 학대에 대한 기억만이 아니야. 동생을 살리지 못했다는 슬픔이 더 컸던 게야. 저는 살고 동생은 죽었다고, 그 충격이 녀석을 괴롭힌 거지. 한동안 병원에서 치료를 받고 아동보호소로 옮겨졌는데, 그게 고아원이나 다를 바가 없었지. 부모가 있어도 없는 거나 마찬가지였으니까. 그나마도 그 아비는 사실을 알고서 충격을 견지지 못하고 자살을 했다지. 못난 사람, 남겨진 아이는 어떻게 하라고. 그 애는 가족을 두 사람이나 먼저 보낸 게야. 그 슬픔을 어떻게 감당해. 그래도 폐쇄적이기는 해도 그나마 그럭저럭 살아가는 것 같더니, 중2 여름에 갑자기 거리 한복판에서 혼절을 했어. 그 후로 절대 밖으로 나가질 못해. 그리고 내가 데리고 온 게야."

그저 정신없이 달려오고 말았다. 오는 동안 어떤 얼굴로 그녀를 대할까, 그런 생각에만 빠져 있었다. 그러나 도착한 순간 달려온 것에 후회가 되었다.

굳이, 자신이 아니더라도 상관이 없는 건 아닐까. 그녀를 세상으로 이끌어 줄 사람은 굳이 자신이 아니더라도. 저렇게 다른 사람과도 잘 지낼 수 있다면, 아니 그녀를 구해 줄 사람 같은 것 애초에 없을지도 모른다.

조부의 말처럼 어느 누구도 그녀를 온전히 이해할 수 없고 그녀의 고통을 해결해 주지 못한다. 아예 모르면 모를까, 조부로부터 모든 걸 들어 버린 지금 그는 자신이 과연 그녀에게 도움이 될 수 있을지조차 의심이 되었다. 누군가의 영혼을 위로하고, 누군가의 상처를 치료해 줄 만큼 자신이 제대로 된 인간인지. 인격적으로, 정신적으로 성숙이 된 인간인지. 하! 우습군. 누가 누구의 상처 받은 영혼을 위로한단 말인가. 정신을 다독여 준단 말인가. 자신 역시 조부에게 화난 마음 하나조차 수습하지 못해서 그 작품을 다 빼앗아 불태워 버리겠다는 어린 생각이나 하고 있는 남자인데.

돈으로 해결되는 일이라면 자선사업도 하는 요즘 못할 것도 없었다. 하지만 그 이상의 일이라면, 무슨 자격으로 동정과 관용 운운하며 나설 수 있을까. 그래도 누군가가 그녀의 옆에 있는 게 좋다면, 굳이 자신이 아니어도 상관이 없다면.

무엇보다 천 부장과 자연스럽게 어울리고 있는 그녀를 본 순간 배신감이 일었다. 넌 내가 아닌 사람과 웃을 수도 있고 그림만 있다면 편안하게 지낼 수도 있어. 그런데 난 왜 너 때문에 이렇게 스트레스를 받아야 하는 거냐. 다른 놈과 그렇게 웃을 수도 있는 주제에. 꼭 나여야 한다고 생각한 일도 없었는데 왜 짙은 허무감이 든 걸까.

"제게 맡기신 이유가 무엇입니까."

떠나오기 전 도형은 조부에게 마지막으로 물었다. 조부의 회한 짙은 눈동자를 바라보며.

김 화백의 대답은 도형이 생각지도 못한 것이었다.

"글쎄, 네 놈의 끈기 때문이라고 대답하면 좋을까."

"……."

"내 작품에 대한 집착이든, 나에 대한 원망이든 네 놈이 이 괴팍한 노인을 마음에서 버리지 않았듯 그 아이를 버리지 않을 거라 믿었다."

도형의 눈동자가 세차게 흔들렸다.

"나 역시 네 아비에게는 죄인이 아니냐. 몸으로 학대를 한 그 녀석의 어미나 마음으로 학대를 한 나나 무엇이 다를까. 결국 자식의 가슴에 상처만 입힌 고약한 부모인 것을."

도형의 가슴이 미친 듯 뛰었다.

"그렇다고 수연일 화해의 방법으로 생각한 건 아니야. 수연이는 수연이고, 손자는 손자고, 아들은 아들이지. 내가 할 수 있는 변명은 그렇게 일찍 가버릴 줄 몰랐다는, 전에도 말한 적 있는 그 말뿐이다."

천천히 도형의 고개가 숙여졌다. 조부의 마음을 조금은 이해할 수 있을 것도 같았다. 버려진 이의 심장도 아렸겠지만 버린 이의 마음도 편하지는 않았으리라는 것을.

"잠시만 데리고 있다가 적당한 때 내보내면 돼. 기왕지사 그 녀석에 대해 들었으니 이제는 네 놈도 어쩔 수 없이 발을 담근 게야. 적어도 내가 죽은 후 1년까지는 데리고 있어라. 그 후에 녀석이 살 방도는 내가 다 마련해 놓고 갈 테니까. 내 자식 가슴에 상처를 남긴 못난 아비가, 못난 부모 때문에 상처를 입은 아이에게 속죄하는 것으로 용서를 빌고 싶구나."

왜 이렇게 살아가는 것이 고통인 것일까. 모두 다 행복하려고 태어난 것일 텐데. 아니, 태어난 이상은 행복하게 살 권리가 있을 텐데.

도형의 입가에 자조가 돌았다. 그러는 자신도 그녀의 행복을 위해 무언가를 해줄 수 있는 사람이 아니었다. 이곳으로 달려오기 전까지는 그녀에게 따뜻한 말 한 마디라도, 안심이 되는 행동 하나라도 해주고 싶었다. 하지만 그건 이미 부정적으로 틀어져 있어 지금 이렇게 성이 난 대로 표현하고 있으므로.

아무런 대화도 없이 그저 서 있기만 하는 두 사람 때문에 거실의 공기는 말할 수 없이 가라앉았다. 정지된 것 같은 공간에 균열을 일으킨 건 도형이었다. 그가 테이블 앞에 털썩 앉았다.

"……이리 와."

그러나 수연은 고개를 가로저었다. 도형의 눈매가 사납게 가늘어졌다.

"강제로 끌고 오기 전에 와."

"여기서 들을래요."

"뭐?"

도형의 눈썹이 움직였다. 수연은 먼 거리를 유지한 채 고개를 들어 말했다.

"하고 싶은 말이 있으면 거기에서 해요. 들리니까."

"하고 싶은 말?"

"있잖아요. 그러니까, 화나 있으면서도 온 거 아니에요?"

"내가 화가 난 건 알겠어?"

"화났잖아요."

"그러니까 왜 그렇게 생각하느냐고 묻고 있잖아!"

감정을 다스리지 못해 버럭 소리치는 바람에 수연의 눈동자가 크게 떠졌다. 몸이 움찔하며 가늘게 떨리자 도형은 안으로 욕설을 흘렸다. 왜 이렇게 점점 갈수록 인간이 생각이 얕아지는 건지 모르겠다. 도형은 애써 자신을 가라앉히곤 낮게 누른 어조로 입을 열었다.

"내가 왜 화가 났다고 생각하는 거지?"

"……."

"대답해 봐. 묻고 있잖아."

"화난 표정을 하고 있으면서 왜 화가 난 것처럼 보이냐고 물으면 뭐라고 대답해야 해요?"

"그러니까 왜 화난 표정을 하고 있는 건지, 네가 생각하는 이유를 묻고 있어."

"아저씨 화는 아저씨 건데 왜 나한테 물어요. 내가 아저씨한테 묻고 싶은 말인데."

아저씨 아니라고 했지?

"너하고 말을 하면 도통 마무리가 되지 않는다. 답답해."

도형이 벌떡 일어나자 수연은 한 걸음 뒤로 물러났다. 작은 자극에도 덜컥 겁을 먹어 버리고 마는 그녀의 표정 때문에 속이 상했다. 생각하기도 싫고, 믿기도 싫고, 받아들이기도 힘든 그녀의 기억, 그 전부를 가슴에 담은 채 수연을 대하기가 생각보다 쉽지 않았다. 무엇을 어떻게 해야 하는지도 모르겠고, 생각

같아서는 분노 때문에라도 그냥 다 잊어버리고 싶었다. 그녀까지도 모조리 기억에서 몰아내고 싶을 정도로.

"내일부터 천 부장이 들를 거야. 필요한 게 있으면 그쪽에게 말해."

이쯤에서 그녀와의 관계를 정리하는 것도 적당한 방법이겠지. 조부의 부탁은 들어줄 것이다. 이곳에서 그녀는 살아가면 된다. 조부가 살아계실 동안은 만날 수도 있을 것이다. 그리고 언제 조부가 돌아가실지 모르겠지만, 지금으로 봐서는 꽤나 팔팔해서 장수할 것 같기도 했지만, 아무튼 사후 1년쯤에는 조부가 마련해 놓은 그녀의 터전으로 돌려보내면 되겠지.

"굳이 내가 필요할 일도 없겠지만, 할 말이 있다면 천 부장을 통해 전해. 가끔 시간이 되면 들를 일도 있겠지."

냉정하게 끊어 버리고 도형은 돌아섰다. 수연은 현관을 향해 걸어가는 그의 등에 대고 물었다.

"가끔 시간이 될 때, 언제요?"

도형의 걸음이 우뚝 멈췄다. 돌아보니 수연은 놀라울 정도로 사나운 눈으로 도형을 쏘아보고 있었다. 도형의 고개가 비스듬히 기울어졌다.

"뭐?"

"나 포기하라고 한 건 분명 나였어요. 내가 그랬어요. 그치만…… 그래서 이렇게 별장으로 내쫓고, 찾아오지도 않겠다고 겁주고, 그래요? 그게 아저씨가 사람을 대하는 방식이에요? 아저씨도 아주 많이 성격 비뚤어진 건데 나만 나쁘다고 나만 벌줘요?"

"하……."

도형은 기가 막혀서 절로 헛웃음을 흘렸다.

"뭐?"

"뭐, 뭐! 아저씨는 나한테 할 말이 그거밖에 없죠! 난 아저씨
한테……, 아저씨한테……."

수연은 더 말을 잇지 못했다. 그에게 기대고 싶은 건 자신의
욕심이고 바람일 뿐이었다. 바로 그게 싫다는 사람에게 어떻게
이런 마음을 강요할 수 있을까. 표현할 수 있을까.

"아니에요. 그냥 가세요."

수연은 몸을 돌렸다. 더 이상은 그에게 의지할 수 없다는 걸,
불가능한 희망이라는 걸 알아버렸으니까 더는 그를 바라볼 수
가 없었다. 가는 모습까지는 보고 싶지가 않았다. 가슴이 마구
따끔거렸다. 동경을 받는 사람은 참 좋겠다. 동경하는 사람의
마음은 이렇게나 아리고 불안한데, 받는 사람은 이런 마음 같은
것 전혀 모르고 있을 테니까. 힘들지도 괴롭지도 않을 테니까.

"내가 네 곁에 있어야 할 필요가 있어?"

그 때 들려온 도형의 목소리에 수연의 몸이 흠칫했다. 그 냉
정한 말에 수연의 심장이 갈기갈기 찢어지는 것 같다.

"내가 있어야 할 이유가 있냐고. 다른 사람이 아닌 내가."

"무슨 말인지 모르겠어요."

"지금 근처에 있는 사람이 나이기 때문이지, 반드시 나일 필
요가 있느냐고 묻고 있어."

"못됐어. 정말 나빠요. 그렇게 하나하나 따지는 거, 난 못해요. 모르니까 대답할 수도 없어요."

수연의 등을 보며 도형은 착잡한 심정으로 입을 열었다.

"잘 있어라."

도형은 몸을 돌렸다. 아직은 그녀를 버릴 수 있었다. 두고 떠날 수도 있었다. 어차피 무엇 하나 깊이 연결된 건 없으니까.

냉정하고 못된 남자, 덧정 없는 남자가 자신이었다. 그녀도 이제쯤은 알 때도 되었으니 잘 인식하고 있겠지. 현관문을 잡는 순간 따끔한 통증이 일었지만 도형은 무시했다. 만약 여기에서 좀 더 머무른다고 해도, 그녀의 마음을 좀 더 편하게 해준다고 해도 그건 어차피 오늘 듣게 된 그녀의 어린 시절에 대한 동정일 뿐이었다. 동정으로 그녀의 상태가 나아질 게 없다면 덧보탠다고 무엇이 도움이 되겠는가. 그의 조부도 그렇게나 깊은 동정으로 지켜봐 주었지만 결국 그녀는 치료된 게 아무것도 없었다. 없어도 그만, 있어도 그만인 감정이 바로 동정이었다.

"꼭 아저씨여야 한다고 대답하면 있어 줄 거예요?"

현관문을 쥐고 있는 도형의 손이 멈칫했다.

"사정하면 나 도와줄 수 있어요? 저번처럼 다시 도와줄 수 있어요?"

"그렇다고 한다면, 사정할래?"

돌아보지도 않고서 물어본 말에 수연은 잠시 후에야 대답했다.

"할래요. 나……."

"아니."

매몰차게 그녀의 말을 잘랐다.

"내가 싫어. 지루해."

수연의 눈동자가 흔들렸다. 눈시울이 붉어지고 코끝이 삽시간에 빨개졌다.

"갑갑하고 화나. 나한테 기댈 생각이었다면 안 됐지만 포기해라. 넌 어차피 어린애고 날 감당하지 못해. 그리고 나 역시 너 감당 못하겠다."

"아저씨 마음은 몰라도 난 아저씨를……."

"넌 네가 여자라고 생각하냐."

"……네?"

이미 흠뻑 젖은 수연의 목소리였다.

"내가 왜 널 도와줘야 하지? 네가 나한테 뭘 해줄 수 있는데. 침대에서라도 써먹을 수 있다면 모를까. 자기 자신도 감당 못하는 어린애한테 뭘 기대할 수 있다고. 아니면, 날 잡기 위해서 정말 여자라도 돼 줄 생각인가."

충격으로 수연의 얼굴이 새하얗게 질려 갔다. 바들바들 떨며 입을 열었다.

"꼭 그런 대가여야만 하는 거예요? 어른들의 대가는 전부 다 그래요?"

"그래, 단지 그것뿐이야. 하지만, 네가 할 수 있다고 해도 내가 널 여자로 못 느끼겠어. 그러니 우리 사이에 무슨 거래가 가능하겠어."

냉정하게 문이 닫혔다. 수연은 흐려진 시야로 닫힌 현관문을 바라보며 그 자리에 망연자실하게 서 있었다. 그가 남기고 간 말 한 마디 한 마디가 독하게 그녀를 찔렀다. 삽시간에 보랏빛 독이 퍼져 빠른 속도로 착색이 되고 있었다. 주고받는 게 있어야 가능한 게 타인 사이의 관계라고 하더라도, 도형이 남긴 말들은 지독하게 편파적인 말들이었다.

"좋아했는데."

눈물이 툭툭 떨어졌다. 수연은 못 박힌 듯 서서 흘러내리는 눈물을 아이처럼 손등으로 닦아내며 계속해서 중얼거렸다.

"정말정말 좋아했는데."

누군가를 좋아한 마음은 처음이었다. 그래서 사랑으로 자라 버리기 전에 저렇게나 못되게 끊어 버린 걸까. 그게 어른의, 아니 정상인들의 방식이라는 걸까.

눈물이 마구 터졌다.

4장

지란지교(芝蘭之交)를
꿈꾸며

그로부터 한 달, 별장에 들렀던 천 부장은 상당히 고무된 표정으로 도형 소유의 건설회사 로비로 들어섰다. 꼭대기 층의 전용 웨이트 트레이닝 룸에서 운동 삼매경에 빠져 있을 도형을 찾고 있었다.

한 달 전, 별장에서 세 사람이 마주친 날 이후로 도형은 별장을 찾지도 수연과 연락을 취하지도 않았다. 그저 전의 생활로 돌아가 운동을 하거나 일을 하고 남은 시간엔 술을 마시거나 잠을 자는 것으로 일상을 보내고 있었다. 겉으로 보기에는 더없이 평온하고 평범하긴 했지만 모두가 조금씩 강도가 세졌다는 게 달라졌다.

운동을 해도 그저 몸을 관리하던 차원으로 가뿐하게 하던 이전과 달리 심하게 열중해서 몇 시간이나 땀을 흘리곤 했으며, 술도 기분 좋게 마시던 이전과는 비교도 안 되도록 폭음을 할 때도 있었고, 잠을 자도 마치 죽은 것처럼 깊이 잠들곤 했고, 일을 할 때도 극도로 집중해서 다른 건 쳐다보지도 않았다. 뭐든 열심히 하는 건 좋았지만, 그렇게 옆을 돌아보지 않을 정도로 중독 증상을 보이며 빠져드니 자연 옆에서 지켜보는 사람으로서는 걱정될 수밖에 없었다.

다만 신기한 건, 스트레스를 받아 짜증을 가라앉히기 위해 무언가에 열중할 때면 반드시 여자를 찾곤 했는데 그게 전혀 없다는 사실이었다. 그의 위치도 그랬고, 마음만 먹으면 하룻밤을 보낼 여자들이야 널려 있었다. 그런데도 마치 성실한 남자인 것처럼 일을 하거나 운동을 하거나, 가끔 술독에 빠지는 것 외에는 건전한 생활만을 반복하고 있으니. 너무 갑작스럽게 변하면 사람이 죽는다던데, 측근인 천 부장은 요즘 매사 가시방석이었다.

'아마도 원인은 하나겠지.'

천 부장의 짐작대로 도형의 스트레스의 원인은 분명히 수연일 것이었다. 하지만 이따금씩 안부를 묻거나, 어떻게 지내는지 알아보는 것 외에는 도통 관심도 없는 것 같고 미련은 더욱 없어 보이니 그것도 또한 이상했다. 정말 신경을 붙잡고 누르고 있는 원인이 수연이라면 저렇게 무관심하게 떨어져 있지는 않을 텐데. 확실한 걸 좋아하는 그의 성격상, 원인이 보이는 스트레스를 해결하지 않고 방치해 둘 리가 없었다. 그러니 그를 열받게 해서 생활의 패턴을 건드린 원인은 수연이 아닐 수도 있었다.

"어떻게 지내고 있어."

별장에 발걸음을 끊고 1주일쯤 되었을 때 도형이 처음으로 수연에 대해 물었다. 이따금씩 들르던 천 부장은 알고 있는 대로 대답했다.

"그냥 가만히 앉아 있으시던데요."

"가만히?"

"네……."

"그림은."

"요즘은 통 붓도 안 잡는 것 같았습니다."

그러니까 이게 다 괴팍한 당신 때문일걸요? 라는 듯 천 부장은 조금 반항하는 마음으로 대답을 했다. 불만스러웠다. 궁금할 거면 한번 들러 보기라도 하든가, 그렇게 물어볼 거면 진즉 잘 좀 해주지 그랬느냐고. 잘은 모르겠지만 아마도 그날 무슨 일이 있었던 게 틀림없었다. 그러니 수연의 상태도 저렇게 맥없이 돌아가는 것일 테고, 상사도 화난 얼굴로 기껏해야 안부나 툭 던지고 마는 것이겠지. 아마도 또 성질머리를 드러내고 괴팍한 말을 마구 던져대서 수연을 기겁하게 만든 게 분명했다. 안 봐도 뻔했다.

'가엾지도 않나. 쿨하지 못한 사내 같으니. 기왕 조부가 부탁해서 맡겼으면, 좀 귀찮고 마음에 안 들더라도 잘 좀 해주면 어때서. 인정머리도 없지.'

천 부장 혼자 속으로 실컷 욕을 퍼붓고 있었다.

"밥은."

"글쎄요. 그것도 통……."

"안 먹으면 턱받이라도 채워서 강제로 먹게 해야 할 거 아니야!"

천 부장은 속으로 한숨을 폭 내쉬었다. 할 만하면 사장님께서 해보시지 그러십니까. 그런 불만스러운 말이 목까지 걸렸다가 쏙 내려갔다. 다행이었다. 참지 못하고 내뱉었다가 무슨 쓴맛을 보려고.

"안 죽게 가끔 들여다나 봐."

"사장님께서는……."

도형의 차가운 시선이 천 부장을 얼릴 듯 쏘아보았다.

"넌 네 놈이 누구 돈을 받아먹고 있다고 생각하는 거야. 요즘 네 놈이 할 일을 전부 덜어서 다른 놈들 시키고 있다는 거 알아, 몰라! 잘 돌아가는 머리로 뭐 하는 거야! 오므라이스 만드는 법이나 외우고 다니는 건가!"

갑자기 짜증을 잔뜩 몰아 구박하는 바람에 천 부장은 히뜩 놀라 몸을 바로 했다. 그나저나 오므라이스라니, 그게 뭐 어쨌다고.

"네 놈이 해야 마땅할 일들을 덜어 주는 이유가 뭐라고 생각하나."

"김 화백님 작품 건을 마무리 짓기 위해서……."

"그 머리로 잘도 지금까지 붙어 있었군. 작품 건 마무리는 이제 네 놈이 아니라 변호사가 할 일이야! 그 일 하나 혼자 처리하지도 못하는 변호사라면 돈은 왜 퍼부어!"

"죄, 죄송합니다."

"당분간 네 놈은 수연이 뒤나 챙겨. 뭐가 어떻든 조부가 맡겼으니 상하게 해선 안 되겠지."

"알겠습니다."

"안 먹겠다고 하면 강제로 먹이고, 안 그리겠다고 하면 캔버스고 뭐고 모조리 불태워 버리겠다고 협박해! 협박 잘하잖아, 특기 됐다가 뭐에 써 먹으려는 거야!"

"며, 면목 없습니다."

"똑바로 해!"

그렇게 사람 속을 박박 긁는 말을 남기고 도형은 마침 걸려온 전화를 받으며 쌩하니 나가 버렸다. 남은 천 부장은 주먹이 운다는 표정으로 황망하게 서 있었다. 그렇다고 주먹으로 맞장을 뜨자니 자신의 인생이 절단날 것 같고. 무엇보다 진짜 억울했다. 협박을 잘하는 건 저 사내지 절대 자신이 아니었다.

"난 뭐라고 해도 두뇌파인데."

물론 조직원이 되려면 적어도 주먹이 약해서는 안 되었지만 다른 사내들과 자신은 질적으로 틀리다는 자신감, 그런 자존심으로 사는 천 부장이었다. 제발 자신을 힘이나 쓰는 무식한 주먹패들과 나란히 취급하지 말아주셨으면 하는 소망이 있었다.

아무튼 그날 이후 비슷한 질문을 하는 것으로 수연의 주변을 파악할 뿐, 도형은 더 깊은 관심이나 흥미를 보이지 않았다. 못됐다, 못됐다 했는데 진짜 관심 뚝 끊고 살아가고 있었다. 다만 격하게 몸을 혹사시키는 것만 뺀다면.

'솔직하지 못한 사내라니까. 우는 애를 버려두고 온 것 같아 찝찝하면 한번쯤 가서 살피고 와도 낫잖아.'

못내 귀찮아서 수연을 버리고 온 걸 찔려 하고 있다고, 천 부장은 생각하고 있었다. 그런 그에 비해서 일의 일환일지언정 열심히 수연에게 찾아가 보고 신경을 써 주고 있는 자신은 얼마나 다정하고 착한 사내인지, 자화자찬도 하며 요즘 자신의 삶에 상당한 만족을 느끼고 있는 천 부장이었다. 무엇보다 그렇게 많던 일의 하중에서 벗어난 것도 즐거웠다. 그게 다 수연의 덕분이라 천 부장은 더욱 열심히 수연을 찾아가고 자신의 일처럼 돌봐 주고 있었다.

아무튼 천 부장에게 떠넘기는 것으로 수연에 대한 의무감을 떨쳐 버린 도형이라고 해도 이번 소식만큼은 기뻐할 거라고 생각해서 천 부장은 도형을 찾자마자 옆으로 달려갔다. 도형은 굵은 땀방울을 흘리며 한창 근육 다지기에 열중이었다. 그의 군살 없이 탄탄한 체형은 식사 조절과 꾸준한 운동 덕에 가능한 것이었다.

도형은 한 조직의 보스로서, 혹은 남자로서 누구도 함부로 넘보지 못할 정도의 체격과 스타일을 갖춘 사내였다. 잘 단련된 근육, 그리고 그 세련된 체형에 딱 떨어지도록 완벽하게 재단된 슈트들, 바로 그런 모습에서 도형만의 위엄과 노련함이 배어나왔다.

그런 완벽한 자기 관리를 위해 도형은 사무실 바로 옆에 전용 헬스 시설과 사우나 룸을 갖추어 놓았다. 운동에 별로 흥미가 없는 천 부장은 도형이 땀을 흘리고 있는 동안 옆의 당구대에서 주로 시간을 보냈고.

"사장님!"

숨을 몰아쉬며 멈춰 선 천 부장을 도형이 흘끗 쳐다보았다. 요란한 소리를 내며 기구를 본래 있던 자리에 걸쳐 놓고서 일어났다. 벌써 또 몇 시간이나 열중하고 있었던 건지, 드러난 근육의 골 마디마디마다 짙은 땀이 배어 있었다. 손에 감긴 붕대마저 눅눅해져 도형은 붕대를 풀어 가며 의자에 걸터앉았다.

"왜."

그가 짧게 묻자, 양쪽의 가슴 근육을 홀로 비교해 보다가 절망에 푹 빠져 있던 천 부장이 곧 정신을 버쩍 차리고서 말했다.

"수연 씨, 내일부터 신경정신과에 다니며 약물치료를 하고 싶다고, 그래서 전해드리려고 달려왔습니다."

실로 극적인 타결이었다. 끝까지 치료라고는 의중에도 두지 않을 것 같던 아가씨가 갑자기 본격적으로 치료를 받아보고 싶다는 뜻을 보여 온 것이다. 요즘은 통 그림도 그리지 않고 제대로 먹지도 않아 안색은 더 파리해져 보는 천 부장이 다 갑갑했을 정도였다. 치료를 좀 받아보는 게 어떻겠느냐고 넌지시 물어

봐도 일언반구 반응도 없었다.

그런데 무슨 바람이 분 건지, 수연이 오늘 아침 문득 치료를 받겠다고 나선 것이다. 천 부장은 누구보다 도형에게 이 사실을 알려야겠다 싶어 곧바로 엑셀을 밟아 가며 달려왔다.

"그런데."

그러나 그렇게나 열심히 달려온 보람도 없이, 도형의 반응은 그게 끝이었다. 무심한 얼굴로 붕대를 다시 감곤 벌떡 일어나 벤치 프레스를 시작하자 천 부장은 잠시 멍해진 기색을 얼른 걷어내고 말했다.

"무슨 말씀이라도 해주셔야……."

"내가 왜."

꽤 격렬한 운동일 텐데 호흡 하나 흐트러지지 않고 말하자 천 부장은 괜히 들고 있는 쇳덩어리로 맞을까 우려하여 한 발 뒤로 물러나서 뜻을 피력했다.

"지금부터라도 약물치료를 시작한다고 하니까 주위에서도 발 벗고 도와주는 게 좋을 성싶습니다. 약물치료만 한다고 100% 안심할 수는 없으니까 격려도 해주고 관심을 기울여 주는 게 좋지 않을까요."

"그걸 하라고 네 놈이 있는 거야."

도형이 벌떡 일어났다. 수건을 낚아채 땀을 닦으며 천 부장을 휙 스쳐 지나갔다.

"카드 줄 테니까 좋은 병원 수소문해서 치료에 집중하도록 해."

그리고 끝이었다. 저 사내는 도대체, 저 어마어마한 근육들을 만들어서 어디에 쓰려는 건지 이번엔 사우나로 사라져서 도통 보이지가 않았다. 천 부장의 눈매에 안타까운 기운이 일었다.

[더 이상 아저씨한테 천덕꾸러기 되고 싶지 않아요. 내가 싫어져서 안 오는 거라면, 혹시라도 다시 보게 되었을 때 그때엔 더 싫증나지 않도록 노력할래요. 할아버지 건강 더 악화되시기 전에 안심시켜 드리고 싶기도 하고…… 무엇보다 내 자신을 위해서 한 번은 노력해 보고 싶어요.]

별장에서 나오기 전 수연이 한 말이었다. 물론 그녀는 그녀 자신을 위해, 이대로는 안 된다고 생각해서 결심한 것이겠지. 자신을 위해서, 김 화백을 위해서. 하지만 여러 가지 핑계를 댔지만 결국 가장 중요한 도화선은 도형이라는 걸 천 부장은 알 수 있었다. 아저씨라고 지칭되어진 도형이 조금 낯설었다는 건 뒤로 밀어두고.

아무튼 수연에게 그 정지해 있던 한 달이 단지 정지한 의미만은 아니었던 것 같아 천 부장은 다행이었다. 옆에 있어 주던 사람이 모두 떠났다. 지금은 김 화백도, 도형도 남아 있지 않다. 곁에 없는 것이다. 김 화백은 그녀를 위해 다른 사람에게 맡겼고, 그 맡은 사람은 그녀를 감당하지 못한 건지 감당하기 싫었던 건지 가버렸다. 아마도 도형과 멀어진 게 그녀에게 큰 타격을 준 것 같았다. 김 화백과 헤어졌을 때는 그녀는 그림을 그렸다. 그러나 이번엔 그림조차 그리지 못했다. 근 한 달을 아무엇도 하지 않고서 지냈다. 그것이 그녀가 얼마나 도형을 생각하는지를 말하지 않아도 보여주는 부분이었다.

하지만 그녀의 생각이 어떨지언정 당사자는 전혀 관심을 기울이지 않았다.

"수연 씨, 아무래도 당신은 사장님을 위해서 일어나려고 하는 것 같지만, 사장님은 이미 떠난 것 같네요."

동생처럼 생각하고 있어서 그녀가 더욱 안쓰러웠다. 좋은 치료를 받게 해주고, 좋은 병원을 찾게 해주고, 필요한 만큼 돈은 내줄지언정 한 번도 들러 보지도 않는 무정한, 아니 냉정한 후견인. 수연은 바로 그런 그를 위해 자신의 두 발로 디뎌서 일어날 결심을 한 것 같았다.

"가엾게도⋯⋯."

왠지 수연에게 더 잘 해주고 싶다는 생각이 들었다. 도형이 별장에 마지막 걸음을 했던 날로부터 사흘이나 수연의 얼굴엔 혼자서 운 흔적이 남아 있었다. 어쩌면 이대로 치료를 받으며 그를 보지 않는 편이 나을지도 모르겠다. 만약 보게 된다면 그의 냉정한 태도에 상처를 받아 또다시 울게 될 일이 생길지도.

약을 먹기 시작했다. 처음엔 조금 겁이 났지만 이제 일주일째, 왠지 마음이 편안해지고 붓도 다시 잡을 수 있었다. 불안정하고 부정적이고 무서운 생각의 무리들, 땅을 파고들어 가다 못해 결국 도형에게까지 버려졌다는 생각에 미치자 불안해서 처음에는 아무것도 할 수 없었다. 한 달의 시간을 어떻게 보냈는지 모르겠다. 하지만 이제 수연은 잠도 깊이, 편안하게 잘 수 있었고 쳐다보기도 힘들던 캔버스 앞에도 다시 고요한 마음으로 설 수 있었다.

그렇게 가슴 아프게 하던 도형의 얼굴이 떠올라도 그 한 달처럼 속절없이 괴롭지만도 않았다. 불안해서 살 수가 없었다. 이대로 죽어 버릴지도 모른다는 생각에 두려웠다. 아침에 깨어나지 못할까봐 잠도 자지 못했다. 어차피 죽을 텐데 뭐 하러 먹어, 하는 마음에 제대로 먹지도 않았다.

하지만 역시 약물은 빠른 효과를 주었다. 피상적이고, 또 점점 면역이 되면 이런 상태는 사라지고 다시금 전과 같은 불안이 생기게 될지도 모른다고, 무엇보다 이겨내려는 본인의 의지가 중요하다고 의사는 말했지만, 수연은 어떻게든 이 상태를 동아줄 삼아 버텨내고 싶었다.

[자기 자신도 감당 못하는 어린애한테 뭘 기대할 수 있다고. 아니면, 날 잡기 위해서 정말 여자라도 돼 줄 생각인가.]

도형이 했던 말이 떠오를 때마다 매운 것을 먹은 듯 속이 싸아 하고 아렸다.

[나한테 기댈 생각이었다면 안 됐지만 포기해라. 넌 어차피 어린애고 날 감당하지 못해.]

차갑고 무심한 말.

어려운 사람이라고는 생각했지만 그날의 그는 더없이 냉정하고 찼다. 그 어떤 여지조차 없을 정도로 매정했다. 그저 가까운 곳에서 존재하는 것마저 그는 잘라내 버렸다. 하지만 관련되지 않으면 결국 사라지고 말 거라고 생각한 그의 영상은 점점 뚜렷해졌고, 애초부터 일지 않았던 원망도 더 의미가 없어져 지금은 그저 그를 한 번만 보았으면 좋겠다는 그리움으로 변해 있었다. 홀로 바라는 병을 앓고 있었다.

보고 싶어.

운이 좋다면 한번쯤은, 살아가다가 그를 만날 수도 있지 않을까. 그때에마저 한심한 모습을 보이지 않도록, 지금은 의지를 키우고 열심히 이겨내려 한다. 그래서 혹시라도 그를 만나게 되었을 때 웃으면서 볼 수 있도록. 다른 정상적인 보통의 사람들과 하나도 다르지 않은 미소를 보낼 수 있도록.

달칵, 현관문 열리는 소리가 들리면 자신도 모르게 그가 온 것이 아닐까 기대를 하곤 했다. 하지만 수연이 고개를 돌렸을 때 들어서는 사람은 언제나처럼 천 부장이었다. 그 사람이 이곳에 들를 일 같은 건 없을 텐데도.

"기분은 좀 어때요?"

"좋아요. 편안해요."

수연은 자신 때문에 별장을 오가는 천 부장에게 미안해서라도 웃으며 대답했다. 실제로도 많이 편안해지기도 했고. 마음속의 불안이 너무 심해서 그대로 죽을 것만 같다고 생각되어지는 강박증상이 가장 큰 적이었는데, 약을 먹은 후로는 그 증세는 많이 나아졌다. 아직 어딘가를 나갈 용기는 들지 않았지만.

"잠은 잘 잤어요?"

"네."

"중간에 깬 일도 없어요?"

"네."

"꿈은 안 꿨어요?"

"잘 기억이 안 나요. 기억 안 나는 거 보니까 안 꾼 것 같기도 해요."

제법 길게 말하는 수연을 보며 천 부장이 빙긋 웃었다.

"아……, 주스 드실래요?"

"부탁할게요."

천 부장이 웃으며 대답하자 수연은 바로 주방으로 들어갔다. 그녀가 사라지자마자 천 부장은 얼른 품 안에서 작은 수첩을 꺼내 중얼거리며 무언가를 적기 시작했다.

"잠은 잘 잤고, 깬 일도 없고, 꿈도 안 꿨다."

기가 막히게도, 그녀가 약을 먹기로 했든 말든 무슨 상관이냐는 듯 매정한 반응을 내뱉던 사장이 이것저것 물어보라고 지시한 질문들이었다. 알아오라고 했으니 조사를 해서 보고를 해야 했다. 그래도 기본적인 인간애는 살아있는 건지.

안 그런 척해도 잊을 때쯤이면 수연의 안부나 상황을 묻기도 했으니 그렇게 매몰차고 아예 잔정머리가 없는 사내는 아니었다. 그 잔정을 조금만 더 보태서 가끔 별장에라도 들러 주면 좋으련만. 만약 그가 와준다면 수연에게는 더없는 응원과 의지가 될 텐데. 약을 복용하고 본격적인 치료를 시작하고서 김 화백은 두 번 정도 이 별장에 들른 일이 있었다. 꼬장꼬장한 노인네는 오자마자.

[네 놈은 뭐 하는 놈이기에 차도 안 내와! 날도 좋은데 밖에 살아있는 거라도 가꾸고 해야지 뭐 하는 거야! 삭막해서 살 수가 있나, 여기가 어디 사람 사는 데야! 애 좀 잘 데리고 있으랬더니 이따위 감옥에 가둬 두려고 애를 데려간 거야! 못된 놈들! 천벌을 받을 놈들! 도형이 그놈은 어디서 뭐 하고 잘났다고 살아있는 게야! 고약한 놈! 못된 놈!]

있는 대로 구박을 늘어놓고 간섭을 하고 도형의 욕을 하는 걸로도 모자라 사람을 온통 부려먹고서야 돌아갔다. 정말이지 고약한 건 그 조부에 그 손자가 아닌가. 그래도 그 노인 덕분에 정원에 여러 가지 씨앗들이 심어져 조만간 색색들이 꽃밭을 보게 생겼다.

"주스 드세요."

수연이 주스를 내오자 천 부장은 얼른 수첩을 챙겨 안주머니에 다시 넣었다. 잠시 후 수연이 맞은편에 앉았을 때 천 부장이 말했다.

"사장님, 요즘 바빠서 통 시간을 못 내시네요."

괜히 자신이 미안해져서 변명을 하듯 늘어놓자, 잠깐 눈동자가 흠칫했던 수연은 곧 엷게 웃으며 고개를 저었다.

"바쁘다는 건 알지만, 그것 때문에 발길 끊은 거 아니란 거 알아요. 천 부장 아저씨도 아시잖아요. 그죠?"

천 부장의 눈동자가 멈칫했다. 왠지 가여워 죽겠다는 눈으로 그녀를 쳐다보았다.

"수연 씨."

"괜찮아요. 아저씨 덕분에 천 부장 아저씨도 들러 주시는 거고, 할아버지랑도 자주 만날 수 있고 또, 치료도 받고 있잖아요. 전 그런 걸 모두 다 받을 자격이 없는데. 바빠서 못 와도 되고, 내가 귀찮고 싫어서 안 와도 괜찮아요. 그래도 다 나으면 고맙다는 말은 꼭 하고 싶어요."

마음이 약한 천 부장이라 금세 표정에 안쓰러움이 잔뜩 돌았다. 수연은 이렇게 선한 사람이 많은 세상이라면 조금이라도 더 빨리 그 속으로 뛰어들어 잘 살아보고 싶었다. 열심히 살아서, 정말이지 자신의 내면 안에서 꿈틀거리는 고통 같은 건 예술로만 표현하고 멋진 여성으로 살아가고 싶었다. 모두가 말리고 반대했지만 자신의 의지로 미친 듯 뜨거운 사랑을 한 프리다 칼로처럼.

그 대상이 도형이었으면 좋겠다고 생각했지만, 그가 싫다면 더는 어쩔 수 없는 일이었다. 그래도 보상 받지 못한 마음이라도, 그를 그리워하는 가슴앓이라도 할 수 있어 다행이었다. 그를 좋아하고 있는 이 마음을, 갓 뿌려 놓은 씨앗처럼 자신의 가슴 안 텃밭에 예쁘게 심어 두고서 소중하게 가꾸고 싶었다.

"아 참, 제가 좀 알아온 방법이 있는데 같이 해볼래요?"

땅거미가 지는 시간이었다. 수연은 갑자기 무엇을 같이 해보자고 하는 천 부장을 물끄러미 쳐다보았다. 아무래도 시간을 신경 쓰는 것 같은 눈이라 천 부장은 얼른 말했다.

"그렇게 오래 걸리진 않을 거예요. 한 번 해보고 나서 저 없을 땐 혼자서도 해보면 좋을 거예요."

"네……."

천 부장이 알아본 바로는, 근육을 이완시키거나 이완상황을 연상하는 노력을 꾸준히 해야 공황발작을 이겨낼 수 있다고 했다.

"과호흡은 무조건 불리하니까 호흡을 통제하는 훈련도 꾸준히 해야 해요. 빼먹지 말고."

"네.

"집에서 혼자 할 수 있는 방법인데요. 잠자리에 들기 전에 이렇게 해봐요. 자, 일단 누워 볼래요?"

천 부장의 말에 수연은 다른 거부 반응 없이 말 잘 듣는 아이처럼 누웠다. 의사와도 이런 식의 치료를 받았기에 그녀는 지금 단순히 환자로 돌아가 있는 것이었다.

"일단 머리부터 발끝까지 몸을 이완시켜요. 하나, 둘, 셋 하면 그때부터 하루 동안 기분 나빴던 일을 모두 잊어버리는 거예요. 천천히 몰입해 가는 거죠. 편안한 정신만을 생각하는 거예요. 이 몰입 후에 깨어나면 점차 나는 마음이 편안해질 것이며 정신적으로나 육체적으로나 지금보다 더 건강한 상태가 되어 있을 거다, 머릿속으로 되뇌는 거예요."

수연은 착실하게 고개를 끄덕였다. 표정은 편안했고 온몸의 긴장도 풀려 있었다.

"자, 머리부터 긴장을 풀어요. 다음은 얼굴. 양쪽 어깨로, 천천히 긴장을 풀어요."

천 부장이 마치 치료사처럼 수연의 머리부터 얼굴, 양쪽 어깨까지 사심 없이 가볍게 터치하며 말하자 수연은 정말 천 부장의 말처럼 되듯이 함께 긴장을 풀고 있었다. 전문가의 손길과 다르지 않을 정도로 수연을 안정되게 해주는 것이었다.

사실 천 부장은 도형이 반 강제로 시키는 바람에 요가와 아로마 테라피, 기 치료 등, 다닐 수 있는 정신 안정 학원, 강습은 모조리 다니며 수연에게 도움이 될 만한 방법을 배우고 있었다. 덕분에 도형에게 쫓겨나더라도 당분간 사이비 기(氣) 치료 선생이 될 수 있을 정도로 몰입해 있었다. 왠지 자신에게 이런 쪽 방면에 소질이 있는 것 같아 신이 나기까지 했다.

머리부터 양쪽 발끝까지 천 부장의 지시에 따라 수연은 천천히 온몸의 긴장을 풀어 내려갔다.

"수연 씨가 되뇌어요. 어떠한 어려움도 나에게 전혀 영향을 주지 않을 것이며 잘 극복해 나갈 수 있는 힘이 나에게는 있다. 믿어야 해요. 나는 점차 편안한 상태가 될 것이며 정신적으로나 육체적으로나 더더욱 건강한 상태가 될 것이다."

천 부장이 하는 말을 수연은 몽롱한 가운데 속으로 따라 하고 있었다. 천 부장은 왠지 수연의 치료를 돕고 있으면서도 마치 사이비 교주가 도를 깨우쳐 주는 것 같다는 생각을 지우지 못했다. 그래도 수연이 잘 따라와 주고 있으니 또 치료사로서 뿌듯해지는 것이다.

"하나, 둘, 셋 세면 깨어날 것이며 기분 좋고 건강한 상태가 되어 있을 것입니다. 하나, 둘, 셋. 자, 눈을 떠요."

천천히 수연이 눈을 떴다. 천 부장의 말처럼 한결 여유로워진

정신을 느낄 수 있었다. 천 부장이 싱긋 웃었다.

"이걸 되풀이하면 되는 거예요. 잠이 들기 전에."

"아……, 고마워요."

"무슨 말씀을. 돈을 그만큼 들이는데 배운 효과가 있어야죠."

"네?"

"아, 아니에요. 아니에요."

천 부장은 화들짝 놀라 양손을 내저었다. 무심코 도형이 자신에게 했던 말을 똑같이 되뇌고 있었던 것이다.

[돈을 그만큼 들이는데 배운 효과가 없으면 머저리지.]

강습이고 학원이고 마구 등 떠밀어서 보내놓고는, 귀찮은 건 남한테 다 떠맡겨 놓고서 하는 말이 그랬다. 하여튼 못돼빠진 사장하곤.

"어때요? 마음이 좀 편안해졌어요?"

"네, 아주 많이요."

"다행이에요. 자꾸 되풀이하면 되는 거예요. 녹음을 해놓고 들어도 좋대요. 잊지 말고 천천히 시간을 들여서 자신을 단련하세요. 온몸의 긴장을 풀어 가면 그만큼 좋을 거예요."

수연이 고개를 끄덕이며 웃었다.

"거봐요. 마음이 안정되니까 웃는 것도 더 예쁘지."

직접적인 칭찬에는 약한 수연의 뺨이 붉어졌다. 민망해서 고개를 돌리는데 문득 창밖에서 누군가의 느낌이 나는 것 같아 수연의 심장이 짧게 끊어지듯 뛰었다. 이상하게도, 밖에서 어떤 사람의 느낌을 받아버렸다. 그 사람이 도형이라는 생각이 든 순간, 수연은 자신도 모르게 벌떡 일어나고 있었다. 잠깐 스친 옷자락, 하지만 분명히 그였던 것 같다. 아니, 정확하게 느껴졌다. 그가 틀림없다고.

"아, 아저씨……."

넋이 나간 사람처럼 중얼거리며 거실을 가로질러 현관으로 정신없이 뛰었다.

도형은 씁쓸한 미소를 띤 채 돌아서고 있었다. 잘 지내고 있는지, 약물치료를 시작했으니 한 번은 직접 확인하는 것도 좋을 것 같아서 얼굴이나 잠깐 보려고 들렀다.

안 그래도 오늘내일 들를 생각을 하고 있었는데 노인에게서 악에 받친 전화가 오는 바람에 더 이상은 뒤로 미루지 못하고 별장으로 차를 몰았다.

—이 고약한 놈아! 애를 그런 볕도 안 드는 별장에 처박아 놓고 잠이 오느냐! 두 발 쭉 뻗고 잠이 와! 이 못된 놈! 천벌을 받을 놈! 고약한 냄새가 여기까지 풍긴다! 에잇! 썩을 냄새! 할애비 작품 다 챙기고 나니 이제 아무것도 안 보이더냐! 뺏을 거다 빼앗았으니 인정머리고 뭐고 입 싹 닦은 거냐 말이다!

난데없이 전화를 해와선 일순 압사가 될 정도로 폭격을 해왔다. 덕분에 무심코 전화를 받았던 도형은 귀청이 떨어질 정도로 아찔해졌다. 얼마나 소리를 지르는지 당장 휴대폰을 뚫고 튀어나올 것 같은 기세였다. 하지만 그것은 약과였다.

―네 놈 고약한 건 말로도 못한다, 이놈아! 넌 수연이 계모보다 더 나쁜 놈이야, 이 지옥에 떨어져 천 년을 뒹굴 놈아!

단지 악독하다는 표현만으로는 부족한 인신공격까지 퍼부은 후에야 노인은 전화를 끊어 버렸다. 도형은 그야말로 벙찐 얼굴로 그 자리에 앉아 있어야 했다. 묘 자리까지 봐놓고서 오늘내일 죽을 날짜 받아놨다는 노인네가 기운도 좋다. 이래서야 자신보다 더 길게 살지 않겠는가.

"하…… 아무리 그래도 그렇지, 그 여편네보다 나쁘다니."

무엇보다 가장 도형의 자존심을 건드리는 말이었다. 손자에게 어떻게 그렇게 지독한 악담을 퍼부을 수 있는 건지. 물론 수연을 별장에 가두어 둔 것에 대해선 할 말이 없었지만.

"직접 쫓아오시지 치사하게 전화 뒤에 숨어선."

도형은 혀를 끌끌 차며 별장 아래쪽에 차를 대놓고 걸어 올라왔다. 일부러 엔진 소리를 내지 않고 싶어서였다. 그렇게 별장으로 올라와 거실이 보이는 곳에서 담배를 꺼내 물었다. 그다지 즐기지 않는 담배를 입술 틈에 아슬아슬하게 걸치고는 거실을 바라보자 수연과 천 부장이 보였다. 무슨 기 치료인지 하는 그것을 시험해 보고 있는 것 같았다. 천 부장은 역시 쓸모가 많은 사내였다. 맡기면 맡기는 족족 열심히 하고 잘 해냈다.

하지만 생각했던 것과 달리 천 부장의 손길이 수연의 몸을 건드리는 부분이 제법 많고 또 필요 이상으로 친절하고 깊숙한 것처럼 느껴지자 불을 붙이던 도형의 손이 멈칫했다. 거실을 조용히 쳐다보며 깊이 빨아들였다. 안 그래도 쓴 담배가 더 쓰게 느껴졌다. 머리부터, 얼굴, 어깨로 이어지는 손길을 보자 왠지 깊은 곳에서 반갑지 않은 덩어리가 불쑥 치밀고 올라왔다. 그 손은 이윽고 가슴으로, 허리로, 아랫배로, 허벅지로, 다리로, 종아리로, 복숭아 뼈로, 발끝까지 안 닿는 데가 없이 건드리고 지나갔다.

"뭐가……."

뭐가 저렇게 은밀한 건지, 또한 자세한 건지 기 치료인지 뭔지는 모르겠지만 아무튼 짜증이 확 일었다. 게다가 더 기분 나쁜 건 수연이었다. 다른 남자의 손길이 몸 곳곳을 닿고 있는데도 어떤 거부반응도 없이, 오히려 더없이 편안한 자세로 반듯하게 누워 있는 것이다.

"하……."

기가 찼다. 그리고 순간 깨달았다. 요사이, 그녀와 먼 거리가 된 한 달 동안 잦아들었던 어떤 감정이 고개를 쳐들고 있다는 걸. 그 감정은 분노였다. 화가 났다. 수연이 다른 사내의 손아래에서도 가만히 있다는 것이 그를 화나게 해서 화를 내고 있는 자신에게 또 화가 났다. 이런 감정, 그녀를 처음 만나고 함께 있는 얼마 동안 자주도 겪었던 감정의 부류였다. 그 스트레스가 짜증이 나서 다 끝내 버렸는지도 모른다.

그녀만 보면 화가 났다. 확실히 그를 화나게 할 일이야 많았다. 그녀의 과거까지, 어느 것 하나 그의 신경을 거스르지 않는 게 없었다. 하지만 그녀와는 끝이 났고 이제는 모든 게 이전으로 돌아갔는데, 얼굴이나 한 번 보려고 들른 지금 또 그 감정이 무턱대고 되살아나는 것이다.

사람이 사람을 보면 즐거운 감정이 생겨야지, 속절없이 화부터 나다니 이게 정상인가. 도형은 더 이상 머물러서는 안 된다는 생각에 다 피지도 않은 담배를 땅바닥에 던져버리곤 구둣발로 비벼 껐다. 그리고 돌아서려는데 치료가 끝난 건지 수연이 일어나 앉았다. 둘이서 무슨 이야기를 주고받는 것 같더니 수연이 엷게 웃었다. 이전에는 본 적도 없던 환한 미소였다. 그 정도면 환하다고 표현해도 무방할 정도의.

일순간 도형의 심장이 크게 뛰었다. 그와 동시에 따끔한 통증이 일었다. 미소를 짓고 있는 그녀를 본 순간 잠깐 일었던 통증은 곧 묵직한 돌덩이가 누르는 듯한 중압감으로 바뀌었다. 왠지 자신의 안에서 그녀가 단순한 의미는 아니었던 것 같은 느낌.

"후우……, 기가 막히는군."

그러면 뭐가 또 어떻다고.

인정하기 싫은 감정, 감정에 짓눌려 먼저 압사될 것 같은 이런 산뜻하지 못한 기분, 심각한 편두통의 원인이 된 여자, 도형은 거실 창을 등진 채 완전히 돌아섰다. 뭐라고 해도 자신이 먼저 버려 둔 사람이었다. 돌아서서 천천히 걷기 시작한 순간 피식 건조한 웃음이 나왔다. 누군가가 곁에 있든 그녀의 의지로 일어설 수 있다면, 그녀를 웃게 해줄 수 있는 사람이 있다면 다행이겠지. 잘된 게 아니겠는가.

이것이야말로, 겨우 미소를 발견한 그녀에게 자신이 베풀어 줄 수 있는 최대의 선행이었다. 어차피 모든 것은 끝났으니. 이제야말로, 그나마 남아 있던 수연에 대한 무거운 상념들을 버릴 때가 되었다고. 그녀를 생각하면 늘 가슴부터 무거웠다. 이제는 그런 감정마저 버리고, 가벼워진 현재를 느낄 수 있지 않겠는가.

누구든 웃는 얼굴은 예쁘다. 하지만 내가 만들어 준 미소가 아니라면, 예쁘다고 생각한들 무슨 소용일까. 다른 사람이 만들어 준 미소가 잘 어울리는 사람이라면, 괜히 겨우 돌려받은 그 미소마저 무가치하게 만들어선 안 되겠지.

담배 따위 썼기 때문에 안 피우리라고 생각했는데 도형은 자신도 모르게 한 대를 더 물고 있었다. 라이터를 꺼냈다. 바람을 피해 불을 붙이려는데 귀에 익은 목소리가 터지듯 들려 왔다.

"아저씨!"

꽃봉오리가 팟! 하고 터지듯 크게 외쳐진 호칭은 그를 부르는 것이었다. 낯익은 목소리. 도형은 멈칫해서 불도 붙이지 못한 채 고개를 돌렸다. 수연이 숨을 몰아쉬며 서 있었다. 달려 나온 듯 머리카락도, 표정도 상기되어 어지러웠다. 도형의 표정이 급속도로 굳었다.

"뭐야."

모르는 사이에 가버리는 게 나았다. 흔적 같은 것 남기지 않았을 텐데 그녀는 어떻게 알아차린 걸까. 반가운 표정으로 저기에서 서 있는 것일까. 미소를 입에 달고 사는 아가씨가 아니었는데, 지금은 제법 자연스럽게 웃고 있었다. 반가운 듯이…….

뭐가 반갑다고.

"혹시, 아저씨일지도 모른다고 생각했어요. 분명히 본 것 같아서…….."

"아저씨 아니라고 했을 텐데."

신경 쓰이는 건 그 부분인가.

도형은 속으로 욕설을 삼켰다. 그저 그녀와는 마주치고 싶지 않았다. 이제야 안정선으로 들어갔는데 다시 기대의 여지를 주고서, 서로에게 스트레스였다. 자신이 없는 동안 그녀는 치료의 의지를 보였고, 그녀가 없는 동안 자신은 정신적인 안정을 찾았다. 이보다 더 좋을 수 없는데 뭐 하러 스트레스 받는 관계의 안으로 다시 들어갈까.

"잠시 얼굴 보러 온 것뿐이야. 치료, 시작했다고?"

도형은 차가운 얼굴로 돌아서서 담배에 불을 붙였다.

수연은 자신의 감각들인데도 주체할 수 없는 어지러움으로 그를 바라보고 있었다. 하지만 가슴을 미친 듯 두근거리게 하던 기대감이 차분하게, 찬물이 끼얹어진 것 같은 고요로 내려앉기까진 그리 오랜 시간이 걸리지 않았다. 아련한 담배 연기 너머로 사라질 것 같은 그의 모습, 그가 늘 그녀의 앞에서 긋는 보이지 않는 선이었다. 하지만 지금은 그 선에 연기가 묻어 확연하게 눈에 비치는 것도 같았다.

그와 자신의 멀고 먼 거리, 그 거리가 느껴지지 않는 건 아니었다. 어차피 들렀다고 해봐야 남보다 나을 게 없는 확인의 차원이라는 것도 각오하고 있었다. 그래도 수연은 서운해지려는 감정보다 이렇게라도 그의 얼굴을 봤다는 것에 비중을 두고 싶었다. 영영 잊어버릴까봐 걱정한 얼굴이라서.

"네, 치료 받고 있어요. 치료라고 할 것까진 없고 아직은 처방해 준 약부터 먹고 있어요."

수연이 웃으며 말하자 재를 털려던 도형의 손이 멈칫했다. 톡, 가볍게 재를 털고서 천천히 입술에 가져가 빨아들인 후 수연을 돌아보았다.

"너 많이 웃네."

수연의 뺨에 살짝 홍조가 돌았다.

"정상인처럼."

그러나 이어진 말에는 수연의 표정도 서서히 식고 말았다. 그 무수하던 설렘도, 혼자서만 가꾸어도 좋다고 스스로 위로하던 온통 들뜬 감정도 천천히 가라앉고 있었다. 그를 생각하는 마음은 그저 바라보고 싶은, 바라보았으면 좋겠다는 동경의 마음뿐인데 어째서 그는 늘 사나운 뜻이 담긴 말을 아무렇지도 않게 흘리는 걸까. 치료를 받으려고 하는 그녀의 의지마저, 조소의 말로 끊어내려는 듯이.

빛을 잃은 수연의 고개가 천천히 숙여졌다. 아무 말도 없는 잠깐의 시간이 흘렀다. 바람이 이미 식어 버린 수연의 뺨을 스치고 지나갔다. 내면의 자아와 투쟁을 한 끝에 수연은 겨우 자신을 가다듬어 애써 웃으며, 시선은 맞추지 못한 채 말했다.

"저⋯⋯ 들어갈게요. 번거롭게, 붙잡아서 미안해요."

그저 잠시 들른 것이라고, 알고 있었으면서도 마음대로 기대를 해버리고선 멋대로 가슴 떨려 놓고서, 그의 현실을 직시한 말에는 상처를 받고 돌아서고 말다니. 하지만 모든 게 자신이 없는 그녀에게는 그가 찌르는 공격이 무디게 느껴질 수가 없었다. 다른 사람이라면 쉽게 받아들이며, 혹은 무난하게 반응하며 지혜롭게 넘길 수도 있는 상황, 그것을 못하기 때문에 수연은 이런 자신에게 실망해서, 또 그에게도 실망해서, 온통 실망한 끝에, 혼자 들떠서 경솔하게 그를 부른 것을 못내 후회하며 돌아서고 있었다. 왜인지 아주 많이 몸이 떨려 왔다. 흐르려는 눈물을 꾹 참고서 돌아서는데 갑자기 뒤에서 팔이 잡혔다. 세차게 돌려져서 그를 바라보게 되었다.

"⋯⋯?"

"미안."

먼저 들린 건 사과를 하는 그의 목소리였다.

"미안하다."

거듭, 그가 수연의 팔을 꽉 쥔 채 낮게 무거운 말을 흘렸다. 진심인 듯, 다급한 기색이 그의 얼굴에 나타나 있었다. 눈물을 꾹 참으며 수연은 그의 얼굴을 빤히 올려다보았다.

"뭐가⋯⋯ 요?"

뭐가 미안해요? 내가 왜 아팠는지⋯⋯ 정말 아는 거예요? 내 입장에서 생각해 본 거예요?

처음에는 다급하게 붙잡았지만 도형은 시선을 잘 맞추지 못했다. 조금 비낀 시선으로 다소 당황이 섞인 어조로 입을 열었다.

"말실수를, 했다."

수연의 가슴이 따끔해 왔다. 명치끝이 콕콕 쑤셨다. 사과의 말을 해주어서, 자신의 마음을 알아주어서 그나마 다행이었지만, 전혀 틀리지 않은 말을 이미 들어버린 후라서 어쩌면 좋을지 모르겠다. 그가 자신을 생각하는 면, 그것은 정상인이 아닌 여자를 바라보는 눈일 뿐이라는 게.

"미안해."

거듭 사과를 해올수록 수연은 안심이 되기는커녕 더 가슴이 아렸다. 그가 사과를 쉽게 할 성격이 아니라는 걸 알기 때문에 더더욱.

수연은 천천히 그의 손을 밀어냈다. 밀려나는 도형의 손이 멈칫했지만 수연은 바라보지 않았다.

"나, 빨리 치료를 하고…… 그래서 다른 사람과 똑같이, 아니 이해가 되지 않는 사람은 되지 않도록 빨리 고칠게요. 그러니까 그때는……, 만약 찾아오시면 어쩌다가 찾아오면 얼굴이라도 보고 가요. 그렇게, 붙잡을까봐 도망치듯 가지 말고."

도형의 눈동자가 정지했다. 가슴이, 따끔거려 차마 아무 말도 하지 못했다.

"다 나아서 그때 한 번, 딱 한 번만 찾아갈게요. 그땐 맛있는 저녁 한 번만 사줘요. 고맙다고 인사는 하고 싶으니까 싫더라도."

목소리가 젖어 나올 것 같아 수연은 얼른 눈물을 밀어 넣었다. 웃으며 그를 보고 말했다.

"그래 줄 수 있죠?"

마음이 다급해졌다. 무슨 말이라도 해야 하는데도 말이 나와주질 않았다. 손이 멈칫하다가 그녀를 향해 뻗어지려는 순간 수연은 인사를 하고 몸을 돌렸다.

"수연……."

그의 목소리가 뚜렷하게 들리는데도 수연은 돌아보지 않았다. 그를 두고서, 아주 많이 좋아한 그를 두고서 먼저 돌아설 일이 있을 줄은 몰랐다. 자신이 정상이 아닌 것이 슬프다는 걸, 다른 사람을 두고서는 전혀 깨닫지 못했다. 무슨 상관이냐고 생각했다.

하지만 좋아하는 사람에게 이런 모습으로 비쳐진다는 게 얼마나 슬픈지 오늘에야 깨닫고 있었다. 그리고 그게 생각했던 것보다 더 괴롭다는 걸. 너무나 아프다는 걸.

빨리 다른 사람과 똑같이 될 수 있다면 얼마나 좋을까.

저녁을 먹고 나면 허물없이 찾아가 차 한 잔을 마시고 싶다고 말할 수 있는 친구가 있었으면 좋겠다. 비 오는 오후나, 눈 내리는 밤에도 고무신을 끌고 찾아가도 좋을 친구, 밤늦도록 공허한 마음도 마음 놓고 열어 보일 수 있고 악의 없이 남의 얘기를 주고 받고나서도 말이 날까 걱정되지 않는 친구가……

어쩌면 지극히 가까운 친구는 연인 사이일지도 모른다. 그에게 연인의 관계를 바란 건 아닐지라도, 그녀의 가슴 안에 그를 좋아하는 감정이 싹튼 것은 사실이었다. 그래서 그에게 참 가까운 사이가 되고 싶었고, 무엇을 해도 창피하지 않을 정도로 가까운 사이가 되고 싶었다. 마음으로 소망을 해버린 것 같다.

나는 반닫이를 닦다가 그를 생각할 것이며, 화초에 물을 주다가, 안개 낀 아침 창문을 열다가, 가을 하늘의 흰 구름을 바라보다가 까닭 없이 현기증을 느끼다가 문득 그가 보고 싶어지며, 그도 그럴 때 나를 찾을 것이다.

눈물이 날 정도의 마음으로 어떤 한 사람을 생각하고 바라는 건, 비록 홀로 원하는 것일지라도 단지 행복한 일이라고 생각했다. 하지만 동시에 이렇게나 힘이 들고 서러운 일일 줄은.

군밤을 아이처럼 까먹고, 차를 마실 때는 백작부인보다 우아해지리라.

적어도 좋아하고 있는 그 사람 앞에서는, 천덕꾸러기 아이처럼도 말괄량이 아가씨로도 보이고 싶지 않았다. 그저, 우아하게 차를 마시는 백작부인처럼, 고결한 모습으로 예쁜 모습만 보이고 그렇게 비쳐지고 싶었다.

그래서 그에게 갖기 시작한 이 마음은 불량품이었다. 공정에서 이미 어긋나 있어 어떻게 할 수도 없어 단지 버려질 수밖에 없는 불량품이.

5장

Come As You Are

2년 후.

도형이 대표로 있는 N 건설회사 앞, 일렬로 늘어선 까만 세단들과 사장을 호위하고자 검은 양복 차림의 사내들이 진중하게 버티고 서 있었다.

"사장님!"

막 차에 오르려던 도형은 뒤늦게야 헉헉거리며 달려오고 있는 천 부장을 매서운 눈매로 노려보았다.

"뭘 하다가 지금에야 와!"

순간 목을 꽉 조인 넥타이 때문에 호흡이 거북스러워 매듭에 손가락을 넣어 느슨하게 풀고 있던 천 부장의 몸이 뻣뻣해졌다. 또한 주위에서 대기하고 있던 다른 사내들의 몸에도 단번에 긴장의 기운이 어렸다. 곧바로 타이에서 손을 뗀 천 부장이 얼른 대답했다.

"죄, 죄송합니다! 오늘이 수연 씨 미술대학 원서 접수 마감 날이라서 들렀다가 김 화백님 댁까지 모셔다 드리는 바람에……."

미술대학을 특히 강조하며 쏟아져 나온 대답에 도형의 짙은 눈썹이 꿈틀했다. 그 옆에서 감히 사장을 기다리게 한 천 부장을 쏘아보고 있던 다른 사내들은 '그래서 늦은 거라면'이라는 표정으로 엄하게 주시하던 시선들을 풀었다. 왠지는 모르겠지만 '신수연'이라는 이름만 들어가면 그 고약한 사장의 성질이 그나마 무마된다는 걸 알 만한 사람들은 알고 있었다.

"서둘러."

역시나 이번에도 별다른 징계 없이 넘어가는 모양이었다. 포커페이스로 돌아간 도형이 곧 차에 오르자 천 부장도 재빨리 옆자리에 따라 탔다. 사실 도형의 앞에선 웬만하면 수연의 이름을 올리지 않는 편이 나았지만 살아남기 위해선 어쩔 수 없었다. 그리고 이번에도 이렇게 살아났고.

현재 두 사람은 완벽한 타인으로 돌아가, 도형은 이후 일절 수연의 상황을 먼저 묻지 않았고 수연 역시 치료에 집중하며 대학 입학 준비를 하고 있었다. 수연의 상황은 점점 나아지고 있었다. 아직도 사람이 많은 장소에 나가는 것에 대한 두려움은 남아 있었지만, 대학에 입학해 강의실에서 공부를 할 만큼의 진전은 있었다. 대중교통을 이용하는 데는 여전히 아직은 무리가 있어서 천 부장이 그녀의 대학까지 등하교를 시켜 줘야 하는 조건이 붙었지만 그 정도까지 발전한 것도 대단한 진보였다.

김 화백은 요즘 들어 더욱 건강이 악화되어 잘 나오지 못했고, 천 부장이 태워 주면 수연이 그 집을 오가며 김 화백을 돌봤다.

[옆에서 살면서 간호해 드리고 싶어요.]

못내 걱정이 되어 수연은 늘 그 말이었지만 김 화백은 절대 안 된다는 고집을 고수했다. 지금에 와서 이 집에 들일 것이었다면 애초에 내보내지도 않았다는 것이다. 상황이 어떻게 되건 기왕 나갔다면 그대로 독립적인 생활을 하게 할 심산인 것 같았다. 불행 중 다행히도 증세도 많이 호전되고 있으므로 더욱 집으로 들이고 싶지 않을 것이었다.

2년의 시간은 수연에게 참으로 긴 시간이었다. 동시에 어떻게든 증세를 호전시키려고 열심히 매달리는 시간이기도 했다. 몇 번이나 좌절을 겪기도 하고, 그 결과로 다시 우울증에 빠지기도 하며, 담당의와 많은 대화를 나누고 또 약물치료를 끊지 않고 병행하며 스스로 이겨내기 위해 홀로 길고 지루한 시간을 보냈다. 김 화백과 천 부장이 그런 그녀를 옆에서 지켜봐 주었지만 결국 이겨내야 할 사람은 그녀 자신이었다.

하지만 그 시간 어디에도 도형의 존재는 없었다. 수연이 스스로 그와의 연결 고리를 끊어냈다는 걸 모르고 있기에 김 화백은 도형을 천하에 고약한 놈이라고 볼 때마다 욕을 했다. 그건 천 부장도 다르지 않아 못된 사장이라고 속으로 욕을 했다. 그래도 사람 사는 게 그런 게 아니지 않은가. 어린 아가씨가 그만큼이나 열심히 노력을 하고 삶의 의지를 보이면 장해서라도 한 번쯤

발걸음을 할 텐데. 그것도 아니면 가끔 꽃바구니라도 보내 용기를 북돋아 주어도 좋았다. 어차피 꽃 배달은 배달원이 하는 것이니 시간이 들어갈 일도 아니지 않은가.

그래도 경제적인 지원은 끊지 않았으니, 들인 돈이 신경 쓰여서라도 얼핏 살펴보기라도 하련만. 만약 아랫사람들이 실수를 해서 돈을 낭비하기라도 하면 곧바로 얼음덩어리로 변해 낭비한 만큼 채워 넣으라고 엄명을 내리면서, 관심도 없는 한 아가씨한테 들이는 돈에는 지출이 많더라도 쓴다는 개념조차 없는 것 같으니.

이거 상당히 불공평한 거 아니야?

"노인네가 또 노망이 들어 헛소리를 했나 보던데."

제주 호텔 카지노 건에 대한 서류를 꼼꼼히 확인하고 있던 천 부장은 문득 들린 도형의 말에 손을 멈칫했다. 아……, 그 말. 사실 그건 참으로 위험성이 다분한 말이어서 웬만하면 못 들은 척하고 싶은 말이었다.

"그게요……."

어느 날 김 화백이 최 변호사와 수연, 그리고 천 부장을 불러 천지가 진동할 소리를 했다.

[내 사후에 요놈, 뉴욕에서 대학을 나오고 성격도 그만하면 선하고 쓸 만한 것 같은 요놈이 우리 수연이와 결혼을 하면 이 집과 작품 이외의 전 재산을 요놈, 천가 놈에게 맡길까 싶다.]

그런 청천벽력 같은 소리를 한 것이다. 본래 대대로 재력가인 김 화백의 자산은 이루 말할 수 없을 정도였다. 그걸 손자가 아닌 천 부장에게 넘길 생각이 있다는 것이다.

당연히 수연과 천 부장은 말이 끝나기가 무섭게 곧바로 말도 안 되는 일이라고 일언지하에 잘랐다. 사실 천 부장 쪽은 잠깐 돈방석에 앉는 자신을 생각하며 1초 정도 흔들린 사실이 있긴 했지만 절대 드러내지는 않았다. 만약 그런 일이 생길 시 감히 김 화백의 재산을 취했다는 이유로 쥐도 새도 모르게 목이 따일 염려가 컸던 것이다. 물론 시행자는 김도형일 것이다.

아무튼 그러한 일이 있었다는 사실은 최 변호사를 통해 도형의 귀로 흘러들었고, 전화로 그 소식을 들을 때만 해도 고요하기 그지없던 도형은 통화가 끝나자마자 사무실의 전화를 골프 채로 박살을 냈다고 했다. 그 사실을 비서로부터 전해들은 천 부장은 때 아니게 삭풍에 흔들리는 마지막 잎새의 꼴이 되어야 했다.

"변명이 아니라 저는 절대 그런 생각 자체를 한 일이 없습니다. 수연 씨와 결혼이라뇨, 그냥 착하고 예쁜 여동생 같아 사랑스럽다고 생각하고 있었지, 한 번도……."

변명하듯 천 부장이 말하자 나른하게 기대앉아 있던 도형의 입술 끝이 말려 올라갔다.

"사랑스럽다?"

"네? 아, 아니 그게 아니고……, 표현이 그렇게 나갔지만 아무튼 김 화백님도 그냥 장난으로 해본 말이라고 하셨고, 또 수연 씨도……."

"왜."

"······네?"

"나쁘지 않은 일일 텐데. 내린 지시보다 더 열정적으로 그 애를 도와주고 있는 것 같고. 요즘엔 오늘처럼 툭하면 지각이지. 그만큼 애정을 쏟는 상대라면 나쁘지 않을 텐데. 하물며 준 재벌 소리까지 들을 정도의 돈까지 굴러 들어온다면야."

도대체 떠보는 건지 진심으로 하는 건지 가늠을 할 수 없었다. 문득 돈과 수연을 놓고서 잠깐 저울질을 한 적이 있는 약 1초간의 혼란이 생각나면서 천 부장은 침을 꼴깍 삼켰다. 물론 수연이 싫지는 않았다. 옆에서 오래 지켜보다 보니 정도 들었고 가엾기도 하고 앞으로도 계속 도와주고도 싶었다. 그러니 만약 김 화백이 끝까지 밀어붙였다면 못 이기는 체하고서······.

"흐음, 그런 건가."

제 생각에만 빠져 있던 천 부장은 문득 날카로운 매의 눈매가 느껴져 고개를 휙 돌렸다. 역시나 도형이 니 속 다 읽고 있어, 란 눈으로 자신을 들여다보듯 쳐다보고 있어서 히뜩 놀랐다.

"사, 사장님, 저는 그게."

"똑바로 대답해. 신수연, 마음에 있어, 없어."

천 부장의 목으로 침이 꼴딱 넘어갔다. 도형의 꿰뚫듯 매서운 시선이 거기에서 자신을 감시하고 있었다. 거짓말을 해도 맞을 것 같고, 그렇다고 솔직히 말하자니 더 맞을 것 같은데.

"저, 저는······."

"대답! 성실하게."

"사장님."

"만약 불성실하다 싶으면 이대로 차 문 열어 줄 테니까."

이대로라니, 차는 터보 급의 속도로 달리고 있었다. 죽느냐, 사느냐. 어쩔 줄 몰라 하는 천 부장의 안색이 파랗게 질려 갔다. 의료보험증 같은 것 쥐어 주고서 떠밀어 버릴 인사는 절대 아니니, 성실하게 대답해야 살아남는다.

"저는, 재산 때문에 수연 씨와 결혼하겠다는 마음 같은 건 절대 먹을 수 없습니다. 김 화백님도 장난이라고 끝낸 말이었고요. 하지만 그렇다고 수연 씨가 싫지는 않습니다. 제 입장에서 가장 성실하게 한 대답입니다."

잔등에 식은땀이 맺힐 정도로 긴장했다. 하지만 천 부장은 최대한 진지하게 있는 그대로의 대답을 쏟아냈다. 사람이 진실하고 보이는 그대로가 다인 사람이라 내뱉는 말에 거짓은 없었다. 그건 도형이 더 잘 알고 있는 사실이었다. 그래서, 도형의 입가에 쓸쓸한 미소가 걸렸다.

"그래."

도형은 천천히 눈을 감았다. 천 부장은 뭐가 그렇다는 건지 도형의 옆모습을 물끄러미 쳐다보았다. 그러나 도형은 더 이상의 말이 없었다.

"천가 놈은?"

수연은 김 화백의 집에서 말벗이 되어 주고 있었다. 천 부장이 공항으로 가기 전 태워 주었기 때문에 막판에 시간에 쫓겨

가는 천 부장에게 상당히 미안했다. 빨리 천 부장의 차가 없어도 움직일 수 있게 되었으면 좋겠다.

"제주도에 갔어요. 대규모 호텔 카지노라던가, 그런 일 때문이었던 것 같아요."

수연은 천 부장에게 들은 대로 대답을 했다. 아마 도형도 함께일 것이다. 그날 이후로 단 한 번도 만나지 못했다. 그로부터의 연락도 없었고, 그녀는 더더욱 그를 찾을 수 없었다. 그렇게 모질게 끝났는데도 이따금씩 가슴이 간질거리는 것처럼 그리움이 일었다. 처음에는 아프기만 했는데 시간이 지나자 아픔보다는 긍정적인 그리움이 일었다. 뭐라고 해도 처음으로 좋아한 사람이라 도저히 미워지지가 않았다.

[미안하다.]

그리고 그가 마지막으로 남겼던 말이 떠오르면, 그날 그에게 필요 이상으로 서운하게 반응을 한 것이 아닌가 하는 생각도 들었다. 그때는 절박할 정도의 진심이었는데, 그래서 마지막 인사를 하고 그에게서 몸을 돌렸는데.

"카지노? 깡패 같은 인사가 꼭 저 같은 것에만 손대고 다니는구나. 이젠 아예 대놓고 하우스를 차려 못된 짓을 해먹으려는 게지."

김 화백이 혀를 쯧쯧 차며 한 말에 수연은 설핏 웃고 말았다. 깡패 같은 일이든, 건전한 일이든 잘은 모르겠지만 그가 하는 일이 잘되었으면 싶었다. 카지노가 그리 좋은 일이 아니란 건 알겠지만.

카지노를 떠올리니 문득 그와 처음 만났던 날이 생각났다. 포커로 인생의 방향이 틀어졌다. 할아버지는 이렇게 되리라는 걸 짐작이나 하셨을까. 그렇게 헤어졌는데도 아주아주 많이 그가 보고 싶어지는 이런 자신을.

"그놈, 이해해라."

그 순간 들린 김 화백의 말에 수연의 심장이 짧게 박동을 멈췄다. 겨우 호흡을 돌려받고서 김 화백을 돌아보았다.

"할아버지……."

"그 녀석도, 할 만큼 한 게야. 내가 저한테 해준 게 뭐가 있다고, 무조건 명령이니 따르라고 한 것도 무리였지. 그것도 한가롭게 포커라니, 다른 이유가 잘 생각이 나지 않아서 끌어다 붙였지만 녀석도 황당하지 않았겠니. 본래 외아들이라 부모 외에는 누구와 살 맞대고 살아본 일도 없었고, 그나마 부모는 다들 일찍 갔고, 또 그 아비란 놈 하는 짓도 그렇게 사나운 짓 일색이었고."

수연은 아무 말도 할 수 없었다. 김 화백의 말이 그냥 다 이해가 되었다. 그는 할 만큼 했다. 그리고 지금도, 앞으로 서로 볼 일이 없다고 해도, 그러니 잊어버렸어도 뭐라고 말할 수 없는데도 아직 천 부장을 보내주고 있었고 또 경제적인 지원을 해주고 있었다. 감정적으로 그 사람을 혼자 좋아해 버려 서운하다는 감정만 앞세워 이쪽에서 먼저 돌아서고 말았지만, 고마운 사람이었다.

"다혈질에 제 성격대로 행동해 버리는 놈이지. 어떻게 저렇게 지 애비랑 꼭 닮았는지. 클 때 지 애비가 꼭 저랬지. 그래도 뭐, 멋진 놈이긴 했어. 내 아들이라서 하는 소리가 아니라, 깡패만 아니면 괜찮은 녀석이었지. 하하."

힘이 달리는 목소리로 말하며 김 화백이 흐릿하게 웃었다. 기력이 눈에 띄게 쇠해져 휠체어에 앉아 이동해야 했다. 간병인을 항상 옆에 두어야 할 정도로 이제 세상과 멀어질 날을 기다리고 있었다. 수연은 김 화백과 함께 있는 시간이 조금이라도 더 길기를 바랐다. 함께 살고 싶어도 그녀를 먼저 생각해 절대 고집을 꺾지 않는, 이렇게 속 깊고 따스한 분을 어떻게 보낼 수 있을까.

"그 녀석, 머리가 복잡해지면 오히려 행동이 멈추는 놈이야. 하고 다니는 꼴로 봐선 복잡하건 말건 밀어붙일 것 같은데, 그렇지도 않아. 너무 복잡하고 성이 나면 에라이, 때려치우고 화내는 놈이야. 고약한 인사지. 제 아비도 그랬으니까. 그렇게 반대를 하고 호적에서 파버리겠다고 협박을 했는데도 꼼짝을 안해. 검찰 경찰 동원해서 잡아들이겠다고 위협하니까 짜증내고 집 나가 버리더구나. 짜증나게 하는 원인을 버리면 버렸지 뭘 해결하려고 하는 녀석이 아니야. 그 후로는 나도 고집 부려서 보려고도 하지 않았지. 뭐, 다 같은 핏줄이니 그런 게 아니겠느냐."

"닮은 것 같아요. 그러고 보니까……."

"그래, 핏줄이 어디 가겠니. 하나, 수연이 너도 이 할애비한테 고운 손녀야. 핏줄로 연결되지 않았어도 사랑스러운 손녀야."

"할아버지……."

"그 녀석 냉정해 보여도 그리 마음 찬 놈은 아니니까 만약 다음에 보면 웃어라도 주려무나. 그러면 할애비도 안심할 것 같아."

"네, 그럴게요. 꼭 그럴게요."

"안 그런 척해도 외로움 타는 놈이야. 지 애비 원수 갚겠다고 나한테 그렇게 징그럽게 들러붙던 놈이야. 알면서도 내가 미안해서 차마 받아들이지 못했지만. 지금이라도 그놈한테 사과를 하고 싶은데, 그게 잘 안 되네."

수연의 눈동자가 다급해졌다.

"그럼 만나시면 되잖아요. 만나서 진심을 말하면 되잖아요. 그래야 할아버지도, 그리고 아저씨도 마음이 놓일 거 아니에요."

애원하듯, 열렬히 말하는 수연을 바라보는 김 화백의 눈매가 잔잔해졌다.

"수연아, 도형이 그 녀석, 내뱉는 말만 믿고서 먼저 실망하고 겁먹어서 벽을 만들면 안 된다. 네가 만약 그 녀석이 필요하면 먼저 열어야 해. 너라서 힘들 수도 있겠지. 하지만 너이니까 가능할 수도 있는 게야. 요즘에, 마음 여는 연습 많이 하고 있지? 시험해 볼 일 있으면 그놈한테 한번 해봐. 얼마나 단순한 녀석인지, 반응을 빨리 보이니까 실험대상으로는 제법 적당한 상대가 아니냐."

장난스럽게 말하고 있었지만 도형에 대한 애정을 느낄 수 있었다. 수연은 웃고 싶었지만 그럴 수가 없었다. 마치 할아버지가 이대로 멀리 가실 것 같아서, 연하게 웃고 있는 김 화백의 영상이 자꾸만 흐려졌다. 생의 마지막 남은 말 몇 마디를 마무리 하는 것 같다는 생각이 들자 정말 안타까워서, 수연의 눈에서 눈물이 흘러넘쳤다. 김 화백이 아이처럼 우는 수연의 손등을 다정하게 쓸어 주었다. 주름 잡힌 김 화백의 손등으로 수연의 맑은 눈물이 떨어졌다.

한편 단순해서 제법 실험대상으로 적당한 그 사내는 뜨거운 물에 샤워를 하고 있었다. 대형 호텔의 인수와 호텔 내 카지노 유입 건으로 도착하자마자 여유를 부릴 틈도 없이 사람들과 접촉했다. 어느 정도 제안과 의사들이 마무리가 된 후에야 룸으로 돌아와 샤워를 할 수 있었다. 천 부장은 디테일한 상황을 좀 더 확인하기 위해 아직 미팅 중이었다.

샤워기 아래에 선 도형의 등선과 뚜렷한 견갑골을 타고 물줄기가 흘러내렸다. 문득 서울에서 이동 중에 들었던 천 부장의 말이 떠올랐다. 싫지는 않다는 말. 그건 성실한 천 부장의 성격으로 봤을 때 호감을 갖고 있다는 것과 다를 바 없는 말이었다. 여동생처럼 대하는 마음이건, 여자를 보는 마음이건 누구에게든 친절하게 대하는 그 사내더라도 수연을 대하는 태도에는 좀 더 친근하고 정성을 들이는 면이 있었다.

[그러니까 그때는, 만약 찾아오시면 어쩌다가 찾아오면 얼굴

이라도 보고 가요. 그렇게, 붙잡을까봐 도망치듯 가지 말고.]

그런 말을 하도록 두는 게 아니었다. 어쩌면 혼란스러웠던 시기, 서로 놓여날 수 있는 적당한 시기란 생각에 그녀를 붙잡지 않았던 건지도 모르겠다. 하지만 확실히 그때는 그녀의 말 한 마디 한 마디가 참 가슴을 찌르는 것이라서 차마 잡을 수 없었다. 미안하고 또 안타까웠다.

머리가 복잡해지고 화가 나고 짜증이 났다. 짜증이 난 마음은 그대로 스트레스로 이어졌고 다 놓아 버리고 싶었다. 왜 이렇게 세상만사 귀찮은 게 딱 질색인 건지. 말귀 못 알아듣는 인간을 가장 싫어하고 또 그런 인간들, 적당히 봐서 죽지 않도록 두들겨 준 일도 많았는데 돌이켜 보니 가장 맞을 인간은 자신이었다. 가장 말귀를 못 알아듣는 건 자신이 아닌가.

세상에 혼자 내팽개쳐진 기분이었을 것이다. 천 부장을 보내고 있다고 하더라도, 고립된 섬에서 홀로 남겨진 그녀였다. 그런데 거부를 했다고, 먼저 가라고 말했다고 해도 그게 과연 진심이었을까. 누구 한 사람이라도 더 붙들어야 할 사람이었다. 한 사람이라도 더 그녀를 지켜봐 줬어야 하는 건데, 마음이 가난한 그녀는 누군가를 제 손으로 밀어낼 정도로 인간관계가 부유한 것도 아닌데.

조금만 더 다정하게 대해줬으면 좋았을 것을. 그랬다면 이렇게 후회는 남지 않았을 텐데. 떠올릴 때마다 가슴이 따끔하지는 않았을 텐데.

떨어지면 만사 편할 거라 생각했는데 그것도 아닌 걸 보니,

이것저것 골치 아픈 게 귀찮아 잘라 버리고선 오히려 잘린 부분이 신경 쓰여서 계속 천을 덧대고, 덧대고. 더 귀찮은 일만 생겨 버렸다.

"제대로 먹고나 다녀라."

내리 쏟아지는 물줄기는 떨어뜨리려고 해도 잘되지 않는 무언가를 그의 생각 속에서 대신 씻어내기라도 하듯 세차게 퍼부어지고 있었다.

잠시 후 도형은 하체를 타월로 두른 채 샤워 룸에서 나왔다. 그리고 넓고 사치스러운 거실로 걸어가는데, 문득 등 뒤에서 여인의 목소리가 들려왔다.

"멋진 몸이네요."

황당해서 뭔가 싶어 돌아보았더니 하얀 속살이 관능적으로 비치는 얇은 가운 차림의 여인이 바에 기대서 있었다. 풍만한 가슴과 잘록한 허리선, 배꼽까지 고스란히 드러나 보이는 아찔한 차림이었다. 그럼에도 기가 막히게 아름다운 외모로 인해 천박한 기운은 전혀 풍기지 않았다. 여인의 시선은 노골적으로 도형의 탄탄한 몸 선을 훑고 있었다. 군살 하나 없는 허리와 섹시한 아랫배의 근육, 단단한 팔과 다리, 드러난 쇄골과 두꺼운 가슴, 남성적인 매력이 물씬 풍기는 당당한 체격, 모든 것에 여인의 눈빛이 닿아 지나갔다. 기대감과 만족스러움으로 여인의 아름다운 입술에 야릇한 미소가 감돌았다. 도형은 알 것도 같아 옅은 한숨을 내쉬며 고개를 돌렸다.

"무슨 용건이지?"

"관례라는 거 아실 텐데요."

접대의 필요성이 있는 중요 고객의 룸으로 고급 콜걸이 드나드는 건 흔히 있는 일이었다. 도형 역시 한두 번 경험한 일도 아니었기에 이미 익숙하기도 했고.

관례, 나쁜 건 아니었다.

"지금 내가 필요한 건 여자가 아니라 잠이야. 미안하지만 그만 나가 줬으면 좋겠군."

하지만 마음이 끌리지 않아 도형은 던지듯 내뱉었다. 테이블에 걸터앉아 머리카락을 털었던 수건을 던지듯 놓았다. 여인을 똑바로 쳐다보자 여인이 서운하다는 듯 애매한 미소를 지으며 다가왔다. 나긋나긋 움직이는 몸 선이 본능적으로 사내의 눈길을 끌었다. 아름다운 여자이긴 했다. 하지만 섹스에 들일 힘까지 운동에 소비하고 있는 요즘은 그럴 여분의 힘도 없었고, 흥미는 더 일지 않았다.

김도형, 다 됐지.

"당신처럼 지독히도 매력적인 남자들, 딱히 궁할 게 없으니까 그렇게들 말하기도 하죠."

"알면 그만 떠들고 나가지?"

"후후, 하지만 1분만 시간을 주면 생각이 달라져 있을 텐데요. 아마도."

"아마도, 라."

과연 그 아마도, 라는 시간을 여인에게 주면 요즘처럼 심각하게 금욕생활에 길들여져 있는 자신의 상태도 바꿔 줄 수 있다는 소리일까. 아무리 아름다운 여자를 봐도 동하지 않으니, 심각한 병일 수도 있었다. 도형은 고개를 살짝 기울였다.

"심장 약하니까 그렇게 잡아먹을 것 같은 눈으로 보지 말고 용건 있으면 말로 하지."

도형의 바로 앞에 선 여인이 후후 웃었다. 손을 뻗더니 도형의 단련된 어깨와 근육으로 이루어진 가슴을 손가락으로 죽 그어 내려갔다. 혀로 자신의 입술을 살짝 핥으며 은밀하게 속삭였다.

"용건은, 당신과 나 두 사람이 만들어 가는 게 아닐까요? 오늘 밤, 시간을 들여서 오래오래."

도형이 피식 웃자 여인은 도형의 앞에서 무릎을 꿇고 앉았다. 그리고 하반신에 둘러진 타월을 벗기기 위해 손을 대는 순간 도형은 손을 뻗어 가뿐하게 여인의 손을 쥐었다.

"무슨 의미죠?"

여인이 고급스럽게 화장이 된 눈매를 살짝 가늘게 하며 올려다보자 도형이 엷게 웃었다.

"오럴은 별로 좋아하지 않아."

여인은 어깨를 으쓱하곤 일어섰다. 긴 머리카락을 살짝 뒤로 하고서 도형의 넓은 어깨에 팔을 뻗더니 망설임 없이 그의 허벅지 위로 걸터앉았다. 단단한 허벅지 위로 여인의 엉덩이의 굴곡이 적나라하게 느껴졌다. 도형의 굵은 목을 살짝 끌어안고서 그의 눈을 들여다보았다.

"그럼 먼저 벗겨 주는 쪽인가요?"

여인이 도형의 한 손을 이끌어 오더니 얇은 가운의 위로 옮겼다. 도형의 한쪽 눈썹이 치켜 올라갔다. 고개를 엇갈리며 여인이 키스를 하기 위해 입술을 가까이 하는 순간 도형이 입을 열었다.

"내가 뭐 하는 놈인지 알고나 있나?"

후훗, 하며 여인의 동작이 멎었다.

"글쎄요. 섹시한 몸매의 청년 실업가?"

도형의 입가에 일그러진 미소가 걸렸다. 쏘듯 말했다.

"나, 깡패거든."

여인의 눈동자가 멈칫했다. 그러나 곧 희미한 미소를 띠며 말을 이었다.

"상관없지 않아요? 아니면 상관해 달란 뜻?"

"아직 필요가 없어서 사람은 죽이지 않았지만, 귀찮을 때 건드리면 살심이 일기도 해."

그 말에는 여인도 당황하는 것 같았다. 도형의 눈동자가 짜증의 기색으로 어두워졌다. 얼굴을 스윽 가져와 서로의 얼굴이 비칠 정도로 가까운 거리에서 정지해 낮게 말을 이었다.

"안타깝게도 지금 막 상당히 귀찮아졌거든."

여인은 아무 말도 하지 못했다. 이런 일을 하는 여인들, 별의별 인간들을 다 만났을 것이다. 겉으로는 더없이 신사인 척하면서 비정상적인 성 행위를 요구하는 건 드문 일도 아니었다. 아마도 도형도 그 비슷한 인간 혹은 그보다 더한 부류쯤으로 비쳐졌을지도. 그러니까 나가라고 할 때 나갔으면 좋았지. 여인의 눈동자에 뚜렷한 견제가 깃드는 걸 바라보며 도형이 탄력 있는 입술을 열었다.

"알아들었으면 흥분도 안 되는 주접 그만 떨고 나가시지."

"뭐?"

서울로 올라온 지 2주가 지난 어느 날, 가뿐한 블랙 와이셔츠 차림으로 당구를 치고 있던 도형은 건조한 눈으로 천 부장에게 반문하며 큐를 멈췄다. 당구대 옆에서 보고를 올리던 천 부장이 그의 눈치를 보며 대답했다.

"오늘 제가 좀 멀리에 가야 할 것 같다고."

"그건 됐고, 그 뒷말."

"아, 네. 그러니까 수연 씨가 동생의 납골당에 가고 싶다고 해서요."

도형은 천천히 허리를 낮춰 하얀 공의 중앙을 노렸다. 깔끔한 동작으로 큐 팁이 흰 공을 때리자 시원한 소리를 내며 밀려난 공이 사방을 부딪치며 멋진 자취를 만들어냈다. 당구대를 돌아 엉덩이를 걸치고 앉아 큐를 수직으로 세우며 그가 말을 이었다.

"거기가 어딘데."

"서울 근교라 멀지는 않습니다. 사장님께서…… 가주시겠습니까?"

꼬치꼬치 묻는 도형의 태도가 왠지 수상쩍어 천 부장은 그렇게 물었다. 2년이라는 시간이 흘렀다. 서로 모르는 사이로 돌아갔다고 해도 무방했다. 그래도 계속 수연을 도와주고 있는 그이니 천 부장은 혹시 몰라 말해 본 것이다. 그러나 도형은 당구에 정신을 집중하며 고개를 저었다.

"가봐."

"네……."

더 이상은 어쩔 수 없나. 천 부장은 이제 수연이 확실한 독립을 해야 될 때라는 걸 인정하며 인사를 하고 몸을 돌렸다. 문이 닫힌 후에도 도형은 표정의 흔들림 없이 계속해서 공에만 시선을 두었다. 하지만 문이 닫힌 순간 흰 공을 노리는 큐 팁이 흔들리고 말았다. 공의 둥근 면을 잘못 건드려 일명 삑사리라고 불리는 헛손질을 해버리자 신경질적으로 큐를 던져 버렸다.

당구대에 기대서서 넥타이를 느슨하게 했다. 그래도 왠지 마뜩치 않아 하는 표정은 풀리지 않았다. 안주머니를 뒤져 자신도 모르게 담배를 찾으려다가 재킷을 벗어두었다는 걸 깨달았다. 요즘 들어 담배에 다시 손을 대고 있었다.

2년의 시간, 이대로만 흘러가면 앞으로 서로 영영 멀어진 채 살아갈 수 있었다. 문제는 그의 마음이었다. 신경을 쓰이게 하는 여자라는 건 인정하는데도 굳이 일부러 찾아가서 관계를 다시 연결시킬 정도로 그녀가 중요한 존재인지는 모르겠다. 김 화백도 굳이 더 닦달하지도 않았고, 애초에 그녀를 맡으려 한 이유가 김 화백 때문이라면 이제 딱히 그녀에게 신경을 쓸 이유가 없었다. 버려두었더니, 나름대로 애써 가며 혼자서도 잘 지내고 있었고, 무엇보다 맡겨진 일이라는 의미 이상으로 열심히 옆을 지켜주고 있는 천 부장이 있으니까.

―사장님, 강윤미 씨 전화 연결입니다.

문득 인터폰에서 비서의 목소리가 흘러들어 도형의 짙은 눈썹이 치켜 올라갔다. 다가가서 버튼을 누르고 반문했다.

"강윤미?"

―네. 그렇게 말씀드리면 아실 거라 하시는데요.

"몰라."

인정사정없이 내뱉고는 버튼에서 손을 툭 뗐다. 웃기는 여자였다. 강윤미라면 2년 전에 바에서 잘못하면 한 대 쥐어박을 뻔했던 그 여자가 아닌가. 조용히 있다가 갑자기 툭 나타나는 게 취미인 여자인가. 괜히 귀찮은 일에 휘말릴까봐 신경 쓰여 여자를 좀 알아보았더니, 부친과 한때 함께 일한 적 있는 과거 동업자의 딸인 여자는 호텔 업계에서 일을 하고 있다고 했다. 그리고는 신경을 끊고 있었는데.

"호텔?"

그러고 보니 그가 이번에 손을 대려는 게 호텔 쪽이었다. 혹시 하는 생각이 들어 곰곰이 생각하고 있는데 노크 소리가 들렸다.

"뭐야."

흘끗 쳐다보며 당구 큐를 다시 잡는데 문이 열렸다. 모습을 나타낸 비서가 난감하다는 얼굴로 서 있었다.

"죄송합니다. 강윤미 씨께서 직접 찾아오셔서……"

다시 집어 든 큐 끝이 멈칫했다. 그가 천천히 허리를 펴고 섰다. 표정엔 짜증과 의문의 기색이 가득했다.

"뭐?"

눈을 가늘게 뜬 채 입구를 노려보고 있는데 비서의 뒤에서 윤미가 모습을 드러냈다. 당당한 걸음으로 비서를 스쳐 지나 제 멋대로 사무실 안으로 들어섰다.

"커피 부탁해요."

모두가 보고 있는 앞에서 태연히 소파에 앉은 윤미가 한쪽 다리를 꼬고서 더없이 여유로운 지시를 내렸다. 도형은 황당한 얼굴로, 비서는 망설이다가 자신은 모르겠다는 듯 인사를 하고 선 몸을 돌려 나갔다. 얼마나 당당한 태도로 비서의 만류를 뿌리치고 사무실로 인도하게 했을지 알 법한 광경이었다. 도형은 황당하다는 듯 짧은 웃음소리를 흘리고는 큐를 손에서 놓고 당구대에 기댄 채 팔짱을 꼈다.

"뭡니까, 너."

윤미가 피식 웃었다.

"타박하지 말아요. 나도 오고 싶어 온 건 아니니까."

"그렇다면 안 오는 게 나았을 것 같은데."

"아직 못 들었나 봐요? 제주도 호텔 인수 건, 제 담당이에요. 일주일 전 일본에서 귀국해서 이번에 합류하게 됐죠. 이권이 크게 얽혀 있는 것 같던데, 사적인 감정으로 담당자를 화나게 해서 일을 그르쳐선 안 되지 않겠어요?"

도형의 입술 끝이 말려 올라갔다. 혹시나 싶은 예감이 들었는데 맞아떨어지다니.

"일부러 접근한 건 아니고?"

도형의 여유로운 공격에도 윤미는 날카로운 반응 없이 빙그레 웃었다.

"자신 있으시네요. 아니면 내가 그렇게 할 일 없는 여자로 보여요?"

몸 선에 꼭 맞는 스커트 정장은 2년 전이나 지금이나 변함이 없었다. 그 화려하고 잘난 미모 역시.

"그렇게 할 일이 많아 보이진 않아."

윤미가 풋 웃었다. 도형은 별일이라는 눈으로 윤미를 흘끗 쳐다보았다.

"사실 맞는 말이에요. 이것저것 여러 가지 손대 봤는데 아빠 사업체만 말아먹는 바람에 이번에 마지막 기회를 얻었어요. 이번 호텔 카지노 건, 도형 씨 회사와 우리 아빠가 손잡고 공들이는 투자잖아요. 꼭 성사시켜야 하지 않겠어요?"

"회사의 사활을 걸었다 치기엔 이것저것 말아먹은 담당자라니, 날 너무 우습게본 게 아닌가."

도형이 큐를 잡아 끝을 빙글빙글 돌리며 일부러 조소 섞어 말하자 윤미는 좀 기분 나쁜단 표정을 했다.

"만약 이번에 실패하면 호적에서 파여 영영 쫓겨날지 몰라요. 그쪽도 나만큼 대단한 거 걸었어요? 무슨 일이 있어도 이번만큼은 올인해야 해요."

"나 참, 뭐가 있어야 올인을 하든가. 개털과 손을 잡고 일을 추진하라니, 우습지 않나."

"개털…… 이라고 했어요, 지금?"

"아버지 친구 분이라 믿고 손잡았더니 아는 사람이 가장 심하게 뒤통수를 치는군."

윤미가 부들부들 떨었다. 벌떡 일어난 윤미가 도형을 쏘아보았다. 길게 찢어진 눈매로 죽일 듯 노려보며 윤미가 입을 열었다.

"당신, 무슨 일이 있어도 내 앞에 굴복시키고 말겠어. 호텔과 당신 둘 다, 내 걸로 만들어 버릴 테니까."

"하아?"

"각오나 하고 있으시죠."

도형이 픽 웃었다. 타격이고 뭐고 전혀 아무렇지 않은 표정으로 당구대로 돌아서서 자세를 잡았다. 공을 치는 동시에 그가 말했다.

"개털이 발악을 하는군. 나름 신선해."

급한 일처리 몇 개를 마치고 지하 주차장으로 내려온 천 부장은 차에 올라 시동을 걸었다. 수연과 약속한 시간에 맞추려면 서둘러야 했다. 엑셀을 밟고 막 주차구역에서 빠져나오던 천 부장은 갑자기 차 앞으로 뛰어든 물체 때문에 간이 콩알만큼 변해 브레이크를 밟았다.

"사, 사장님!"

벌렁거리는 심장을 누르며 진로를 막은 당사자를 향해 외쳤다. 잘못하면 사장을 저승길로 보내버릴 뻔했다. 몇 번 그러고 싶은 적도 있긴 했지만 젊은 나이에 철창신세를 지긴 싫었다.

안 그래도 이 회사에 몸담고 있다 보면 언제 수갑 찰지 모를 실정인데.

도대체 무슨 뜬금없는 일인지 겨우 심장을 다독이고 있는데 운전석의 문이 벌컥 열렸다.

"내려."

사장의 짧은 지시에 천 부장은 무슨 일인지는 몰랐으나 일단 안전벨트를 풀고 차에서 내렸다.

"사장님, 무슨……."

"올라가서 위에 있는 여자 내쫓아."

귀찮다는 기색이 짙게 밴 도형의 말에 천 부장은 고개를 갸웃했다. 뜬금없이 여자라니?

"네?"

"개털이니까 너무 험하게 다루진 말고."

"무슨 말씀이신지."

"비켜."

당최 알아들을 수 없는 소리를 뱉어 놓곤 천 부장을 툭 치고 지나친 도형이 차에 올랐다. 겨우 정신을 차린 천 부장이 뒤늦게야 문에 달라붙어 열려진 창을 통해 소리쳤다.

"사장님! 저 지금 별장에 가봐야 하는데요! 지금 가도 늦었……."

"신수연, 이 차밖에 못 타지?"

"그거야 그렇지만."

"그러니까 물러나라는 거 아냐."

"무슨……."

그러나 당황해 있는 천 부장을 두고 창유리마저 올라가 버렸다. 핸들을 잡은 도형이 곧 창유리를 살짝 내리고는 말했다.

"내가 데리고 갈 테니까 넌 개털이나 처리해. 이상."

그리고 더 뭐라고 할 새도 없이 엑셀이 밟힌 차는 시끄러운 소리를 내며 튕겨져 나갔다. 남은 천 부장은 황당하단 얼굴로 차 후미를 쳐다보며 서 있었다.

한편 주차장을 빠져나온 도형은 귀찮아 죽겠단 얼굴로 핸들을 돌리고 있었다.

[나랑 자요.]

개털이 무턱대고 한 말이 떠오르자 도형의 미간에 주름이 졌다.

큐를 빼앗은 윤미가 도전적으로 그를 쏘아보았다. 도형은 큐로 윤미를 후려쳐 버리고 싶은 심적인 피로함을 겨우 참으며 윤미를 흘끗 쳐다보았다.

"뭐?"

"나랑 자요. 당신이랑 자야 기분이 풀릴 것 같아."

씨근덕거리는 폼이 꽤나 열이 받은 것 같았다. 그러나 도형은 우스울 뿐이었다.

"개털에 퇴폐에, 할 건 다 하는군. 비켜, 기분 나빠지니까."

"어차피 더 나빠질 것도 없는 거 아니었어요? 하지만 난 당신이랑 섹스해야겠어. 당구대 위에서도 괜찮아요. 침대보다 단단하니까 이 이상 좋을 게 없겠네."

그리고 갑자기 도형의 셔츠를 건드리며 입을 맞춰 오는 바람에 도형은 어이가 없어 굳어 버렸다. 얼떨결에 벌어진 입술 틈으로 윤미의 뜨거운 혀가 파고들었다. 풍만한 가슴이 바짝 달라붙고 혼자서 이미 흥분해 딱딱하게 곤두선 유두가 블라우스 너머로 도형의 단단한 가슴팍을 찌르듯 건드렸다.

더운 호흡을 쏟아가며 한창 몸이 달아 있는 여자를 기가 막힌단 표정으로 내려다보고 있던 도형이 곧 윤미의 몸을 거칠게 떼어냈다. 윤미 말대로 단단한 당구대 쪽으로 팽개치듯 밀어버리자 윤미는 채 돌려받지 못한 호흡을 겨우 가다듬고 있었다. 키스만 한 줄 알았더니 어느새 도형의 와이셔츠 단추까지 몇 개 풀어 놓았다. 실로 대단한 추진력을 가진 여자였다. 윤미가 도전적으로 쏘아보며 이를 갈듯 내뱉었다.

"당신 때문에 더 되는 일이 없어. 그런 식으로 사람을 무시하는 게 재미있어요?"

"어디에서 자존심 다치고 와서 여기서 행패야! 정말 맞아 보고 싶나."

"맞고 싶은 게 아니라 당신하고 섹스하고 싶다고 말했을 텐데요."

"하……."

미친 여자도 아니고 갑자기 발정을 해서 왜 이러는지 모르겠다.

"나는 하기 싫다면?"

"내가 하고 싶으니까 상관없어요."

"돌았군. 보다시피 나 성격 더러워서 여자라도 때려."

"그러니까 왜 자존심을 건드려요? 개털? 그날 바에서도 사람을 화나게 만들고 사라졌죠. 그렇게 잘났어요?"

"잘나지 않았으면, 여자가 뜬금없이 섹스하겠다고 미쳐서 덤벼들까?"

"짜증나. 당신하고 섹스한 후에 깨끗하게 걷어차 버릴 거야."

"미치려면 곱게 미쳐. 카지노고 뭐고 미친 여자와 손잡아 봐야 볼 것도 없겠군. 이봐, 담당자. 이쪽은 손 떼겠다고 부친에게 똑똑히 전해."

도형은 셔츠 단추를 잠그곤 타이를 똑바로 했다. 그리고 옷걸이에 걸려 있던 재킷을 가져와 단정하게 입었다.

"자존심 상했다는 건 알겠는데 그걸 섹스로 풀어 버리려 하다니, 대체 무슨 생각을 하고 사는 거야."

"남자만 섹스를 즐기고 요구할 수 있다는 사고방식은 버리시죠? 물론 화가 나서 몸이 확 달아오르긴 했지만 처음부터 당신하고 한번 자보고 싶었던 것도 사실이니까. 그쪽도 꽤나 즐길 것 같은데. 정열적인 섹스, 좋아하지 않아요?"

소매를 단정하게 하며 도형이 피식 웃었다. 똑바로 윤미를 쳐다보았다.

"좋아하지."

"흐응."

"하지만 너 말고 다른 여자랑 하고 싶어."

"……!"

"그 정열적인 섹스, 라는 것 말이야."

도형은 윤미를 남겨 두고 사무실을 나와 버렸다. 나온 즉시 천 부장을 찾아 지하 주차장으로 내려갔다. 잘못했다. 그 개털, 당구대와 통째로 버려 버리라는 명령을 내릴걸.

별장으로 차의 엑셀을 밟아 가며 도형은 피식 웃었다. 고맙게 도, 윤미의 미친 짓 덕분에 소득도 없이 고민만 계속하는 수고 로움을 덜었다. 윤미의 입술이 닿았던 여운, 그것 자체는 별다 른 감동을 주지 못했지만, 예전의 어떤 감각을 깨우치는 기폭제 역할을 하기에는 충분했다.

사실 안고 싶은 여자는 따로 있었던 것 같다. 딱 지켜주고 싶 고, 지켜주면 뿌듯할 정도의 여림으로 그의 시선 안에 들어온 여자가 있었다. 여자인지 애인지 구분이 가지 않아, 안아 버리 면 망가뜨릴 것 같아 손을 대지 못한 여자가.

별장 앞에서 차가 멈추자 기다리고 있었던 건지 현관문이 바 로 열렸다. 도형은 일부러 차에서 내리지 않고서 현관문을 주시 하고 있었다. 유리는 어두운 색으로 차단이 되어 있었기에 그녀 는 안을 보지 못할 것이었다. 하지만 그의 눈에는 수연의 모습 이 하나하나 정확하게 보였다.

2년의 시간.

혹은 그걸 마법이라고 부를 수 있을까.

그렇게 어리기만 하던 솜털 보송하던 아가씨는 제법 성숙해 있었다. 어깨 길이를 조금 넘던 머리카락도 허리까지 길어서 찰랑거렸다. 흔한 파마기 하나 없는 머리카락은 곧고 윤기가 흘렀다. 하얀 얼굴은 깨끗해서 뺨을 만져 보면 손끝이 떨릴 것 같다. 화장기라곤 없는 투명한 모습, 순수하고 단정해서 더 마음에 들었다. 아직 어린 나이, 성숙한 여인의 향기라고까지 할 수는 없었지만 많이 자라 있었다. 무엇보다 그 자그마한 입술에 보기 좋은 미소가 걸려 있어, 그게 얼마나 사람의 인상을 틀리게 하는 건지 깨달을 수 있었다.

[너 말고 다른 여자랑 하고 싶어. 그 정열적인 섹스, 라는 것 말이야.]

섹스, 건강한 남자로서 싫을 리가 없었다. 하지만 제주도에서 접한, 자신이 꽤나 관능적인 듯 주접을 떨던 여인에게조차 동하지 않았던 음심이었다. 개털 윤미는 더더욱 말할 것도 없고. 스트레스를 너무 받아 몸이 말을 안 듣게 된 건 아닌가, 의심스럽기도 했는데 새벽마다 그놈에게 문제가 없는 걸 보면 그건 또 아닌 것 같고. 확실히, 운동에 온통 에너지를 쏟아버려 누군가를 침대까지 데리고 갈 여분의 힘이 남지 않은 거라 생각했다.

하지만 아닌지도.

몸이 꿈틀거리고 있었다. 어떤 여자만큼은 안아 보고도 싶다. 혹, 다른 여자에 대한 흥미가 전부 사라질 정도로 어쩌면 이 여자에게 집착하고 있었던 건 아닐까. 2년의 시간을 돌아 이제야 눈앞에서 당사자를 접하고서 도형은 깨닫고 있었다, 안고 싶은 여자는 따로 있었단 것을.

가느다란 몸을 안고서 거칠게 그녀를 꿰뚫고 싶다. 쑤셔 박아 넣어 버리고 흐트러진 교성을 귀로 느끼고 싶다. 파르르 떨리며 안겨 올 그 작은 여자의 자그마한 입술을 물고서 정신이 헝클어질 정도로 입을 맞추고 싶었던 것 같다.

다만 수연은 그런 도형의 노골적인 시선을 전혀 모르고서, 천부장일 거라 믿어 의심치 않으며 보드라운 미소를 머금고서 다가오고 있었다. 하늘하늘한 몸 선도 그렇고 작은 얼굴도 그렇고 그렇게 많이 달라진 건 없는데도, 부드러운 미소 때문인가, 아니면 날수로 따져 보면 꽤나 길다고 할 수 있는 2년이라는 시간 때문인가. 오랜만에 접한 그녀는 분명 더 예뻐져 있었다. 일순간 시선을 떼지 못할 정도로.

고집 피우며, 답답하게만 하던 어린애 같던 모습에서 조금은 자유로워졌기 때문인지도. 연록색의 새싹일 때는 홀로 팽개쳐 두고 열매가 맺히기 직전의 화사하게 핀 꽃, 그제야 다시 나타나 그녀의 눈앞에서 욕심을 채운 눈으로 보고 있다니. 참 양심도 없지, 김도형.

그래도 뭐, 양심 없는 인간으로 유명한 자신이니.

문이 열렸다.

"아저씨."

바람 끝에 묻은 향기인지, 그녀의 체취인지 상큼한 향기가 차 안으로 밀려들었다. 살짝 상체를 숙이고서 안을 들여다보던 그녀의 눈동자가 천천히 정지하더니 그렇게 예쁘게 반짝이던 빛이 조금씩 흐려졌다. 굴곡이 생긴 수연의 몸 선으로 도형의 시선이 닿아 훑어 내렸다.

"왜……."

놀란 듯 그녀의 작은 입술이 열렸다. 도형은 시선을 거두고는 정면을 쳐다보았다.

"타."

물론 기분 나쁜 건 있었다. 천 부장이 아니라고 돌변하는 그 표정을 보니.

"천 부장 아저씨는요?"

"바빠."

귀찮다는 듯 내던지고서 도형은 핸들을 톡톡 손가락으로 두드렸다. 아무렇지 않은 듯 행동하고 있다고 생각했는데 손가락이 초조를 대변하고 있었다.

"왜, 나라서 싫은가?"

"싫고 좋고 할 문제가 아니잖아요."

"그럼 뭐가 문제지?"

수연은 대답하지 않았다. 바로 그라는 게 문제라고 하면 또 뭐라고 차갑게 윽박지를까.

"뭐 하는 거야! 탈 거면 빨리 들어오고 안 탈 거면 문 닫아."

바로 저렇게. 수연은 이렇게 된 상황이 정말이지 원망스러웠다.

도형은 한숨을 삼키고 있었다. 마음과 다르게 말은 툭툭 차갑게만 나갔다. 저러다가 정말 안 타겠다고 문을 탁 닫아 버리면 그땐 또 난감해지지. 그러면 강제로 던져 넣어 출발해 버려야 하나.

"그놈도 어차피 내가 보낸 놈이야. 애처럼 고집 부리지 말고 상황이 이렇게 됐으니까 너도 양보해!"

뭐가 천 부장, 천 부장인가. 계속 고집 피울까봐 지레짐작을 하고서 성질을 있는 대로 냈더니 수연이 곧 차에 올랐다. 타기는 했지만 표정 가득 불만을 담고서 입술을 꾹 다물고 있는 걸 보니 내키지 않는단 뜻이겠지. 몸 전체로 불만을 표시하고 있었다.

그러거나 말거나.

도형은 핸들을 확 틀며 엑셀을 밟았다. 거칠게 차체가 틀어지는 바람에 수연의 몸이 살짝 흔들리며 도형 쪽으로 폭 쓰러졌다가 얼른 저쪽으로 달아났다. 그 찰나의 접촉, 마치 그동안 꺼져 있던 스위치가 톡 하고 켜진 것 같다는 걸, 수연은 전혀 모르고 있겠지. 도로로 접어든 도형의 입술 끝이 은밀하게 살짝 말려 올라갔다.

"먹어."

납골당에서 돌아오는 길, 적당한 식당에 들러 따뜻한 해장국을 수연의 앞에 놓아준 도형은 내내 그랬듯 까칠한 어투로 지시했다. 수연이 냉정하게 그를 대하고 있었기에 그의 태도도 부드러워질 수가 없었다.

그러나 수연으로서는 동생을 마음속에서 보내고 온 길이라

주변을 둘러볼 여유가 없었다. 하물며 이렇게 부담스러운 남자가 앞에 있는데 어떻게 마음이 편할까.

동생을 보내줘야지, 생각했다. 계속해서 마음에서 잡아끌고 있으면 동생도 좋은 곳으로 가지 못할 테니까. 납골당에는 동생의 빛바랜 사진이 한 장 있을 뿐이었다. 예쁜 꽃을 놓고서 수연은 한참이나 동생의 사진을 바라보았다. 마음속으로 안녕을 고했다. 이젠 더 이상 붙잡지 않을 테니 가고 싶은 곳에 가라고. 조금만 더 감싸 주었더라면, 동생에게 향하는 매질을 자신에게 다 돌리게 했더라면 그렇게 기가 막히게 보내지 않아도 되었을 텐데. 하지만 동생만큼 그녀도 어렸고, 무엇을 어떻게 해볼 여유도 없이 잔인한 폭행에 노출되었기에.

"맛없어요."

"그래도 먹어."

"올라갈래요."

"고집 부리지 마."

"아저씨도 빨리 돌아가야 하는 거 아니에요?"

도형의 눈썹이 움찔했다.

"다 먹으면 최고 속도로 달릴 테니까 걱정 마."

수연은 시선을 돌려 버리고는 숟가락을 들었다. 그러나 몇 번 뒤적이다가 놓았다. 보고 있던 도형이 버럭 소리쳤다.

"뭐가 불만이야!"

흠칫 떨리는 수연의 어깨를 보자 금세 젠장, 후회를 하고 말았지만.

"아직 식당도 불편해?"

수연은 대답하지 않았다. 불편한 건 그였다. 이제 식당 정도는 혼자 앉아 있을 수 있었다. 학교도 다니기로 했는데 이런 한적한 식당쯤이야. 다만 사람들이 북적거리는 거리만이 아직 두려울 뿐이었지, 꽤 안정기에 접어들고 있었다.

이런 시기에 그를 다시 봐야 한다는 게 마음을 무겁게 했다. 2년이란 시간이 지났는데도 아직도 적당한 곳으로 입양되지 않은 이 천덕꾸러기 같은 마음을 보이지 말아야 한다고 생각했기 때문에 더욱 태도는 냉정하게 나갔다. 다시 기대를 하고 싶지 않았다. 기대를 했다가 혼자 마음을 거두어들이는 게 생각보다 쉽지 않았기 때문에. 2년이라는 시간 전체를 들여 몸으로 경험한 것이기 때문에.

어차피, 단 하루 시간을 낸 사람일 테니까.

"아저씨나 드세요."

"안 먹어."

"뭐가 불만이에요?"

자신이 했던 공격을 고스란히 되갚아 오고 있었다. 맹하다고 생각하고 있으면 꼭 이렇게 기습적으로 반격을 해오니, 맹랑한 아가씨가 아닌가.

도형이 벌떡 일어났다.

"안 먹을 거면 일어나."

수연은 기다렸다는 듯 일어났다. 대놓고 반항을 하고 있는 그녀를 내려다보는 도형의 눈매가 사나워졌다.

"너 돈 있어?"

"네."

"그럼 계산해. 너 때문에 기분 잡쳐서 숟가락도 못 댔으니까."

그리고 도형은 사납게 나가 버렸다. 남은 수연은 기가 막혀서 문을 바라보고 있다가 얼른 지갑을 꺼내 해장국 두 개 값을 고스란히 지불하고서 한적한 식당을 나섰다. 치사하게 해장국 값이 얼마나 된다고 여자한테 떠넘기고 있는 건지. 아마도 저런 남자 없을 것이다. 그런 남자인데도 얄밉다는 감정 빼고 근본적인 마음은 변하지 않는 이 여자도 마찬가지로.

정말이지 저 고약한 성격은 어떻게 변하지도 않을까.

그와 함께 있어야 하는 시간이 얼른 끝났으면 좋겠다. 식당 같은 데 들르지 말고 빨리 별장으로 돌아가면 좋지 않았겠는가. 그도 자기 갈 길을 가고, 그럼 마음이 편할 것 같다. 좋아하고 있는데도, 보는 것만으로도 기쁜 시기는 지난 것 같다. 앞으로 아주 오랫동안 그를 좋아하는 마음이 계속 남아 있을지 모르겠지만, 딱히 얼굴을 봐서 얻는 설렘만큼 똑같이 스트레스를 받아야 한다면 그게 더 낫다고 생각되진 않았다.

'난 아저씨 좋아하지 않아요.'

혹시라도 마음 한구석이 들킬까봐 더욱 그런 마음을 강조하며, 겉으로만 불만을 내보이며 하나도 예쁘지 않을 행동들을 하고 있었다. 그를 보면 멋대로 꽃향기가 피어나려고 하는 이 마음이 자존심 상했다. 2년이나 냉정하게 떨어져 있던 사람인데,

다시 봐도 저런 태도인데 한심하게도 아직도 똑같은 마음속에서 허우적거리고 있다니.

식당 문을 나왔더니 최소한 앞에서 기다려 줄 줄은 알았던 그는 역시나 없었다. 혼자서 벌써 차에 가버린 모양이었다. 납골당에서도 그렇고 저렇게 혼자서 뚝 떨어져 있을 거면서 왜 함께 온 건지 모르겠다. 차라리 생판 모르는 사람과 왔어도 저 남자만큼 냉정하지는 않았을 것이다. 귀찮게 만든 것 같아 이쪽이 신경이 쓰이고 민망해진다.

고개를 들어 도형의 차를 찾던 수연의 눈동자가 의아해졌다. 주차장이라고 마련된 식당의 마당 한쪽에 주차되어 있던 차가 후진을 하며 빠져나왔는데, 그녀 쪽으로 오지 않고서 곧장 입구로 달리고 있었다. 수연은 혹시 자신을 못 본 건가 싶어 얼른 뛰어갔다.

"아저씨!"

그러나 차는 그녀를 기다려 주기는커녕 곧장 입구를 지나쳐 잇닿아 있는 도로로 나가 버렸다. 뒤늦게야 수연이 뛰어가 보았지만 차는 이미 저만치 가고 있었다.

"……무슨……."

황당해서 말도 나오지 않았다. 못 본 게 문제가 아닌 것 같았다. 도형은 그대로 수연을 두고 내빼 버린 것이다. 혼자서, 택시도 전혀 잡힐 리가 없는 이런 곳에다 두고서. 기분이 나빠서? 아니, 짜증이 나서 가버린 것이다. 믿을 수 없었다. 설마 음식값을 지불하게 한 것도 보복의 일종이었단 말인가. 하지만 아무리 그렇다고 해도.

"정말, 사람이 왜 저래."

수연은 원망스러운 얼굴로 도로를 바라보고 있었다. 처음과 하나도 달라지지 않았다. 데리고 있다가도, 자기 마음이 틀어지면 설명 한마디 없이 갑자기 끌고 나와 집에서 내쫓고, 상의 한마디 없이 별장으로 옮겨 버리기도 하고, 이렇게 굳이 같이 와달란 말도 하지 않았는데 동행했다가 내팽개치고.

서운함 때문일까, 억울함 때문일까. 수연의 코끝이 빨개지면서 눈물이 울컥 올라오려 했다. 하지만 그 고약한 성격 때문에라도 더 울고 싶지 않았다. 결국 기대하지 않기 위해서 마음을 단단하게 먹은 건 잘한 일인 것 같다. 2년 만에 모습을 드러냈다고 혹시나 하는 마음을 가졌다면 기대했던 마음만큼 더 얹어서 더욱 혹독하게 외면당했을 테니까. 난데없이 뺨을 치는 것처럼, 저 남자는 사람을 아프게 하고야 만다. 이렇게 실망을 시키고.

"어쩌지."

수연은 한숨을 내쉬었다. 슬금슬금 불안이 밀려들기 시작했다. 만약 2년 전이었다면 이런 낯선 공간, 아마도 발작을 일으켰을지도 몰랐다. 하지만 지금까지 노력해 온 보람 때문일까, 그 정도로 신경이 제멋대로 날뛰지는 않았다. 그래도 생면부지의 낯선 곳이었다. 정상인이라도 이런 식으로 버려졌다면 불안했을 것이다. 그런 생각을 하니 마음 놓고 불안해 할 수는 있어 다행이었다.

못된 남자, 정말이지 이해가 가지 않는 몰상식하고 비인간적인 행동을 습관처럼 툭툭 해버린다. 그렇더라도 없는 사람에게 따질 수도 없고 그런 기본적인 개념도 없는 남자에게 따져 봐야, 하는 마음이 들어 몸을 돌렸다. 천 부장에게 전화라도 해볼 생각으로 식당으로 다시 들어가려는데 등 뒤에서 요란한 엔진음과 함께 날카로운 브레이크 소리가 공기를 긁었다.

"어디 가."

수연의 걸음이 우뚝 멈췄다. 장난하는 것도 아니고, 기가 막혀 돌아보았더니 역시 그 남자가 돌아와 있었다. 그 목소리를 못 알아들을 리는 없었다. 다만 다시 들려서 기묘했을 뿐.

달칵, 차 문이 열리더니 도형이 차에서 내렸다. 지금까지는 그나마 일직선을 유지하고 있던 수연의 마음이 다시 나타난 그의 야속하고 뻔뻔한 얼굴을 보는 순간 삐뚤빼뚤 망가져 버렸다. 수연은 툭 울음이 터져서 그를 노려보았다.

"왜 이러는 거예요? 나 놀리니까 재미있어요? 겁주곤 발작이라도 하는 모습 구경하려고 한 거예요? 질렸어요. 나 갖고 장난하지 말아요. 나도 자존심 있어요. 당하면 화나는 사람이에요. 그렇다니까 믿기지 않죠?"

야속하다는 빛이 가득한 수연의 눈동자가 도형을 꽉 붙들어 옭아맸다. 순간 손이 확 뻗어져 수연의 팔을 꽉 붙든 그가 버럭 내뱉었다.

"계속 천 부장만 찾는 얼굴을 하니 이 모양이지!"

수연의 표정이 멈칫했다.

"내가 같이 간다는 게 불만이라는 얼굴을 한 사람이 누구지? 제기랄, 납골당! 그것도 같이 들어가려고 해도 오지 마라 끊어 버리고, 잠깐 머무를 여유도 없이 돌아간다고만 하니 밥 먹을 시간이라도 얻어 보려고 식당에 들렀더니 거기서도 반응이 없어. 대체 뭐가 불만이야!"

수연은 도무지 이해가 안 간다는 눈으로 그를 바라보고 있었다. 무슨 뜻인지 모르겠다. 당연히 그가 부담스러워할까봐 함께 들어가자는 말을 하지 못했다. 그와 함께 있는 시간이 힘겨웠기에 식당에 들를 시간도 아껴서 빨리 별장으로 돌아가고 싶었을 뿐이다. 하지만 그가 신경 쓰였기 때문에 그만큼 부담스러웠던 것이다. 그런 건 하나도 모르고서.

"천 부장 못 온다고 했고, 너도 양보해야 한다고 분명히 말했을 텐데."

천 부장이 문제가 아니었다. 굳이 엄마 닭을 쫓아다니는 병아리처럼 천 부장을 쪼르르 따라다녀야만 되는 것도 아니었다. 이제 천 부장에게서도 독립을 해야 한다고 생각하고 있었으니까. 중요한 사람은 천 부장이 아니었다. 이 남자였기 때문에 문제였던 것이다.

하지만 그는 천 부장보다도 하찮게 취급당했다는 생각에 자존심이 상했나 보다. 그의 성격을 생각했을 때는 당연한 일이기도 했다.

"그런데 왜 혼자 가버렸어요?"

다 그렇다고 쳐도, 그 정도의 이유만으로 사람을 버리고 갈 생각을 할 수 있는 걸까? 아무리 다 큰 사람이라고 해도, 웬만하면 타인과 함께 와서는 그런 행동 안 하지 않나?

"돌아왔잖아."

도형은 차가운 눈으로 수연의 팔을 놓아 버리곤 몸을 돌렸다.

"그럼 왜 가버리는 척했어요?"

"깨달으라고."

이어 흘린 그의 말에 수연은 그의 등을 멍하니 바라보았다.

"뭘요?"

"뭘까?"

"몰라요."

"그럼 말해 줄 테니 이제부터라도 제대로 알아둬."

차 문으로부터 몸을 돌렸다. 똑바로 수연을 바라보며 단호하게 말을 이었다.

"네가 매달리고 기댈 사람은 나라는 걸."

수연의 눈이 동그래졌다.

"착각하지 마. 지금껏 네 후견인은 나였어."

천 부장이 아니라.

그 말을 생략하고서 도형은 삐뚤어질 대로 삐뚤어진 마음으로 수연을 노려보았다. 겨우 평탄한 길을 소개해 주고서 별장에서 고이 지내도록 해놓았더니 다른 남자만 찾는 표정이라니.

그게 왜 이렇게 신경을 복작복작 건드리는 건지.

"왜? 아니라고 생각해? 내가 아니라 몸으로 뛰어다닌 천 부장이 지금 이 말을 해야 할 것 같나."

수연은 자존심이 상해 미칠 것 같았지만 입술을 꼭 깨물며 고개를 저었다.

"알아요."

고마워해야 할 사람은.

"아저씨라는 거. 뼈에 사무칠 정도로."

은혜를 갚으라고 명령하면 그러는 척이라도 해야 할 만큼 그는 그녀에게 많은 것을 해주었다. 김 화백은 그녀를 그에게 맡겼고, 그는 몸만 찾아오지 않았지 실질적인 후견인 역할을 해주어 왔다.

도형의 입술이 살짝 말려 올라갔다.

"그렇게 억울해 하지 않아도 돼. 별로 보상을 바라는 건 아니니까."

"바라건 바라지 않건 갚을 거예요. 조만간."

"마음대로 해."

도형이 어깨를 으쓱했다. 얼마간 떨어뜨려 놓았더니 작은 새 한 마리는 제대로 독립을 한 것 같았다. 처음엔 신사적인 태도로 다정하게, 멀어진 그녀와의 거리를 좁히고 싶었는데 턱도 없을 것 같았다. 후견인이라고, 버려둔 주제에 뒤늦게 찾아와서 무슨 공치사를 들으려는 거냐고, 바로 그런 삐딱한 표정으로 반항하고 있었다. 그 착하던 아가씨가 천 부장과 있다가 아무래도 때를 탄 건지.

"나야 계산이 확실한 걸 좋아하니까."

"새겨둘게요."

한 마디도 지지 않는 아가씨를 향해 도형이 손을 뻗었다. 예고도 없이 그녀의 손을 꼭 쥐고서 가는 손가락을 살짝 쓰다듬었다. 갑작스러운 일에 놀라서 커지는 눈을 느긋한 표정으로 들여다보며 도형이 엷게 웃었다.

"하지만 다 갚을 때까진 제대로 알고 있어야 하지 않겠나."

수연은 아무 말도 할 수 없었다. 아무리 계산이 확실한 사람이라고 해도 이렇게나 본전 회수에 충실하게 집착하는 사람이었다니.

"그걸 제대로 모르면 또 고생할 일이 생길 거야."

우아하게 협박을 하며, 말뜻이 암시하는 뾰족한 뜻과 달리 도형은 빙긋 웃고 있었다.

"축하합니다, 수연 씨!"

"됐으니까 저리 비켜."

수연의 대학 합격자 발표가 있던 날, 도형은 굳이 수연을 사무실까지 데리고 왔다. 사무실 앞에서 만난 천 부장이 수연을 보자마자 반색하며 축하의 인사를 전했지만 두 사람 사이를 완벽하게 차단한 도형 때문에 천 부장은 수연의 대답을 회수할 틈도 없었다. 오히려 눈 맞출 틈도 주지 않고서 그녀의 어깨를 안은 채 사무실로 쌩 들어가 버렸다. 수연은 못내 부담스럽다는 표정으로 목이 돌아가는 게 아닐까 걱정될 만큼 천 부장을 돌아보았지만, 그것도 곧 문이 닫혀 사라지고 말았다.

"진짜, 제 새끼 지키는 맹수도 아니고."

문 바로 앞에서 차단당한 천 부장은 억울한 얼굴로 중얼거리다가 돌아섰다. 요즘엔 매사가 저런 식이었다. 반가워서 조금이라도 다가가려고 하면 눈앞에서 시퍼런 식칼 같은 안광을 번뜩이며 날렵한 표범이 툭 튀어나와 제 새끼 보호하듯 방어를 쳐댔다.

천 부장은 한숨을 폭 내쉬었다. 요즘 같으면 너무 심심하고 지루해서 관절이 다 탈골될 지경이었다. 아무래도 수연의 개인적인'일에 도통 불려갈 일이 없어서 더 그런 것 같았다. 2년 동안 수연과 만나면서 사는 것도 즐겁고 수연이 나아지는 모습을 보면 보람도 있곤 했는데, 갑자기 나타난 맹금류가 순전히 본인만의 의사로 바통 터치를 하고는 지금껏 애써 수연에게 공을 들인 자신을 홀라당 밀어내 버린 것이다. 지금껏 들인 노력이 허무한 것은 둘째 치고라도 어떻게 저렇게 양심도 없는 사내가 있는지. 기껏 열심히 화단을 가꾸어 놓았더니 그 꽃을 저가 톡 꺾어 버려 방에 가둬 두는 게 아니고 무엇인가.

"억울해. 쿠데타라도 한번 일으켜?"

멀어지며 중얼거리는 소리는, 혹시라도 밖으로 새어 나갈까 봐 한껏 웅얼거리는 크기였다.

"한 잔 하겠어?"

한편 사무실 안에서 수연은 쌩하니 고개를 저었다. 납골당에 다녀온 날 이후, 그는 자신의 말을 착실하게 지키고 있었다. 후견인은 자신이니 고마워하려면 자신에게 하라는 걸 거듭 강조하기라도 하듯, 천 부장이 해주던 그 모든 일을 대부분 그가 맡아 도와주었다. 도대체 진짜 속마음이 뭔지, 왜 갑자기 안 하던 행동을 하는 건지.

[어차피 한 달이야. 카지노 건이 미뤄지는 바람에 시간이 남아돌아. 그때까지만 불편하더라도 참아.]

도형이 했던 말이었다. 2년 동안 신경 써 주지 못했으니 그나마 한가한 지금이라도 성은을 베풀어 주겠다는 소리로 들렸다.

[그게 편하다면 아저씨 마음대로 해요. 하지만 난 역시 아저씨가 불편해요.]

아무리 생각해 봐도 딱히 그 말보다 어울릴 말이 없어 그렇게 대답했다. 무엇보다 할아버지가 돌아가시기 전에 도형과 화해를 한 것처럼 보이고 싶었다. 할아버지의 마음에는 단 한 치의 짐도 남기고 싶지 않았다. 어차피 한 달이라니까, 그가 알아서 그만 하고 싶으면 그만둘 것이고.

"하고 싶은 말이 있어요."

진열장에서 양주병을 꺼내며 도형이 고개를 끄덕였다.

"해봐."

"한 달 지나면, 나 혼자서 다닐 테니까 아저씨 집으로 가게 해줘요."

도형의 손이 멈칫했다. 그의 등 뒤로 넓게 트여 있는 통유리가 저녁노을을 반사시켜 마치 그가 대자연이라는 그림 속에 서 있는 것 같았다. 좋은 저녁 하늘이었다. 그 앞에 서 있는 모델은 비록 달갑지 않은 표정을 하고 있었지만.

당연한 일이었다. 그의 집으로 가게 해달라니, 기껏 밀어냈는데 돌아가겠다고 하는 것과 다름없으니 기겁하며 싫어할 일이긴 했다.

"혼자서 다니겠다고?"

하지만 도형은 다른 부분에 대해 반문하고 있었다. 분명 그의 집으로 가겠다고 한 말에 화를 내리라고 생각했는데.

"하지만 별장에선 무리니까. 혼자 다니려고 해도 차가 없으면 나올 수도 없잖아요. 학교는 나 혼자서 다녀볼 생각이에요. 안 되면 될 때까지 몇 번을 기절해서라도."

도형의 눈매가 가늘어졌다. 그녀는 비장한 각오 끝에 한 말이겠지만 그 말을 듣는 도형은 그 터무니없는 용기가 오히려 안쓰럽게 와 닿았다. 그렇게라도 혼자 극복해 보려는 그녀가 대견하지 않은 건 아니었지만, 역시 그런 생각까지 할 수밖에 없는 그녀에게 인간적인 가여움이 일었다.

도형은 옅은 한숨을 내쉬었다.

"전에도 말했지만, 그렇게 무리하지 않아도 돼."

"싫어요. 계속해서 누군가의 신세를 질 순 없어요. 한 달 후엔 다시 천 부장 아저씨가 귀찮아질 거 아니에요. 나 혼자라도 괜찮으니까……."

또 천 부장.

왜 자신이 생각지도 못했던 인물인 천 부장에게 이렇게 반응해야 하는 건지 모르겠다. 그렇더라도 천 부장을 생각해 주는 듯한 수연의 말이 못내 마음에 들지 않았다. 한 달 후에 김도형이 못 있어 주기 때문에 노력하겠다고 결심한 게 아니라 천 부장에게 신세를 질까 봐서라니.

신수연, 너 한번 날 잡아서 크게 혼나야겠다.

"마시겠어?"

도형이 다시 한 번 물었지만 수연이 술을 마실 수 있을 리가 없었다. 고개를 젓자 도형은 자신의 잔에만 양주를 채웠다. 수연을 똑바로 쳐다보며 잔을 비웠다.

"한데, 왜 내 집에 들어오겠단 거지? 내가 부담스럽다고 한 건 네가 아니었나?"

"할아버진 절대 들어오지 못하게 하잖아요. 아직은 오피스텔 같은 곳에 혼자 살 수 있을지 모르겠어서 그래요."

"왜, 한번 노력해 보지 그래. 몇 번 기절해서라도."

또 배배 꼬고 있는 도형을 수연은 야무지게 노려보았다.

"그럼 자취할 곳을 구해 볼게요."

싫다고 하는데 굳이 갈 수는 없었다. 할아버지의 집이나 도형의 집이나 둘 다 오지 말라고 하면 혼자 살아갈 수밖에.

"앓느니 죽겠다. 네 멋대로 해."

또 한 잔을 따라 마신 도형이 창가에 몸을 느긋하게 기대고서 그녀를 바라보았다.

"하지만 집을 렌트해 주는 대가는 있어야지."

왜 그 말이 안 나오나 했다.

"당연히, 그래야겠죠."

수전노! 수연의 속마음을 읽은 건지 도형이 피식 웃었다.

"뭘 받을까. 입학해서 네가 그리는 작품을 모조리 내가 받을까?"

"다른 걸로 부탁해요."

도형이 큭 웃었다.

"그럼 어쩔 수 없지. 조부의 집을 내가 갖지."

"어차피 아저씨 거잖아요."

"포커에서 딴 것 따윈 의미가 없어. 할아버진 네게 주고 싶어 하는 것 같으니까 너한테 확답을 들어놓지. 그 집은 내 것이라고."

"그렇게 하세요."

전혀 집착하지 않는 수연의 태도에 도형은 흥미가 떨어졌다. 안 된다고 길길이 날뛰어야 빼앗는 보람도 있을 텐데. 맥 빠지게 하는 여자가 아닌가.

"재미없군. 어차피 집 같은 것 애초에 욕심도 안 나고."

그럼 뭘 어쩌겠냐는 듯 수연이 쳐다보자 도형이 빙긋 웃었다.

"적당한 게 생각났는데."

"뭔데요?"

"한번 안아 보자."

수연의 눈동자가 멈칫했다. 하지만 도형은 느긋했다. 아주 자연스럽다는 듯 손가락을 까딱해 앞자리를 가리키며 말했다.

"이리로 와. 그리고 내 앞에 서."

자연히 수연은 견제하며 뒤로 물러났다.

"무슨, 뜻이에요?"

"무슨 뜻이라니, 대가를 말하고 있지 않나. 안아 보는 걸로 내 집 2층을 내어 주는 건데, 관대한 대가가 아닌가?"

"그런 거, 교환하고 싶을 리가 없잖아요!"

안는다는 것, 서로의 체온이 닿는다는 것, 그것을 그는 어쩌면 저렇게도 무심하게 건드릴 수 있는 걸까. 즐기듯이, 혹은 그런 행동 따위 의미도 없다는 듯이. 그의 그런 태도가 수연을 더 추워지게 한다는 걸 모르고 있으니까.

"그럼 정정하지. 네가 날 한번 안아 줘라."

"무슨……."

"안기는 건 기분 나쁠 것 같으니까 날 안아 달라는 거야. 집주인으로서 그 정도도 요구 못하나?"

"보통 집주인은 그런 거 요구하지 않잖아요. 그리고 내가 안아 주는 게 얼마나 의미가 있어요?"

"의미가 있어."

수연의 눈동자가 흠칫했다.

"네가 안아 주는 것, 의미가 있어."

도형이 천천히 한쪽 손을 내밀었다.

"이리 와."

그러나 수연은 망설이고 있었다. 쉽게 발이 떨어지지 않았다. 도대체 그의 말을 어디까지 진지하게 받아들여야 할지 모르겠다. 갑자기 변한 그의 태도도 적응이 될 리가 없었다.

"아저씨가 말하는 대가는 꼭 그렇게 이상한 것만 해당돼요?"

"그래. 내가 본체 사랑을 못 받고 자라서 그런지 스킨십이라면 무조건 좋거든. 내가 보호해 주고 있는 아가씨가 날 안아 준다면 더 의미가 있을 것 같아."

수연은 도형을 물끄러미 쳐다보았다. 보다가 천천히 걸음을 옮겼다. 그냥, 방종이란 단어와 딱 어울리는 저 남자가 미우면서도 밉지 않다. 이상하면서도 또 어느 순간 수긍하게 된다. 먼저 좋아한 사람이 감수해야 할 일이라고 생각했다.

다가가자 도형이 싱긋 웃곤 팔을 벌렸다. 수연은 머뭇거리다가 천천히 그 품 안으로 들어갔다. 커다란 품은 그녀의 몸을 쏙 가릴 정도로 넓었다. 두꺼운 가슴에 서서히 뺨을 기대고 멈칫멈칫 팔을 뻗어 그의 허리에 둘렀다. 그리고 가만히 몸까지 기대는 순간 도형이 커다란 품으로 수연의 몸을 힘주어 왈칵 끌어안았다. 심장이 터질 정도로 그의 몸에 밀착이 되었다.

기묘한 그의 행동, 의지와 달리 심장이 뛰고 설레었다. 밉다고 생각하고 있으면서도 결코 밉지 않은 남자의 체온은 따뜻했고 체취에 묻은 술 냄새도 전처럼 무작정 겁나고 싫지 않았다. 섬유에 묻어나는 그 남자 자체의 시원한 체취가 마음을 안정시켜 주었다. 그저 이 남자의 손길, 눈길이면 안정되었던 것 같다. 그걸 2년 동안 잃어버리고 살아서 참 많이 추웠었다.

따뜻한 숨결이 귓불에 닿은 것 같다고 생각한 순간이었다. 낮은 소리로, 그가 속삭인 말이 있었다. 수연은 믿을 수 없어서 그의 가슴에 얼굴을 묻고만 있었다. 심장이 두근거렸다. 다리에서 힘이 풀릴 것 같아 서 있는 것도 불안했다.

"혼자 둬서 미안."

분명히 그 말이었다. 심장이 아플 정도로 뛰어서 그의 말을 다시 되뇌어 보는 것도 힘이 들었다. 낮게 그의 말이 이어졌다.

"받아줄 테니까, 너 있는 그대로 와."

수연의 속눈썹이 파르르 떨렸다.

"후회했다, 널 버리고."

도형의 손길이 수연의 뺨을 가만히 감쌌다. 천천히 얼굴을 들게 해 시선을 맞추었다.

"내가 버렸으니까 주워도 내가 주워야지."

웃고 있을 것 같은데, 그의 눈매는 진지하기만 했다.

"키스해도 되겠어?"

잘 모르겠다. 그저 옆에 있어 주고 싶다. 그 마음을 2년 동안 떨어져 지낸 후에야 깨달았다. 상관없는 아가씨라고 고개를 돌리고 살 수 없다는 걸 흘러간 시간으로 확인했기에 그녀의 마음을 매혹해 보고 싶었다.

수연은 혼란스러웠다. 어떻게 해야 현명한 길인 건지 모르겠다. 하지만 인생의 정답은 현명한 길을 찾는 것일지언정, 누군가를 좋아하는 마음을 갖고 있는 사람에게 정답은 무의미할 수도 있다는 걸. 현명한 길보다 때로 바보 같은 길이 후회를 적게 남길 방법이기도 했다.

바보처럼, 사랑을 하는 것이 가장 현명하게 사람을 사랑하는 방법일 수 있다고.

"나랑, 정말 키스…… 하고 싶어요?"

내일도, 미래도 아닌 지금 이 순간, 현재의 이 공간에 잠시 동안만 충실해 보려 한다. 생각의 가지들도 쳐내고, 잔뿌리들도 걷어내고, 바람에 팔락이도록 나부끼게 두었던 레이스 커튼도 잠시 닫았다. 이 공간엔, 그와 자신만이 있다.

벌써 속눈썹이 반쯤 젖어서 수연은 스스로를 다독이며 물었다. 이 남자의 열정은 믿을 수 없는 것이어서 단지 한때의 욕망이라고 표현하는 게 더 나을지도 몰랐다. 예전에도 이런 식의 갑작스러운 입맞춤이 있었으니까. 그 결과는 어땠지? 결국 서로 떨어져 있는 2년으로 이어져 버리고 말았는데.

왜 자신에게 이런 말을 하고 있는 것일까. 이대로라면 달라붙지 않고 부담을 주지도 않으면서 지낼 수도 있을 텐데.

대답 대신 도형의 손가락이 수연의 입술을 은밀하게 쓸고 지나갔다. 손끝이 지나간 살갗이 데인 듯 화끈거렸다. 창피했지만, 그와 같은 온도로 몸이 반응하고 있었다. 더 가까이 달라붙고 싶다. 더 직접적으로 느끼고 싶다.

도형의 손가락이 머리카락 속으로 파고들었다. 머리카락에도 촉각이 있는 것 같다. 건드려지는 감각이 적나라할 정도로 느껴져 곧장 말초신경으로 이어졌다. 그가 움직일 때마다 아련하고도 근원적인 그리움이 일게 하는 어떤 향기가 밀려들었다. 불가리 옴므에 그녀의 전신이 촉촉이 감싸이는 것 같다. 그녀의 온 신경이 집중된 머리카락을 부드럽게 어루만지며, 그가 갈라진 목소리로 중얼거렸다.

"똑같이, 한 번 더 물어봐, 그 말."

"……나랑, 정말 키스하고 싶어요?"

"아니."

머리카락 속으로 들어온 손이 수연의 가느다란 목 전체를 감쌌다. 꺾듯이 뒤로 젖히게 해 입술을 드러나게 해서 내려다보았다. 온전히 그를 기다리고 있는 듯 살며시 열린 붉은 살갗이 그를 흥분하게 했다.

"실은, 섹스를 하고 싶어."

입술을 덮어 버렸다. 느닷없는 말에 수연이 충분히 놀랄 새도 없이 깊게 혀를 섞으며 수연의 몸을 덜렁 들어 당구대 위에 앉혔다. 한 손으로 당구대를 짚고서 밀어 버리듯 깊은 키스를 지속하자 수연의 몸이 하중을 견디지 못하고 뒤로 한껏 젖혀졌다. 도형은 벌써부터 몸을 미칠 정도로 뜨겁게 하고 있는 수연의 체온에 온통 매료되어 있었다. 그 어떤 인공적인 향기도 없는 오로지 그녀 자체의 체취였다. 정신을 차릴 수가 없어서, 수연의 허리를 안아 다치지 않도록 당구대 위에 눕히고서 아랫배부터 시작해 위로 뜨겁게 만져 올라갔다. 수연의 몸이 긴장하며 수축하는 게 느껴졌지만 그 순간 혀를 빨아들이며 다른 생각을 하지 못하게 했다.

"으응……."

수연은 코로 숨을 쉬며 도형의 거친 입맞춤을 받아내려 하고 있었다. 몸을 활활 타오르게 하는 정염은 그를 제정신으로 두지 않았다. 끈적일 정도로 샅샅이 몸을 만져 올라가다가 봉긋 솟아

오른 언덕에서 멈춰 양손으로 힘껏 틀어쥐자 수연의 허리가 바닥에서 뜨며 가는 몸 전체가 진동했다. 아무것도 모르는 아가씨는 아주 작은 자극에도 최고의 반응을 보이고 있었다. 건드려지는 모든 곳이 성감대인 듯 파르르 떨고 진저리를 치며, 고양이의 목을 긁고 나온 듯한 묘하고 가느다란 신음을 공기 중으로 흘렸다.

그 소리를 더 듣고 싶다는 생각에 입술을 거칠게 떼어내고서 목을 찾아 치아로 살짝 깨물었다가 빨아들이고 핥아 가며 키스 마크를 만들었다.

"아앗……."

수연은 불안한 아이처럼 도형을 잡으려고 애썼다. 도형은 수연의 손을 잡아 입을 맞춰 주고는 당구대에 붙여 눌렀다. 다른 한 손이 상의를 걷어 올리며 안으로 침입하자 수연은 아예 눈을 꼭 감아 버렸다.

밀어내지 않는 그녀가 대견하기도 하고 겁을 먹게 하는 자신이 미안하기도 해서 도형은 수연의 머리카락과 뺨을 쉴 새 없이 다정하게 쓸어 가며 뾰족한 입술에 입을 맞추고 다시 혀를 섞었다. 몇 번이나 각도를 엇갈리며 겹치자 수연의 턱을 타고 누구의 것인지 모를 타액이 흘러내렸다. 샅샅이 핥아 내려가며 도형은 수연의 한쪽 다리를 들어 자신의 허리에 감았다. 그리고 힘주어 끌어당기자 그녀의 몸 가장 따뜻하고 은밀한 부분이 그의 하반신에 와 닿았다. 온몸의 불이 일시에 지펴져 확 하고 달아올랐다.

허리까지 오는 긴 머리카락을 흩트린 채 누워 있는 수연은 분명 여인이었다. 반쯤 접어 올라가 있는 상의, 그 아래로 함부로 건드릴 수 없는 성역처럼, 혹은 사내의 침범을 기다리고 있는 매혹적인 장소처럼 모습을 드러내고 있는 뽀얀 살결에 도형의 머릿속이 핑글 돌았다. 홍조가 감돌고 있는 뺨과 부끄러움으로 분홍빛으로 물들어 가는 피부, 한참을 응시하듯 쳐다보던 도형은 천천히 손을 뻗어 반쯤 올라간 상의를 끌어내렸다. 그리고 종아리부터 허벅지까지 그녀의 보드라운 피부를 쓰다듬으며 상체를 숙였다. 파르르 떨리고 있는 속눈썹에 입을 맞추고 귓가에 속삭였다.

"어째서, 밀어내지 않는 거지?"

잠시 파르르 떨던 수연은 눈도 뜨지 않고서 대답했다.

"기절했는지도 모르니까."

도형이 큭 웃었다.

"기절한 것 같진 않은데."

"물어볼 게 있어요."

도형은 달갑지 않았지만 고개를 끄덕였다. 괜히 왜 이런 행동을 하느냐고 또박또박 물어오면 뭐라고 대답해야 할지 궁했기 때문이다. 본능으로 인해 일어난 행동을 말과 이론으로 설명하기도 애매했고.

그저 이 아가씨와 섹스하고 싶다, 그게 그 순간의 정답이었으므로.

"물어봐."

"있는 그대로 가려면, 어떻게 하면 돼요?"

긴장하고 있던 도형은 그제야 맥 빠지는 느낌으로 낮게 웃었다.

"너, 신수연으로 오면 돼."

"그럼 아저씨도 있는 그대로 나한테 오는 거예요? 아니면, 나만 가는 거예요?"

수연의 눈동자가 맑은 빛으로 도형을 올려다보고 있었다. 그동안의 그 긴 원망과 서글픔을 그 질문 하나에 다 담은 듯.

"너만 오려면 다리가 아플지 모르니까, 내가 중간까지 마중 가면 어떨까."

김도형식 대답치고 생각보다 매너 있는 대답이란 생각이 들자 수연은 부드럽게 웃었다. 그 미소에 넋이 팔린 듯, 도형이 문득 손을 뻗더니 수연의 입술을 손가락으로 살짝 쓸었다. 어루만지듯 한참을 쓸다가 입술을 벌리게 해 긴 손가락을 살짝 넣었다. 따뜻한 그녀의 입술이 열리며 그의 손가락을 천천히 삼켰다.

손가락 끝에 말캉한 혀끝이 와 닿았다. 한참을 손끝의 성감대로 그녀의 혀를 느끼다가 천천히 빼어내 입 앞으로 가져와 자신의 혀로 할짝 핥았다. 그녀의 타액을 맛보고 있는 도형의 탄력적인 입술과 붉은 혀가 육감적이다. 말할 수 없이 야하게 느껴져서 수연의 뺨이 절로 붉어졌다. 검은 눈을 반짝이며 그가 빙긋 웃었다.

"하지만 당구대는 좀 무리인 것 같지? 일단 무드가 없고……."

　도형이 천천히 수연을 일으켜 세워 주며 부드럽게 끌어안았
다. 등을 쓰다듬으며 말을 이었다.

　"높아서 허리가 아파."

6장

사랑하는 데 있어
정말 필요한 건

사무실 안에서의 위험하고 아찔했던 순간 이후로 두 사람은 자연스레 키스를 나누게 되었다. 시선만 마주쳐도 입술부터 찾게 되고, 자연스럽게 서로의 몸을 더듬고 더 이상 진전되면 폭발해 버릴까봐 조금은 수위 조절을 하면서 안고 쓰다듬고 만지고……

어제도 밤 열두시에나 돌아갔던 도형은 처리할 일이 끝나는 즉시 다시 별장을 찾았다. 깊은 생각에 빠져서 이젤 앞에 서 있는 수연을 발견했다. 그럴 때의 그녀는 꼭 다른 세상에 존재하는 사람 같았다. 허리까지 오는 긴 생머리를 늘어뜨리고서 이젤을 바라보고 있는 청순한 옆모습을 도형은 한참을 바라보고 서 있었다.

"신수연."

왜인지 혼자만의 세상에 있는 그녀가 마음에 들지 않아 도형이 낮게 불렀다. 그러나 그녀는 들리지 않는 듯 여전히 자신만의 세계에 빠진 채였다. 도형의 표정에 탐탁지 않아 하는 빛이 돌았다. 성큼성큼 다가가 수연의 바로 지척에서 어깨를 짚었다.

"아……."

그제야 어깨를 흠칫하며 그를 알아보는 수연이 마음에 들지 않았다. 채 입을 열기도 전에 강제로 붓을 놓게 하고서 키스부터 시작했다. 성급한 입맞춤이었다. 꼭 무언가에 홀린 사람처럼, 혹은 열병에 걸린 사람처럼 반쯤 들떠서 수연의 입술을 탐하며 자신에게로 끌어당겼다. 조용한 수긍으로 몸이 딸려오는 그녀, 그러나 이상하게도 도통 만족이 되지 않는다. 그가 흡족할 만큼 그녀를 용해시키지 못한 것 같은 초조한 기분이 들었다. 따뜻한 카푸치노의 거품처럼, 커피는 부드럽게 그의 몸 안으로 녹아들지언정 그 거품은 입술 밖에 묻어서 남아 있는 것처럼.

용납하기 싫다는 듯 도형의 손이 한시도 가만히 있지 못하고서 수연의 몸 곳곳을 만지고 은밀하게 탐했다. 수연의 목덜미에, 턱 끝에, 뺨에, 귓불 아래에 울긋불긋 갓 잡힌 분홍빛의 멍울이 남았다. 때로 아픔을 느낄 정도로 거칠게 굴며 그녀의 생기를, 체온을, 약한 피부를 괴롭히고 있었다. 하지만 그럴 때마다 얻는 독한 만족감 때문에 그녀의 사정을 봐주지 못했다. 만지는 것만으로도 심각할 정도로 몸이 떨리는 쾌감이 일었다. 이미 몇 번은 더 섹스를 나눈 느낌.

하지만 그는 수연에게 그 이상의 요구를 하지는 않았다. 단지

만지고 체온을 느끼고 키스했다. 수연은 순수하게 미소 지으며 도형의 스킨십을 허용하고 키스를 받아들였다. 주어지는 아픔도 기쁘다는 듯, 입술을, 턱을, 손가락을 바르르 떨며 그가 빨아대는 모든 압력을 허용했다. 약한 피부에 남는 생채기는 그만큼 심장에 직결되어 그만큼의 박동을 더 하는 것 같다. 수분이, 피가, 열이 온통 그에게로 딸려가는 느낌. 심각할 정도의 집착과 소유욕이 그가 그녀에게 하는 키스 한 번으로도 보이는 것 같았다. 그는 본래 그런 사람인 것을.

때때로 가슴 안에 허한 바람이 일었다. 단지 표면뿐인 소유욕 혹은 집착 같아서. 그의 가슴을 만지고 있어도 그의 가슴 안으로는 들어가지 못하는 느낌. 차단……, 왠지 그와 몸을 맞대고 있는데도 서글프다. 이대로 손길이 더욱 깊어져 그의 모든 것을 자신의 몸 안에 깊이 심고 받아들여야 하는 순간이 온데도 통증 같은 건 없을 것 같은데도.

하지만 그 이상의 요구는 하지 않는 그였기에, 일정 선 안에서 하는 어떤 요구도 수연은 밀어내지 않고서 수용하듯 들어주었다. 함께 느끼고 호흡하며 그의 뜨거운 접촉을 허용하고 있었다. 다른 말은 하지 않았다. 무슨 생각을 하고 있는 건지도 서로는 잘 알아내지 못했지만, 그저 서로를 안고 있는 이 시간이 뿌리 끝까지 만족스러워 더 이상은 신경을 쓰지 않기로 했다.

도형은 단지 들떠 있었다. 그녀가 작은 머리로 무슨 생각을 하고 있는지까지 궁금해 하면 자신의 안에서 또다시 과부하가 일어 감당하지 못할 것 같다. 지금은 복잡한 생각으로 그녀와의 거리가 2년 전의 그것으로 돌아가는 게 싫었다. 용납하고 싶지 않았다.

"이사는 언제 할 생각이지?"

아무것도 하지 않고서 키스만 하던 시간이 지나면 키스에 소비되는 열량만큼 두 사람은 지친 듯 서로를 안은 채 창틀에 기대앉아 있곤 했다. 품에 안고 있는 수연의 머리카락을 만지작거리며 도형이 말하자 수연은 그의 손을 끌어 뺨을 기대며 대답했다.

"아마도, 한 달 후쯤."

"여전히 한 달 후?"

"네, 아마도."

"애매한 말 따위, 난 취향 아니야."

"네…… 고칠게요. 아마도."

도형이 못 말리겠다는 듯 수연의 작은 머리를 끌어안고서 꽉 눌렀다.

"내 집에 들어오는 김에 결혼하면 어떨까."

그건 정말 느닷없이 흘러나온 말이었다. 그는 무슨 마음으로 한 건지 모르겠지만 수연으로서는 그저 느닷없다는 표현밖에 떠오르지 않았다. 하지만 이제 어느 정도 그의 어법에는 익숙해졌고, 그를 향해 쏟아 부어지는 이 마음도 정리가 된 것 같다. 그나마 적당히 마음의 정리가 된 이런 때에 그런 식의 농담을 들어서 다행이었다. 진심이었으면 얼마나 좋을까, 류의 기대를 하지 않아도 되는 상태여서, 수연은 못내 피어오르려고 하는 서

글픔을 지우며 담담하게 대답했다.

"난 아저씨랑 결혼 안 해요. 하더라도 아저씨랑 정반대의 사람이랑 할 거야."

문득 흘러나온 말이었다. 오래, 혹은 더 깊이 고민하고 싶지 않은 선에서 수연으로서는 가장 진심으로 대답한 말이었다. 그러니까 앞으로는 그런 식의 농담은 자제하도록 해요, 김도형 씨! 라는 듯.

왜 그런 건지 모르겠지만 요즘 수연을 쳐다보고 있으면 문득 결혼하고 싶다는 생각이 불쑥불쑥 들곤 했다. 부모님도 잃고, 조부조차도 언제 돌아가실지 모른다. 그녀에겐 이제 남은 가족이 없다. 그리고 그도 가족이 없기는 마찬가지였다. 그래서 수연을 가족으로 만들고 싶은 건지도 몰랐다.

그 집에 누군가를 받아들이기로 결정한 이상, 그리고 그 주인공이 수연이라면 손님과 주인이 아니라 주인 두 사람이 함께 사는 것도 좋지 않을까. 확실히 진지하게 생각해 보고 오래 고민해 본 끝에 말한 건 아니었지만, 즉흥적인 마음이라도 그만큼 자주 생각이 날 정도라면 진심이 아닐까 싶었다.

사실 너무 진지하게 생각하고 깊게 고민하면 자신이 허용하기에도 용량 초과일 것 같고, 수연도 부담스러울 것 같았다. 툭 던지듯 말하고 수연도 부담 없이 생각해 보고, 그러고도 두 사람이 서로 좋으면 결혼 같은 것 할 수도 있었다. 앞으로 내내 옆에 함께하고 싶은 사람이 그녀라면……, 자신은 좋았다. 도형은 그렇게 쉽게 생각했다. 어차피 마음이 끌리지 않는다면, 좋아하지 않는다면 장난이라도 이런 말을 하겠는가. 혹시 코 꿰일까 싶어 여자에게 절대 아끼는 말이, 좋아한다, 혹은 사랑한다는 표현이었다. 하물며 결혼과 같은 미래와 관련된 말임에야.

그러니 그로서는 제법 '널 사랑하고 있는 것 같아' 라는 표현이었음에도 수연은 그나마 몇 초의 여유도 없이 거절을 해왔다. 물론 본격적인 청혼도 아니었고 대답도 그만큼 성실한 느낌은 아니었지만, 그렇더라도 이거야말로 청혼을 거부당한 게 아니고 무엇인가.

"나랑 반대의 남자가 어떤 놈인데."

기분이 확 상했지만 나 소심하다고 자랑해서 좋을 게 뭐가 있을까 싶어 건조하게 물었다.

"잘 모르겠지만 그냥 반대요."

"그런 사람을 만나면 좋을 것 같나, 좋아하게 될 것 같나?"

슬슬 열이 올라 퉁명스럽게 쏘았지만 수연은 별다른 미안함의 기색 없이 대답했다.

"음, 아마도."

뜻은 분명히 놀리는 것인데도 표정은 정말 그렇게 생각하고 있는 듯 평온했다.

"헛소리. 사랑하게 될 것 같다고?"

수연이 고개를 비스듬히 기울였다. 천천히 도형의 품 안에서 벗어나 그를 돌아보았다. 물감 냄새가 아직 묻어 있는 순수한 얼굴로 그를 바라보며 말했다.

"사랑, 그건 너무 어려운 거 아닐까요?"

정말 모르겠다는 듯, 조금은 암담해 하는 얼굴이었다. 생각하기 싫어하는 것 같기도 했다.

도형의 표정이 고요해졌다. 그 고요함에 균열이라도 일으키듯 수연이 살짝 손을 뻗어 도형의 뺨에 손끝을 댔다. 마치 전류가 흐른 듯 짜릿하게 와 닿는다는 걸 아는지 모르는지, 수연은 살짝 건드리기만 하고서 손을 뗐다. 엷게 웃었다.

"나보다 아저씨가 먼저 누군가를 사랑해 봐요. 그럼 나보고 사랑 운운하며 닦달하려는 마음이 싹 가실 테니까."

타이르듯 말하고 수연이 자리에서 일어났다. 그리고 그림을 마저 마무리하겠다는 말을 하는 것 같았지만 도형은 잘 들리지 않았다. 그는 조용히 그 자리에 앉아 있었다.

아무렇지도 않게 그의 마음을 공격하고 간 그녀는 자신의 말 속에 묻어 있는 잘못된 부분을 정말 모르고 있는 걸까? 알면 그렇게 자연스러운 표정으로 말할 수 있을까. 그렇게 편안한 미소를 보이며 웃을 수도 있는 걸까. 일부러 찌르는 것처럼 보이지도 않았다. 그저 그녀는 그렇게 생각하고 있기에 말한 것일 뿐이었다.

누군가를 사랑해 보라니.

"그럼 넌 대체 내가……."

누구를 좋아하고 있다고 생각하는 것이며, 사랑하지도 않으면서 왜 이토록 짙은 스킨십과 키스를 원하고 있다고 생각하는 건지. 설마 마음도 없으면서 그저 그 감각만, 몸만 요구하고 있다고 생각하는 것인가.

기가 막혔다. 문제는, 그걸 스스로 기분 나빠하지도, 감정 상해 하지도 않는다는 것이었다. 서로 좋아하고 있으니까 다시 가장 가까운 위치에 있기로 결정했고, 사랑하고 있으니 이런 시간을 보내는 게 아닌가. 너무 당연한 거라 생각해 일부러 들추지도 않았는데 그녀는 아니란 말인 건지. 도대체 그녀는 왜 자신이 이렇게 미친놈처럼 일이고 뭐고 대충 매듭지어 놓고 무작정 달려온다고 생각하는 건지. 2년의 시간이나 걸린 주제에, 모조리 잊어내지 못한 그녀를 때마다 찾고 있건만.

아니, 백 번 양보해서 설사 자신이 그녀를 사랑하지 않는다고 해도.

"너는 기분조차 안 나쁘단 건가."

뭐라고 설명할 수 없는 묘한 기분, 기묘하게 드는 패배감이었다.

툭, 마치 화난 아이처럼 이젤을 넘어뜨리는 도형을 수연은 갸웃하며 쳐다보았다.

"그거, 넘어뜨렸어요."

마치 모르고 있다면 일으켜 세우라는 듯 그녀가 가뿐하게도 말했다. 도형은 그녀에게 곧장 다가가 들고 있는 팔레트와 붓을 빼앗아 바닥에 던지듯 놓았다. 수연은 갑자기 포악한 행동을 하고 있는 그가 이해가 가지 않아 물끄러미 쳐다보았다.

"혹시……, 배고파요?"

도형은 기가 막혀 짧게 웃었다.

"넌 대체 날 어떤 이미지로 보는 거냐."

"무슨…… 아저씨는 아저씨죠."

"하아? 나 참."

기분 나빠서 살 수가 있나.

"어디, 가요?"

한쪽 주머니에 손을 꾹 찔러 넣고 현관 쪽으로 성큼성큼 걸어가는 도형의 등에 대고 수연이 물었다. 가려면 이젤이라도 세워 놓고 가든가. 도형의 걸음이 우뚝 멈추었다. 돌아본 그의 표정은 싸늘하게 굳어 있었다.

"너."

"……."

"사랑해. 알아들어? 말귀 못 알아듣는 바보라도 잘 알아들어. 사랑한다고!"

수연의 눈이 뎅그래졌다. 그러나 그는 화난 사람처럼 현관문을 발로 툭 차서 열고선 밖으로 나가 버렸다. 곧 거실의 커다란 창문으로 그의 차가 튕겨지듯 떠나는 게 보였다. 그래서 별 수 없이 커다란 창문 안엔 수연만 홀로 담긴 채 남아 있었다. 도대체 의미를 알 수 없다는 표정으로, 무슨 말을 들은 건지 이해할 수 없다는 표정으로.

"……."

뭔가 대단히 의미 있는 말을 들은 것 같긴 한데, 그런 말을 보통 저렇게 화난 사람처럼, 기침 뱉어내듯 하는 건지, 다른 사람들도 다 그렇게 하는 건지 정리가 안 된다는 얼굴로, 차마 움직이지도 못한 채로 서 있었다.

달리는 차 안에서 도형은 분풀이를 하듯 엑셀을 밟아댔다. 성급하고 경솔하고 즉흥적이고 제멋대로고. 뭐 더 자신을 쥐어박을 만한 나쁜 말들은 없는 건지. 어, 그래. 있었군.

"제기랄!"

핸들을 획획 틀어대며 도형은 별장 길을 벗어났다. 원래 무색무취가 삶의 본질인 여자라는 건 알았지만 사내의 마음을 저렇게 무감동한 상태에서 받아들일 수 있는 여자라는 것에 참을 수 없는 분노가 일었다. 아니, 분노라기보다는 그냥 삐친 게 아닐지. 이렇게 다 큰 성인 남자가, 몸집은 그 여자의 배는 되는 꼴을 하고서 삐치기나 하다니.

잘났지, 김도형.

도형은 혀를 끌끌 찼다. 좀 더 멋지게, 좀 더 은밀하게, 좀 더 감동적으로 고백을 할 수도 있었을 것이다. 하지만 그는 투쟁하고 싶었다. 벌을 내리듯 이 마음을 던져버리고 싶었다. 그녀의 무심한 표정에다 대고, 욕설하듯 내뱉고 싶었다.

널 사랑한다고, 젠장! 이 짜증나게 하는 여자야!

무엇 때문에 자신의 접촉을 허용하고 있었던 건지, 무엇 때문에 키스를 하면 그렇게 입술을 떨며 다가오는 것인지, 무엇 때문에 몸을 만지면 온몸에 꽃물을 물들이며 수줍어했던 것인지. 남자만 본능이 있다고는 생각하지 않았다. 그래, 그때 그 개털여자가 말한 것처럼 여자도 욕망을 내세우며 본능을 요구할 수 있다. 그가 수연을 요구하는 것처럼, 수연도 그를 요구할 수 있다. 마음에도 없이 남자가 여자를 안을 수 있는 것처럼, 그녀도 마음에도 없이 그에게서 쾌락을 요구할 수 있다.

다만 자신에게서 그런 걸 찾는다면 그냥 들어줄 수는 없는 문제였다. 그 주체가 그녀라면 더더욱.

사랑 따위 하지도 않으면서 몸을 맡기고, 키스를 나누고, 가슴에 기대다니. 생각보다 더 앙큼한 여자가 아니고 무엇인가. 그렇다면 그녀의 마음은 어디에 있다는 것일까. 누구를 향하고 있다는 것인가. 자신과는 정반대라는 그 빌어먹을 남자는 대체 어떤 놈인가!

절대 천 부장은 아닐 것이다. 천 부장이라면, 깔끔하게 죽여 버릴 방법이 많았다. 제기랄.

"복수 한번 더럽게 직통으로 하는군."

혀를 끌끌 찼다. 2년이라는 시간을 비우고도, 당연한 것처럼 그녀의 곁이라는 자리를 착취해 버렸다. 독점과도 비슷한 것이었다. 그렇게 뻔뻔하게 다시 돌아왔다고 복수를 하는 것인가. 하지만 그녀는 딱히, 직접적인 말로 공격한 적도, 똑바로 원망을 드러낸 적도 없었다.

그걸 우회적으로 드러내는 것인가.

2년 동안 그가 키워 놓은 두 사람의 먼 거리를 지금 그녀가 아무렇지 않은 얼굴로 그에게, 가장 강력한 무언의 방법으로 되 갚아 주고 있었다. 의도를 한 건지 아닌 건지 그건 중요하지 않았다.

바로 그가 그 무언의 항의 때문에, 가슴이 무척이나 쓰리고 있기 때문에.

수연은 화방에서 구입해 온 자잘한 미술 도구들을 내려놓는 천 부장을 물끄러미 바라보았다. 모두 그림을 그리는 데 있어서 무척 필요하지만 소비가 많아 자주 떨어지는 것들이었다. 한동안 얼굴도 보지 못했는데 갑자기 나타나 주문하지도 않은 미술 도구들을 내려놓는 천 부장이 신기했다.

"어……."

수연은 뭐라고 말해야 할지 몰라 입술만 달싹거렸다. 왠지 천 부장에게 굉장히 고맙고 또 미안했다. 천 부장이 허리를 펴고서 싱긋 웃었다.

"사실 저 빨리 들어가 봐야 해요. 그동안 수연 씨 덕분에 기타 골치 아픈 일들에서 벗어날 수 있었는데 이제 수연 씨한테 안 와도 된다고 마구 일을 시키는 거 있죠."

그 악마 사장이.

그 말까지는 하지 않았지만 알아들은 수연은 조용히 웃음을 깨물었다. 뭐라고 해도 도형에게 천 부장은 굉장히 도움이 되는 직원일 것이다. 천 부장도 말은 저렇게 해도 도형을 인간적으로 신뢰하고 좋아하는 것 같았고.

"이제 자주 오지 못할 것 같아서 마지막으로 챙겨 넣는 거예요."

"무인도에서, 그림만 그리고 살아도 될 분량이에요."

수연의 웃는 얼굴을 보며 천 부장도 덩달아 함께 웃었다.

"그동안 수연 씨랑 정말 재미있게 놀았는데."

"저 때문에 많이 힘들었죠?"

"아니에요. 정말 즐거운 시간이었어요."

왠지 아쉬운 듯한 표정, 씁쓸하게 웃고 있는 저 남자가 얼마나 마음이 따뜻한 사람인지 잘 알고 있다.

"솔직히……, 좀 원망스럽지 않아요?"

천 부장이 문득 물었다. 수연은 고개를 갸웃했다.

"뭐가요?"

"사장님요. 갑자기 나타나서 영역 표시하는 것도 아니고, 솔직히 마음에 안 듭니다. 나더러는 오지도 못하게 하고."

불만스럽다는 듯 천 부장이 투덜거리고 있었다. 수연은 천 부장을 조용히 바라보았다. 한참을 보기만 하다가 말했다.

"부당하다는 생각은 들었어요. 너무 자기 생각대로만 행동하는 것도, 가끔 받아들이기 힘들 때도 많고. 또 멋대로 다시 나타나서 마음을 흔드는 것도 야속하기도 했어요. 하지만……, 그래도 원망보다 더 큰 마음이 있어서……, 그 사람을 좋아하고 있는 마음이라서……."

천 부장의 눈동자가 일순간 정지했다. 순수하게도 고백을 하며 한 사람을 받아들이는 그녀의 모습이 깨끗하고도 예뻤다. 아마도 이 조용하고도 맑은 아가씨를 어쩌면 아주 많이 좋아했던 것 같다. 일의 하나였는데도 단지 일로서 그녀의 뒤를 봐주진 않았던 것 같다. 언젠가 제주도로 향하던 차 안에서 고백했던 것처럼, 그녀에게 아주 많이 다정함을 베풀어 주고 싶었는지도 모르겠다. 마음으로.

"나는……."

천 부장은 말로라도 이 마음을 표현해 보고 싶었다. 무언가를 바라는 건 아니었지만, 사내로서 한번쯤은 진심을 말해 보고 싶었는지도.

자신의 역할은, 단지 도형과 이 아가씨가 완전히 끊어지지 않도록 질끈 묶어 둔 끈의 역할에 지나지 않았을 텐데도.

"나는, 수연 씨가 좋아요."

수연의 표정이 당황으로 잠깐 정지하는 것 같았다. 얼굴이 새빨갛게 달아올랐다.

"아저씨……."

"수연 씨도, 날 좋아하긴 한 거죠?"

그 정도의 대답만 들어도 좋았다. 그것으로, 그냥 만족하고 싶었다. 그저 이 아가씨를 좋아했던 순수한 마음만큼 스푼으로 덜어서 예쁜 커피 잔에 담아 놓고 언젠가 정말 사랑하는 사람을 그 커피 잔 안에 마저 채워 넣고 싶다. 이 아가씨를 아주 많이 걱정하고 지켜봐 주었던 마음 그대로 옮겨서 사랑하는 사람에게 돌려주고 싶었다. 이 아가씨를 아주 많이 좋아했다. 하지만 그보다 더 중요한 건, 사람을 좋아하는 방법을 배운 것 같다. 이 아가씨를 좋아한 방법을 그대로 자신만의 레시피로 삼아서 다음번엔 정말로 맛있고 황홀한 자신만의 사랑 요리를 해보고 싶었다.

"나는…… 아저씨가 정말 좋아요."

"그 아저씨란…… 사장님인가요?"

수연이 웃었다.

"아니요, 천 부장님요."

천 부장이 환하게 웃었다. 그리고 그렇게 환하지만은 않은 자신의 마음을 덧붙여 질문했다.

"하지만 이쪽 아저씨한테는 고마움이고 저쪽 아저씨한테는, 사랑이죠?"

수연의 볼이 곧장 물들었다. 고개를 숙였다가 천천히 다시 들렸을 때 그 표정엔 숨길 수 없는 아련함이 묻어나 있었다. 단한 사람만을 향한.

"더 많이 만나온 사람도, 더 많이 고마운 사람도, 더 많이 친한 사람도, 더 많이 함께 웃었던 사람도, 다 딴 사람인데……."

슬픈 수연의 목소리.

"그런데도 어째서 덜 만나고, 덜 많이 고맙고, 덜 친하고, 덜 웃게 되는, 그런 남자가 마음을 아프게 하는 건지, 신경 쓰이게 하는 건지 정말 모르겠어요."

"수연 씨……."

"백 원을 받았으면 그만큼의 마음을, 만 원을 받았으면 그만큼의 마음을 돌려주는 게 사랑인 줄 알았어요. 하지만 백 원 받고서도 만 원을 돌려주고 싶은 일방적인 마음이, 사랑이었나 봐요. 사랑이란 건 너무 어려워요."

그 사람은 나를 사랑하지 않는데도, 사랑 같은 게 아닐 텐데도 일방적인 이 마음이 사랑이기에 그 사람이 나를 찾아주는 지

금 이 순간만이라도 행복해서 그저 백 원을 들고서도 생글생글
좋아서 웃어 버리고 만다.

"수연 씨, 내 말 잘 들어요."

천 부장의 진지한 표정에 수연은 물끄러미 천 부장을 바라보
았다.

"사장님은……."

"……."

"확실히 받은 만큼만 돌려주는 이기적이고 성격 나쁜 남자
죠."

"하하……."

허탈하게 웃는 수연을 천 부장은 애틋함을 누른 눈으로 바라
보았다.

"하지만, 백 원, 만 원, 하물며 천만 원, 억……, 그런 거 다
초월해서 자신이 정말 사랑하는 여인에게라면 진심을, 일 원 한
푼 못 받아도 줄 수 있는 사내인 것도 확실해요."

"……."

"수연 씨가 절대 놓지 말아요. 그럼 언젠가는, 반드시 그분한
테서 본전 뽑고도 남을 만큼의 애정을 받을 수 있을 거예요. 그
게 제가 아는 사장님입니다."

"아……."

천 부장의 성실한 마음, 그것이 수연을 너무도 충만하게 했
다.

"본전을…… 뽑고도 남을 만큼, 이란 거죠?"

왠지 너무 재미있어서 이 시간이 즐겁다.

"네. 못됐지만 멋진 사내거든요, 그 남자."

수연의 어깨가 갑자기 들썩거렸다. 고개를 숙이고서, 설마 우는 건가 했더니 수연은 쿡쿡 웃음을 애써 참으며 깨물고 있었다.

"수연 씨."

그런 모습은 또 처음이라 천 부장은 놀란 눈으로 수연을 불렀다. 수연이 겨우 웃음을 가다듬고서 고개를 들었다.

"왠지 너무 좋은 사람들이 많아서, 행복해지니까 막 웃음이 나는데, 마구 웃으면 실례일 것 같아서 그냥 어쩔 줄 모르겠어요."

천 부장의 얼굴에도 그제야 안도의 미소가 피었다.

"놀랐잖아요, 우는 줄 알고. 수연 씨 울렸다간 제가 울 일이 생길걸요?"

그 못됐지만 멋진 사내한테 정강이를 호되게 까여서, 말이다.

"그럼 이거 치울까요?"

"아, 제가 할게요."

"같이 해요."

"……고마워요. 진심으로 고마워요."

천 부장이 어깨를 으쓱했다.

"뭘요. 이런 거 옮기는 게 제 일인걸요."

"……저한테 해주신 모든 거요. 정말 감사했어요."

천 부장의 표정이 잠깐 멈칫했다. 하지만 수연의 마음을 알고, 또 자신의 마음의 방향이 어떻게 되어야 하는지도 알고 있기에 이 감정은 그냥 쑥스러움이라는 듯 뒷머리를 긁적거렸다.

"저기로 옮겨 두면 되죠?"

"네, 같이 해요."

두 사람이 서로를 쳐다보며 웃고는 허리를 굽히는 순간이었다. 현관문이 철컥 열리더니 삐딱하게 고개를 틀고 있는 도형이 그 너머에 서 있었다. 채 가시지 않은 웃음기를 머금고서 고개를 돌리던 천 부장과 수연의 몸이 동시에 멈칫했다.

한쪽 눈썹을 치켜뜬 채 두 사람을 번갈아 쳐다보던 도형이 천천히 안으로 들어섰다. 그의 뒤로 현관문이 툭 하고 닫혔다.

"사, 사장님, 죄송합니다. 지시하신 일은 다 처리했고 시간이 비어서 마지막으로 이것만 채워 놓고 싶어서…… 그러니까 그게, 제가 늘 해오던 일이라서…… 요."

천 부장은 본능적으로 변명을 늘어놓고 있었다. 지금 삐딱하게 쳐다보고 있는 표정만으로도 확실했지만, 그렇게나 영역 표시하는 야생 동물처럼 수연의 주변에 방어벽을 치고서 아무도 들이지 않으려고 하던 도형을 알고 있었기에 아뿔싸 싶었다. 분명히 도형의 스케줄 상 오늘 저녁엔 약속이 있었고, 그 틈을 이용해 몰래 찾아온 것이었는데. 이제 죽었다 싶은 눈으로 도형을 쳐다보며 몇 마디 더 쐐기를 박을 수 있는 변명거리를 찾으려는데 도형의 입이 먼저 열렸다.

"가."

단 한 음절이었다. 무척 간단한 말이었지만 그 표정은 충분히 무시무시해서, 당장 차 트렁크로 가서 시멘트에 부어져 꽁꽁 굳혀서 바다로 던져지길 기다리고 있어, 라는 듯했다. 눈치를 슬금슬금 보다가 수연에게 눈으로 인사를 하고서 몸을 돌려 도형을 스쳐 지나는데 그가 문득 천 부장을 불렀다.

"네, 네!"

기합이 바짝 들어가 대답하는 천 부장을 넥타이째로 휙 끌어당긴 도형이 천 부장만 알아들을 수 있을 크기로 낮게 말했다.

"오늘 본 쟤 웃는 얼굴, 반드시 잊어.

"무, 무슨 말씀이신지……."

"어떻게 웃는지, 모조리 다."

"무슨……."

"알겠어, 모르겠어!"

"아, 알겠습니다!"

"나가 봐."

솔직히 제대로 알아듣지 못했지만 천 부장은 얼른 대답하고서 현관을 빠져나갔다. 한편 멀리에서 선 수연은 대화는 들리지 않았지만 두 사람이 보이는 분위기가 심상치 않아서 입을 다물고 있었다. 괜히 천 부장의 편을 들었다가 오히려 더 상황이 악화되는 건 원하지 않았다.

수연은 도형을 보고 있는 대신 몸을 돌려 천 부장이 옮겨 주고 간 미술 도구들을 정리하기 시작했다. 마치 아무 일도 없었다는 듯, 혹은 상관하고 싶지 않다는 듯 제 할 일만 하는 수연의 무표정한 옆얼굴을 도형은 물끄러미 쳐다보고 있었다. 과연 저 표정이 방금 전 그렇게도 밝게 웃었던 것과 동일한 사람의 것이란 말이지.

다른 사람은 몰라도 천 부장과 웃고 있는 그녀는 마음에 들지 않았다. 단지 화가 나는 게 아니라 가슴까지 선뜩해질 정도로, 무조건 싫었다. 이건 김 화백의 작품이 다른 놈의 손에 넘어가는, 그런 기분과는 차원이 다른 것이었다. 강탈처럼 느껴졌다.

성큼성큼 걸어가 바쁘게 움직이고 있는 수연의 손목을 틀어쥐었다. 천천히 속눈썹이 들리고 그녀의 동그란 눈동자가 드러났다. 거기엔 얼마간의 질타의 기운도 묻어 있었다.

"왜요?"

"왜?"

"……."

"너야말로 시간을 방해해서 화난 게 아니야?"

치졸해지는 마음. 그녀에 한해서는 절대 여유란 감정이 들지 않았다.

그의 차가운 어조에도 수연의 반응은 잔잔한 물결 그 자체였다. 내내 짓고 있던 미소를, 마치 도형이 현관문을 열었을 때 안으로 밀려든 바람에게 먹혀 버린 것 같은 느낌. 왜 자신을 향해서는 그런 산뜻한 미소를 지어 주지 않는 걸까.

"정말, 그 남자랑 함께 있고 싶은 건가."

화가 났다. 자신을 향해 무감동으로 내쏘아지는 그녀의 눈동자가 짜증이 났다. 아니, 그보다 좀 더 깊은 조바심. 그녀의 설

탕 같은 미소를, 다른 놈 앞에서 녹이고 싶은 마음 따위 없었다. 그 알갱이 자체로 그가 소유하고 싶을 뿐.

"대체 네가 원하는 게 뭐야."

표정도, 빛도 없는 인형의 모습으로 자신에게 온 여자였다. 그렇다고 앞으로도 계속 그런 상태를 용납해 줄 마음은 없었다. 자신의 앞에서 그녀의 뺨에 생기가 도는 순간은, 단지 육체적인 접촉이 있을 때뿐이었다. 지독히 무시당하는 이 기분. 어째서 자신이 여자에게 무시당하는 한심한 처지가 된 건지.

그가 원하는 건 에나멜 구두처럼 딱딱한 게 아니었다. 빛이 나고 사랑스러워 보이긴 하지만 단단하고 딱딱한 그런 느낌 따위 싫었다. 그렇다고 샌들처럼 모든 걸 노출시켜 달라는 말도 아니었다. 딱 그가 원하는 만큼만 그녀가 미소를 보여주었으면 좋겠다. 하지만 그 정도도 그녀는 해주지 않고 있다. 무심한 눈으로, 사랑 같은 건 무슨 상관이냐는 듯.

이 여자만 보면 배신감이 든다. 감정이라는 주식을 그녀에게 모조리 투자했다가 다 날려 버린 기분. 원금도 회수를 못하고서, 오히려 관리종목으로 들어가 막막한 앞길만이 남은 것 같다. 이쪽은 모조리 투자를 한 것 같은데 그녀는 그가 올인하고 있는 종목에 계속해서 하향가만 때리고 있었다. 화살표는 계속해서 곤두박질친다. 이윤 하나 붙지 않는 것 같은 이런 일방적인 감정의 투자. 뭐 남는 게 있어야 장사도 하지, 이 여자한테는 계속 손해만 보는 것 같으니.

이래서 달걀을 한 바구니에 넣지 말라고 하던데. 그렇다면 자신도 짜증나니 다른 여자도 만나 버릴까? 이 여자한테서 보상 받지 못하는 부분은 다른 여자한테서 대충 회수하고서 그냥 이 여자와 같이할 수 있다는 걸로 만족해야 하나.

그딴 거 될 리가 없었다. 이 여자 말고는 이제 반응도 일지 않는 꼴이 되고 말았으니.

"아저씨야말로, 나한테 원하는 게 뭐예요?"

너무 키워 준 것일까. 수연은 오히려 또박또박 똑바른 눈으로 그에게 반문하고 있었다. 건방지구나! 무시하고서 돌아설 수 있었으면 좋을 것을. 아무래도 김도형, 다 됐지.

"내가 먼저 물었던 것 같은데."

"진심도 없이, 마음도 없이, 사랑한다고, 동물원 원숭이한테 비스킷 던지듯 말해 버리고 가버리고서, 멋대로 찾아와서 나쁜 행동이나 벌인 것처럼 무서운 눈을 하고. 그러면 난 그저 아저씨가 하는 말을 고맙게 주워서 가슴에 품고, 아저씨 기분 나쁘지 않도록 다른 사람이랑은 말도 하지 말고, 그래야 하는 거예요?"

도형의 눈빛이 움찔했다.

"내가 알고 있는 사랑은, 소설이나 TV 화면으로 본 것밖에 없어요. 아마도 그래서 내가 잘 모르는 건가 봐요. 책이나 화면에서 나오는 사랑에 빠진 사람들, 다 그런 식으로 고백하고 다 그런 식으로 마음 표현하나 봐요. 집에 가기 전에, 멀찍이 떨어져서, 화난 얼굴로, 바보 같은 여자야, 나 너 사랑하니까 그렇게 알아! 사랑은…… 주위가 환하게 밝아지는 거 아니었어요? 아니면 내가 받아 마땅한 사랑은, 그렇게 불을 탁 꺼버리는 거예요? 그게, 나랑 어울리는 사랑인 거예요?"

더 쏟아내다가는 눈물도 같이 쏟아져 나올 것 같아서 수연은 고개를 돌렸다. 그가 쥐고 있는 손목을 털어 버리고 입술을 꼭 깨문 채 미술 도구들을 담담히 챙겼다. 도형은 아무런 말이 없었다. 쏟아내는 와중, 굉장히 기분 나빠 하는 것 같은 그의 표정은 볼 수 있었다. 아마도 기가 막히겠지. 그 정도라도 말해 준 것에 감사의 마음을 갖지 않는 길 잃은 양에게 오히려 황당하겠지. 생각하다 보니 화가 나서 수연은 손에 들었던 물감을 휙 내려놓고서 다시 일어났다. 도형을 똑바로 쳐다보며 감정을 마구 이어 표현했다.

"그렇게 스카치테이프 같은 거 쓰지 않아도 나 아저씨한테 잘 달라붙어 있을 거예요. 찢어져 날캉거려서 금방 떨어질 것 같은 종이 붙여 놓듯이 선심 써서 그런 말 같은 거 굳이 안 해도, 나 아저씨한테 고맙고 아저씨가 원하면 뭐든 할 수 있어요. 그러니까 사랑한다는 말 같은 거 아무렇지도 않게 하지 말아요. 바보처럼 함부로 믿어 버리고서 귀찮게 매달리지 않을 테니까 안심하란 말이에요. 바보처럼 철썩 믿고서 귀찮게 감정 요구하지 않을 거니까 그런 식으로 비스킷 던지듯 말하지 않아도 된다구요! 어차피 말하지 않아도 나 아저씨 거잖아요. 아저씨 소유잖아요! 알면서 왜 그렇게 모질어요? 어쩜 그렇게 악독해요? 나 아저씨가 원하면 옷도 벗고, 아저씨가 원하면 더한 것도 할 수 있고, 아저씨가 원하면 언제든지!"

더 이상의 말은 도형이 그녀를 안아 버려 끊어져 버렸다. 어느새 눈물이 터졌을까. 소리까지 높아져서 지금껏 가슴 안에 꾹꾹 눌러두었던 원망을 자신도 모르게 통째로 쏟아내고 말았다. 수연은 그의 어깨에 얼굴을 묻었다. 눈물이 툭 터져 하염없이 흘러내렸다. 도형이 그런 수연을 꾹 끌어안고서 어깨를 가만히 다독였다.

　"그만…… 그만 해라."

　"누가, 사랑해 달라고 했어요? 누가 사랑한다고 말해 달라 했어요? 누가, 결혼 같은 거 해달라고 했어요? 그러지도 않았는데, 그냥 옆에만 있으면 된다고 생각하고 있는데 왜 자꾸만 못되게 굴어요. 왜 자꾸, 못된 말만 골라서 해요. 어째서 그렇게 아프게만……."

　"수연아……."

　"나 아저씨 욕심 내지 않아요. 그러니까 부담 갖지 않아도 돼요."

　"그만 하라고 했잖아!"

　"아저씨 원하면 언제든 옷 벗을 테니까 동정으로 그런 소리 하지…… 읍!"

　고집스럽게 쏟아내던 말들은 도형의 입술에 의해 막혀 버렸다. 거칠게 얼굴이 젖혀져 턱이 아플 정도로 지독한 키스가 시작되었다. 너무 아파서 수연은 벗어나고 싶었지만 도형의 완력이 그걸 허용하지 않았다. 벽으로 밀어붙여지고도 한참을 더 턱이 아플 정도로 얼얼한 키스를 받아야 했다. 지독한 벌이었다.

지독한, 이 남자와의 무언의 대화였다.

차라리 맞은 것 같은 느낌의 혹독한 키스는 곧 부드러운 마시멜로우 같은 느낌으로 끝이 났다. 천천히 입술이 떨어져 나갔다. 수연의 머리 위 벽을 한 팔로 누른 채 호흡이 닿는 가까운 거리에서 도형이 그녀를 내려다보았다. 수연은 이미 지쳐 있었다. 지독한 열량을 소비하게 하는 그와의 키스는, 언제나 그녀에게 많은 것을 갈취해 갔다. 호흡, 타액, 체온, 열기, 심장의 박동, 자신의 소유라고 믿고 있던 감정까지도.

"왜 그렇게, 한심한 소리들만 하는 거지?"

수연은 그의 시선을 피했다. 그와 닿아 있다는 것에 만족하지만, 또 그만큼 그와 닿아 있는 것에 부담을 느낀다. 그게 이 남자와 자신의 관계였다.

"나 들으라고, 아파 보라고 하는 소린가."

"아프기나 해요? ……내가 아픈 것의 반만큼은 아파요?"

천천히 그의 상체가 기울여져 이마가 콩 닿았다. 이마에 달라붙어 있는 그녀의 머리카락을 체온으로 느끼며 도형이 낮게 입을 열었다.

"누가, 선심 베풀듯 그런 말을 한다는 거지?"

"……!"

수연의 입술이 열리려고 했으나 도형이 먼저 말했다.

"비스킷 던져주듯? 네가 아는 사랑이 책과 화면을 통해 본 것뿐이라고 했던가. 그렇다면 나는 얼마나 잘 알 것 같아? 난 얼마나 알고 있을 것 같아, 그 사랑이란 놈에 대해서."

"무슨……."

"너나 나나 사랑에 대해서 알면 얼마나 알아. 내가, 밥 먹듯이 사랑한다는 말을 내던지고 다니는 남자로 보였나? 섹스하듯이 본능에 절어서 아무렇게나 마음을 퍼주고 다니는 남자로 보였나?"

그게 아니냐고, 수연은 묻고 싶었다. 하지만 그의 표정이 가라앉아 있어, 왠지 원망하듯 슬퍼 보여서 아무 말도 할 수 없었다.

"기껏 마음을 담아서 한 고백이, 주변에 켜 있던 불을 툭 꺼버리는 정도의 취급이나 받다니. 그런 말이 나라고 좋을 것 같아?"

"……."

"나도 어떻게 하면 좋을지 모르겠다. 모르겠어서, 너한테 화가 나서, 그래, 지르듯 해버린 말일지는 몰라도, 그 마음이 툭 던져진 비스킷 취급이나 당하고 있는데 기분 나쁘지 않겠나. 너만 아플 것 같나? 너만 속상할 것 같아?"

천천히 도형의 이마가 떨어져 나갔다. 수연은 믿을 수 없다는 눈으로 그를 바라보고 있었다. 속눈썹의 떨림이, 입술의 흔들림이 그녀의 당혹스러운 마음을 대변해 주고 있었다. 그가 한 말의 의미를 하나도 이해하지 못하겠다. 차마 흡수하지 못하겠다. 도형의 검은 눈동자 색이 더욱 짙어지고 있었다. 하지만 그 안에 담긴 빛은 조금은 지쳐 있는 듯 피로해 보였다.

"나도, 어떻게 감당해야 할지 모르겠다. 누군가를 사랑한다는 마음 같은 거, 너만큼 나도 익숙하지 않아. 그러니까, 제발 오해는 하지 마."

"난……."

믿을 수 없었다. 도형이 하는 말이 다 아득히 먼 곳에서 들리는 것처럼 비현실적이었다. 도형도 자신을 도통 알아주지 않는 그녀와 사랑이란 놈에 빠져 있는 자신이 비현실적으로 느껴지긴 마찬가지였다.

"피곤하다, 정말. 너 때문에."

"아저씨……."

"뇌가 뽑혀져 나가는 기분이야. 너만 보면, 화났다가 좋았다가. 스트레스 받았다가 좋았다가. 속이 쓰렸다가 좋았다가……."

수연의 눈동자가 흔들렸다. 심장이, 미친 듯이 뛰고 있었다. 발밑에서 수없이 많은 깨진 유리 파편들이 생겨나고 있는 것 같다. 날카롭게 베였다가, 아팠다가, 따끔했다가, 쓰렸다가, 하지만 결국 그가 가까이에 있기에 설레고 두근거렸다. 그 감정이 바로, 좋다는 것. 사랑한다는 것. 그라는 사람 때문에 슬펐다가 좋았다가. 아렸다가 좋았다가. 가슴 섬뜩했다가 결국 좋아지고 마는 것. 그게 자신 혼자만의 감정은 아니라는 말인지.

"단지 네 옷만 벗기고 싶었다면, 이렇게 오랜 시간이 필요했을까."

씁쓸하게 도형의 낮은 목소리가 흘러나왔다.

"자조하는 말, 별로 좋아하지 않는데 네가 하는 짜증나는 자기 비하는, 그냥 아프기만 하네."

"……."

"널 붙여두기 위한 유혹의 말로 사랑이란 단어를 썼을 것 같나. 사람이 사람을 사랑한다는 말이, 언제부터 그깟 스카치테이프의 끈적임 정도의 강도로 내려간 걸까. 참, 인생 허탈해진다."

마치 금방이라도 돌아설 듯 허무한 어조.

수연은 얼른 도형의 팔을 잡았다. 그의 재킷을 꼭 쥐었다. 불안으로 다급해지는 수연의 눈동자가 도형을 쓸쓸하게 했다. 그녀가 자신을 좋아하고 있는 의미, 그것은 아직 다른 여자들이 남자를 사랑한다는 그런 감정과는 다른 것일지도 모른다. 그녀는 자신이 그녀를 무책임하게 사랑하고 있는 것처럼 말하지만, 어쩌면 무책임한 건 그녀일지도 모른다. 단지 세상에게서 버려지고 싶지 않다는 강한 소속의 의미로 그에게 매달리는 것일 수도 있다. 그러나 그 정도라도 괜찮았다. 독단적이고 소유욕 강하고 이기적인 자신에게 그 정도 허용이라면 사실 대단한 사랑이 아닌가. 그걸 모르고 있는 이 여자 때문에 좀 속이 쓰렸지만.

자신의 재킷을 꽉 쥐고 있는 수연의 손을 도형 쪽에서 잡아쥐었다.

"똑똑히 잘 들어."

"……."

"다른 놈들한테 지금까지처럼 계속 웃어. 난, 그놈들 눈을 파버리면 되는 거니까."

수연의 눈이 커졌다. 하지만 그 섬뜩한 말을 도형은 잘도 웃으면서 하고 있었다.

"무슨……."

"딴 놈한테 웃어 줘도 되고, 좋아해도 된단 말이다. 어차피 사내놈은 박살내고 넌, 억지로 빼앗아 오면 되니까."

"왜, 왜 항상 그렇게……!"

"사랑한다."

수연의 눈동자가 파동 쳤다.

"2년 동안 혹독하게 배웠지, 널 사랑하고 있다는 걸."

수연의 뺨에 도형의 커다란 손이 닿았다.

"너는, 어떻게 생각하지?"

"아……."

"네 생각은 어떠냐고 묻고 있어."

수연이 입술을 달싹였다. 그러나 곧 닫혔다가 한참을 혼자 웅얼거리던 끝에 천천히 밀어내듯 목소리가 나왔다.

"비스킷이, 아니었어요? 스카치테이프, 아니었어요? 아저씨도 나…… 좋아했어요?"

헐떡이듯, 그녀 인생의 가장 커다란 부분이 되어 버린 말을 그녀 쪽에서 다시 물었다. 너무나 설레어서 차라리 가슴이 아파지는 마음으로 그에게 물었다. 도형이 그런 수연의 머리카락을 만지작거렸다.

"그럼, 뭐라고 생각했는데."

"나는……."

"어째서, 믿어 주지 않는 거지?"

"아저씨……."

"어째서, 한 번도 내 마음을 의심해 보지 않은 거냐. 부정적으로만 생각하고, 긍정적으로는 한 번도 상상해 보지 않을 수 있는 거지?"

수연의 눈동자가 흔들리고 있었다. 스스로는 도저히 감당하기 힘들다는 듯, 세차게.

"그 빈한한 상상력으로 그림을 그리겠다니, 한심하지."

"하지만……."

부드러운 눈으로 수연의 뺨을 만지작거리며 도형이 반문했다.

"하지만, 뭐?"

"하지만 늘…… 원하면 떠나버리고, 귀찮으면 버려 버리고……."

"후우……."

그래, 그 말에 한해선 변명의 여지가 없었다. 그걸 앞으로 그녀에게 모조리 보상하고 싶었던 그였기에.

"늘, 키스 이상은…… 하지도 않고."

순간 도형의 눈동자가 멈칫했다. 그 말뜻을 되짚어 보았더니, 정말 기가 막힌 아가씨가 아닌가. 죽을힘을 다해 참아준 걸 기특해 하지는 못할망정 그것도 말이라고!

"왜 그랬을 것 같아."

"책임지고 싶지 않으니까 그런 거잖아요. 귀찮게 굴까봐 그 이상으로 허용해 주지 않은 거잖아요."

"하! 진짜 기가 막히는군."

도대체 그 작고 앙큼한 머릿속에 무슨 생각의 보따리들을 바리바리 싸서 넣고 다니는 건지. 도형은 힐난하듯 수연의 작은 머리통을 꽉 쥐었다. 그리고 벌주듯 살짝 힘을 가하며 말했다.

"그대로 해버리면, 그 이상을 원할 것 같아서였어. 꼭 이 말까지 내 입으로 하게 만들어야 속이 시원하지, 넌."

그게 뭘 의미하는 건지 이 아가씨는 알기나 할까. 단지 따뜻한 난로를 끌어안듯 체온만 높여 주는 게 아니다, 섹스는.

"그 이상이 뭘 의미하는지 알고나 있어?"

수연의 얼굴이 새빨개졌다. 하지만 그동안의 억울함을 오늘 다 따지기로 작정한 건지, 제법 끝까지 쳐다보며 반발해 왔다.

"착각 아니에요? 절 원하고 있다고 생각하고 있는 아저씨의 착각. 제 어디가…… 아저씨를 끌기나…… 해요?"

생각을 막겠다는 듯 갑자기 도형이 수연의 머리를 쥐고 있던 손을 내리더니 그녀의 손목을 힘주어 잡았다. 그리고 자신에게로 끌어당겼다. 순간 수연은 심장이 철렁 내려앉아 동공의 움직임이 멈춘 눈으로 그를 올려다보았다. 하고 있는 행동과 다르게 도형의 검은 눈동자는 진지하기만 했다. 윤기가 나는 흑색으로 빛나고 있었다. 그의 손이 이끌어 수연의 손이 강제로 멈춘 곳은 그의 바지 앞이었다. 온통 탁하게 변한 깊은 눈동자가 수연을 내려다보며 물었다.

"착각으로, 이렇게 될 것 같아?"

잔뜩 부풀어 오른 그것에 수연의 손이 닿아 있었다. 팽팽하게 긴장된 그의 욕망은 심각할 정도로 눈에 띄는 상태였다. 어쩔 수 없이 수연의 뺨이 확 달아올랐다. 미친 듯이 심장이 뛰고 얼굴이 뜨거워졌다. 열기가 확 치밀어 올라 자신의 심장 소리에 귀가 멀어 버릴 것만 같았다.

"네 생각만 해도 이렇게 반응해서."

"무, 무슨……."

"내 상태가, 이렇다."

도형이 조금 힘겹다는 표정으로 말을 이었다.

"너만 보면, 항상 이 모양이지."

수연은 차마 시선을 맞추지 못하고서 손을 떨었다. 하지만, 그는 항상 마지막까지는 가지 않았었다. 늘, 너를 책임지는 선까지는 가고 싶지 않다는 듯, 키스가 깊어지고 서로의 몸을 만지는 농도가 아무리 짙더라도 마지막엔 꼭 멈추곤 했다. 그걸 그녀에 대한 거부로 이해하고서 자신도 모르게 스스로 움츠러들게 된 건 당연한 결과였다. 더 관계가 깊어지기 싫다는 뜻을 담은 그의 명백한 거부로.

"워낙 의심 많은 아가씨라."

도형이 수연의 다른 한 손을 끌어 천천히 그의 심장 앞으로 가져갔다. 손바닥을 강제로 펼쳐 그의 심장을 지그시 누르게 했다.

"위와 아래 중에, 어디가 거짓말인 것 같아?"

수연은 아무 말도 할 수 없었다. 단지 미친 듯이 떨릴 뿐.

"아래를 못 믿겠다면, 여길 믿어 봐. 너 말곤 그 누구에게도 떨리지 않으니까."

도형이 천천히 수연의 두 손을 모두 끌어 모아 꽉 쥐고서 그의 가슴에 끌어당겼다. 한 치의 틈도 없이 붙이고서 말을 이었다.

"한데 이 심장이 워낙 싸가지가 없어서, 널 슬프게 했나 보네."

"아저씨……."

수연의 눈동자가 젖어 올랐다. 퐁글퐁글, 방울 생기듯 눈물이 솟아올랐다. 도형은 왠지 가슴이 아파 그런 수연을 천천히 끌어안았다. 가슴에 가두고서 머리카락에 키스를 하고는 그녀의 허리를 더욱 끌어 자신의 몸에 바짝 붙였다. 단단히 부풀어 오른 그의 남성에 수연의 몸이 닿는 순간 그가 짙은 호흡을 토해냈다.

"후우……."

참아내듯 수연을 꽉 끌어안은 채 한참을 정지해 있던 그가 곧 수연의 목덜미에 키스를 시작했다. 언제나 그렇듯, 여린 피부에 금세 생채기가 일었다. 울긋불긋 피는 꽃이 아찔해서 그는 더욱 깊이 빨아들이곤 다시 수연의 몸을 꽉 끌어안았다.

팔 근육의 마디마디 온통 힘이 들어갈 정도로 으스러지듯 수연을 안은 채 그가 낮게 토해내듯 말했다.

"어떻게 했으면 좋겠냐. 너 때문에 늘 스트레스를 받아. 어떻게 했으면 좋을 것 같냐."

그에게 세포 하나마저 모조리 안긴 채 수연은 나지막하게 입을 열었다.

"대가가 아니라면……."

"……."

"당신을, 사랑해요."

도형의 눈동자에 짙은 상념이 돌았다. 그 대가란 말 안에, 지금껏 홀로 상심하고 외로워했을 그녀가 전부 들어 있는 것 같아서 도형은 가슴이 아팠다. 어째서 자신은 그렇게나 쉽게 그녀에게 상처가 될 말들을 할 수 있었는지. 지금 이렇듯 아주 가깝게 끌어안고 있어 제대로 알 수 있게 되어 다행이었다.

"당신을, 사랑하고 싶어요."

재차 들려오는 수연의 예쁜 목소리, 사랑스러운 고백.

그에 반해 못된 그의 명령.

"그렇게 해."

자만이 뚝뚝 묻어나는 이 남자의 어조를 미워할 수만 있다면.

"……."

"대가가 절대 아니니까."

하지만 그 남자의 못된 말끝에는 늘 다정한 본심이 묻어 있었던 것 같다. 그걸 알아채는 데 너무 오랜 시간이 걸린 것 같다.

"평생 김도형만 사랑해. 아마, 태어나서 니가 처음으로 잘한 일이 될 테니까."

정말이지 뻔뻔하도록 자신감 넘치는 이 남자는, 사랑한다는 고백도 기침 뱉어내듯 하는 그 남자와 동일 인물이었다.

"만약 나 말고 다른 놈을 조금이라도 보면."

"……."

"같이 무덤 파야 할 거다."

무서운 집착의 기운보다는 어쩐지 나른함이 느껴지는 어조라 더 현실감이 느껴다는 걸 이 남자는 알고나 있을까, 이 지독한 남자는 알고나 있을까.

그래요. 당신을 사랑하고 있어요. 하지만 정말…… 태어나서 처음으로 잘한 일이, 맞기는 맞는 걸까.

"이 계집애야?"

"네, 김도형 소유의 별장에서 지내고 있는 여자입니다."

"하……, 웃기는 인간 아니야."

도형에게 '개털녀'로 인식이 된 윤미는 테이블 위에 흐트러져 있는 수연의 사진을 보며 입술을 곰곰이 씹고 있었다. 그 지독한 남자, 결국 아버지와 함께 진행하던 호텔 카지노 건에서 단번에 손을 뗐다. 그것은 분명 윤미가 협상을 하기 위해 그의 사무실을 찾았던 날 직후에 일어난 일이었고, 당연히 윤미는 그 갑작스러운 일에 대한 책임자로서 질책을 고스란히 받아야 했다. 마지막으로 부친에게 받았던 기회였다. 하지만 동아줄을 타고서 올라가 볼 새도 없이, 그 동아줄을 늘어뜨려 주어야 할 도형이 제 손으로 냉정하게도 싹둑 잘라 버린 것이다.

윤미는 참을 수 없었다. 자존심이 상해서 미칠 것 같았다. 그 남자에게 매혹되었던 자신은 세상에서 가장 냉랭한 방법으로 걷어차였고, 부친에게서 인정을 받아야 하는 자신의 입장까지 온통 흙탕물에 처박히고 말았다.

바로 그 잘난 남자 하나에 의해.

[너 말고 다른 여자랑 하고 싶어. 그 정열적인 섹스, 라는 것 말이야.]

과연 그가 말한 '다른 여자'가 실제로 존재하는지, 만약 있다면 어떻게 해주면 좋을지. 물론 그냥 두어 줄 마음은 없었다. 자신이 당한 것만큼 그에게 갚아 준다. 다만 직접적인 공격 대상은 그가 아니라 그가 소중히 여기는 것이 될 것이다. 그것이 이 바닥에서 살아온 사람이라면 누구나 공통적으로 갖는 보편적인 생각이며 살아가는 생리가 아닌가.

"꽤 재미있을 거야, 김도형."

하루도 거르지 않고 들른다는 별장.

다만 그 별장에 갈 때만은 그렇게 줄줄 달고 다니는 어떤 누구도 배제한 채 동행 없이 혼자 움직인다고 했다. 복수할 적당한 방법, 별장으로 갈 때의 단신인 그를 뒤에서 치는 방법도 있을 것이다. 하지만 윤미가 바라는 것은 그를 흠집 내는 게 아니었다. 되도록 흠집을 내지 않는 선에서 자신의 앞에서 무릎을 꿇리고 싶었다. 하지만 그가 소중하게 여기는 것만은 가만두지 않을 테다. 이것이 그녀가 배우고 자라 온 방법이었으며, 자신과 똑같은 세계에서 살고 있는 도형에게도 가장 적당한 방향의 경고일 것이다.

"적당히 겁만 줘. 괜히 알맹이까지 알차게 먹으려 들다가 큰 손해 보지 말고."

생각보다 행동이 먼저 나가는 거친 사내들, 이성보다 본능이 발달한 그 잔인한 사내들에게 미리 경고를 해두지 않으면, 괜히 도형의 여자를 자신의 수하 사내들이 먹어 버릴 염려가 있어서 윤미는 경고해 두었다. 일을 더 크게 벌일 생각은 없었다. 협상 카드로 적당한 그 여자를 이용해 적당히 협박하고서 호텔 건을 다시 가동되게 해야 했다. 그것이 다시 추진되면 여자로서 당한 모욕은 그때 가서 다시 방법을 찾으면 되는 것이고.

[김도형 설득해서 호텔 건 제자리로 돌려놓지 않으면 앞으로 죽을 때까지 이 나라 땅 밟을 생각일랑 않는 게 좋을 거다, 못난 것!]

단호한 부친의 말. 어디 다른 곳으로 추방당해 평생 경제적인 지원조차 끊을 생각이 틀림없었다. 윤미는 도저히 받아들일 수 없었다. 또한 절대 말로는 통하지 않을 것 같은 도형에게 매달릴 방법도 없을 것 같으니.

어쩔 수 없이 이 방법이 윤미가 생각할 수 있는 최선의 선택이었다. 윤미의 입 꼬리가 말려 올라갔다.

그리고 그날 밤, 이젤 앞에서 붓을 들고 있던 수연의 몸이 갑자기 들이닥친 거구의 사내들을 발견하곤 그대로 굳어 버렸다. 툭, 손에서 붓이 떨어져 뒹굴었다. 본능으로 감지한 위협, 그러나 두려움과 혼란이 너무 커 오히려 비명도 흘리지 못하는 수연의 몸이 석고처럼 굳어 갔다. 사내들이 이죽거리며 다가오는 순간, 수연의 동공이 터질 듯 팽창했다.

"뭐?"

막 회사를 빠져나온 도형의 차는 습관적으로 별장으로 향했다. 신호에 걸려 천천히 브레이크를 밟아 세우며 도형이 던지듯 내뱉은 말이었다. 윤미에게서 전화가 왔는데 다 끝난 줄 알았더니 황당한 소리를 흘리고 있었다.

—되묻는 게 취미예요? 지금 이쪽으로 오는 게 좋을 거란 말을 했을 텐데요.

신호등이 바뀌기를 기다리며 도형은 긴 손가락으로 이마를 살짝 긁었다. 반응하기도 귀찮아서 오히려 나른한 어조로 입을 열었다.

"그것보다 댁이 당장 여기로 와라. 한번 맞아 봐야 정신을 차릴 것 같군."

어디서 감히 오라 마라 헛소리인 건지.

—호텔 건 때문에 아버지와 기다리고 있어요.

"열심히 기다리시게. 부녀끼리 오붓하게 피 튀기면 되겠군."

—당신 정말……!

"다시 한 번 내 번호로 전화하면, 김도형이 왜 김도형인지 뼈저리게 알게 될 거야."

끊으려는 순간 윤미가 파고들듯 말했다.

—호텔 건, 당신 아버지 생전부터 진행된 일이라고 알고 있는데요. 옛정으로 언질을 주죠. 만약 지금 당장 오지 않으면 돌

아가신 분께 커다란 불명예가 갈 일이 생길 거예요.

도형은 짜증난다는 얼굴로 바뀐 신호를 따라 엑셀을 밟았다.

"돌아가신 분과 불명예라, 뭘 어떻게 하면 그게 가능한 걸까. 흑마술이라도 쓰나?"

—본인이 정 고집 피우겠다면 어쩔 수 없죠. 나야 손해 볼 건 없으니까.

절대 도형을 별장으로 가게 두면 안 되었던 윤미는 강제적이 아닌 방법으로 그를 끌어올 적당한 구실을 찾아내야 했다. 만약 이 방법이 통하지 않으면 도형의 길목을 강제로 차단하는 수밖에 없었다. 폭력을 써서라도 지금 별장에 가는 것만은 막아야 했다. 도형은 혼자 몸이니 중간에 그녀가 풀어 놓은 사내들과 맞붙는다고 해도 승산은 있었다. 어떻게 되었든 저 사내를 위협할 만한 거리를 만들어 두어야 했다. 그리고 별장의 그 계집애에게도 독한 꼴을 보여주고 싶었다. 강윤미 방식의 복수였다.

—어떻게 할래요?

냉랭하게 말한 순간 핸들을 틀던 도형의 입술 끝이 천천히 말려 올라갔다.

"즐겁게 웃으며 기다리고 계시지. 돌아가신 분을 멋대로 들먹인 책임, 져야 할 거다."

핸들을 확 틀었다. 다른 일은 몰라도 부친을 들먹이는 그녀에게는 적당한 벌을 내려야 할 것 같았다. 직접 윤미의 부친을 만나서 뜻을 정확히 전할 필요도 있었고.

부친의 이야기만 나오면 살짝 이성이 밀려나는 도형의 특징, 그것을 정확히 간파한 윤미 나름대로의 고도의 지능형 작전이었다.

"아, 아아……."

수연의 목에서 이상한 소리가 새어 나왔다. 눈앞이 캄캄해졌다. 저런 무서운 눈빛, 나쁜 행동을 하려는 악독한 눈빛, 잔인한 눈빛, 잘 알고 있었다. 너무나 잘 알고 있는 공포였다. 사람이 얼마만큼 무서워질 수 있는지, 얼마만큼 혹독하고 잔인해질 수 있는지 그녀는 너무 잘 알고 있었다. 그래서 다시 접한 이런 광경은, 차라리 말도 나오지 않는 공포였다.

비틀거리며 수연은 뒤로 물러났다. 팔에 부딪쳐 이젤이 쓰러지고 떨어진 붓이 밟혔다. 그러나 수연은 자각도 없이 계속해서 뒤로만 밀려나고 있었다. 몸을 확 틀지도 못하고서, 오로지 동공만 파들파들 떨면서 마음속으로 계속해서 누군가를 불렀다. 계속해서, 계속해서, 도저히 입 밖으로 터져 주지 않는 한 사람을 불렀다.

'아저씨……, 아저씨…….'

온몸이 경직된 듯 말을 듣지 않았다. 머릿속이 어지러워지며 구토가 치밀어 올랐다. 거친 인상의 사내들은 조소를 풍기며 그런 수연을 힘들이지 않고 사로잡았다. 양쪽에서 수연의 팔을 잡고서 강제로 바닥으로 쓰러뜨렸다. 한쪽 팔씩 사내들에게 붙들린 채 수연은 미친 듯이 발버둥 쳤다.

'아악! 하지 마! 하지 마, 제발!'

미친 듯이 소리치고 있었지만 괴롭게도 소리는 나와 주지 않았다. 벙어리처럼, 가느다란 신음만 겨우 흘리는 그녀를 사내들이 재미있다는 눈으로 내려다보았다.

"이거 벙어리 아니야?"

"벙어리가 아니라 미친 여자야. 정신병원을 다닌다나 어쩐다나."

"킥, 김도형 눈도 높지. 기껏 오만하게 구시더니 겨우 이런 덜된 걸."

"그래도 얼굴은 봐줄 만하잖아. 인형 같네, 이거."

"확실히 입맛 돋지?"

사내들끼리 이죽거리며 쿡쿡 웃었다. 뭐가 그렇게 즐거운 걸까. 커다란 손이 압박하며 달려들어 수연의 블라우스를 잡아 뜯듯 찢자 수연의 동공이 팽팽하게 확장되었다.

'아아! 아아!'

수연은 미친 듯이 발버둥 치며 몸을 웅크리려 했다. 그러나 사내들에게 꽉 붙잡힌 몸은 아무리 요동을 쳐도 역부족이었다.

"속살 좀 봐라. 죽이네, 죽여. 김도형이 왜 이런 별장 구석에 알뜰하게 숨겨 놨는지 알 것도 같네. 아주 환장해서 제대로 잡수셨을 것 같지 않아?"

"킥킥, 내가 김도형이었더라도 매일 밤 허리를 흔들었을 거다."

"속맛 죽일 것 같지 않아?"

"아서라, 새끼야. 잘못 건드렸다가 황천길 가. 김도형 성격 몰라? 쓸데없이 침 흘렸다가 지옥맛 보지 말고 사진이나 찍어."

끔찍한 웃음소리들을 흘려대며 사내가 수연의 스커트를 찢듯이 벗겨냈다. 수연의 동공이 미친 듯이 떨렸다. 깨문 입술에서 피가 흘러내렸다. 구토가 치밀어 올랐다. 다시, 과거로 돌아가는 것 같았다. 결코 기억하고 싶지 않은 과거의 어느 때로. 견딜 수 없는 공포로 머릿속이 빙글빙글 돌았다. 아아, 아아…….

"아악!"

터지듯, 겨우 목에서 소리가 나왔다. 미친 듯 소리치는 순간, 사내가 손을 뻗어 수연의 입을 틀어막았다. 그리고 수연의 입을 막기 위해 뒷주머니에서 헝겊을 꺼내는 순간이었다. 사내들의 등 뒤로 현관문이 부서지듯 열렸다.

"이 새끼들! 당장 손 못 떼!"

무시무시한 소리가 내쏘아지는 순간 사내들의 거친 손길이 멈칫했다.

"젠장!"

욕설을 뿌리며 당황한 얼굴로 일어나는 사내들에게로 바람처럼 뛰어 들어온 누군가가 주먹을 날렸다. 눈물로 범벅이 된 수연의 눈동자가 바들바들 떨리며 그쪽으로 향했다. 그렇게 가슴으로 부르던 이름이 아니었다. 헐떡거리며 달려온 천 부장과 또 다른 사내들이었다. 도형이 아니었다. 그는 아니었다. 아니라서 슬프긴 했지만 그래서 또 다행이기도 했다.

퍽퍽!

천 부장 일행과 강도들이 맞붙었다. 무시무시한 주먹 소리에 수연은 몸을 말면서 구석으로 숨어 들어가려 했다. 머리가 깨질 것 같았다.

아저씨……, 아저씨…….

"꺄악!"

눈물이 범벅이 되어 웅크리고 앉은 그녀의 옆으로 나가떨어진 사내의 몸이 우당탕 쓰러졌다.

"사장님!"

무슨 소린가가 들린 것 같았지만 수연은 자신의 옆으로 무너져 내린 남자에 대한 공포로 제정신이 아니었다. 천 부장을 먼저 보내놓고 간발의 차이로 도착한 도형은 별장으로 뛰어 들자마자 사내들 따위 신경도 쓰지 않고 곧장 수연부터 찾았다. 눈물에 범벅이 되어 미친 듯 구석을 찾아 파고들고 있는 그녀를 발견한 도형의 머릿속이 순간 차갑게 얼어 버렸다. 망치로 치면 그대로 와삭 깨져 버릴 듯 심장도 함께 단단하게 얼어 굳었다. 참을 수 없는 분노가 치솟아 올랐다.

'아저씨…….'

달팽이처럼 몸을 만 채 수연은 계속해서 그를 부르고 있었다. 그 순간 휙 내뻗어진 손이 수연의 어깨를 세차게 틀어쥐었다.

"아아악!"

더 이상은 견디기 힘들었다. 맥없이 간당간당 매달려 있던 이성이 그나마도 날아간 채 미친 듯 소리치는 그녀의 귀로 순간

한 남자의 목소리가 날아들었다.

"정신 차려, 나야!"

순간 빛을 잃은 채 시들시들해 가던 수연의 눈에 천천히 초점이 잡혔다. 눈물로 어른거리는 시야 앞에 도형이 있었다. 그였다. 차갑게 식어 버린 눈으로, 무서울 정도로 굳어 있는 눈동자로 수연을 부르고 있었다. 잘못 보면 심하게 냉정해 보이는 눈동자, 하지만 그 안에 얼마만큼의 비탄과 걱정이 있는지 겨우 알아볼 수 있었다.

"아저……."

"그래, 나야. 정신 차려. 괜찮아."

도형은 수연을 확 끌어당겨 안았다. 이를 악물고서 재킷을 벗어서 속옷 차림으로 떨고 있는 그녀의 몸을 확 여미며 감쌌다.

"쉬이, 괜찮아. 걱정할 것 없어."

도형의 눈동자가 차디차게 타올랐다. 이렇게 만들어 버린 인간들에 대한 분노. 하지만 지금은 수연을 안심시켜 주는 게 더 급했다. 내가 있다는 듯 꽉 끌어안았다. 하지만 괜찮다며 다독여 주고 있는 그의 손은 심하게 떨리고 있었다. 오히려 그가 떨고 있었다. 등에 와 닿는 손바닥에 온기라고는 찾아볼 수 없었다. 차갑도록 무서운 냉기만이 흐르고 있었다.

"괜찮으니까, 잠깐만 기다려. 천 부장!"

도형이 벌떡 일어나는 순간, 수연은 그를 붙잡으려는 듯 필사적으로 매달리며 팔을 꽉 잡았다. 눈물로 완전히 엉망이 된 얼굴로 도형에게 애원했다. 가지 말아요. 가지 말아요. 도형의 입매가 단단히 닫혔다. 눈동자가 냉정한 빛으로 일그러졌다.

"수연이 데리고 있어."

"사장님……."

"데리고 있어!"

천 부장은 화들짝 놀라 달려와 얼른 수연의 앞을 보호하듯 감쌌다.

"아저씨! 안 돼요! 싫어요!"

수연이 외쳤지만 들리지 않는다는 듯 성큼성큼 걸어간 도형이 이미 천 부장에게 제압이 된 사내의 등허리를 구둣발로 걸어 찼다. 컥! 소리를 내며 사내가 앞으로 고꾸라져 뒹굴었다. 그러나 도형은 멈추지 못했다. 마비된 이성이 그를 한없이 다그쳤다. 어째서 좀 더 일찍 도착하지 못했느냐고. 그녀 혼자 감당했어야 할 공포의 시간을, 조금치도 허용하고 싶지 않았는데 어째서.

"아저씨, 하, 하지 말아요. 그만……."

수연이 소리치며 달려가려 했지만 천 부장이 그녀를 막았다. 팔을 꽉 붙들고서 그녀를 고정시켰다.

"수연 씨, 지금은 그냥……."

"시, 싫어요. 놔요. 피가……, 피가!"

싫었다. 다른 사람도 아닌 도형이 폭력에 노출되는 게 너무나 싫었다. 자신 때문에 도형이 피를 묻히는 것 따위 보고 싶지 않았다. 그의 피는 아니었다. 도형이 미친 듯 밟아대고, 사정없이 주먹을 날리고, 걷어차고 있는 사내들의 입에서, 터진 얼굴에서 온통 피가 흐르고 있었다. 몇 번이나 뒤집혔다가 벽으로 날아가 다시 걷어차였다. 도형의 얼굴은 마치 악귀 같았다. 수연의 눈동자가 점점 공포로 질려 갔다. 무서웠다. 사람을 때리지 말았으면 좋겠다. 맞는 건 싫었다. 아무리 악랄한 저 사람들이라도, 누가 누군가에게 맞는다는 게 너무도 싫었다. 지독한 공포였다.

"아아!"

무너져 내리며 수연이 천 부장에게 사정하는 순간, 엄청난 파열음과 함께 이젤을 밟아 부순 도형이 적당한 나무 각목을 집어들었다. 어차피 도형에게는 피라미들이었다. 이곳으로 오는 길에 그의 앞을 막았던 인간들도 이와 똑같은 과정으로 처리해 주었다. 아니었다면 천 부장보다 먼저 도착했을 것이다. 그놈들 때문에 잠깐 걸음이 막혀서 늦어 버렸다. 하지만 더 죽여 놓진 못했다. 1초라도 더 빨리 별장으로 달려와야 했기에 지체할 수가 없었다. 덕분에 그들은 살았다.

그러나 이 사내들은 달랐다. 그 사내들에게 마저 하지 못한 보복까지 모조리 다 갚아 주어야 했다. 뒤도 돌아보지 않고서 도형이 냉정하게 명령했다.

"수연이 눈 가려."

"아저씨!"

"어서!"

눈앞이 천 부장의 손에 의해 막혔다. 수연은 발버둥 치며 천 부장의 손에서 벗어나려고 했지만 천 부장은 수연의 어깨까지 꽉 끌어안고서 시야를 차단했다. 되도록 보지 않는 게 좋았다. 지금 김도형이란 사내가 얼마나 화가 나 있는지 천 부장은 잘 알고 있었다. 그리고 저들이 어떤 식으로 죽지도 못하는 고통을 맛봐야 하는지도. 누구도 말릴 수 없을 터였다.

이젤로부터 뽑아낸 각목이 휘둘러졌다. 이미 도형에게 반항 한 번 못하고서 죽을 지경이 되도록 피투성이가 된 사내들이었지만 도형은 가차가 없었다. 도형의 근육이 수축될 때마다 뼈가 부서지는 소리와 함께 사내들의 공포에 절은 비명 소리가 울렸다.

당황하던 천 부장은 어쩔 수 없이 수연의 귀도 막고서 미친 듯 날뛰는 도형을 쳐다보고 있었다. 천 부장이 데리고 온 다른 사내들도 겁을 집어먹고서 한쪽에 몰려 서 있었다. 김도형이 무섭다는 건 이미 잘 알고 있었다. 심기를 거스르면 얼마나 잔인해지는지도. 하지만 저 정도로 감정 하나 없는 사람처럼, 오로지 살기 하나로 날뛰는 걸 보는 건 또 처음이지 싶었다. 힘의 차이를 보여줄 정도로만 움직이는 사내였다. 하지만 지금 저 모습은 단지 그런 게 아니었다. 죽이기 직전까지, 그의 전신에서 쏘아지고 있는 분노를 저 불쌍한 사내들에게 고스란히 심어 줄 생각인 것 같았다.

그래, 죽여 버릴 생각이었다.

수연이 겪었을 공포만큼, 딱 그 배로 이 사내들에게 돌려주면 되었다. 각목이 시뻘건 피로 물들고 있었다. 가차 없이 내리쳐지는 그의 움직임 자체가 이미 공포였다.

부친을 함부로 들먹인 데 대한 적당한 보상을 하기 위해 윤미가 기다리고 있다는 장소로 차를 몰고 가던 도형은 천 부장에게서 온 전화를 받기 위해 휴대폰을 품에서 꺼냈다. 순간 귀에 대자마자 다급한 천 부장의 목소리가 넘어왔다.

  ─사장님, 그동안 걱정하실까봐 말씀드리지 않았는데 며칠 전부터 사장님의 뒤를 밟는 놈들이 있었습니다. 오전에 그놈들 잡아서 족쳤는데 지금에야 겨우 실토했습니다. 강윤미가 시킨 짓이랍니다. 별장의 수연 씨를 알고 있는 걸 보니 우선 급하게 그쪽부터 차단해야 할 것 같습니다.

  도형의 눈이 커졌다. 순간 방금 전 자신을 선동하던 윤미의 말이 겹쳐 떠오른 건 천운이었다. 더 생각할 필요도 없었다. 찰나의 판단으로 생각의 짧음을 탓하며 도형의 차가 끼익 멈춰 섰다. 그대로 유턴을 해서 방향을 돌리며 도형이 소리쳤다.

  "당장 애들 추려서 별장으로 가! 당장!"

  혹시 몰라 천 부장을 먼저 보내고 도형도 별장으로 향했다. 기가 막힌 일이었다. 그동안 그렇게 안이하게 처리를 했다니. 인적에서 떨어진 곳이었기에 쉽게 안심한 면도 없지 않았다. 게다가 사람을 어려워하는 수연이니, 다른 사내들이 주변에서 얼쩡거리는 게 그녀에게 좋을 게 없다는 판단으로 감시를 붙이지 못한 탓도 있었다. 무엇보다 2년 동안의 공백, 그것이 문제였다. 어차피 그녀와 자신은 연결이 될 사이가 아니라 생각하고 있었기 때문에 그녀가 위험할 수 있다는 데까지 신경 쓰지 못한 것이다.

그저 쥐 죽은 듯 살아가고 있는 여자였으므로 그녀가 김도형이라는 위험한 인물의 측근이라는 사실을 간과했다. 확실히, 지금까지 그녀는 김도형의 약점이 될 수 없는 존재였다. 뚝 떨어져서 살아왔고 앞으로도 그렇게 살아갈 줄 알았으니까. 하지만 상황은 완전히 달라졌다. 그녀는 명백히 김도형의 아킬레스건이 된 것이다. 그 마음을 인정했다면 우선 그녀의 안전부터 고려했어야 하는 것을. 좀 더 빨리 그녀를 보호했어야 하는 건데.

미친 듯한 자기혐오와 후회가 일었다. 그리고 강윤미에 대한 지독한 살심까지.

죽여 버리겠어, 그 여자.

하지만 지금은 조만간 죽어줘야 할 그 여자 따위가 문제가 아니었다. 수연이 무사해야 했다. 자신이 있어 주어야 했다. 어서 가서 그녀를 안심시켜 주어야 했다. 하지만 뒤늦게야 도착한 도형은 생각했던 만큼 그녀를 안심시켜 줄 여유를 갖지 못했다. 그녀가 안전하다는 사실을 확인한 순간 동시에 치미는 살심을 좀 처리해야 했다.

"데리고 가서 매달아."

모든 것이 끝났을 때 도형은 피로 흠뻑 젖은 각목을 내던지며 소리쳤다. 대기하고 있던 사내들이 얼른 달려들어 피투성이가 된 채로 뒹굴고 있는 사내들을 끌어냈다. 이미 다 죽은 것 같은데 여기에서 또 뭘 더 매달라는 건지는 모르겠지만, 아직 끝나지 않았을 분노의 불꽃이 자신들에게까지 옮겨질까 두려워 사내들은 형체를 알아볼 수 없을 정도로 깨져서 뒹굴고 있는 사내들을 끌고서 별장을 나갔다. 타고 온 세단에 사내들을 싣자마자 출발했다.

"너도 가."

호흡을 가다듬으며 도형이 넥타이를 느슨하게 풀었다. 바닥을 딛고 서서 타이를 아예 풀어 바닥으로 내던지는 도형을 쳐다본 천 부장은 천천히 수연을 놓아주었다.

"저기…… 수연 씨, 괜찮아요?"

"가!"

도형이 버럭 소리치는 바람에 천 부장은 대답도 듣지 못하고서 벌떡 일어났다. 경황을 찾지 못하고서 달려 나가는 천 부장의 뒤통수에 대고 도형이 던지듯 말을 보탰다.

"저것들, 들고 나가."

우뚝 멈춘 천 부장이 돌아보니, 이미 부러져서 뒹굴고 있는 피투성이 각목들이 그 자리에 있었다. 천 부장은 얼른 달려가 각목들을 챙겨서 별장을 나갔다. 그리고 그대로 세단을 타고서 먼저 떠난 사내들을 따라서 출발했다.

수연은 지친 듯 앉아 있었다. 천 부장이 괜찮냐고 물었을 때에도 이미 아무 말도 하지 못할 정도로 지쳐 있었기에 어떤 대답도 해주지 못했다. 손가락 하나 까딱하기 힘들었다. 정신이 너덜너덜해져서 스스로도 주워 담기 힘들었다.

도형은 천천히 재킷의 품 안으로 한 손을 넣었다. 언제든 전해주고 싶어 가지고 다니던 까르티에 반지, 천천히 손끝으로 굴려 보던 그는 그러나 꺼내지 않은 채 다시 빈손을 뺐다. 아무런 표정도 없이 눈물만 뚝뚝 떨어뜨리고 있는 수연의 곁으로 천천히 다가섰다. 거실은 난장판이었고, 무엇 하나 성한 게 없었다. 하지만 거실을 그 꼴로 만든 건 침입자의 짓이 아닌 대부분 도형의 작품이었다.

"신수연."

수연은 움직이지 않았다. 눈물에 온통 젖어서, 고개도 들지 못하고서 계속해서 입술만 바르르 떨고 있는 그녀를 내려다보았다. 차가운 눈으로, 도형이 입을 열었다.

"제 몸 하나 지키지 못하고서 그딴 놈들한테 당하기나 하는 거냐. 한심하군."

하고 싶은 말은 이런 게 아니었다. 하지만 분노가 그를 제정신으로 놓아두지 않았다. 그녀를 비난해야 자신이 살 것 같았다. 이 숨 막힐 것 같은 분노를 견뎌내고 숨을 쉴 수 있을 것 같았다.

움직이지 못하고 있던 수연의 눈동자가 세차게 흔들렸다. 움직이지 않는 목에 겨우 힘을 주고서 힘겹게 고개를 들었다. 눈물로 범벅이 된 시야 안에 그를 찾아 가두었다. 어쩔 수 없이 이는 원망, 수연은 힘겹게 입술을 달싹였다.

"어째서, 어째서 그런 말만……."

그러나 도형의 차가운 말이 먼저 흘러나왔다.

"왜, 원망스럽나? 하지만 내 짜증이 더 해. 그만 됐어. 넌 한심하고 난 그래, 즉흥적이지. 너한테 받는 스트레스를 감당할 수 있다고 생각한 내가 생각이 짧았지. 이제 됐어. 어차피 너와 난 안 돼. 여기에서 더 망쳐지기 전에, 그만 끝내자."

7장

그와 나, 단지 그것

냉정하게 닫힌 현관문.

수연은 망연자실하게 주저앉아서 그 닫힌 공간을 바라보고 있었다. 아무도 없었다. 도형이 저질러 놓은 난장판 외에, 거실에 남은 건 어떤 것도 없었다. 몇 십 분 전 그녀를 공포로 몰아넣었던 사내들도, 그녀의 눈과 귀를 끝까지 막고 있던 천 부장도, 천 부장이 데리고 온 사내들도, 그리고 미친 듯이 각목을 휘두르던 더없이 두려웠던 도형마저 가버렸다.

어떻게 된 건지 알 수가 없었다. 도대체 왜 이런 일들이 일어난 것인지. 아무 짓도 저지르지 않았는데 그녀는 그 모든 것에서 버림 받고 말았다. 아니, 어떤 짓도 저지르지 않았기에 그는 그녀를 버린 것이라 했다.

그의 말대로 행동하지 못했다. 자신을 위협하는 사내들에게 반항의 말 한마디조차 하지 못한 것이다. 쏘아보는 것조차 할 수 없었다. 그저 공포에 사로잡혀서.

그렇게 꼴사납게 그 사내들이 휘두르는 더럽고 잔인한 행동을 받아 버렸기 때문에 도형은 떠나버린 것인가. 그게 한심해서 버려 버린 것인가. 이렇게 또 그를 화나게 해버려서, 그의 스트레스의 원인이 되어서 버림받고 말았나.

이기적이다. 너무나 이기적이다. 어떻게 할 수 있었다고. 아무것도 할 수 없었는데. 그게 자신인데. 공포에 질려서 움직일 수도 없었는데.

맞는 것도, 때리는 것도, 위협하는 것도, 위협당하는 것도 생각하기도 싫은 과거의 두려운 기억이라서, 자신은 도저히 움직이지 못하겠는데.

[그 녀석, 머리가 복잡해지면 오히려 행동이 멈추는 놈이야.]

결국 할아버지의 말씀대로 그는 떠났다. 복잡하게만 만드는 신수연을 기억에서 쳐내 버리고서 감당하기 싫다는 이유로 그는 또 한 번 가버렸다. 어차피 혼자 있는 게 당연한 공간이었다. 잠깐 오는 것도 그의 마음, 다시 가버리는 것도 그의 마음이었다. 상실을 견디는 건 2년 동안 습관처럼 해왔던 일이다. 또 한 번 똑같은 일이 생겼대도 이번에도 또 하지 못할 건 없었다. 하지만……

마치 넋 나간 듯 텅 빈 눈에 눈물을 잔뜩 담고서 수연은 벌떡 일어났다.

'안 돼. 아니야……'

피가 터지도록 입술을 깨물었다. 그저 잠시 왔다가 가도 되는 그런 의미가 아니었다. 견뎌낼 수 있는 건 상실로 인한 자신의 마음이었지, 그가 아니었다. 그를 잃어버리는 건, 단 한 번도 가능하지 않은 일이었다. 몇 번을 버린 남자였어도, 한 번도 수연은 스스로 버려지지 않았다. 내내, 그를 기다리고 또 기다렸다. 그를 마음에서 놓지를 못한 것, 그 시간 시간이 모여 현재의 신수연이 되어 있었다. 그걸, 그는 아직 모르고 있다.

말해 주어야 했다, 더 늦기 전에.

[수연아, 도형이 그 녀석, 내뱉는 말만 믿고서 먼저 실망하고 겁먹어서 벽을 만들면 안 된다. 네가 만약 그 녀석이 필요하면 먼저 열어야 해.]

할아버지…….

[너라서 힘들 수도 있겠지. 하지만 너이니까 가능할 수도 있는 게야. 요즘에, 마음 여는 연습 많이 하고 있지?]

할아버지, 죄송해요. 정말 죄송해요.

항상 바보 같기만 해서, 항상 움츠러들기만 해서 너무 죄송해요. 그래서 또 한 번 그 사람을 화나게 하고 말았어요. 그 사람 떠난대요. 나 버리고 간대요. 그 사람이 그렇게밖에 할 수 없는 거 이해해요. 나라도 내가 짜증날 것 같아. 하지만 나 그 사람 보내기 싫어요. 두 번 다시 그 사람이 없는 시간, 견딜 수 있을 것 같지 않아요. 아니, 하고 싶지 않아요. 안 할래요!

수연은 미친 듯 현관문을 밀치고 달려 나갔다. 맨발이었다. 하지만 흙발을 내딛는 섬뜩함도 느끼지 못했다. 정신없이 달려 나가 마당을 가로지르는 그녀의 등 뒤로 그 순간 낮은 목소리가 날아들었다.

"그 차림으로 어딜 가는 거야."

우뚝, 수연의 걸음이 멈추었다. 눈동자가 미친 듯 떨렸다. 바들바들 떨리는 입술을 꼭 깨물고서 천천히 고개를 돌렸다. 도형이, 어두운 한쪽에 기대서 있었다. 불씨가 아직 남아 있는 담배를 천천히 땅에 떨어뜨려 구둣발에 비벼 껐다. 입가에 쓸쓸한 미소가 돌고 있었다.

"아저씨……."

"어딜 가려는 건지 물었어."

천천히 고개를 들어 건조한 시선을 맞추어 왔다. 수연은 그를 향해 몸을 완전히 다 돌리고 섰다. 눈물이 뚝 떨어졌지만 닦을 생각도 하지 않고서 그를 바라보았다.

"가지 말아요."

"후우…… 넌 늘 그렇지."

정이란 정은 다 떨어졌다는 듯 냉정한 눈빛. 그러나 한두 번 접해 본 게 아니었다. 나름대로, 저 매서운 무심함에도 내성이 생겨 버린 걸까. 수연은 꺾이려는 용기를 계속해서 다잡으며 필사적으로 말을 이었다.

"아저씨한테 매달리려고 나왔어요. 가지 말아요."

"한심하군."

"아저씨."

"다시 한 번 말해 줄까? 해결되지 않는 문제를 네가 한번 풀어 봐. 내가 왜 너 때문에 그 많은 스트레스를 감당해야 하지?

나는 모르겠으니까 네가 대답해 봐. 너라도 그 이유를 알고 있
어야 할 거 아니야."

이유 같은 것 알지 못한다. 알고 있다면 속 시원히 설명하고
서 그를 붙잡았을 것이다. 그가 자신 곁에 있어 주어야 하는 이
유, 자신이 그를 잡을 수 있는 이유, 어느 것도 확실하지 않기
때문에, 아니 확실한 건 없기 때문에 늘 매달릴 수밖에 없었다.
바랄 수밖에 없었다. 하지만 바라는 것 자체가 이미 이유가 되
어 있었다. 이 사람을 붙잡을 수밖에 없기 때문에. 이 사람을
가슴에 너무나 크게 담아 버려 붙잡지 않고는 견딜 수 없기 때
문에.

"나, 포기하지 말아줘요. 제발……."

"이유를 물었을 텐데."

"아저씨가 없으면 살 수 없을 것 같아요."

"계속 똑같은 말을 하게 만드는군. 이봐, 신수연. 네가 나 없
이 살 수 없을 것 같다는 이유로 내가 계속 네 곁에 머물러야
하나?"

수연의 눈동자가 멈칫했다. 하지만 그녀는 입을 다무는 대신
한 걸음 다가서는 것을 선택했다.

"나, 좋아한다고 했잖아요. 그랬으면서 아저씬 그렇게 금방
포기해요?"

답답하다는 듯 도형의 표정이 일그러졌다. 한숨을 내쉬고 말
했다.

"그래, 나 너 좋아해. 좋아하면 실망도 하면 안 되나? 널 좋

아했지만 오늘 일로 실망했고, 앞으로 있을 일로 너까지 나한테
실망할까봐 떠나는 거야. 그게 내 이유야."

"아저씨가 있었으면 좋겠어요."

"하……."

"아직은 그게 이유예요. 하지만……, 하지만 꼭 아저씨도 나
없이 살 수 없게끔 만들어서, 아저씨가 내 옆에 있어야 하는 이
유를…… 꼭…… 꼭 만들게요."

도형의 심장이 움찔했지만 그는 차갑게 웃었다. 정말 화가 나
는 이유를, 차라리 그녀를 안 보면 좋겠다는 생각이 들 정도로
성질이 나는 진짜 이유를 그녀는 알고나 있을까.

"그딴 놈들한테 자기 몸 하나 지키지 못하는 네가? 기껏 옷
이나 벗겨지고, 벌벌 떨면서 우는 것밖에 하지 못하는 네가? 그
런 주제에 너 없이 살 수 없게 만들겠다고?"

"강해질게요."

아플 정도로 수연이 입술을 깨물었다.

"몇 번이나…… 실망시켜서 미안해요. 아무것도 하지 못해서
미안해요. 하지만 정말, 강해질게요. 약속해요. 약속할 테니
까……."

"얼마나 위험했을지 알고나 있나. 조금만 늦었어도 무슨 일
이 일어났을지 알고나 있어! 적어도 내가 달려올 때까지 어떻게
든 널 지켰어야 할 것 아니야! 뒹굴고 구르더라도 물감이라도
집어던져서 캔버스로 머리통이라도 후려쳐서 피했어야 할 거
아니야!"

정말 화가 나는 건 위험에 처한 순간의 그녀였다. 그녀를 그 순간에 처하게 한 자신이었다. 하지만 이 마음은 자꾸만 비뚤게만 나가서, 자신을 탓해야 할 걸 그녀에게 모조리 쏟아 붓고 있었다. 그 새끼들에게 그녀가 맥없이 홀로 위협 당했을 그 순간을 떠올리자 그저 견딜 수 없을 정도로 분했다. 아찔해져서 미칠 것 같았다.

"네가, 뭘 할 수 있었겠어. 아직도 공포에만 사로잡혀서, 벌벌 떠는 거 외에 어떤 것도 할 수 없는 네가!"

강해지겠다고 그녀는 말하고 있지만, 아직 그녀는 과거에 사로잡혀서 안으로만 숨어 들어가는 공황장애의 신수연에 지나지 않았다. 그래, 그녀가 많은 부분 자신을 이겨내고 또 노력해 왔다는 것 정도는 알고 있다. 하지만 앞으로도 계속 그녀가 이겨내는 것만을 보고 싶은 자신은, 그녀를 위험에 처하게 할 수 있는 자신이라는 존재가 너무나 싫었다. 2년 동안 도움도 되어 주지 못한 주제에, 지금 그녀의 옆자리를 자신의 것인 양 뻔뻔하게 차지하고서 기껏 해줄 수 있는 게 도움은커녕 독한 경험에 빠지게 하는 것이라니.

어느 사내가 그런 걸 허용할 수 있을까.

"대체, 네가 할 수 있는 게 뭐야. 넌 네 자신을 지킬 수 없는 인간이 아니야. 그보다 더 못한 인간. 뭔지 알려줄까? 지키고 싶은데도, 어쩌면 충분히 지킬 수 있는데도 어느새 그러지 않아도 된다고 포기해 버리고 마는, 아주 쉬운 인간."

수연의 눈동자가 떨렸다. 귀를 막고 싶었다. 심장을 관통하며 파고드는 그의 직선적인 말이 정신을 분해하는 것 같았다. 약을 먹고 열심히 노력한다고 했지만 아직도 스스로가 자신을 쉽게 감당하지 못하는 그녀의 비참한 정신세계를 그는 나약함이라는 단어로 저렇게 비꼬는 것인가.

"정말 용기가 필요할 때 나약해지고 마는 인간이지. 넌 절대 성장하지 못해. 그런 마음을 갖고 있는 한, 결국 넌 성장하지 못할 거다."

독하게 그녀를 향한 마음을 끊어 버리려 한다. 그것이 오물을 뒤집어쓴 듯 비참한 자신을 그녀의 앞에서 보호하는 방법이었다. 정말 인간이 덜 됐지, 김도형.

도형은 천천히 그녀 쪽으로 다가섰다. 하지만 그녀의 앞에서 멈추는 대신 수연의 어깨를 스치고 지나갔다. 이것으로 됐다. 천천히 눈을 감으며 멀어지려는 순간 수연의 외침이 등 뒤에서 울렸다.

"그래요! 나 나약한 인간이에요! 한계도 모를 정도로 바보예요! 하지만 무서웠단 말이에요. 어쩌란 말이에요. 나더러 대체 어쩌란 말이야! 잘못했다고 했잖아요! 달라지고 싶은데 잘 안 되는 걸 어쩌란 말이에요! 미친 듯이 아저씨를 불렀지만 목소리가 밖으로 나오지 않는 걸 어떡해요! 그때도 그랬지만 앞으로도 계속 아저씨만 생각날 건데, 아저씬 그냥 가버리면 다죠? 또 버리고, 또 팽개치고, 또 도망가면 다죠? 한심한 건 아저씨예요! 비굴한 건 아저씨예요! 정말이지 나약한 사람은, 복잡해지기 싫어서 늘 먼저 포기해 버리고 마는 아저씨라구요!"

도형의 걸음이 우뚝 멈추었다. 눈동자가 탁해지며 천천히 수연 쪽으로 돌아섰다. 그러나 그가 움직이기도 전에 수연이 먼저 다가가 그의 팔을 꽉 붙잡았다. 꼬집듯 붙잡고서 그에게 몸을 기댔다. 전혀 움직이지 않는 그였지만 그녀 쪽에서 팔을 둘러 그의 등을 끌어안고서 가슴에 이마를 기댔다. 눈물처럼 말이 흘러나왔다.

"약한 건 아저씨잖아. 늘 포기만 하는 아저씨잖아. 내가 아저씨밖에 보지 않으니까 얼마든지 멋대로 버리고 멋대로 상처주고 잘난 척하면서 늘 외면하는 아저씨잖아. 근데 왜 항상 나한테만 약하다고 그래요. 왜 나만 모자라다 그래요. 나 어떻게 하란 말예요. 어떻게 하면 아저씨를 붙잡을 수 있어요? 가지 말아요. 멀어지지 말아요. 제발 떠나지 말아요. 사정해도 안 돼요? 그래도 또 가버릴 거예요? 그만 하잔 말 하지 말아요. 포기한단 말 하지 말아줘요. 나 사랑해 줘요. 사랑한다고 한 말 없던 걸로 하지 말아줘요. 제발……."

진심을 그의 가슴 안으로 구겨 넣듯, 억지로 밀어 넣듯 수연은 정신없이 애원하고 있었다. 수연을 받치고 선 도형의 검은 눈동자에 상념이 돌았다. 안겨 오는 그녀를 마주 안지도 못한 채 어둡게 입을 열었다.

"나 때문이었다."

"아저씨……."

"너 그렇게 된 거, 나 때문이었어. 널 겁주려 했던 자식들, 날 겁주려 했던 거였다고. 나 때문에 네가 그런 일을 겪었어.

앞으로 얼마든지 더 일어날 수 있는 일이야. 그걸 잠깐 잊었어. 착각하고서, 내가 참 안전한 사람이라고 착각하고서 감히 널 책임지겠단 헛소릴 흘렸지. 얼마나 더 위험해질지도 모르는데, 오늘 같은 일 또 겪게 할지도 모르는데. 한심하지, 김도형."

수연이 천천히 고개를 들었다. 짓무를 정도로 계속해서 젖어 드는 눈 안에 들어온 그의 얼굴엔 짙은 괴로움이 배어 있었다.

"그런데도, 계속 버리지 말고 널 데리고 있으라고?"

너무나 아파하는 그 모습이 수연의 가슴을 콕콕 찔렀다. 심장이 미친 듯 떨리며 겨우 안도가 되었다. 아니었다. 마음이 다 멀어진 건 아니라서, 안도가 드는 만큼 또 그만큼 아팠다.

"오늘처럼 이렇게 시간 맞춰 달려오지 못하면, 너 또 당할 거냐. 너 또 공포에 질려서 눈물만 뚝뚝 흘리면서, 나 쳐다보지도 못하고 주저앉아 있을 테냐. 그걸 나더러 보라고? 그 꼴을 내가 또……."

"사랑해요."

도형의 말이 뚝 끊겼다. 초침이 멈춘 듯 그의 눈동자가 멈추었다.

"사랑해요. 다른 건 다 모르겠어. 아저씨 때문이든 아니든 난 그런 거 모르겠어. 아저씨 때문에 위험하게 된다면 위험해도 좋아요. 나만 바뀌면 되는 거니까, 앞으로는 절대로 질질 짜면서 그대로 당하지만 않게 나 강해질 테니까, 그 약속만은 무슨 일이 있어도 지킬 자신 있어요. 나 할 수 있어요. 내가 얼마나 약속을 잘 지키는지 아저씨 아직 잘 모르잖아요. 나에 대해 아직 모르는 것도 많잖아요."

"너……."

"나 다른 사람들이랑 똑같아지려면 아저씨가 있어야 하잖아요!"

"함부로 말하지 마. 네가 정말 위험한 게 뭔지나 알아?"

"몰라요. 듣고 싶지 않아요. 그냥, 부탁할게요. 아저씨 때문에 나 위험하게 해줘요."

도형의 눈동자가 천천히 커졌다.

"도대체 무슨 말을. 자기가 무슨 헛소리를 하고 있는지 자각이나 하고 있어!"

"아저씨 여자라고 나 생각하니까. 아저씨 때문에 위험하단 건 나 아저씨 여자란 거니까, 위험해져도 좋으니까 나 계속 아저씨 여자 될 수 있게, 내 옆에 있어 줘요."

도형은 기가 찼다. 아니, 황당했다. 하지만 헛웃음 하나 짓지 못할 정도로 수연의 표정은 필사적이었다. 필사적으로 그에게 매달리면서 매달리고 있었다. 이런 식으로, 앞으로도 견디겠다는 듯, 견디고 싶다는 듯.

모르겠다. 도형은 씁쓸하게 웃어 버렸다. 도대체 그녀를 어떻게 이해해야 하는 건지.

"아저씬 늘 날 괴롭히기만 해요. 나쁜 말로 날 아프게만 해요. 괴로운 말로 슬프게만 해요. 그거, 알고는 있어요?"

도형의 입술을 비집고 옅은 한숨이 흘러나왔다. 왜 모르겠는가. 이상하게도 그녀만 보면 괴롭히고 싶었다. 처음부터 그랬던 것 같다. 계속해서, 계속해서 괴롭히고 싶었다. 내쫓고, 버려두고 오고, 추방하고, 몇 번이나 같은 일이 반복되었는가. 그런데도 앞으로도 또 그런 일을 저지를 것 같으니. 그녀가 이렇게 반응한다면, 버릴 때마다 달려와서 이렇게 울면서 매달린다면……, 자신은 난지도에까지 그녀를 버릴 수 있을 것 같으니.

결국 자신은 감정을 솔직하게 쏟아내는 그녀의 모습을 보고 싶었던 건가.

상처 입히고 싶다. 자신 때문에 상처 입어 울고 있는 얼굴을 보고 싶다. 결국 그런 그녀를 치유할 수 있는 사람 또한 자신일 것이므로. 상처도, 치유도 단지 자신만이 할 수 있는 영역이므로.

"이런 날 짜증내지 않을 수 있어? 이런 내가 짜증나지 않는다고?"

"아저씨……."

"난 너만 보면 화가 나."

"신경 쓰고 있기 때문에 화나는 거잖아요. 그래서라면, 그래서 화나는 거라면 괜찮아요."

도형의 눈동자가 세차게 흔들렸다.

"빨리 달려오지 못해서, 그게 화나서 그런 거잖아요. 나, 아저씨를 이제 알 것도 같아. 내가 날 지키지 못해서, 내가 약하기 때문에, 약한 내가 날 지키지 못할까봐, 내가 걱정돼서 그런 거잖아요."

"너……."

"아저씨가 어떤 사람인지 알 것 같아. 할아버지가 왜 그런 말씀을 하셨는지 알 것 같아요."

도형은 주먹을 꽉 쥐었다. 갑자기 성숙한 것 같은 수연은 그나마 다행이었지만.

그 영감탱이가 애를 붙들고 무슨 말을 한 것인가.

수연의 눈동자가 촉촉이 젖어 올랐다. 가만히 웃었다.

"그래서, 아저씨가 나 때문에 화내 주는 거, 죽을 만큼 기뻐요. 아저씨 일이라면, 이제 무엇이든 다 알 것 같아요."

"너무 자만하지 마. 나, 모호하고 난해한 남자야."

수연은 계속 미소만 보냈다. 도형의 눈빛이 흔들렸다.

"그렇게 웃지 말란 말이다, 젠장……."

낮게 괜히 욕설까지 흘러나왔다. 애가 아니라 저렇게 성숙한 여인 같은 모습을 하고 있으니 심장이 다 일렁거렸다. 몸속의 열이 확 하고 치올랐다.

"내가 얼마나 독한 인간인지, 넌 아직 모르고 있어. 앞으로 또 몇 번을 더 버릴지 몰라."

"그때마다 주워 줬잖아요. 한 번도, 완전히 버린 적은 없잖아요."

"그렇다고 계속 그런 비뚤어진 방법을 감수하겠다고? 또 버려도 감당하겠다고?"

"그게, 아저씨의 사랑법이라면."

도형의 눈빛에 날카로운 빛이 스치고 지나갔다. 수연을 똑바로 쳐다보았다. 한쪽 눈썹을 사납게 치켜 올리며.

"자꾸 그렇게 유혹하면, 키스 정도로 멈추지 못할 거다."

두근거림을 누르며, 부드럽게 수연의 눈이 대답하듯 웃었다.

"괜찮아요, 전…… 아저씨라면."

"너……."

"그러니까 나, 벌 줘요."

"……뭐?"

"벌 줘요. 아저씨 말고 다른 남자들, 나 오늘 아주 많이 쳐다 봤으니까, 보지 못하게 하라 했잖아요. 나 아저씨 말고 다른 남 자들한테 내 몸 보였으니까 무덤 파야 할 거라 했잖아요. 그러 니까 아저씨가 나 벌 줘요. 아저씨만 봐야 하는 몸이잖아요. 아 저씨만……."

자신도 모르게 올라온 눈물에 막혀 수연의 말이 끊겼다.

"신수연."

타이르듯 그녀를 부르는 도형의 팔을 수연이 꽉 붙잡았다. 마 구 올라오는 눈물을 강제로 억누르며 수연은 겨우 말을 이었다.

"그 남자들, 아저씨가 나 가졌을 거래요. 아저씬 나 계속 지 켜주기만 했는데 내가 벌써 아저씨 여자일 거래요. 나 그 순간 떠오른 생각이 이상하게 수치스럽단 것보다 왜 아직 아저씨의 여자가 아닐까. 왜 아저씨는, 아직까지도 날 안아 주지 않는 걸 까. 얼마나 더 지나야 나 아저씨한테 당당하게 나 구해 달라고 말할 수 있을까. 당신 여자니까 당신이 지키라고, 요구할 수 있 을까."

"수연……."

"나한테 용기를 줘요. 나도 아저씨 것 되고, 아저씨도 내 것이 돼서…… 그래서 아저씨를 위해서 나도 내 몸 소중하게, 마지막까지 포기하지 않고 소중하게 지키……."

키스에 갇혔다고 표현하면 좋을까. 수연은 짓이기듯 부딪쳐오는 도형의 뜨거운 입술을 눈물을 흘리며 받아들였다. 혀가 적나라한 소리를 내며 하나로 온통 섞여드는 순간 덜렁 그녀의 몸이 들렸다. 차라리 애절한 부탁 같은 그녀의 사랑 고백에, 그녀 나름의 슬프고도 애틋한 마음의 고백에 도형의 이성은 이미 끊어진 후였다.

그녀를 안은 채 그대로 현관으로 향했다. 안으로 들어서자마자 그녀의 어깨를 덮고 있는 자신의 재킷을 떨어뜨렸다. 속옷만 남은 그녀의 몸을 꽉 끌어안았다. 침실로 들어가 그녀를 눕히고서 계속 키스를 하며 자신의 셔츠와 옷들을 벗어던졌다.

"하아하아……."

키스만으로 숨이 차서 수연은 모자라는 호흡을 잘 견디지 못했다. 벅차서 제대로 감당하지 못하는 모습이었다. 그런 그녀를 무조건 범하고 싶다는 생각만 들고 있으니 사내는 위험한 존재였다. 엉켜 있던 혀를 떼자 타액이 흘러내렸다. 턱을 타고 흘러내리는 타액을 도형은 각도를 엇갈려 하나도 남김없이 모조리 빨아 삼켰다.

"좀, 지독할 거야."

애무를, 오히려 그가 감당해낼 여유가 없을 것 같았다. 벌써부터 그녀 하나로 끓어오르던 몸이었다. 용케 금욕을 하고 있었던 것이 신기할 정도로. 침대로 올라갔다. 그녀의 입구가 자신을 받아들일 준비가 되어 있는지 확인해 볼 틈도 없었다. 좀 더 오래도록 만지고 싶었지만 손가락으로 잠시, 촉촉이 젖어 있는 것을 확인만 하고서 그녀의 다리를 벌리게 하는 것과 동시에 이미 터질 것처럼 팽창해 있는 무섭도록 거대한 남성을 그녀의 안으로 힘껏 찔러 넣었다.

"앗! 헉!"

삽입의 충격으로 수연의 몸이 전기 충격을 받은 듯 순간 마비되었다. 도형은 할딱거리는 신음을 내뿜고 있는 그녀의 입술을 찾아 뜨겁게 덮으며 마지막까지 그의 뿌리를 밀어 넣었다. 그리고 전부 들어간 후에야 잠시 멈추었다. 덮쳐 오는 강렬한 기운에 수연은 목으로 숨을 쉬며 그를 받아들이려고 안간힘을 썼다.

처음 받아들인 남성은 생각보다 더욱 위험하고 단단하고 두려웠다. 자꾸만 움츠러들려는 다리를 파들파들 떨면서 견디고 있었다. 숨도 쉬지 못할 정도로 아래가 아파서 오히려 통각도 일순간 사라진 것 같았다.

불에 잔뜩 달구어진 쇳덩이가 하복부를 꿰뚫는 듯했다. 뱃속까지 올라온 도형의 단단한 욕망은 수연을 움츠러들게 하기에 충분했다. 여린 내벽의 속살을 위협적으로 건드리며 꽉 조인 내벽에 물려진 채로 뜨겁게 숨을 쉬고 있었다. 거칠게, 남자가 가진 사나움으로.

"아아……."

"후우."

"아, 아저씨……."

"이름 불러."

"아저……."

열에 들뜨, 통증에 기가 질려서 정신을 차리지 못하고 있는 수연을 도형이 단단하게 고정했다. 바짝 끌어안은 채 목덜미를 빨아들이며 귓볼에 한숨처럼 뜨거운 숨결을 쏟아내듯 속삭였다.

"눈 뜨고 날 봐."

"모, 못해요."

수연은 눈을 꼭 감고서 미친 듯이 고개를 저었다. 그 목선을 도형이 손등으로 아찔하게 쓸었다.

"눈 뜨라니까."

"시, 싫어요."

"뭐가 그렇게 창피하지? 먼저 안아 달라고 떼를 쓴 게 누구더라."

"하, 하지만…… 이렇게 아플 줄은…… 생각해 본 적이 없……."

"난, 몇 번이나 상상했는데."

수연의 몸이 움찔했다. 도형의 목소리가 점차 낮아졌다.

"신음 소리를 낼 때, 넌 어떤 얼굴을 할까."

은밀하게, 뺨이 확 달아오를 정도로 적나라한 말들.

"아아, 그만……."

"여기를 만지면 어떤 얼굴을 할까. 어떤 식으로, 울까. 어떻게 울려 줄까."

"제발……."

은밀한 곳이 건드려지며 손길이 지나갈 때마다 음란한 말들
이 흘러나와 수연은 어쩔 줄을 몰라 하며 손으로 입을 막았다.
그 팔을 강제로 떼어내 침대에 붙이고서, 그의 손이 유두를 건
드렸다가 곧 얼굴을 가져와 혀로 핥았다. 움찔, 하며 수연의 몸
이 진동했다.

"머릿속으로, 몇 번이나 상상하면서 널 안았을 것 같아."

"제, 제발 그만……."

상체를 더욱 기울여 귀로 숨결을 가져가 수연의 귓불을 핥고
는 살짝 깨물었다.

"억울할 것 같지 않아? 내가 훨씬 더 반해 버렸잖아."

"아아……."

"책임져야 할 거다, 네가 한 말을."

"히, 힘들어요. 제발……."

"그래. 아마도, 아프겠지."

도형이 커다란 몸을 살짝 움직이자 화끈거리던 연결 부위에
곧바로 감각이 일었다. 통증과 또 그만큼의 묘한 기운으로 수연
의 몸이 바르르 떨렸다.

"아앗……!"

"참아."

배려인지 지독한 지시인지 모를 말을 내뱉으며 도형이 허리
를 밀어붙였다. 서서히 가속을 더해 움직이기 시작하자 수연은

제멋대로 터지려는 신음을 막기 위해 입술을 손으로 꽉 막아야 했다. 도형이 또다시 매몰차게 그 손을 떼어내고서 턱을 꽉 잡아 혀를 섞었다. 그 와중에도 격렬하게 짓쳐 올라오는 사나운 불기둥의 기운으로 수연은 그의 목에 낮은 비명을 계속해서 터뜨리고 있었다.

도형은 그녀의 신음까지, 비명까지 모조리 삼켜 버릴 듯 사나운 기세로 폭풍처럼 움직였다. 뱃속까지 올라오는 이물감에 수연의 허리가 비틀렸다. 도형은 그녀의 허리를 꽉 붙잡고서 더욱 사나운 기세로 자신을 찔러 올렸다. 헝클어진 숨소리가 그녀에게서도, 그에게서도 폭우처럼 쏟아져 나왔다.

한쪽 다리를 더욱 밀어붙이고서 도형이 자궁 안쪽까지 짓쳐 들어오자 수연은 자신도 모르게 그의 근육으로 뭉친 팔을 꽉 틀어쥐었다. 손톱이 팽팽한 근육 안으로 박혔다. 세찬 자극을 받은 도형이 토해내듯 중얼거렸다.

"뜨겁다, 너…… 너무, 뜨거워."

"아파…… 아파요."

"안 돼. 아직, 부족해."

"아……."

격렬하게 짓쳐 들어오는 순간, 매달리듯 도형의 팔에 손톱을 박아 넣고서 통증을 참고 있던 수연이 열에 들뜬 눈을 떴다. 도형의 두꺼운 가슴, 그 근육의 골마다 땀이 맺혀 흔들리고 있었다. 단단해 보이는 가슴, 넓다. 이렇게 가까이에 그가 있는 것이다. 이 사람이 날 안고 있다. 아픔도 컸지만 어느새 아픔은 희

석되어 가고 있었다. 그보다는 기쁨, 그저 너무나 커다란 설렘. 그것이 이만큼의 만족감을 주리라고는.

"아직도, 화가 나는 게 뭔지 알아."

헛소리를 하듯, 온통 땀에 젖은 이마를 수연의 가슴 언덕에 묻고서 도형이 잔뜩 쉰 어조로 중얼거렸다.

"그 새끼들이, 널 만졌을까봐. 조금이라도 만졌을까봐 미칠 것 같다."

"아저씨……"

"돌아 버릴 것 같다, 너 때문에."

"아웃, 아, 아파……"

"신수연, 넌 나만의 것이야. 내 것이라고. 온전히 내 거라고 대답해."

"으응……"

"말해."

"아저씨, 거예요. 아아…… 아저씨……, 아웃!"

"하아, 수연아. 후……, 신수연."

미친 듯한 진동이 일었다. 침대가 삐걱거리며 위로, 위로 진동했다. 정신이 아찔할 정도로 뜨거운 내벽이 그의 뿌리를 완벽하게 조이고 있었다. 믿을 수 없을 만큼의 뜨거움, 그 열, 도형은 정신을 차릴 수가 없었다. 언제나 그를 뒤흔드는 건 이 여자였다. 이 작고 가여운 사람이었다. 내 것, 내 사람, 내 소유, 나만의 사람이었다.

허리를 밀어붙이는 힘에 더욱 완력이 들어갔다. 폭풍처럼 휘

몰아치고 있었다. 도형의 허리에, 사납게 움직이는 견갑골에, 엉덩이의 근육에 땀이 맺혔다. 수연의 몸도 온통 젖어 뽀얀 나신이 빛나고 있었다. 습한 정사의 기운, 점점 더 신음을 구체화하는 수연의 상태가 단지 고통만은 아니라는 것을 도형은 간파하고서 일순간 안도를 느꼈다. 단지 고통만이어서야 체면이 서겠는가. 너무 오랫동안 그녀만을 바라고, 욕망을 강제로 가두어둔 자신의 상태가 왠지 미덥지 않은 것도 사실이었다.

허리를 밀어붙이는 대로 수연의 가느다란 몸이 파동 치며 움직였다. 물결과도 같이 흔들리면서 자신을 받아들이고 있는 그녀가 너무나도 사랑스러웠다. 머리카락에 키스하고, 입술에도 수없이 키스하며, 부드러운 가슴을 움켜쥐고서 더욱더 속도를 높였다. 끝까지 짓쳐 들어갔다가 잠깐 물러나왔다가 다시 또 미친 듯 파고들며 짓이기듯 그녀의 내벽을 느꼈다. 팽팽한 고무줄에 감긴 듯 그녀의 뜨거운 내벽에 한껏 조롱당하고 있었다. 완벽하게 지배당하고 있는 건 자신일지도 몰랐다.

상승하는 열, 감당할 수 없을 정도의 짙은 쾌락, 더욱더 요구하게 되는 욕심, 모든 것이 한데 섞여 회오리를 일으킨 일순간 두 사람의 머릿속에 엄청난 해일이 덮치며 빛의 무리가 터졌다. 짙은 한숨처럼 목을 긁는 소리를 내며 정지한 수연의 몸 안에 세찬 움직임을 몇 번 더 한 끝에 자신의 전부를 터뜨리고서 도형은 그녀의 가슴으로 무너져 내렸다.

수연은 정지한 것처럼 잠시 움직이지 못했다. 도형도 탈진한 듯 그녀의 가슴에서 나는 풋풋한 내음에 코를 박고 있었다. 천천히 이성이 돌아왔을 때 도형은 손을 움직여 그녀의 가슴을 부드럽게 어루만졌다. 봉긋하게, 그의 손바닥에 딱 들어찰 정도의 둔덕으로 솟아오른 그녀의 가슴이 매혹적이었다. 어루만지자 기절한 듯 눈을 감고 있던 수연의 목에서 다시금 가느다란 신음이 새겨지기 시작했다.

그녀의 얼굴, 그 표정의 변화를 고스란히 지켜보며, 두 눈으로 새기며 도형은 젖무덤을 손으로 계속해서 그리며 얼굴을 가져가 유실을 한입에 삼켰다가 혀로 핥았다. 끈질길 정도로 지분거리며 혀로 애무를 지속하자 파르르 떨리며 수연의 눈꺼풀이 위로 딸려 올라갔다.

수연은 자신의 위에서 그녀를 내려다보고 있는 도형의 얼굴을 찾았다. 그 깊은 눈동자를 바라보는 것이 역시나 창피하고 부끄러웠지만 두근거릴 정도로 행복했다. 사랑하는 사람과 사랑을 나눈다는 사실이 얼마나 지극한 감동을 주는 것인지 그녀는 여실히 깨닫고 있었다. 충만하게 가슴을 채우는 만족감.

그의 잘생긴 미간과 육감적인 입술 선과 눈이 가는 뺨과 이지적인 턱 선까지, 모든 것을 살펴보다가 가장 마음에 드는 그의 검은 눈동자를 바라보았다. 도형이 엷게 웃으며 입을 열었다.

"이번엔, 눈 감지 마."

수연의 눈이 커졌다.

"무, 무슨……."

"설마, 한 번으로? 실례지. 그동안 참은 게 어딘데."

"시, 싫어…… 아파요. 싫어……."

도망가려는 수연의 몸을 도형이 가뿐하게 눌러 막았다. 짓궂은 눈으로 놀리듯 말했다.

"이제 와서 무슨 소릴까."

"아, 아파요…… 정말이에요."

"단지 아픈 것뿐? 아파서 이렇게 겁먹은 병아리 같은 얼굴로 떤다고?"

도형이 손등으로 수연의 뺨을 톡 건드렸다. 치아로 그 뺨을 부드럽게 깨물자 수연의 몸이 바르르 떨렸다.

"두려워?"

부드럽게 머리카락을 쓸어내리자 수연이 천천히 고개를 끄덕였다. 남자로 다가오는 그는, 확실히 두려운 느낌이었다. 감당하기 힘들 정도로 그가 벅찼다. 수연에게는 그럴 수 있다는 걸 도형도 인정하고 있었다. 그러나 도형은 지금으로썬 그녀를 도저히 놓아줄 수 있을 것 같지 않았다.

"걱정 마. 전부 나한테 맡기면 돼. 아무 생각도 안 들도록 해 줄 테니까."

"아아, 아저씨……, 헉……!"

동시에 아래가 꽉 메워졌다. 파고들어 오는 기운에 본능적으로 수연의 눈이 찡그려지며 질끈 감겼다. 고통을 견뎌내기 위한 보호 장치인 듯, 저절로 감기는 눈을 도형이 다그쳐서 다시 뜨게 했다.

"마지막까지, 날 봐."

불에 덴 듯 화끈거리며 아팠지만 수연은 그의 목에 팔을 감고서 꼭 끌어안았다. 참아내려고 애쓰며, 점점 더 아래에서 올라오는 아릿한 통증 섞인 쾌감에 집중하며 서서히 몸을 떨었다. 어쩌면 그의 말이 맞을지도 몰랐다. 두려움, 그렇다. 자신이, 자신이 아니게 될 것 같은 극한의 두려움. 그의 행위 안에서 흐물흐물 녹아내려 나라는 사람이 사라질 것만 같았다.

엉망으로 무너지고 있었다.

하지만 더한 욕망은, 언제라도 이 사람의 품 안에서 더한 흐트러짐으로 무너지길 바랐던 건지도.

"으, 으음……, 하아."

사랑은 미친 듯이 계속되었다. 몇 번이고, 몇 번이고 그 밤이 샐 때까지 도형은 그녀를 놓아주지 않았다. 손끝 하나 움직이지 못하고 누워 있는 그녀의 안으로 다시금 들어가 사랑을 다그쳤다. 파르르 떨리는 눈꺼풀을 들어 겨우 그의 얼굴을 찾았을 때, 시선이 마주친 그는 나른하게 쾌감을 느끼고 있던 그 눈빛으로 부드럽게 웃어 주었다. 빙긋 웃는 입술, 그의 날렵한 코끝을 타고 땀방울이 툭 떨어졌다. 그 모습이 말할 수 없이 관능적이라 수연은 자신도 모르게 시선을 돌렸다. 도형이 곧바로 닦달해 왔다.

"제대로 날 봐."

턱을 깨물자 수연은 어쩔 수 없이 그를 올려다보아야 했다. 원망의 눈으로 그를 쳐다보았다. 도형이 싱긋 웃었다.

"사랑합니다."

정중하게, 깍듯하게, 때로 그는 장난꾸러기 소년 같다.

"사랑…… 해요."

"그럼, 더 제대로 사랑해 볼까."

말과 함께 수연의 엉덩이를 꽉 쥔 채 높이 들어 올리자, 수연의 눈이 커지더니 시트를 꽉 쥐고서 입술을 깨물었다. 자신도 모르게 겁이 나서 애원했다.

"아……, 안 돼."

"왜?"

"아, 아파요."

그러나 애원을 들은 건지 아닌지 도형은 힘을 주고 다시 움직이기 시작했다. 힘껏 밀어붙이자 등에 수연의 손톱이 박혔다.

"앗……!"

"2년 참았거든. 아직 이 정도로는 안 돼."

"읏!"

강제가 심했지만 수연은 더 이상 그를 밀어내지는 않았다. 오히려 다리가 좀 더 부드러워지고 팔도 휘감기듯 도형의 목을 끌어안아 왔다. 그 뺨에도 다시 꽃물이 들고 있었다. 통증만은 아니라는 것을 확인한 도형이 낮게 흘리듯 말했다.

"그만, 할까?"

이 순간에도 괴롭히고 싶어진다. 자꾸만 짓궂어지니 어쩌면 좋을까.

"어떻게 해줄까? 네가 원하는 대로 해줄게."

"아! 음…… 더……."

"뭐?"

"더, 안아 줘요. 더 꼭, 안아 줘요."

촉촉이 젖은 눈으로 애원하는 수연 때문에 도형의 심장이 욱신거렸다. 가슴이 미친 듯이 뛰었다. 사악해질 정도로 이 여자의 반응을 더욱더, 속속들이 끌어내고 싶다.

"원해?"

"아아……, 원해요."

감각을 견디지 못하고 또다시 울음을 터뜨리는 수연의 얼굴을 내려다보며, 도형은 허리를 움직이다가 더욱 반응을 끌어내기 위해 민감한 부분을 손가락으로 문질러 주었다.

"아아……, 싫어……."

"싫어? 그만 할까?"

"하아……, 시, 싫……."

"싫어? 뭐가 싫다는 거지? 똑똑하게 네 감정을 말해 봐."

"조, 좋아…… 좋아요. ……좋아해요."

도형의 눈빛이 잠깐 정지했다. 이내 이를 꽉 물더니 힘을 잃어가는 수연의 팔을 자신의 목에 더욱 단단하게 감게 하고서 열기를 그녀의 안으로 몽땅 쏟아 붓겠다는 듯 격렬하게 움직이기 시작했다.

"한 번 더, 말해 봐."

수연이 부드럽게 웃었다. 그 크림빛 미소에 도형은 미친 듯이 입을 맞췄다.

"좋아해요."

"한 번 더."

"좋아해요⋯⋯."

순간 온몸의 뼈가 삐걱거릴 정도로 그의 거친 닦달을 받아가
며 수연은 몸을 관통하는 희열을 또다시 느꼈다. 그리고 숨이
끊어질 듯한 파정, 겨우 도형에게서 놓여난 수연은 땀으로 온통
젖은 몸을 씻고 싶어 샤워를 하기 위해 일어났다. 그러나 얼마
걷지도 못한 채 다시 잡혀 벽으로 밀어붙여져 도형의 뜨거운 욕
망을 뒤에서 다시 받아들여야 했다.

겨우 땀이 지워진 몸을 다시 덮어 누르며 도형은 끊임없이
수연을 요구하고 또 요구했다. 수연은 그의 말대로 한 번도 눈
을 감지 않고서, 그의 눈동자가 어떤 색으로, 어떤 표정으로 자
신을 바라보고 있는지 하나도 놓치지 않고서 자신의 안에 새겼
다. 마지막 극도의 환희에 떨 때 그의 표정이 어떻게 변하는지
너무나 보고 싶었지만 그녀도 자신을 감당하지 못해 눈을 감아
버리고 말았다. 그 순간 외에 수연은 어떻게든 사랑을 나눌 때
의 그의 눈동자를, 입매를, 표정을 확인하려고 했다.

부드러운 머리카락을 앞으로 드리운 채, 땀으로 젖어서 키스
를 해오는, 허리를 움직이며 그녀를 파고드는 매순간의 그가 얼
마나 아름다운지, 강해 보이는지 모든 것을 다 느끼고 있었다.
자신의 눈 안에, 머릿속에, 심장 안에 담고 있었다. 결국 새벽이
한참 지나, 서로 손가락 하나 까딱할 수 없을 정도로 지친 후에
야 두 사람은 서로를 단단하게 끌어안은 채 침대에 쓰러졌다.

그러나 마지막 절정에 이르렀을 때 울컥울컥 쏟아지는 정액

을 그녀의 안에 터뜨린 후에도 도형은 그녀의 안에서 빠져나오지 않았다. 그대로 그녀와 연결이 된 채로, 삽입한 그대로 눈을 감았다. 도망치려는 수연을 꽉 붙들어 단단한 가슴 안에 끌어안은 채 천천히 눈꺼풀을 내렸다. 그녀의 모습이 가물가물, 동공에서 희미하게 멀어질 때까지 도형은 사랑하는 이의 얼굴을 바라보았다.

"벌이다. 이대로 있어."

절대 빠져나가지 말라고.

"사랑해……."

눈을 감은 채 감각으로만 수연의 머리카락을 찾아 쓰다듬으며, 지친 어조로 도형이 낮게 말을 흘렸다. 수연은 도형의 목언저리에 얼굴을 묻은 채 그를 가만히 올려다보았다. 웃는 듯, 우는 듯 말했다.

"아저씨 옆에 있으면, 계속 투정만 부리고……, 관심 기울여 달라고 성가시게 굴고, 스트레스 받게 하고, 계속 말썽쟁이 신수연일 텐데, 울고 웃고, 더 보기 흉해질 텐데, 그래도 사랑해요?"

"그래."

"……."

"뭐든, 난 네 얼굴이 보고 싶을 뿐이니까."

연결이 된 건 몸뿐이 아니라 마음 자체이기에 이대로, 말썽꾸러기 신수연을 지켜보겠다고, 그렇게 말하며 도형은 그녀를 꽉 끌어안은 채 수마에 빨려 들어갔다. 아플 정도로 강하게 그녀를

얽어매고 있는 팔을 잠깐 밀어내 보려 했지만 수연도 어쩔 수
없이 스르르 꿈속으로 따라 들어갔다. 어렴풋이 잠 속으로 빨려
들어가기 직전 마지막 시야에 도형의 깔끔한 턱 선이 눈에 들어
와서 살짝 입술을 갖다 댔다. 그대로, 잠이 들었다.

8장

창문을 열 용기가
생긴다면

"할아버지, 아직 춥죠?"

김 화백은 날이 갈수록 쇠약해지고 있었다. 얼마 전까지는 휠체어를 타고 정원을 산책할 수 있을 정도는 되었는데 지금은 그 잠시 앉아 있는 시간조차 잘 버티지 못했다. 그래서 수연은 개강을 하기 전에 조금이라도 더 그의 곁에 있고 싶어 김 화백의 집에 오고 갔다.

침대 옆에 의자를 끌어다 놓고서, 누워 있는 김 화백의 한 손을 다정하게 잡고서 수연은 그와 많은 대화를 나누었다. 김 화백은 항상 따뜻한 눈으로 수연을 바라보곤 했다.

"그래, 곧 봄이 올 테지."

"봄이 오면, 함께 벚꽃 구경 가요."

"그래. 그때까지 할애비가 건강해져야 할 텐데."

"건강해지실 거예요, 분명히."

"개강 준비는 잘 돼가고 있고?"

수연은 연하게 웃었다. 아직 마음속에서는 불안함이 쇠를 긁 듯 삐걱거리며 응성대고 있었다. 그래도 자신감을 가지고 부딪 쳐 볼 생각이었다. 강해지겠다고 도형에게 약속했다. 그리고 할 아버지에게도 자신의 그런 모습을 보여드리고 싶었다. 그럼 대 견해 하시면서, 좀 더 환하게 웃어 주실 것 같았다.

"넌 할 수 있다. 수연아, 넌 강한 녀석이야."

"그렇지 않아요. 전 너무너무 약해요. 하지만 약해지지 않으 려고 노력할게요."

김 화백의 노안에 상심과 기쁨이 동시에 돌았다. 할아버지 역 시 걱정스러운 마음과 반가운 마음이 동시에 이는 것이겠지. 이 감사함을 어떻게 다 갚을 수 있을까. 자신은 어떻게 하면 할아 버지에게 지극히 커다란 즐거움을 줄 수 있을까. 어떤 방법으 로, 지금껏 입은 은혜를 보답할 수 있을까.

"작품은, 잘 되어가고 있느냐."

"네. 저 자신과 싸우려고만 했는데 이젠 붓끝에서 즐거움을 느끼고 있어요."

프리다 칼로와 같은 정열의 화가가 되겠다는 생각은 바뀐 게 없었다. 고통과 슬픔의 내면세계를 작품으로 극복하고 형상화하 겠다는 의지도 달라지지 않았다. 다만 프리다 칼로를 롤 모델로 하되 좀 더 다독이는 시선으로, 투쟁만을 담지 않으려고 노력하 고 있었다. 붓끝이 움직이는 대로, 좀 더 가벼워진 마음으로 캔 버스 앞에 섰다. 색감도 많이 밝아진 것 같다고, 도형이 언젠가 말했었다.

"할아버지, 저…… 아저씨랑 잘 지내고 있어요."

수연은 언젠가는 꼭 말씀드리고 싶었던 걸 지금에야 입을 열어 전하고 있었다. 김 화백의 눈동자에 잠시 놀라운 빛이 도는 것 같더니 곧 입가에 잔잔한 미소가 돌았다.

"그 비뚤어진 걸 자랑으로 여기는 놈이, 용케 정신을 차렸구나."

"할아버지……."

"잘 다독여 줘라. 그 녀석, 알고 보면 그리 몹쓸 놈만은 아니니."

"네, 할아버지. 알아요……."

그녀가 더, 너무나 잘 알고 있었다.

"그리구, 도움 받는 건 항상 저인걸요."

"그렇지 않다, 수연아. 너는 맑은 아이라서, 그 녀석의 먼지 낀 거울로는 절대 볼 수 없는 걸 네 눈을 통해 보게 되는 거야. 그 녀석에게, 할아비로서 아무것도 해준 게 없는데 널 선물로 주고 갈 수 있어서 할애빈 기쁘다."

"할아버지!"

수연은 말이라도 김 화백이 떠난다는 표현을 하는 게 싫었다. 생각하기도 싫었다. 제발 좀 더, 좀 더 그와 함께 있었으면 좋겠다. 눈물이 올라오려는 걸 참으며 말했다.

"할아버지, 저…… 그 사람, 사랑하게 됐어요."

하기 힘든 고백을 토해내듯 꺼내고 말았다. 선물 받은 사람은 자신이라고, 늘 할아버지와 그 사람에게 아주 많은 것을 받았다고 꼭 표현하고 싶었다.

"아저씨를, 사랑하고 있어요."

자신도 모르게 눈물이 툭 터졌다. 그렇게나 참으려고 했는데, 이 가슴을 채우는 충만한 감정을 할아버지에게 감사하는 동시에 너무나 벅차올라 그만 흐느낌이 터지고 말았다. 어깨를 떨며 흐느끼는 수연의 손을 할아버지가 더욱 포근하게 잡았다. 다른 손을 가져와 수연의 손등을 덮어 주었다.

"이거 참……, 놀랄 일이구나. 그래, 그런 일이, 있었구나."

"할아버지, 죄송해요. 제 마음대로, 아저씨를 좋아해 버리고 말았어요."

"그게 무에 죄송할 일이야. 그래, 그 녀석도 너와 같은 마음 이겠지?"

수연은 대답할 수 없었다. 할아버지는 병마와 싸우는데 자신 혼자만 행복한 시간 속에 있었던 것 같아 너무나 죄스러웠다. 그러나 김 화백은 늘 그렇듯 잔잔하게 미소를 지었다.

"물어보지 않아도 알 것 같구나. 우리 수연이 얼굴이 어쩐지 훨씬 더 꽃이 피는 것 같다 싶었더니 그런 일이 있었어. 할애비 는 이제 죽어도 여한이 없다. 그래, 그런 일이 있었구나. 그 녀 석과 그래, 그 녀석과……."

"할아버지, 제발 돌아가신다는 말씀 하지 마세요. 제 곁에서, 아저씨 곁에서 좀 더 있어 주세요."

"그 녀석 옆에는 네가 있지 않니. 그리고 수연이 네 옆에도 그 녀석이 있다는 걸, 앞으로도 절대 잊지 말고 살아라. 그것만 생각하고 의지하고 살아. 황당한 놈이라도, 널 품어 줄 만큼 품은 넓어 보이더구나. 그 녀석이 내 손자다. 하하, 내 손자야."

오랜만에 할아버지가 진심으로 소탈하게 웃는 걸 느낄 수 있었다. 지금 할아버지의 말씀을 도형이 듣는다면 어떤 표정을 할지 수연은 너무도 도형의 부재가 아쉬웠다. 다급한 마음으로 말했다.

"아저씨, 오늘 저녁엔 꼭 들르겠다고 했어요."

"저런, 둘이서 손 꼭 잡고 부부 인사라도 할 생각인 게야."

"하, 할아버지……."

"그 녀석 고개 빳빳이 들고서 나한테서 너 빼앗았다고 잘난 척할 모습이 눈에 선하구나. 염치도 없는 놈. 할애비 건 다 빼앗아 가더니 이제 수연이 니 녀석까지. 그런 고연 놈."

웃으면서 말하고 있는데도 수연의 뺨엔 눈물이 흘러내렸다.

"수연아."

낮게 부르는 할아버지를 수연이 조용히 쳐다보았다. 얼른 눈물을 닦아내고서 고개를 끄덕였다.

"네, 할아버지."

"도형이 그 녀석, 많이 사랑해 주렴."

"할아버지……."

"내 몫까지, 내가 해주지 못한 것까지 네가 많이 아끼고 지켜 봐 주려무나. 그러다가 네가 힘들면 그놈 어깨에 기대기도 하고. 몸 하난 튼튼하게 타고나서 뼈가 옹골찬 놈이라, 언제라도 널 받쳐줄 게야. 그런 면에선 든든한 놈이지. 마당쇠처럼 힘만 세서는."

"할아버지……."

"주먹 휘두르고 산다는 게 참 이 할애비 마음에 안 들었는데, 지금은 오히려 다행이다. 강하고 고집스러운 놈이라, 그렇게 너와 마음을 나누었다니 무슨 일이 있어도 끝까지 널 지켜주겠지. 든든하게 보호해 주겠지."

"저도 잘할게요. 저도 강해질게요. 저도 멋진 사람 돼서 아저씨랑 할아버지, 저도 지켜줄 수 있는 사람이 될게요."

"그래. 그래, 수연아. 그래 주려무나. 그놈이랑 할애비를, 네가 지켜줘. 우리 도형이, 네 놈이 내 몫까지 꼭 아껴 주려무나."

도형에게 채 표현 못했을 아쉬운 진심일 것이다. 그런 마음을 표현하며 김 화백이 천천히 눈을 감자, 수연은 섬뜩해진 마음에 그를 불렀다.

"하, 할아버지!"

김 화백이 가만히 눈을 떴다. 너무 파리한 기색이라, 혈색 없이 창백한 얼굴 때문에 요즘은 그가 눈만 감고 있어도 가슴부터 철렁 내려앉았다. 수연의 마음을 알고 있다는 듯, 김 화백이 안심하라는 미소를 지으며 고개를 끄덕여 보였다.

"할애비 괜찮다. 그런데 수연아, 할애비 물이, 좀 마시고 싶구나."

"네, 금방 가져올게요."

"그래……."

얼른 의자에서 일어나는 수연을 그가 다시 한 번 불렀다.

"수연아……."

수연이 그를 돌아보았다. 엷게 웃는 얼굴로 김 화백이 말했다.

"둘이, 고맙다. 할애비는 혹시라도 그렇게 되었으면 싶었는데, 마음 나눠 줘서 고마워. 장하다, 우리 수연이가."

"하, 할아버지……."

수연은 어찌할 바를 모르며 얼굴을 붉혔다. 김 화백이 빙긋 웃었다. 쇠약하지만 더없이 다정하고 품이 넓은 미소를 입가에 띠며.

"어젯밤 꿈에 그 녀석이 백만 원을 꿔 달라고 얼마나 성화를 부리는지, 돈다발을 아예 그놈 면전에 뿌려 줬는데, 돈다발이 아니라 수연이 너였구나. 할애비가 그 녀석에게 냅다 뿌려 준 게 돈다발이 아니라 너였구나."

짓궂은 장난 같기도 하고 진지한 기쁨의 표현 같기도 한 김 화백의 말이었다. 하지만 듣는 수연으로서는 너무 난감하고 창피하기도 해서 한참을 당황해 하다가 얼른 침실을 나갔다. 천천히 김 화백의 눈이 감겼다. 평온한 미소가 그의 입가에 돌았다.

"고맙다, 수연아…… 할애비한테, 좋은 소식을 줘서, 그 녀석이…… 행복하다는 말을 듣게 해줘서……, 고맙…… 구나."

달싹거리던 입술이 서서히 멎었다. 새액새액, 호흡이 힘겹게 목을 비집고 나오는 소리가 몇 번 새다가 이내 멈추었다. 김 화백의 감긴 눈에 짧은 떨림이 일었다. 그러나 그 이상은, 움직이지 않았다.

　미동도 없이, 잠들듯 고요하게 마지막을 맞이한 김 화백의 침실 문이 잠시 후 다시 열렸다. 정갈하게 담은 죽과 물을 쟁반에 받친 수연이 안으로 들어섰다. 침대로 다가가 쟁반을 옆 테이블에 놓으려던 수연의 시선이 순간 짧게 흔들리다가 정지했다. 어떤 예감을 느낀 것일까. 잠들어 있는 김 화백에게로 수연의 시선이 닿아 멈춰 있었다. 그녀의 눈동자가 잘게 떨리기 시작하며 서서히 커졌다. 달싹이듯, 입술이 열렸다.

　"할아버지……?"

　잠이 든 듯 김 화백의 고요한 시신 위로 떨리는 수연의 목소리가 다시 떨어져 내렸다.

　"할아버지……, 장난, 하시는 거죠? 장난이죠? 그렇죠?"

　수연의 뺨을 타고 눈물이 한 방울 툭 떨어졌다. 동시에 쟁반이 쨍그랑 소리를 내며 바닥에 부딪쳐 뒹굴었다.

　"시, 싫어. 싫어요…… 싫어요, 할아버지. 눈 좀 떠 보세요. 그러지 말아요. 장난하지 말아요. 싫어요, 할아버지. 제발……."

　그러나 아무리 외쳐도 김 화백은 눈을 뜨지 않았다.

　"할아버지!"

　외마디 외침과 함께 김 화백의 시신 위로 수연의 몸이 맥없이 무너져 내렸다.

　"지금은 들어가시면 안 됩니다!"

　사무실 바깥이 소란스러웠다. 강 회장의 시선이 돌아가는 순간 비서의 만류를 뿌리치고 회장실의 문이 벌컥 열렸다. 험악한 얼굴로 앉아 있던 강 회장과 맞은편에서 초조한 표정으로 입술을 꼭꼭 씹고 있던 윤미의 고개가 동시에 돌아갔다. 순간 윤미의 눈동자가 흔들리더니 벌떡 몸을 일으켰다.

연락도 없이 사무실로 들이닥친 이방인의 기세였지만 그 표정은 당당했다. 가볍게 비서의 만류를 제친 도형은 차가운 눈을 들어 윤미를, 그리고 강 회장을 천천히 옮겨 훑었다. 차분한 태도였다. 그러나 눈빛에서 뿜어져 나오는 기운은 표정만큼 가라앉아 있지 못했다.

강 회장이 알 수 없다는 얼굴로 천천히 자리에서 일어났다.

"자네가 여긴 어쩐 일로……."

늘 사고만 일으키는 딸 때문에 제주도 호텔 인수와 카지노 건이 엎어진 이후로 딸만 보면 뒷골이 당기는 강 회장이었다. 며칠 말미를 주면 도형의 태도를 바꿀 수 있다는 주장만 믿고서 시간을 주었는데 도통 일이 해결될 기미가 보이지 않아 오늘 다시 한 번 마지막 경고를 하던 참이었다. 그런데 도형 쪽에서 먼저 들이닥쳤다. 물론 강 회장으로서는 환영할 만한 일이었지만 갑자기 쳐들어온 그 표정이 왠지 긍정적인 것 같지 않아서 그 또한 의심스러웠다. 도형의 눈에서 뚝뚝 묻어나는 것은 차라리 얼릴 것 같은 냉기였다.

"연락도 없이 죄송합니다."

기색은 무시무시할지언정 도형은 딱 떨어지는 어조로 정중하게 입을 열었다. 강 회장은 도대체 뭐가 어떻게 된 것인지 딸에게 설명을 들어 볼 요량으로 윤미를 쳐다보았다. 그러나 윤미는 하얗게 질린 기색으로 시선을 피하고 있었다. 대체 뭐가 어떻게 되어가는 건지.

"아닐세. 안 그래도 만나 보고 싶었던 참이야. 잠시 자리에 앉게."

"됐습니다. 해야 할 일만 처리하고 가겠습니다."

"해야 할 일?"

되물어 본 질문의 대답을 들을 새도 없었다. 성큼성큼 윤미의 앞으로 걸어간 도형이 막을 새도 없이 손을 올려 철썩, 윤미의 뺨을 내리쳤다. 갑작스러운 일에 반쯤 앉던 강 회장의 몸이 벌떡 세워지고 윤미는 휘청거리며 뺨을 감쌌다가 앙칼진 눈으로 도형을 쏘아보았다.

"이, 이게 무슨 짓이에요!"

"자네!"

강 회장도 분노에 찬 눈으로 도형을 힐난하듯 노려보았다. 그러나 도형의 태도는 당당했다. 어떤 망설임의 기색도 없이 입술 끝을 말아 올린 채 윤미를 쳐다보고 있었다. 윤미는 화끈거리는 뺨을 감싸 쥔 채 표독스럽게 도형을 노려보았다.

"감히…… 당신이 날 쳤어요?

"그래, 감히 널 쳤지."

"용서 못해. 죽여 버릴…… 꺄악!"

그러나 채 말이 끝나기도 전에 또 한 번 윤미의 뺨에 불꽃이 일었다. 도형의 커다란 손이 두 번이나 세차게 뺨을 내리치자 윤미의 가는 몸이 견뎌내지 못하고 옆으로 픽 쓰러졌다.

"자네, 이게 대체 뭔가!"

강 회장도 더는 참지 못하고 불같이 화를 내며 윤미의 앞을 막아섰다.

"애들 들여보내!"

분을 참지 못하고 사무실 밖으로 외친 순간, 문이 벌컥 열리더니 도형이 단신으로 쳐들어온 순간부터 미리 회장실 밖에서 대기하고 있던 사내들이 우르르 몰려들었다. 순식간에 도형을 에워쌌지만 도형은 눈썹 하나 깜빡하지 않았다. 단지 차가운 눈으로 강 회장을 흘끗 쳐다보았다가 곧 옷매무새를 정돈하곤 타이를 바로 했다. 반면 분노에 가득 찬 강 회장은 도형을 노려보며 이를 갈듯 말했다.

"이게 무슨 짓인지 설명해 줘야겠는데."

"아직 이유를 듣지 못했다니, 강윤미 간이 크군요."

"그, 그게 무슨 뜻인지 묻고 있잖나!"

"회장님의 잘난 따님이, 제 사람을 건드렸습니다."

낮게 말이 흘러나온 순간 강 회장의 눈이 움찔했다. 도형의 눈매가 사나워졌다. 날카로운 눈으로 강 회장을 주시하며 천천히 말을 이었다.

"이유가 더 필요합니까?"

"무, 무슨 말도 안 되는……."

"내부 조사는 따로 시간을 내서 하십시오. 지금 제 기분은, 단지 따귀 몇 대로는 도저히 분이 풀릴 것 같지 않습니다만."

"무, 무슨 착오가 있을 게야. 우리 애가 뭐 하러 그런 짓을……."

"내부 조사는 따로 하시라 말씀드렸습니다! 아니면, 지금 당장 따님을 족쳐서, 제대로 된 말이 나오면 따귀보다 더 합당한 처리를 해드릴까요?"

강 회장의 표정이 서서히 굳었다. 차가운 도형의 눈빛으로 사태의 심각성을 깨달을 수 있었다. 고집스러운 입매를 굳힌 채 잠시 생각해 보던 강 회장이 곧 입을 열었다.

"그렇다고 내가 보는 앞에서 내 딸을 쳤다는 건가. 지금 자네의 행동을 나에 대한 도전으로 생각해도 불만은 없겠지?"

"없습니다. 제 여자를 건드린 순간부터 이미 시작된 수순이겠지요. 그만한 자신이 있었으니, 회장님의 따님이 절 도발한 것이 아니겠습니까. 아니면 회장님께서 지시한 것입니까."

어떤 감정도 묻어나지 않는 눈동자였다. 그 얼음처럼 차가운 눈동자를 똑바로 노려보고 있던 강 회장의 눈썹이 움찔하더니 곧 천천히 표정을 풀었다. 처음에는 무조건 화부터 났지만 만약 도형의 말이 틀리지 않다면 그의 행동이 전혀 이해가 안 가는 것도 아니었다. 이 사내를 그렇게 반응하게 할 정도의 여자가 있었다니, 그것도 놀라운 일이었지만. 무엇보다 생각 짧은 딸의 평소 성향을 생각했을 때 골치 아픈 일을 벌였을 법도 했다.

무엇보다 전면으로 김도형과 맞붙는 방향이라……, 아무리 생각해도 출혈이 많은 방향이었다. 도형과 맞붙어 봐야 좋을 게 없었다. 그 아비 때부터 일부러 맞부딪치는 걸 피해 온 이유가 있었던 것이다. 생각다 못한 강 회장이 짙은 한숨을 내쉬며 피곤하다는 듯 입을 열었다.

"윤미가…… 중간에서 무슨 실수를 했나 보군."

"단지 실수의 의미라면 제가 단신으로 이곳까지 쳐들어왔겠습니까. 여자 뺨 정도 치는 것과 제 신변을 같은 저울에 올렸습니다. 그게 뭘 의미하는지 모르시진 않겠지요."

강 회장의 표정이 점점 어두워졌다. 한참을 생각하다가 누그러진 어조로 입을 열었다.

"무슨 일이 있었는지는 모르겠지만 자네 말대로 내가 알아보고 적당히 조치를 취하겠네. 하지만 그전에 내가 사과하겠네."

"이 김도형을 건드릴 생각이 있었으니 제 여자를 공격한 것이겠지요. 회장님의 잘난 따님이 그렇게 판단 내렸다는 건 저를 들쑤시게 되더라도 관계없다는 뜻 아니었겠습니까?"

강 회장은 말을 섞으면 섞을수록 불리해지는 걸 느꼈다. 강 회장은 도형의 분노가 상상하는 것 이상이라는 걸 인정하고서 분위기를 무마시키기 위해 일부러 웃음까지 띠어 가며 말했다.

"허어, 이 늙은이가 사과를 하는데도 자네가 화가 많이 났나 보이. 이 늙은이 얼굴을 봐서 한 번만 넘어가 주게. 내 반드시 합당한 대가를 치르도록 하겠네. 한 번 믿어 줘 보게."

어쩔 수 없었다. 성실하게 사과를 하고 대화로 풀어야 할 일이었다. 요란하게 시끄러운 소리를 내봐야, 벌써부터 밀리는 이 대결에서 이길 방법은 없을 것이다.

"자네의 마음도 알겠지만 젊은 자네가 이 늙은이 사정을 이해해 줘야지 어쩌겠나. 난 자네와 싸울 마음이 없어. 그러니 동업을 제의했던 게 아닌가. 자네 아버님 생전에도 내내 유지해오던 공존 관계였네. 나는 자네 부친과도 그랬지만 자네와도 얼굴 붉히고 싶지 않아. 윤미 일은…… 자네가 너그럽게 이해하고 용서하게. 이 녀석의 판단이, 한 번도 맞은 적이 없다는 걸 아비로서 고백하고 내 진심으로 사과하네."

강 회장이 정중하게 고개를 숙였다. 아랫사람들이 있는데도 강 회장이 그렇게 나온다는 건 확실한 진심의 표현이었다. 그걸 더 잘 알고 있는 도형이고, 또 윤미였다.

윤미는 뺨을 감싸 쥔 채 입술을 깨물며 강 회장의 뒤에 서 있었다. 처음엔 기도 막히고 자존심이 상해서 어떻게든 도형에게 되갚아 주고 싶었지만, 그가 내뱉는 말 한 마디 한 마디, 어조 하나하나에 천천히 질려 가고 말았다. 무모할 정도의 자신감, 하지만 단호한 그의 표정, 그리고 사고방식 어디에도 경솔함도, 가벼움도 발견할 수 없었다. 얼마나 화가 나 있는지, 또한 진심으로 들이닥친 것인지 알게끔 하는 것이었다.

그제야 자신이 저지른 행동의 무게를 실감할 수 있었다. 아버지의 앞에서, 그렇게나 자존심이 깨지는 모습으로 뺨을 맞았다고 하더라도 윤미는 단 한마디의 억울함도, 기막힘도 호소할 수 없는 상황이었다. 이대로 감정적으로 부딪치면 피를 보는 쪽은 자신들이 되리라는 걸. 또한 강 회장마저 저렇게 고개를 숙이는 데에야 더 방법은 없었다. 열 받아 미칠 것 같았지만 자신의 패배라는 걸 인정할 수밖에 없었다. 그것도 완벽한 패배.

"미안하네."

강 회장이 다시 한 번 정중하게 허리를 숙였다. 자신의 뜻을 확실히 전달하고 싶다는 강 회장 나름대로의 최고의 예우였고 성실한 마음의 표현이었다. 도형의 입술이 차갑게 말려 올라갔다. 낮게 입을 열었다.

"사과는, 본인에게 들어야 할 일이지요."

강 회장의 얼굴에 자존심이 상한 기색이 역력했지만 강 회장은 완벽하게 자신을 컨트롤하며 담담하게 말했다.

"필요하다면, 자네의 사람에게도 직접 사과를 하게 하지."

"됐습니다. 그녀에겐 절대 접근하지 마십시오. 만약 제 눈에 띄게 된다면 좋은 마음으로 찾았다고 하더라도 좋지 못한 꼴을 보게 될 겁니다."

강 회장의 눈동자가 흔들렸다. 천천히 고개를 숙였다.

"강윤미."

강 회장이 엄하게 부르자 윤미는 치욕스러운 표정으로 입술을 깨물었다. 오기와 증오를 참느라 부들부들 떨며 도형을 노려보았다. 도형이 사나운 눈빛을 고정한 채 입을 열었다.

"뭐 하고 있지?"

윤미는 핏발이 선 눈으로 강 회장을 쳐다보았다. 그러나 강 회장은 딸을 돌아보지 않았다. 외면하는 등을 보고 있다가 도형에게로 고개를 돌렸다. 부들부들 떨며 윤미가 천천히 입술을 열었다.

"……미안해요."

도형은 그녀를 흘끗 쳐다보고는 더는 있을 필요도 없다는 듯 냉정하게 몸을 돌려 사무실을 나갔다. 사내들이 사나운 기색으로 도형의 뒤를 쫓으려 했지만 강 회장이 저지했다.

"그만둬!"

"하지만 회장님!"

"독한 놈이다. 니 놈들이 뭘 할 수 있어. 이런 상황을 모르고서 단신으로 쳐들어왔을 것 같나. 그게 그 사내의 의도인 거다. 그만큼 열이 받아 있다는 걸 나한테 보여주고 싶은 게지. 소중한 걸 지키고 표현하겠다는 사내의 마음이란 게지. 장단을 맞춰 주지 않으면 내 체면이 땅에 떨어져. 저놈은 내 반응까지 계산에 넣은 거다. 아니, 제 계산대로 내가 행동해야 한다고 경고까지 하고 간 거야. 이미 결론이 난 싸움이다. 그 독한 제 애비 놈을 그대로 **빼다** 박은 게지."

윤미는 강 회장의 뒤에 선 채 아무 말도 하지 못하고 있었다. 강 회장도 두 번 다시 윤미를 돌아보지 않았다. 네겐 한참이나 역부족이었다고, 그 차가운 등이 말해 주는 것 같았다.

회장실을 나선 도형은 잘 손질된 대리석 복도를 성큼성큼 걸어가며 천 부장에게서 온 휴대폰을 받았다. 타이를 느슨하게 끄르며 귀에 대는 순간 천 부장의 목소리가 들려왔다. 천천히 그의 걸음이 멈추었다. 급기야 우뚝 서는 그의 눈동자가 터질 듯 팽창했다.

"……뭐라고?"

─김 화백님께서…… 운명하셨습니다.

사고가 일시에 정지했다. 마치 청력이 마비된 듯 그 어떤 소리도 들리지 않았다.

젠장.

빌어먹을…….

진공이 된 공간 안에서 그가 내지른 욕설만이 둥둥 떠다니는 것 같았다. 천천히 그의 팔이 아래로 떨어져 내렸다. 휴대폰을 꽉 쥔 손에 힘이 들어갔다. 손등으로 핏줄이 툭툭 불거졌다. 저녁에 찾아뵐 생각이었다. 불량품이나 맡긴 영감에게 들러서, 그 불량품을 떠넘겨 주셔서 정말 감사하다고, 그렇게 말할 생각이었는데.

하루만 더 기다려 주면 좋았잖습니까.

하…… 뭐가 그렇게 급하다고, 그 영감 참.

씁쓸하게 입술이 말려 올라갔다. 접한 기억도 많이 없으니 더럽게 슬프다거나 가슴이 구겨지도록 아픈 일은 사실 없었다. 기분 나쁠 정도로, 슬퍼 죽겠다는 생각이 들지 않으니 이것도 참 짜증나는 일이었다.

아, 나 참. 김도형, 왜 이렇게 인간이 덜된 거냐.

정말이지 이래 갖고서야 부모님이 저승에서 땅을 치고 통곡할 일이 아닌가. 핏줄이 끊겼다는데도 이 정도의 씁쓸함으로 끝이라니. 이거 어떻게 해야 합니까, 할아버지. 어떻게 해야 하는 거냐고요!

죽음이란 건 이미 부모님의 장례식에서 구역질이 날 정도로 접했다. 그때 부모님을 죽인 사고보다 더 그의 이를 갈게 한 건

장례식에도 오지 않은 조부라는 존재였다. 하지만 지금은 그 조부를 이해했고 또 조금은 가까워졌다고 생각하고 있었는데. 아무리 생각해도 인간이 덜된 탓이라고, 자신을 향해 이를 득득 갈아도 왠지 머리가 맑아지질 않았다. 할아버지와 조금만 더 친했더라도 이렇게 싸가지 없는 손자 꼴은 면했을 것. 좀 더 슬퍼서 눈물이라도 터지면 좋지 않았겠냐고, 조소 어린 생각을 하는 순간이었다. 그의 눈이 번쩍 떠졌다.

수연아!

그래도 조부의 부고이니 죽음이라는 것에 대한 형이상학적인 관념들과 어쩔 수 없이 밀려드는 씁쓸함에 사로잡혀 있느라 잠시 잊고 있었다. 뒤늦게야 수연의 생각이 떠오른 순간 도형의 가슴에 시큰거리는 통증이 일었다.

휴대폰을 꽉 쥔 채 도형은 그대로 몸을 날리듯 달렸다.

몇 번을 탈진하고 몇 번을 졸도했는지 이젠 수를 세기도 힘들 정도였다. 장례식 내내 탈진과 졸도를 반복하면서도 병원에 가두어 놓으면 미친 듯 사정하며 다시 장례식장으로 돌아와 버리고 마는 고집스러운 수연 때문에 도형은 지옥 같은 하루하루를 보내야 했다.

'할아버지⋯⋯.'

수연은 김 화백의 영정 앞에서 움직이질 못했다. 눈물로 잔뜩 흐려진 눈으로 영정을 하염없이 바라보았다.

'왜 사람들은 떠나야 하는 걸까요. 좀 더 웃게 해드리고 싶었

는데. 제가 해드린 게 이렇게도 없는데. 아직, 아직은 아닌 것 같은데.'

아무것도 모르는 나이에 김 화백을 만나 지금까지 차마 다 갚을 수 없는 은혜를 입었다. 피 한 방울 섞이지 않은 남이었는데도 핏줄보다 더 크나큰 사랑을 주셨다. 늘 그 사랑과 은혜 안에서 안식을 느꼈으면서, 그만큼 돌려드린 것이 없다는 것이 수연은 가장 가슴 아팠다. 이렇게 맥없이 보내드릴 수밖에 없다는 게.

"수연아."

할아버지의 목소리가 들린 것 같았다. 눈물을 가득 담은 채 고개를 획 돌렸더니 그곳엔 김 화백이 아닌 도형이 서 있었다. 그를 바라보는 수연의 눈동자가 잘게 흔들렸다.

[고맙다, 수연아…… 할애비한테, 좋은 소식을 줘서, 그 녀석이…… 행복하다는 말을 듣게 해줘서……, 고맙…… 구나.]

할아버지가 유언처럼 남긴 마지막 말은 그것이었다. 수연은 천천히 손을 뻗었다.

"아저씨……."

걱정스럽게 자신을 내려다보고 있는 그. 검은 정장을 하고서 상주로 서 있는 그에게 참으로 많이 미안했다. 임종을 자신이 지키고 말았다. 그에게 돌아갔어야 할 할아버지와의 마지막 시간이었을 텐데. 이 사람에게서 많은 것을 빼앗은 것 같다.

도형이 얼른 손을 뻗어 수연의 손을 잡아 주었다.

"뭐라도 먹어야지."

수연은 힘없이 고개를 저었다.

"아저씨…… 할아버지가, 나더러 아저씨 행복하게 해줘서 고맙대요."

도형의 까만 동공이 서서히 커졌다.

"내가 아저씨 사랑한다고 했더니, 아저씨 행복하게 해줘서 고맙다고 말씀하셨어요. 그게 마지막 말씀이셨어요. 아저씨, 정말 행복해요? 나 때문에 행복해요?"

눈물이 그렁그렁 맺혀서 묻는 수연 때문에 도형은 가슴이 욱신거렸다. 수연의 머리를 쓰다듬어 주며 고개를 끄덕였다.

"그래, 행복해. 행복하다."

"할아버지 빼앗아서……, 내가 아저씨한테서 할아버지 빼앗아서 정말 미안해요."

핏줄을 바로 옆에 두고 항상 자신이 더 큰 사랑을 받았다. 도형은 수연을 꽉 끌어당겨 안았다.

"됐으니까 아무 생각 하지 마. 정신 바짝 차려야 해. 너만 괜찮으면 돼, 난."

"할아버지는…… 할아버지는 어떻게 하죠?"

"그분께서는 당신의 신념으로 살아가신 분이야. 나는 그분을 존경했다. 그뿐이다."

할아버지와 손자 사이에 그보다 더 큰 애정이 어디에 있겠냐고. 이제 조부에게 반감은 없었다. 부모님께도 조금은 편한 마음으로 조부님에 대한 이야기를 할 수 있을 것 같다. 어쩌면 같은 꽃을 사서 부모님의 묘소에, 또 조부님의 묘소에 놓을 수도 있겠지. 아버지와 할아버님, 이제 자신은 용서했으니 두 분도 화해를 하시라고. 한 번도 서로를 진심으로 미워한 적은 없었을 부자는 단지 양쪽 다 심하게 고집이 셌던 것뿐이라고. 할아버지와 아버지, 그리고 삼대째의 김도형은 아마도 그 두 분의 고집을 믹스해 놓았으니 단연 최고의 고집스러운 인물이 아니겠냐고.

그 고집으로 수연을 지키겠지만, 자신은 이제 타협을 선택할 줄도 알았다. 여기 눈앞의 여자를 보호하기 위해서라면.

"날 믿어 주신다는 걸, 널 내게 맡긴 것으로 확인한 거다. 나는, 만족한다."

수연의 눈에 그렁그렁 눈물이 차올랐다. 도형은 그런 수연의 눈에 손을 뻗어 눈물을 닦아 주었다. 그래도 쉼 없이 젖어 오르는 샘물처럼 수연의 눈물은 그칠 줄을 몰랐다.

차라리 수연이 먼저 죽을 것 같은 장례식이 겨우 끝나가며 관이 땅에 묻히는 순간 수연은 흙 위에 쓰러져 일어나질 못했다. 그리고 사흘, 도형은 꽉 닫힌 방문 앞에서 오늘도 소득 없이 돌아서야 했다. 안에서 잠겨 있는 별장 수연의 침실, 강제로 열려고 하면 그럴 수도 있겠지만 도형은 그러지 않았다. 혹시라도 싶어 걱정스러운 마음만 없다면 좀 더 혼자만의 시간을 주고 싶었다. 하지만 역시 위험해서 가끔 몰래 방문을 열어 보았다가 조용히 닫곤 했다.

장례식이 끝난 지도 벌써 일주일이 지나가고 있었다. 도형은 사무실 의자에 눕듯 기대서 피로한 눈을 감고 있었다. 커피 한 잔이 마호가니 테이블 위에서 서서히 홀로 식어 갔다. 정신적인 피로에 더 지친 눈을 서서히 뜨니 쌍꺼풀이 몇 겹이나 졌다. 손바닥으로 무거운 눈을 꾹 누르는데 밖에서 노크 소리가 들렸다.

"뭐야."

흘끗 째려보았더니 문이 달칵 열렸다. 안 그래도 신경이 곤두서 있었기 때문에 천 부장이면 서류라도 집어던질 기세를 하고 있는데 다른 인물이 안으로 들어섰다. 하지만 그 인물은 서류가 아니라 책상을 통째로 던져도 모자랄 인물이었다.

도형은 즉시 인터폰을 눌러서 소리쳤다.

"야! 니들 뭐 하는 것들이야! 왜 출입 통제 안 해! 왜 보고 안 해!"

—죄, 죄송합니다. 아무 말도 없이 들어가시겠다고 극구…….

"그럼 저 여자 밑에서 일하든가! 뭐 하는 것들이야!"

"그만 해두시죠. 알리면 못 들어오게 할 것 같아서 내가 고집 부린 거니까."

꼭 끼는 스커트 정장 차림의 윤미가 어느새 책상 바로 앞까지 와 있었다. 도형은 불쾌한 표정으로 버튼을 내던지듯 떼고서 윤미를 날카롭게 쳐다보았다.

"또 어딜 맞으려고 오셨나. 난 버르장머리 없는 여자 때리는 거 별로 양심에 찔리지 않는다고 말했을 텐데."

"사양하겠어요. 그날 맞은 데도 아직 화끈거리니까."

"그럼 또 왜 나타난 거지?"

"정식으로 사과하러 왔어요."

"하."

도형이 입 꼬리를 말아 올리며 웃었다. 윤미는 한쪽 눈을 찡그리며 그를 바라보았다. 정말이지 저 싸가지 없게 비웃는 태도, 기가 막히게 마음에 드는데 어째서 그림의 떡으로만 봐야 하는 건지. 아직까지도 쉽게 포기가 되지 않았다. 워낙 잘생겨서 그런가, 비웃는 폼도 건들거리는 폼도 못되게 위협하는 폼도 모두 다 일품이었다.

"왜 내가 당신 연인이 안 됐는지 아직도 이해가 안 가요. 나 정도는 돼야 당신을 감당할 수 있을 텐데. 못되고 야비한 짓 저지르는 것도 우리 동류잖아요?"

"하…… 이봐, 강씨. 약 먹을 시간 됐으면 재깍재깍 집에 가."

"지금은 청순한 어린애한테 홀려 있는 모양이지만, 아마 언젠간 원숙한 여자가 그리워질 거……."

중얼거리던 윤미의 말이 우뚝 멈췄다. 뭔가가 귀 옆을 휙 지나간다고 생각한 순간 머리카락이 예리한 무언가에 잘린 듯 아래로 우수수 떨어져 내렸다. 결 좋은 머리카락이 한 움큼이나 잘려 나갔으니 아까운 건 아까운 거고, 설마 칼을 쓴 거야? 믿을 수 없다는 눈으로 윤미는 인상을 잔뜩 쓰며 그를 노려보았다. 아무리 열 받더라도 여자에게 칼을 쓰다니!

그러나 다음 순간 날아온 무언가가 그녀의 핸드백에 정확히 진동하며 꽂히는 순간 윤미는 그가 쓴 흉기가 칼이 아니라 카드란 걸 알 수 있었다. 카드의 모서리가 명품 백에 박혀 진동하고 있었다. 윤미의 얼굴이 하얗게 질렸다. 이건 어떤 의미론 칼보다 더 무서운 경우였다. 고작 카드로 사람의 머리카락을 이렇게 깨끗하게 끊어내 버리다니.

"난 말이지, 칼 안 써. 주로 대화로 끝내곤 하는데, 너 같은 거머리 여자한텐 대화가 아까울 것 같거든. 몇 개 더 날려 줄까? 몸 어느 부분의 단면을 보고 싶나? 잘 잘라 줄 테니까 한번 말해 봐."

윤미의 얼굴이 하얗게 질렸다. 하긴 다혈질 그 자체인 주제에 또 냉정한 면도 둘째가라면 서러운 이 남자의 성격을 생각했을 때, 잘 알면서도 이렇게 다시 찾아와 헛소리를 늘어놓은 것 자체가 애초에 무리였다.

"흥, 좀 성질나서 이대로 억울하게 그냥 물러나느니 분풀이 좀 하려고 왔는데 여전히 이 모양이군요, 못된 남자."

윤미는 핸드백에 박힌 카드를 쏙 뽑아냈다. 스페이드 에이였다. 도형의 책상에 휙 던지며 말했다.

"기왕이면 킹으로 꽂아 주지 그랬어요?"

"에이스 오브 스페이드(ace of spade), 다른 에이스들보다도 크고 화려하지. 그 정도면 대단히 예의를 차려서 꽂아 준 것 같은데."

"흥."

코웃음을 친 윤미가 핸드백을 열어 면적이 넓은 봉투를 그의 책상 위, 스페이드를 가리며 탁 놓았다. 도형은 여전히 느긋하게 의자에 등을 기댄 채 건조한 눈으로 그 봉투를 쳐다보았다.

"뭐지? 뇌물인가?"

"궁금하면 열어 봐요. 당신 덕분에 추방당하게 생겼으니까."

"티켓이면 어서 들고 다른 나라로 꺼지시지 그래? 왜 여기에 놓으실까."

"다른 나라가 아니라 자유로부터의 추방이죠. 청첩장이에요."

순간 도형이 그야말로 재미있는 말을 들은 듯 큭큭 웃었다.

"호오, 그래? 이거 참 열렬하게 축하할 일이군."

윤미의 눈매가 사나워졌다.

"마흔 바라보는 머리 벗겨진 아저씨, 남편 될 사람이죠. 나한 테 딱 맞는 소울메이트, 그게 당신일 거란 믿음에 당신 옆에 있는 여자를 협박하는 것도 서슴지 않았는데."

"그래서. 그것에 대해 지금 후회를 하고 있단 소린가, 아니란 소린가."

도형의 눈매가 다시 딱딱하게 굳었다. 수연과 관계된 부분에 선 절대 함부로 지껄이는 걸 참아줄 수 없다는 강렬한 눈빛이었다. 그 차이를 인식한 윤미는 서둘러 말을 보탰다.

"그게 아니라구요. 그 아가씨 건드린 건 잘못했다니까, 열심히 후회하고 있어요. 가능하다면 직접 사과의 말을 전하고 싶을 정도로."

"닥치고 볼일이나 봐. 그 여자 근처론 1센티미터도 접근하지 마."

"알았어요, 알았다구요. 암튼 난 당신한테 사정없이 반해서 사정없이 달라붙어 봤던 것뿐이니까. 그나마 툰드라 지방으로 추방되지 않으려면 앞으론 대머리 아저씨랑 행복한 가정을 꾸려 봐야죠."

도형이 킥 웃었다. 휙 손을 뻗어 청첩장을 들더니 탈칵 봉투를 뜯어 열어 보았다. 청첩장 너머로 윤미를 흘끗 쳐다보았다.

"설마 내가 참석하리라 생각하는 건 아니겠지?"

윤미가 어깨를 으쓱했다.

"편하신 대로."

그렇다면야…… 상체를 일으킨 도형이 청첩장을 윤미의 눈앞에서 미련 없이 쓰레기통으로 던졌다. 윤미의 얼굴이 구겨졌다.

"내 여자를 위험하게 한 당사자의 물건은 저렇게 되는 게 정상이지."

"당신 정말 끝까지……."

윤미는 부들부들 떨다가 몸을 홱 돌렸다.

"암튼 난 가요. 사과할게요. 행복하시라구요. 그 아가씨한테도 미안하다고 전해줘요. 그리고, 혹시 나중에 바람피우고 싶으면 연락해요."

쾅! 하고 문이 닫혔다. 하…… 뭐? 저 인물이 다른 시대에 태어났다면 크게 한 건 했을 인물이지. 도형은 참으로 특이한 캐릭터라는 생각을 하며 닫힌 문을 황당하다는 눈으로 쳐다보고 있었다.

수연이 침실을 나온 건 그로부터 사흘 후였다. 도형은 그날도 일을 하는 둥 마는 둥 마치 넋 나간 사람처럼 안절부절못하다가 이러다간 자신이 먼저 기절할 것 같아 엑셀을 밟아 바람을 가르듯 별장으로 날아갔다. 기대도 하지 않고서 거실에 들어서던 도형의 걸음이 우뚝 멈췄다.

수연이 거실의 한가운데에 이젤을 세워 놓고 서 있었다. 그림을 그리는 것 같지도 않았는데, 누가 들어온 건지 알아채지도 못하고서 뚫어져라 캔버스만 쳐다보고 있었다. 도형은 조심스럽게 다가가 수연의 뒤편에 섰다. 캔버스는 하얀 백지였다.

이렇게 가까이 있는데도 자신을 알아차리지 못하는 수연이 무정하기도 하고 야속하기도 해서 조심스레 그녀의 어깨에 손을 얹었다. 순간 수연이 그대로 몸을 돌리더니 도형의 품 안에 뛰어들듯 안겼다. 그 바람에 주춤 밀렸던 도형은 그제야 안도가 되어 천천히 손을 올려 수연의 등을 토닥토닥 두드려 주었다.

"추워요……."

도형의 가슴에 감싸여 안긴 수연이 중얼거렸다. 도형은 추위에 떨고 있을 그녀의 내면이 이해가 되어 그녀의 등을 꽉 끌어안았다. 온기를 줄 수 있다면.

"그동안 미안해요. 나 때문에 많이 힘들었죠?"

도형은 고개를 저었다. 그런 거 아니다. 단지 그것만이라면 다행이겠지. 그녀 때문에 힘든 게 아니라 그녀가 힘들어 괴로운 것이다.

"아저씨 때문에 버틸 수 있었어요. 아저씨가 아니었다면 슬퍼하기도 전에 아마 나부터 잃어버렸을 거예요."

"그래, 잘 견뎌 줬어. 이제, 돌아온 거니?"

수연은 그의 가슴으로 더욱 파고들었다.

"돌아오고 싶어요. 하지만 할아버진 외롭게 혼자 계신데……
나만 아저씨 보면서 안심할까 봐, 그게 겁이 나요."

도형이 토닥토닥 수연의 등을 두드려 주었다.

"할아버지……, 정말 안 계신 거죠? 이제 볼 수 없는 거죠?"

도형의 가슴이 욱신거렸다.

"보내드리자."

"아저씨……."

"네가 이렇게 계속 힘없이 있는 거, 원하지 않으실 거야."

"알아요. 아는데도 난…… 할아버지를 차마 보내드리지 못하
겠어요. 도저히 받아들여지지 않아요. 이럴 줄 알았다면 좀
더……."

수연이 흘린 눈물이 재킷의 어깨를 적셨다. 도형은 그런 수연
이 안쓰러워 그녀의 머리카락을 열심히 쓸어내렸다.

"그래, 말해. 네가 하고 싶은 말 다 해봐."

"좀 더……, 좀 더 많이 뵙고 좀 더 많이 대화를 나누고 좀
더 많이 웃어 드리는 건데."

"어차피 떠나신 분을 두고 미련이 없을 사람은 없다."

수연의 어깨가 움찔했다.

"돌아가신 분께는 누구나 못해 드린 것만이 생각나는 거야.
백 개를 해드렸어도 왜 백한 개를 못했을까, 그게 미련으로 가
슴에 남는 거지."

"아저씨도, 그래요?"

눈물이 묻은 수연의 목소리가 도형의 가슴을 애달프게 했다.

"어쩌면."

"······."

"그래, 어쩌면 나도 참 많이 미련이 남고 죄송한지도 모르겠다. 하지만 난, 좋은 것만 생각하고 싶다."

수연이 천천히 그의 품에서 떨어져 고개를 들었다.

"어떻게요? 어떻게 하면 돼요?"

간절하게, 방법을 묻고 있었다. 도형은 손을 뻗어 그런 수연의 뺨을 만지작거렸다. 아련한 눈으로 수연을 바라보며.

"할아버님이 안 계셨다면 널 만나지도 못했겠지."

수연의 눈동자가 흔들리며 커졌다.

"나한테 이렇게나 커다란 의미가 된 널 만나지 못했을 거다. 그래서 난, 할아버님께 못해 드린 것보다 할아버님으로 인해 행복했던 것만 기억하고 싶어. 그래야, 편하게 가셔야 할 분을 붙들지 않을 것 같거든."

수연은 아무 말도 하지 못하고 있었다. 뺨을 어루만지던 도형의 손끝이 수연의 입술로 향했다. 섬세한 입술 선을 조심스럽게 만져 가며 도형이 낮게 물었다.

"너는, 어떠냐."

"······."

"너한테도 내가 소중한 존재니?"

수연은 눈물에 흠뻑 젖은 눈으로 고개를 끄덕였다. 그것만은 그 어떤 망설임 없이도 대답할 수 있었다. 도형의 입가에 안도의 미소가 걸렸다. 입술의 중앙에 손가락을 얹고서 말했다.

"그럼, 나도 좀 돌아봐라. 네가 아파서, 내가 미칠 것 같아."

"아저씨……."

"나는 아무런 의미가 아니냐?"

수연은 정신없이 고개를 저었다.

"아니에요. 그럴 리 없잖아요. 아저씬 나한테……."

"너한테?"

"누구보다 소중하고……."

말끝을 흐리던 수연이 곧 말을 이었다.

"사랑하는 사람이에요."

그대로 수연을 끌어당기는 동시에 턱을 들어 입술을 겹쳤다. 수연의 입술을 강제로 열어 이리저리 더듬고서 세게 맞비볐다. 뒷머리를 커다란 손으로 받치고서 부드러운 입술을 자신의 입술로 뜨겁게 감쌌다.

"나를 봐줘, 수연아."

도형이 욕망을 넘어선 간절한 목소리로 수연을 불렀다.

"너 때문에 괴롭고, 너 때문에 슬프고, 너 때문에 힘든 나도 좀 봐줘라."

수연은 도형의 어조가 너무나 안쓰러워 그의 목에 팔을 두르고서 매달리듯 입술을 더욱 열었다. 혀를 빨아 한껏 맛본 도형이 입술이 떨어진 틈을 타서 거친 호흡을 쏟아내며 목으로 방향을 틀어 목덜미부터 쇄골까지 입을 맞추며 핥아 갔다.

수연의 할딱이는 호흡 소리가, 강하게 뛰는 심장의 박동이 그의 단단한 가슴 아래에서 느껴졌다. 그대로 수연을 쓰러뜨려 자신의 커다란 몸으로 그녀의 몸을 덮어 눌렀다. 쇄골에서 턱으로 올라가 진하게 입술을 빨아들이자 벅찬 호흡을 감당하지 못한 수연이 고개를 좌우로 저어 벗어나려고 했다.

도형은 키스를 풀지 않고서 수연의 턱을 고정한 채 그녀의 손목마저 잡아 머리 위에서 바닥에 붙여 눌렀다. 만족할 만큼 입맞춤을 한 후에야 입술을 떼고서 강렬한 눈으로 그녀를 내려다보았다.

"이제 더 이상 방황하지 마."

수연의 눈매에 상념이 돌았다. 불안해진 도형은 수연의 쇄골로 손을 뻗었다. 뜨거운 손바닥으로 피부를 짚어 가며 맨살을 맛보듯이 만져 가다가 옷깃을 벌렸다. 하얀 목이 드러나자 얼굴을 가까이 가져가 숨결을 퍼부어 가며 목덜미 전체를 격렬하게 애무했다. 세차게 빨린 자리마다 열꽃이 피어 생채기가 일었다.

"아……, 아파요. 아저씨, 아파……."

"이 아픔을 기억해. 내가 네가 주고 싶은 아픔은 이런 게 다야. 더 이상 네가 다른 일 때문에 아파하는 건, 싫다. 제발 좀 웃어. 이제 슬픔 같은 건 걷어 버려."

"그러려면…… 할아버지를 잊어야 하잖아요. 난, 그럴 수 없어. 어떻게 그래요."

수연이 애원하는 눈으로 도형을 올려다보며 사정했다. 하지만 도형은 단호하게 고개를 저었다.

"잊으라는 게 아니다. 머리에서 비우더라도 가슴엔 담아둘 수 있어. 가슴에 담아 추억하는 것으로 할아버님을 영원히 잊지 않을 수 있어. 그런다 하더라도, 할아버님은 널 탓하지 않아. 오히려 마음을 놓으실 거야."

"가슴에 담는 것만도 이렇게 힘이 든대도?"

도형이 고개를 끄덕였다.

"무엇이든 안으로 파고들어 오면 아프기 마련이다."

네가 내 안으로 들어온 순간에도, 나는 아마 똑같이 아팠던 것 같다.

"익숙해지도록 받아들이고, 죽을 것 같은 고통을 감당하고, 인간은 그렇게 성장하는 거야. 신수연, 언제까지 아이로 있을 테냐. 이제 일어서야 할 때가 되었다는 걸 네가 더 잘 알 거야."

수연의 눈동자가 떨리며 커졌다. 홀린 듯 그의 말을 되뇌었다.

"성장해야 할, 때?"

"그래, 성장해야 해. 대신 너 혼자 하게 두진 않는다. 내가 늘 옆에서 지켜. 네 옆에서 응원해 줄 테니까."

수연의 눈동자에 다시 눈물이 차올랐다. 하지만 그건 좀 다른 의미였다. 긍정의 의미를 가진 순수하도록 맑은 눈물이었다.

"널 사랑하는 내가 늘 가장 가까운 거리에 있으니까."

수연은 손을 뻗어 도형의 뺨을 어루만졌다. 그녀의 눈가에 말할 수 없이 다정한 미소가 피었다.

"약속 했어요?"

도형이 고개를 끄덕였다.

"언제나, 아저씨가 있다는 거, 내 곁에 있다는 거 기억할게요."

"그래."

"두려워하지 않고, 물러서지 않고, 지지 않고서 성장할게요."

고통을 작품 속에서 승화시키는 것도 아름다운 것이었다. 하지만 자신이 먼저 그 아픔을 직시하고서 모든 것을 초월했을 때 비로소 그 감정을 화폭에 담는다면 그 아름다움을 대체 어디에 비유할 수 있을까.

"안아 주세요."

수연의 목소리가 떨리며 나오는 순간 도형의 가슴이 전기 충격이라도 받은 듯 찌르르 울렸다. 순수한 눈물을 담고서, 수연이 입술을 열었다.

"키스해 주세요. 다른 생각 못하도록 사랑해 줘요."

도형은 몸을 숙여 곧장 혀를 섞었다. 그의 머리카락에 손가락을 찔러 넣은 수연도 더할 수 없을 정도의 격렬함으로 그를 받아들이며 키스를 나누었다. 목덜미를 깨물며 내려간 입술이 자신이 내놓은 생채기를 부드럽게 핥더니 다시 가볍게 깨물었다.

"하앗……!"

수연이 격렬한 반응을 보이며 몸을 비틀었다. 자극 받은 도형은 야수처럼, 마치 먹어치우듯 격렬하게 수연의 쇄골을 깨물었다. 손으로는 셔츠를 벗겨 내리고 그녀의 뽀얀 상반신이 드러나자 자신도 넥타이를 풀고 재킷과 드레스셔츠를 벗어 던졌다. 뜨거운 입김을 뿜으며, 딱딱하게 일어나 그를 유혹하고 있는 가슴

돌기를 깨물자 수연이 그의 어깨에 손톱을 박아 넣었다.

"아웃……! 거기, 아……, 아파."

"괜찮아. 문제없을 거야."

"아저씨……."

"생각하지 말고, 감각에만 충실해."

그러면서 도형이 한 번 더 유두를 혀로 핥고서 입술로 물었
다.

"어때, 아파?"

거친 숨소리를 토해내며 도형이 묻자 수연은 천천히 고개를
저었다.

"아니…… 좋아…… 요."

도형은 한 번 더 유두를 혀끝으로 희롱하곤 집요하게 혀로
희롱했다. 한 손으로는 허벅지를 은밀하게 쓰다듬다가 한참이나
젖가슴을 애무하던 입술을 내려 그녀의 다리를 활짝 벌렸다. 순
간 수연이 허리를 비틀며 그를 내려다보았다.

"무, 무슨……."

도형은 넓게 벌려진 수연의 다리 사이에서 진지한 눈을 했다.
짙은 검은 눈동자로 수연을 바라보았다.

"천국을, 보여줄게."

수연의 눈동자가 파동 쳤다.

"아, 아……, 아웃!"

수연의 몸이 요동쳤다. 도형의 손가락이 촉촉이 젖은 은밀한
샘을 헤치더니 그대로 벌리고 혀로 핥았다. 뜨거운 입김이 민감

한 그곳에 확 풍겨 왔다. 온몸이 뜨거운 꼬챙이에 찔려진 느낌. 뾰족한 혀끝으로 건드리고 길게 쓸어 올리곤 가볍게 깨물자 수연은 흥분을 고스란히 드러내며 미친 듯 요동쳤다.

"하아……, 그만……, 아웃, 미칠 것 같아……, 제발!"

"달콤해. 하아……, 너무 좋아."

도형은 타액보다 더 달콤하게 느껴지는 수연의 애액을 맛보며 머리가 핑글 도는 것 같은 열기를 느꼈다. 손가락을 집요하게 움직여 내벽 안으로 넣어 크게 휘두르자 수연은 손가락을 세워 바닥을 긁었다. 그녀의 몸이 마치 절정을 맞이하기라도 한 듯 부들부들 떨렸다.

도형은 손가락을 빼내고 그 자리에 혀를 채워 넣었다. 단단하게 세운 혀로 내벽을 핥아 올려가며, 진퇴를 시작하자 수연이 그런 도형의 머리카락을 꽉 움켜쥐고서 다리를 떨며 더욱 활짝 열었다.

그대로 상체를 뗀 도형이 문득 수연을 올려다보았다. 수연은 이미 욕망의 노예가 된 듯 바르르 떨며 탁한 시선을 그에게 고정시키고 있었다. 그녀의 허리 아래에 손을 넣어 일으켜 세우곤 그대로 몸을 뒤집었다. 바닥을 짚고서 엎드린 자세가 된 수연의 엉덩이를 가볍게 깨물었다. 수줍음과 열정으로 분홍빛으로 변한 그녀의 동그란 엉덩이가 그렇게 사랑스러울 수 없었다. 손으로 사악 만져 내려가자 수연은 바들바들 떨며 턱을 치켜 올렸다.

자신도 무릎을 꿇고서 잔뜩 부풀어 오른 근육의 기둥을 그녀의 엉덩이 바로 근처에 정지시켰다. 터질 것 같은 근육의 덩어리를 한 손으로 들어 그녀의 엉덩이에 문지르자 수연의 몸이 움찔했다. 손가락으로 젖은 샘을 확인하자 이미 그곳은 뜨거운 열락으로 홧홧한 열을 뿜으며 삽입을 기다리고 있었다.

좀 더 무릎을 가까이 대어 그녀의 입구에 자신을 위치시킨 도형이 그대로 한 손으로 든 거대한 욕망의 덩어리를 힘껏 찔러 넣었다.

헉!

감당하기 힘들 정도로 굵어진 남성이 꽉 조여지는 내벽을 파헤치며 뚫고 들어가는 순간 그 조임을 감당하지 못한 도형의 입가가 일그러졌다. 눈썹이 찌푸려지며 자신도 모르게 거친 숨이 토해져 나왔다. 수연도 일순간 전기 충격을 받은 듯 정지했다가 곧 파르르 미친 듯 허리를 떨었다.

그대로 그 허리를 잡아채고서 뿌리 끝까지 단단히 밀어 넣은 욕망의 덩어리를 이번에는 천천히 뒤로 후퇴시켰다. 심각할 정도로 발기를 한 그것은 한참이나 뺐는데도 그녀의 안에 남아 있었다. 귀두 부분까지 뺐다가 다시 짓쳐 들어가듯 안으로 세차게 찔러 넣자 수연이 비명을 지르며 앞으로 엎어졌다.

"아악! 헉!"

"후우……."

도형은 잠시 멈추고선 그녀의 몸을 다시 일으켜 세웠다.

"조금만, 참아 봐."

"아아……, 힘들어…… 미칠 것 같아요. 죽을 것…… 같아."

"좋아, 나빠. 그것만 대답해."

도형이 입술을 질끈 깨물고서 묻자 수연은 대답하지 못하고서 다시 앞으로 쓰러지려고만 했다. 도형은 집요할 정도로 그녀를 제 자세로 유지시키고서 다시 물었다.

"좋으냐, 나쁘냐."

수연은 어쩔 수 없이 홀린 듯 고개를 끄덕였다.

"좋아요. 좋아서…… 죽을 것 같아."

도형의 눈썹 위에 맺힌 식은땀이 툭 떨어졌다. 등 뒤에서 수연을 꽉 끌어안았다.

"나도, 좋다."

"아저씨……."

"네가 너무 좋아. 좋아서, 나도 미칠 것 같아."

그녀도 받아들이기 힘든 것 같았지만 도형도 마찬가지였다. 팽팽하게 자신을 조이는 그녀의 내벽 때문에 미칠 것 같았다. 어느새 맺힌 식은땀으로 이마가, 온몸이 젖고 있었다.

상체를 세운 도형이 수연의 엉덩이를 꽉 움켜쥐고선 다시 자궁 끝까지 자신을 쑤셔 박아 넣었다. 일부러 템포를 느리게 가고 있었다. 파헤치는 느낌, 자신의 욕망을 내벽이 문지르는 느낌, 어떻게 조여지는지, 얼마나 뜨거운지, 어디까지 짓쳐 들어가는지 모조리 다 느끼고 확인하고 싶었다. 이 감각이 영원히 지속되기를 원했다.

"아저씨……."

느리게 진퇴를 거듭하고 있는 도형을 문득 수연이 돌아보았다. 엎드린 채 그를 돌아보며 수연이 금방이라도 울음을 터뜨릴 것 같은 얼굴로, 욕망에 절어 열락의 노예가 된 눈으로 사정했다.

"빨리……, 빨리 해줘요."

도형의 눈썹이 꿈틀했다. 수연의 붉은빛 입술이 최고의 유혹으로 열렸다.

"어서, 와 줘요. 좀 더 빨리……."

도형의 눈앞이 빙글 돌았다. 그다음부터는 격류에 사로잡힌 시간이었다. 거대한 해일에 덮쳐지며 기꺼이 서로를 안고 침몰해 갔다. 거친 호흡 소리, 피부와 피부가 마찰하는 적나라한 소리, 욕망의 덩어리가 들어갔다가 나오는 질척한 소리. 온통 매혹적이고도 직설적인 소리들만이 공간을 울렸다.

그리고 드디어 최상의 환희에서 더할 수 없는 절정을 마주했을 때 두 사람은 동시에 몸을 떨며 하나로 겹쳐져 쓰러졌다. 땀에 젖은 몸이 미끌거리며 하나로 엉켰다. 수연은 촉촉하게 젖은 팔로 도형의 등을 꽉 끌어안았다. 도형도 젖은 수연의 머리카락 안에 손가락을 넣고서 몇 번이나 쓸어내리다가, 아무렇게나 팽개쳐져 있는 재킷을 끌어 와 그 안에서 무언가를 꺼냈다.

지쳐 쓰러져 있는 수연의 손을 끌어당겨 그 손가락에 천천히 밀어 넣었다. 이질적인 촉감에 수연의 눈꺼풀이 서서히 들렸다. 자신의 손가락을 들여다보는 수연의 눈동자가 고운 빛으로 흔들렸다. 도형이 그녀의 눈꺼풀에 키스하며 속삭였다.

"나와, 결혼해 줘."

그녀의 손가락 사이즈에 딱 맞게 제작된 영롱한 반지가 이제야 주인을 찾아 빛을 발하고 있었다. 수연의 눈시울이 뜨거워졌다.

"아저씨……."

도형은 그녀의 벗은 등을 쓸어내리며 얼굴을 가져가 윗입술을 조이듯 짧은 키스를 선사했다. 그리고 진지한 눈으로 대답을 기다렸다. 바닥에 누운 채 얼마나 서로의 눈을 들여다보았을까, 두근거림으로 떨리는 수연의 목소리가 흘러나왔다.

"저로, 괜찮겠어요?"

"신수연, 그런 말은."

눈썹을 찡그리며 도형이 입을 여는 순간 수연이 말을 막았다.

"아저씨 앞에서 난, 언제나 최고의 여자가 되는 것 같아요. 더 이상 망설이지 않아요."

도형의 눈썹에 묻어 있던 근심이 조금씩 펴졌다. 수연이 환하게 웃었다.

"청혼해 줘서 고마워요. 아저씨의 여자가 되고 싶어요. 평생 함께하고 싶어요."

도형이 눈을 뜬 건 다음날 오전이 훨씬 지난 시간이었다. 거실 창을 통해 들어오는 따스한 햇살이 그의 뺨을 간질였다. 이제 완연한 봄이 온 것인가. 그에게도, 그녀에게도.

눈을 뜨자마자 습관적으로 찾아본 단 하나의 사람은 가까운 거리에 서서 무언가에 집중하고 있었다. 아련한 눈으로 한참을 그녀를 쳐다보다가 곧 눈꺼풀을 깜빡이며 일어나 섰다. 어제는 그렇게 가까이 다가섰는데도 알아차리지 못하더니, 오늘은 도형이 몸을 일으키자마자 곧바로 그를 돌아보았다.

"깼어요?"

맑고 순수한 미소가 그녀의 입가에 돌았다. 도형의 마음이 편안해졌다.

"뭘 하고 있는 거야."

도형은 바지를 찾아 입고서 그녀의 옆에 가서 섰다. 수연의 어깨에 팔을 두르고서, 그녀의 앞에 세워져 있는 캔버스를 함께 바라보았다. 들여다보는 순간 도형의 눈이 커졌다.

"이건……."

수연이 그가 지금껏 보아온 것 중 가장 환한 미소를 머금으며 말했다.

"이제, 성장의 준비를 마쳤어요."

밤새도록 그녀가 채운 캔버스, 하얀 화폭일 뿐이던 그 캔버스는 밝고 환한 색감으로 아름답게 채워져 있었다. 어두운 질감의 색도, 폭풍우가 치는 배경도 없었다. 마치 지금 이 순간의 별장처럼 노랗고 빨갛고 밝은 색감으로, 햇살이 내리쬐고 있었다. 작은 집 안에 혼자 있는 소녀, 그녀는 웃고 있었지만 전처럼 눈물의 자국도 없었다.

무엇보다, 작은 오두막의 창문이 모두 다 활짝활짝 열려 있었다. 도형의 입가에, 노란 햇살보다 더 밝은 미소가 감돌았다. 수연은 이제야 진정한 행복을 찾은 표정으로 그의 가슴에 머리를 기댔다. 그녀의 어깨에 둘러진 도형의 손에 부드럽게 힘이 들어갔다. 그녀의 머리카락에 입술을 묻으며, 중얼거렸다.

"고마워. 그리고 환영해."

[그림 안에서 창문을 열 용기가 생기면, 아마도 난 독립해 있을 거예요. 완전한 나 자신으로.]

에필로그

I wish

　수연은 서둘러 이론 수업의 교재를 챙겨 들고 강의실을 나섰다. 강의가 길어졌다. 손목시계를 보니 약속 시간이 한참 넘어 있었다.

　무사히 입학식을 마치고 학생들의 틈에 섞여 수업을 받기 시작했다. 북적이는 공간, 수없이 많은 사람들, 공황발작을 일으킬 정도로 그들을 두려워하던 상황은 이제 많이 좋아져 있었다. 때때로 속이 메슥거리는 불안감은 있었지만, 수연은 그럴 때마다 늘 자신의 곁에 있어 주겠다고 하던 한 사람의 목소리를 떠올렸다. 그 사람의 진지하고도 낮은 어조는 그 어떤 치료보다도 그녀에게 즉각적으로 효과를 주는 처방이었다.

　"언니, 지금 가세요?"

　이제 몇몇 학생들과는 짧긴 하지만 대화도 나눌 수 있었다.

　"응."

"오늘도 그 멋진 애인 분 오세요?"

"아……, 응."

수연은 못내 얼굴이 빨개지면서도 고개를 끄덕였다. 새내기 여대생들이 부럽다는 눈으로 수연을 쳐다보았다. 도형은 미술대학 여대생들에게는 유명한 존재였다. 특별히 바쁜 일이 있을 때를 제외하고는 늘 직접 차를 몰고 와 주차를 시켜 놓고 그녀의 강의 동 앞에서 기다렸다.

그리스 조각 같은 몸매를 한 남자가 놀라우리만치 잘생긴 외모를 빛내며 딱 떨어지는 정장 차림으로 기다리고 있는 모습은 여대생들의 환상에 확실히 세차게 부채질을 할 만했다. 언젠가 그를 모델로 조각을 만들겠다는 여학생도 있었다.

가끔 수연을 기다리고 있는 그에게 추파를 던지는 것도 모자라, 어떤 용기 있는 여학생들은 마음을 단단히 먹고 다가가 마음을 전하는 일도 있었다. 하지만 도형의 대답은 간단했다.

[바쁘군요.]

도형의 반응에는 언제나 망설임이 없었다. 하지만 그가 더 유명세를 치르는 것은 그다음 말 때문이었다.

[우리 수연이 잘 부탁합니다.]

일편단심 한 여자를 사랑하는 이미지까지 더해져서 그는 미술대학 내에서 센세이셔널한 반응을 일으키며 일약 스타로까지 불릴 정도였다. 수연은 도형이 시선을 받으면 받을수록 자신에게도 관심이 더해져 부담스러웠다. 사람들과 잘 소통하지 못하는 그녀로서는 그런 시선들이 힘겨울 수밖에 없었다. 그래서 좀 곤란한 나날을 보내고 있었다.

"여기야."

오늘도 수연이 강의 동을 빠져나오자 도형이 늘 기다리던 자리에서 천천히 등을 떼고서 부드럽게 웃어 보였다. 수연은 얼른 달려가 그의 앞에 섰다.

"바쁘면 오지 않아도 된다니까."

"안 돼. 물론 하릴없이 오래 이러진 못하겠지만 반 학기까지는 내 멋대로 하게 놔둬."

도형은 아무래도 수연이 걱정이 되는 모양이었다.

"하지만."

그래도 수연이 못내 무거운 표정을 풀지 않자 도형이 고개를 비스듬히 기울였다. 곧 그가 사나운 눈매로 말했다.

"설마 소개팅 같은 거 하려고 날 따돌리려는 건 아니겠지?"

생각지도 못한 추측의 방향에 수연이 기가 막힌다는 듯 눈을 동그랗게 떴다.

"그런 게 아니에요."

"그럼."

"그냥, 아저씨를 보는 여자가 너무 많으니까……."

자신도 모르게 문득 흘러나온 말에 도형의 눈매가 살짝 휘어 올라갔다.

"……뭐?"

수연의 얼굴이 금세 새빨개졌다.

"뭐라고 했지, 지금?"

수연은 서둘러 몸을 돌렸다.

"아무 말도 안 했어요."

"안 하긴, 지금 질투 비슷한 소리를 들은 것 같은데."

"아니라니까요."

"왜 아니야. 분명히 들었는데."

"난 몰라요. 내 입이 멋대로 움직인 거예요. 정말 몰라요, 정말."

수연은 도망치듯 걸어가고, 도형은 그런 그녀를 끈질기게 추궁하며 한편으론 유들유들 웃기도 하며 태평한 걸음으로 뒤따라갔다. 봄 향기가 물씬 풍기는 캠퍼스에서 난데없이 연인의 알콩달콩 추격전이 벌어지고 있었다.

"하웃……."

수연은 집으로 돌아오자마자 도형에게 이끌려 침대에 눕혀져 지금까지 혹사당하고 있었다. 처음 할아버지의 말도 안 되는 포커 내기로 들어오게 된 집, 많은 사연이 있었지만 지금은 도형과 두 사람이 사랑을 나누며, 삶을 살아가며, 그림을 그리는 공간이 되어 있었다.

결혼식은 1년 후, 수연이 대학 생활에 익숙해지는 즉시 올리기로 했다. 그전까지는 수연의 독립생활을 보장하고 그녀의 작품 활동을 적극 지원하기로 약속하고서 함께 살게 된 두 사람이었다. 하지만 독립생활은커녕 수연은 그녀의 작업실이 된 2층으로 올라갈 기회를 얻지도 못하고 시선만 부딪치면 그의 격렬한 애정 공세에 시달려야 했다.

"아웃…… 아저씨, 제발…… 이제 그만……."

"아직…… 후우……."

"아저씨……."

수연은 그의 하중을 온통 받아내며 격렬한 섹스를 감당하고 있었다. 하루하루 더 집요해져 가는 그의 애정은 이제 두려울 정도로 공격성이 더해져, 사랑의 행위가 끝나고 나면 수연은 늘 파김치가 되어 붓도 못 들 정도로 지치고 말았다.

"아웃, 아저씨!"

철퍽 하는 소리와 함께 그의 허리가 밀어 붙여지는 순간이었다. 수연이 그의 어깨를 밀어내며 몸을 수축하는데 난데없이 휴대폰이 울렸다. 그의 재킷 안주머니에서 요란하게 울리는 소리였다.

"아저씨, 전화……."

"안 들려."

하지만 도형은 들은 체도 하지 않고서 허리를 움직였다. 도형의 높은 콧날을 타고 땀방울이 툭 떨어져 내렸다. 뜨거운 정사의 기운은 절대 사라지지 않았고 결국 제풀에 지친 휴대폰은 홀로 끊겼다. 사랑을 나누는 동안에는 태풍이 오더라도 꿈쩍하지 않을 사내였다.

수연은 어쩔 수 없다는 생각에 결국 그가 주는 격렬함에 이끌려 가고 말았다. 하지만 집중하려는 그녀의 머릿속에서 아련히 또 휴대폰의 벨소리가 수면 위로 떠오르며 거친 숨소리만이 오가던 침실을 울렸다.

결국 성질이 난 도형이 벌떡 일어나 재킷을 확 잡아채 휴대폰을 꺼냈다. 연결은 풀지 않은 채 귀에 대고서 버럭 소리쳤다.

"시끄러워! 안 받으면 전화하지 말라고 한 말을 대체 어디로 들은 거얏!"

소리치는 바람에 연결이 된 부위가 자극을 받자 민감할 대로 민감해진 수연은 감각을 견디지 못해 신음을 흘렸다. 자신도 모르게 신음이 터져 나가자 그녀는 얼른 손으로 입술을 가렸다. 애원하는 눈으로 도형을 올려다보았다.

'제발……'

입술을 꽉 막고서 사정하는 눈으로 쳐다보자, 도형이 그런 그녀를 흘끗 내려다보더니 갑자기 씨익 짓궂은 미소를 지었다. 한쪽 눈썹이 살짝 치켜 올라가며 그가 휴대폰을 귀에 댄 채 고의인 듯 그대로 허리를 밀어붙였다.

헉! 아, 안 돼……!

수연은 바르르 떨며 입술을 더욱 꽉 틀어막았다. 손바닥에 막힌 입술이 떨리며 허리가 진동했다.

"뭐? 그 새끼들이 죽고 싶어서 환장했군. 그 입찰이 누구 거라고 생각하는 거얏!"

통화를 하면서도 도형은 계속해서 허리를 움직였다. 상대 쪽에서 말하는 사이 이를 꽉 물고는 쾌감을 참는 식이었다. 수연은 결국 작은 소리로 애원하고 말았다.

"움직이지…… 말아요, 제발. 흐읏! 아아……."

아무리 사정해도 도형의 짓궂은 눈매는 풀리지 않았다. 오히려 대담하게 손을 뻗어 가슴을 움켜쥐자 수연은 숫제 두 손으로 눈을 가려 버리고 말았다.

"알았어. 한 시간, 아니 두 시간, 아무튼 빨리 갈 테니까 그 동안 잘 막고 있어. 끊어!"

도형은 그대로 휴대폰을 내던지고서 상체를 숙여 수연을 끌어안았다. 귓불을 살짝 물고서 속삭였다.

"됐어. 이제 소리 내도 돼."

그제야 손을 뗀 수연이 원망스럽다는 눈으로 그를 노려보았다.

"정말이지, 왜 이렇게 심술궂어요?"

"글쎄, 왜 그럴까."

도형의 손가락이 수연의 머리카락을 돌돌 말고서 훑어 내렸다.

"악마, 사기꾼. 정말 못됐어."

"더 해봐."

"몰라요, 정말!"

"더 해. 흥분돼. 네가 화내니까 미칠 것 같다."

"화내는 게 뭔가."

"귀엽거든."

쪽, 입을 맞췄다. 그 짧은 키스에도 수연은 결국 몸에서 힘이 풀려 그의 목을 끌어안았다. 도형이 빙긋 웃었다. 그가 귓가에 입술을 옮겨 은밀하기 그지없는 목소리로 속삭였다.

"이제, 마음껏 소리 내도 돼, 수연아."

왠지, 그 울림이 계속해서 지속될 것 같은 기분. 그것은 바로 행복의 다른 이름이었다.

무덤에 심은 잔디가 빈 공간을 메워 김 화백의 묘소 전체를 덮은 해의 어느 계절이었다. 수연은 도형과 함께 김 화백의 묘소를 찾았다. 수연은 언제나처럼 그리운 눈으로 김 화백의 묘소를 바라보았고 도형은 포장이 된 커다란 캔버스를 한쪽에 내려놓고서 흰 국화 꽃다발을 묘소 앞에 가지런히 놓았다. 그리고 수연의 옆에 조용히 무릎을 꿇고 앉았다. 수연은 하염없이 묘소를 바라보고 있었다. 도형이 손을 뻗어 그런 수연의 머리를 만지작거렸다.

"아직도 그렇게 아파?"

그 어조에 걱정이 묻어 있어 수연은 얼른 표정을 거두고 고개를 저었다.

"아니, 애틋해서 그래요."

"애틋해?"

"할아버지, 사계절을 여기에서 홀로 계셔야 하니까."

"사계절을 즐기시겠지."

"음⋯⋯, 그래요. 좋게 생각해야죠?"

도형이 빙긋 웃었다. 그가 일어나 포장이 된 캔버스를 가져왔다. 국화꽃 옆에 놓고서 말했다.

"할아버님, 수연이 정식으로 졸업했습니다. 이건 졸업 작품입니다. 한번 감상해 보세요. 제가 먼저 봐서 배 좀 아프실 테지만."

"아저씨……."

수연은 얼른 도형을 밉지 않게 흘겨보았다. 도형이 빙긋 웃었다.

"몇 달 안에 개인전을 열 생각입니다. 천국 문 열리면 그때 한번 구경 오세요."

"아저씨, 정말……."

"그리고 아마 곧 정식으로 화단에 등단할 겁니다."

"하, 할아버지, 그건 아직이에요. 좀 더 배우고 노력해야 해요. 아저씨 말 믿지 마세요."

수연이 변명하듯 묘소를 향해 열심히 설명하자 도형이 쿡쿡 웃었다.

"어차피 그렇게 될 거다. 내가 확신해."

수연은 도형의 눈매에서 묻어나는 신뢰가 고마웠다. 자신을 이렇게나 백 퍼센트 믿어 주고 지지해 주는 사람이 있다는 건 축복 받은 일이다. 이제 할아버지가 수연에게 베풀어 주셨던 모든 행운과 사랑을 그가 돌려주고 있었다. 정말이지 고맙고도 아름다운 인연. 자신은 행복한 사람이다.

"유학은 여기 일 좀 정리하고 함께 떠날 생각입니다. 제가 수연이 마지막까지 완벽하게 밀어 주겠습니다. 어때요? 이만하면 잘하고 있지 않습니까?"

뽐내듯 말하는 도형이 왠지 소년 같다. 비와 바람을 막아 주는 더할 수 없이 단단하고 건강한 사람이면서도 가끔 보이는 장난스러운 모습에 웃어 버리게 되고 만다.

"수연아."

도형이 부르자 수연이 조용히 그를 돌아보았다.

"할아버님, 나 믿어 주고 계실까?"

진지한 그의 눈매가 그녀를 향하고 있었다. 수연은 진심으로 환한 미소를 지으며 고개를 끄덕였다.

"그 누구보다도 더, 믿고 계실 거예요."

도형도 부드럽게 웃었다. 수연의 어깨를 끌어당겨 다정하게 안았다.

"할아버지, 저희들 잘 지내고 있습니다. 보이시죠?"

수연은 조금 창피하기도 했지만 이렇게 행복하게 살고 있다는 걸 보여드리고 싶어서 그의 품을 밀어내진 않았다.

"그런데 할아버님, 마누라님께서 결혼식 올린 지 벌써 3년이 되어가는데 아직도 손자를 아저씨라고 불러서 참 씁쓸합니다. 마누라는 남편이 아니라 아저씨랑 살고 싶은 모양입니다."

수연의 얼굴이 빨갛게 달아올랐다.

"그건 입에 배서 못 고친다고 말했잖아요, 아저씨……."

"또 아저씨랍니다."

"정말……."

"그러지 마시고 손주며느리 꿈에 나타나서 호통 좀 몇 번 쳐주세요. 아기가 태어나서 엄마한테 저 아저씨 누구예요? 그렇게 물으면 안 되지 않겠습니까."

점점 짓궂어져 가는 도형 때문에 수연은 어쩔 줄을 몰랐다. 그의 말대로 수연의 뱃속에는 두 사람의 사랑의 결실이 맺혀 있었다. 아직 삼 개월, 두 사람은 그 사실 자체로 행복했다.

"내년엔 아기와 함께 오게 되겠어요. 그쵸, 아저씨?"

"그래."

"그땐 아저씨라고 부르지 않을게요. 진짜."

"당연히 그래야지. 내 애가 나더러 아저씨라고 부를까봐 벌써부터 하얗게 질리겠다."

"진짜 못 말려."

"너, 나, 그리고 우리 아기, 우리 가족 오래오래 행복하자."

"네……."

"우리가 행복하면, 할아버님도 하늘에서 함께 기뻐해 주실 테니까."

수연은 고개를 끄덕였다. 두 사람의 시선이 동시에 파란 하늘로 향했다. 마치 물감을 부어 놓은 듯 깨끗한 하늘이 두 사람을 기다리고 있었다. 그 선명한 하늘을 머리에 이고서 두 사람은 서로에게 기댄 채로 한참을 할아버지의 묘소 앞에 앉아 있었다.

때로 비도 내리고 눈도 오고 흐리기도 하겠지만, 빗방울 하나가 툭 떨어지기라도 할라치면 벌써 그때부터 서로를 보호해 줄 준비를 하며 오늘도, 내일도 분주할 정도로 행복하게 살아 갈 것이다. 이제 예쁜 아기까지, 그에게 매일매일 극도의 행복을 선물해 주는 그녀, 그의 인생에서 최고의 잭팟은, 바로 신수연 그녀였다.

—The End—

작가후기

 신데렐라, 호박마차, 유리구두, 왕자님, 파티, 예쁜 드레스,
정각 열두시.

 실로 낭만적이고 가슴 두근거리게 하는 아름다운 동화 속의
주인공들. 어릴 적 안데르센 동화를 읽으며 꿈을 키우고 이제
성인이 된 저는 로맨스 소설을 쓰며 행복을 하루하루 손끝에서
자판으로 옮기고 있습니다. 로맨스는 환상이지만 늘 현실과 연
결되어 있기에 더욱 의미 있고 아름다운 일인 것 같습니다. 그
런 로맨스를 쓸 수 있어 저는 늘 행운이라고 생각합니다.

 신데렐라라는 브랜드를 염두에 두고 시작한 이번 일은 중간
중간 제가 방향을 잡지 못하는 탓에 좀 무리가 있는 시도가 아
니었나 하는 생각을 하게 되었습니다. 하지만 편집팀의 격려에
힘입어 마지막까지 글을 마칠 수 있었던 것 같습니다. 신데렐라
출판사와 편집장님들께 감사드립니다.

 스토리는 항상 쭉 연결해서 써야 하는데 중간에 일들이 좀
있어서 멈추었을 때가 있었습니다. 그때 미리 도형과 수연의 삽
화를 보게 되었죠. 의욕 빵빵하게 충전이 되어서, 삽화 속에서

존재하는 도형과 수연에게 글 속에서도 멋진 마침표를 찍어 주고 싶었습니다. 예쁘게 그려 주신 선생님께 감사드립니다.

수연이는 정신적으로 불안정한 캐릭터이기 때문에 처음부터 약하고 힘없는 설정이라 꽤 걱정이 많았습니다. 요즘 똘망똘망하고 자기표현 확실하고, 발랄하며 똑똑한 데다 의지력 터보 급인 여주들이 사랑받는 가운데, 여리고 맥없기만 한 수연이가 과연 제대로 생기를 가질 수 있을까. 하지만 연약하고 때가 묻지 않은 만큼 수연이의 순수함에 집중한다면 사랑스러운 캐릭터가 탄생할 수도 있지 않을까. 물론 저의 욕심이었지만 마지막까지 끌고 나가는 데 있어서 무리일 정도는 아니었던 것 같습니다. 좀 더 제대로 그려내지 못한 것은 늘 저의 미약한 점입니다.

수연에 반해 고집 세고 성격 강하고 다혈질에 종횡무진 종잡을 수 없는 의지 작열 캐릭터인 도형은 어느 날 갑자기 수연을 떠맡은 것부터 고뇌가 시작됩니다. 다른 멋진 남주를 생각했을 때는 아무리 어렵고 거친 역경에 닥치더라도 절대 여주를 버려서는 안 되었는데, 도형 군은 아저씨라는 단어가 듣기 싫어서였는지 홀랑 도망가 버리고 맙니다. 물론 그의 사적인 생활을 넘어다보면 결코 홀랑 버리고 간 수준은 아니었지만요. 어쨌거나 마지막엔 두 사람 다 화해를 하고 서로를 포용하는 것으로 끝이 나서 다행입니다.

남주 여주의 캐릭터나 구성 등 저에게는 색다른 시도였고 쓰는 데 있어 무척 재미있었습니다. 그리고 이번 글 때문에 포커를 눈여겨보게 되었는데 대단히 매력적인 게임 같았습니다. 저는 포커를 포함해 윷놀이, 고스톱, 원카드, 온라인 게임, 심지어 닌텐도까지 게임이라면 젬병이라 포커 내기를 해서 이길 자신은 절대 없지만요. 여러분들도 언젠가 여러분들만의 로열 스트레이트 플러시를 획득하기를 바라는 마음입니다.

로맨스의 백미는 두 사람이 갈등과 오해를 풀고 완전히 서로에게 녹아들어 사랑을 하는 장면이라고 생각합니다. 그 후의 에피소드는 여운과 같은 것이겠지요. 저도 갈등을 쓸 때는 함께 고뇌하다가도 두 사람이 행복에 골인을 하면 저절로 미소가 지어집니다. 지금 이렇게 또 한 번의 미소를 짓고 있구요. 여러분들 인생에서 잭팟은 과연 무엇인가요. 무엇, 혹은 누구인지 한 번 생각해 보시는 것도 흥미로울 것 같습니다.

언제나 부족한 책을 출간해 주시는 출판사와 편집팀 여러분, 그리고 도형과 수연, 특히 도형을 멋지게 그려 주신 권열희 작가님, 이 책을 읽어 주시는 독자님들, 고개 숙여 감사드립니다.

봄이 시작되는 어느 날
이정숙 드림

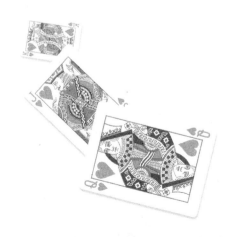

너무도 고혹적인,
너무도 비밀스러운……

여자인 것이 행복한
'신데렐라'

정통 로설마니아를 위해 태어났다.
'신데렐라'

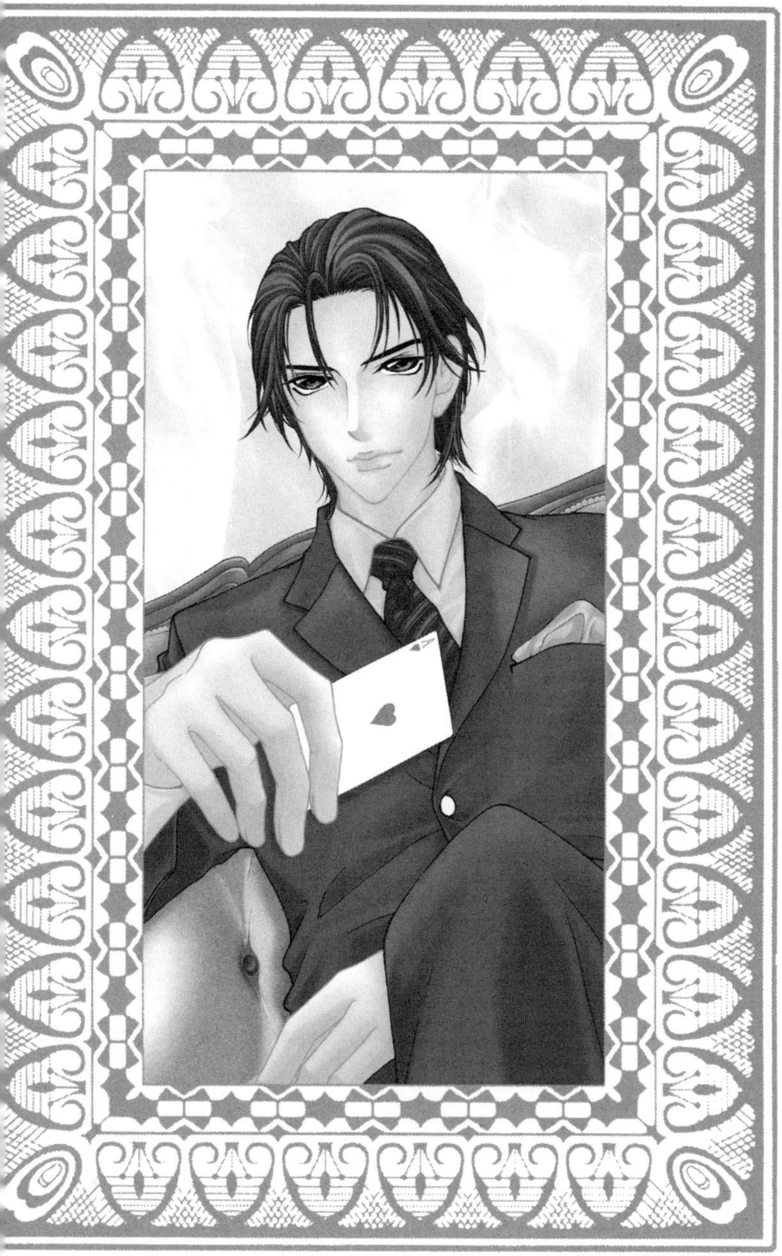